2025

가천대 논술고사

기출문제 + 실전모의고사

인문계열

가천대 논술고사

기출문제+실전모의고사
[인문계열]

인쇄일 2024년 8월 1일 초판 1쇄 인쇄
발행일 2024년 8월 5일 초판 1쇄 발행
등 록 제17-269호
판 권 시스컴 2024

발행처 시스컴 출판사
발행인 송인식
지은이 타임논술연구소

ISBN 979-11-6941-391-6 13800
정 가 16,000원

주소 서울시 금천구 가산디지털1로 225, 514호(가산포휴) | 홈페이지 www.siscom.co.kr
E-mail siscombooks@naver.com | 전화 02)866-9311 | Fax 02)866-9312

발간 이후 발견된 정오 사항은 나두공 홈페이지 도서 정오표에서 알려드립니다(나두공 홈페이지→자격증→도서정오표).

그동안 내신 모의고사 3등급 이하의 학생들이 대학에 입학하기 위한 도구로써 활용했던 대입적성검사가 폐지되고 가칭 약술형 논술고사가 새로운 대안으로 떠올랐다. 약술형 논술고사는 400~1,000자의 서술을 요구하는 상위권 대학의 작문형 논술고사가 아니라, 한두 어절이나 30~40자 이내의 한 문장 또는 빈칸 채우기 등의 단답형 논술고사이다.

약술형 논술고사는 학생들의 시험 준비부담을 덜기 위해 고교 교과과정 내에서 또는 EBS 수능연계 교재를 중심으로 출제되므로, 학생들은 별도의 사교육 부담 없이 학교 수업과 정기고사의 단답형 주관식 시험을 충실하게 준비하고, 아울러 EBS 연계 교재를 꼼꼼히 학습한다면 좋은 성과를 얻을 수 있다.

본 도서는 약술형 논술고사를 통해 대학 입학의 관문을 두드리는 학생들에게 각 대학에서 시행하는 약술형 논술고사의 출제경향과 문제흐름을 익힐 수 있도록 다음과 같은 특징들을 갖고 출간되었다.

실제 시험 유형을 대비한 3개년 기출문제

각 대학에서 시행한 최신 3개년 기출문제를 수록하여 학생들이 각 대학들의 논술시험 특징을 파악하고 엉뚱한 시험 범위와 잘못된 공부 방법으로 시간을 낭비하지 않도록 유도하였다.

기출유형과 100% 똑 닮은 실전모의고사

각 대학별 약술형 논술 유형을 철저히 분석하여 실제 시험과 문제 스타일이나 출제방식이 똑 닮은 싱크로율 100%의 실전문제 총 5회분을 수록하였다.

직관적인 문항 정보 파악을 위한 정답 및 해설

모범답안, 바른해설, 채점기준에서부터 예상 소요 시간과 배점에 이르기까지 수록된 문제에 대한 직관적인 문항 정보를 파악할 수 있도록 하였다.

부디 이 책이 학생들의 대학 진학에 조금이나마 도움이 되길 바라며, 아울러 수험생들의 충실한 길잡이가 되기를 기원한다.

2025학년도 약술형 논술대학

※ 전형일정 및 입시요강 등은 학교 측의 입장에 따라 변경 가능하므로, 추후 공지되는 변경사항을 각 대학교 홈페이지에서 반드시 확인하시기 바랍니다.

[전형기초]

대학	계열	선발인원	전형방법	문항수			출제범위							고사시간	수능최저
							국어					수학			
				국어	수학	합계	독서	문학	화작	문법	기타	수학 I	수학 II		
가천대	인문	286	논술 100%	9	6	15	○	○	○	○	국어	○	○	80분	○
	자연	686		6	9										
고려대(세종)	자연	193	논술 100%		±6	6	X	X	X	X		○	○	90분	○
삼육대	인문	40	논술 70% 교과 30%	9	6	15	○	○	○	○		○	○	80분	○
	자연	87		6	9										
상명대	인문	54	논술 90% 교과10%	8	2	10	○	○	○	○	국어	○	○	60분	X
	자연	47		2	8										
서경대	공통	216	논술 90% 교과 10%	4	4	8	○	○	X	X		○	○	60분	X
수원대	인문	135	논술 60% 교과 40%	10	5	15	○	○	X	X		○	○	80분	X
	자연	320		5	10										
신한대	인문	75	논술 90% 교과 10%	9	6	15	○	○	X	X		○	○	80분	○
	자연	49		6	9										
을지대	공통	219	논술 70% 교과 30%	7	7	14	○	○	X	○		○	○	70분	X
한국공학대	공통	290	논술 80% 교과 20%		9	9	X	X	X	X		○	○	80분	X
한국기술교대	인문	26	논술 100%	±12		12	X	X	X	X	국어 사회	○	○	80분	X
	자연	144			±10	10									
한국외대(글로벌)	자연	66	논술 100%		7	7	X	X	X	X		○	○	90분	○
한신대	인문	108	논술 60% 교과 40%	9	6	15	○	○	X	X		○	○	80분	X
	자연	157		6	9										
홍익대(세종)	자연	122	논술 90% 교과 10%		7	7	X	X	X	X		○	○	70분	○

●● 2025학년도 가천대 논술전형

[전형일정]

<table>
<tr><th colspan="2">구분</th><th>일시</th><th>비고</th></tr>
<tr><td colspan="2">원서접수</td><td>2024. 9. 9(월) ~ 13(금) 18:00</td><td>본 대학 입학처 홈페이지</td></tr>
<tr><td colspan="2">서류제출마감</td><td>2024. 09. 14(토) 13:00까지</td><td>원서접수 사이트에서 제출</td></tr>
<tr><td colspan="2">고사장 확인</td><td>2024. 11. 12(화)</td><td rowspan="4">• 본 대학 입학처 홈페이지에서 논술 일정을 반드시 확인
• 고사일은 원서접수 마감 후 지원자 수에 의해 변경 가능
• 세부 일정은 개별통지를 하지 않으므로 지원자가 반드시 확인
• 논술 시 본인임을 확인할 수 있는 신분증(주민등록증, 운전면허증, 여권 등) 및 수험표 지참</td></tr>
<tr><td rowspan="2">시험일</td><td>인문계열, 컴퓨터공학과, 간호학과, 클라우드공학과, 바이오로직스학과</td><td>2024. 11. 25(월)</td></tr>
<tr><td>자연계열</td><td>2024. 11. 26(화)</td></tr>
<tr><td colspan="2">합격자 발표</td><td>2024. 12. 13(금)</td></tr>
</table>

[지원자격]

고교졸업(예정)자 또는 법령에 따라 이와 같은 수준 이상의 학력이 있다고 인정되는 사람

[선발원칙]

1. 논술고사 성적(80%)과 학생부교과 성적(20%)을 합산하여 총점 순으로 선발합니다(수능최저학력기준을 충족한 자).
2. 학생부 성적 반영방법은 '학교생활기록부 반영방법'을 참고하시기 바랍니다.
3. 학생부교과 성적이 없는 지원자(검정고시, 외국고)의 경우, 논술고사 성적으로 비교내신을 적용합니다.

[수능최저학력기준]

모집단위	반영영역	최저학력기준
인문계열, 자연계열	국어, 수학, 영어, 사회/과학탐구(1과목)	1개 영역 3등급 이내
바이오로직스학과	국어, 수학, 영어, 사회/과학탐구(1과목)	2개 영역 등급 합 5 이내
클라우드공학과	국어, 수학(기하, 미적분), 영어, 과학탐구(2과목)	2개 영역 등급 합 4 이내 (과학탐구 적용 시 2과목 평균, 소수점 절사)

[원서접수 방법]

1. 원서접수 사이트 접속
가천대학교 입학처 홈페이지 접속 → 입학원서 접수 대행기관

▼

2. 회원가입 및 로그인
본인 명의로 회원가입

▼

3. 유의사항 확인
유의사항을 반드시 확인하여야 하며, 미확인으로 인한 책임은 지원자에게 있음

▼

4. 원서작성
① 모집요강을 참고하여 전형유형, 지원학과/전공 등을 선택하여 입력
② 모든 사항을 빠짐없이 정확하게 입력 및 확인(학생부 온라인 제공 동의)

▼

5. 전형료 결제
전형료 결제 후에는 입학원서 기재 사항을 수정하거나 원서접수를 취소할 수 없으며, 전형료는 반환하지 않음

▼

6. 수험표 확인
접수가 완료된 것을 원서와 수험표를 통해 직접 확인

▼

7. 서류 제출(해당자만)
온라인 원서접수 사이트를 통해 제출
각각의 제출 서류를 저용량 PDF로 합본하여 한 개의 문서로 제출해야 합니다.

1. 원서 및 서류제출은 온라인으로 접수합니다.
2. 본 대학에 원서를 접수하면 해당 전형과 관련된 학교생활기록부 및 수능성적 자료 온라인 제공에 동의하는 것으로 간주합니다.
3. 장애인복지법 제32조에 의하여 장애인등록을 필하고, 각종 장애 또는 지체로 인하여 입학전형 진행과정에서 지원이 필요한 경우 사전 요청바랍니다.
4. 장애학생의 지원 및 선발에 대한 차별은 없으며, 입학 시 본교의 장애학생지원에 관한 규정을 적용합니다.

※ 본 대학교는 원서접수 대행기관을 통해 원서접수를 위탁 처리하고, 수집한 개인정보(성명, 주민등록번호, 이메일 주소, 계좌번호, 평가자료 등)를 입학전형 목적 이외의 용도로 사용하지 않습니다. (단, 최종합격자의 개인정보는 본 대학교의 학적부 생성, 학생증 발급 등을 위한 자료로 활용하므로 원서접수 시 개인정보의 수집, 이용에 대한 지원자의 동의가 필요합니다.)

[시험개요]

특징	가천대학교 논술고사는 본교에 지원한 수험생들이 고등학교 교육과정을 통하여, 대학교육에 필요한 수학능력을 갖추었는지 평가합니다. 그러므로 평소 학교 교육과 대학수학능력시험을 성실하게 공부한 학생이라면 별도의 준비가 없어도 가천대학교 논술 전형에 대비할 수 있습니다.
출제방향	학생들의 수험준비 부담 완화를 위하여 EBS 수능연계 교재를 중심으로 고등학교 정기고사 서술 · 논술형 문항의 난이도로 출제할 예정입니다.
준비방법	사교육의 도움을 받기보다는 학교 수업과 정기고사의 서술 · 논술형을 충실하게 준비하는 것이 좋으며, EBS연계 교재를 꼼꼼하게 공부한다면 좋은 성과를 얻을 수 있을 것입니다.

[평가방법]

계열	문항수		배점	총점	고사시간	답안지 형식
	국어	수학				
인문	9	6	각 문항 10점	150점 + 850점(기본점수)	80분	노트 형식의 답안지 작성
자연	6	9				

※ 논술고사는 대학수학능력시험 이후에 실시합니다.

[출제범위 및 평가기준]

구분	출제범위	비고
국어	1학년 국어 문학, 독서, 화법, 작문, 문법 영역	• 문항에서 요구하는 조건에 충실한 답안 • 제시문의 핵심 내용을 정확하게 표현한 답안
수학	수학I 수학II	• 문제에 필요한 개념과 원리에 대한 정확한 서술 • 정확한 용어, 기호를 사용한 표현

[모집단위 및 모집인원]

계열	모집단위		모집인원
인문	경영학부		50
	회계세무학전공		16
	관광경영학과		11
	의료산업경영학과		12
자연	금융 · 빅데이터학부		26
인문	미디어커뮤니케이션학과		12
	경제학과		15
	응용통계학과		11
	사회복지학과		12
	유아교육학과		15
	심리학과		10
	패션산업학과		7
	한국어문학과	AI인문대학	71
	영미어문학과		
	중국어문학과		
	일본어문학과		
	유럽어문학과		
	법학과	법과대학	44
	경찰행정학과		
	행정학과		
자연	도시계획 · 조경학부		21
	건축학부		33
	화공생명베터리공학부		58
	기계공학부		51
	스마트팩토리전공		16
	토목환경공학과		13

계열	모집단위		모집인원
자연	신소재공학과		13
	바이오나노학과		13
	식품생명공학과		13
	식품영양학과		13
	생명과학과		13
	반도체물리학과		12
	화학과		12
	전자공학과	반도체대학	61
	반도체공학과		
	시스템반도체학과		16
	클라우드공학과		7
	인공지능학과		40
	컴퓨터공학과		40
	스마트보안학과		17
	전기공학과		20
	스마트시티학과		13
	의공학과		13
	간호학과		83
	치위생학과		9
	응급구조학과		6
	물리치료학과		8
	방사선학과		8
	운동재활학과		10
	바이오로직스학과		28
합계			972

[학생부 반영방법]

<table>
<tr><th>구분</th><th>반영교과</th><th>반영학기</th><th>반영과목</th><th>활용지표</th></tr>
<tr><td>인문계열</td><td>국어, 수학,
영어, 사회</td><td rowspan="3">우수한
4개 학기</td><td rowspan="3">• 학기별 성적을 산출하여 우수한 4개 학기 순으로 40%, 30%, 20%, 10% 반영함
• 학기별 성적 산출 시에는 진로선택과목을 제외한 반영교과 전 과목을 산출하여 반영비율을 정함
• 학기별 반영비율을 결정한 다음 진로선택과목의 성취도를 변환하여 반영함

| 성취도 | A | B | C |
| 반영등급 | 1등급 | 2등급 | 5등급 |</td><td rowspan="3">석차등급
및
성취도</td></tr>
<tr><td>자연계열</td><td>국어, 수학,
영어, 과학</td></tr>
<tr><td>자유
전공학부</td><td>국어, 수학,
영어, 사회
또는 과학</td></tr>
</table>

[학생부 등급별 배점]

등급	1등급	2등급	3등급	4등급	5등급	6등급	7등급	8등급	9등급
배점	96점 이상	89점 이상	77점 이상	60점 이상	40점 이상	23점 이상	11점 이상	4점 이상	4점 미만
	100	98.75	97.50	96.25	95.00	93.75	90.00	70.00	60.00

[제출서류]

구분	제출서류
국내 고교 졸업(예정)자	제출서류 없음 (단, 학생부 온라인 제공 비동의자는 학교생활기록부 제출)
검정고시 합격자	제출서류 없음 (단, 온라인 제공 비동의자는 검정고시 합격증명서 및 성적증명서 제출)
외국 고교 졸업자	외국 고등학교 졸업증명서 및 성적증명서 제출 (아포스티유 확인 또는 고등학교 소재국의 한국 영사관에서 영사확인을 받은 후 제출)

가. 제출방법

1. 인터넷 원서접수 사이트에서 제출
2. 각각의 제출서류를 저용량 PDF문서로 합본하여 하나의 문서로 제출

※ 업로드 방법 예시(파일명은 자유롭게 작성 가능)

- 원본 서류를 사진으로 찍은 후 PDF로 만들어 업로드
- 원본 서류를 스캔하여 PDF로 만들어 업로드
- 원본 서류를 PDF로 받아 업로드(암호화된 경우 암호 해제 후 업로드)

나. 유의사항

1. 학생부 온라인 정보이용에 동의한 경우 학교생활기록부는 제출하지 않아도 됩니다. (단, 온라인 비동의자는 반드시 학교생활기록부를 제출해야 합니다)
2. 제출서류는 원본문서를 스캔 등의 방법으로 PDF문서로 작성해야 하며, 사본을 PDF문서로 만드는 경우 발급 관공서장 또는 재학(졸업) 고등학교장의 원본대조필 후 제출해야 합니다.
3. 모집요강에 위배된 입학원서와 지원자격이 미달된 입학원서는 무효로 처리하며, 제출된 서류와 전형료는 일절 반환하지 않습니다.
4. 제출된 자기소개서는 유사도 검색시스템을 통하여 표절 여부를 확인할 예정이고, 표절, 대리 작성, 허위사실 기재, 기타 부정한 사실 등이 이십되거나 확인되는 경우에 불이익을 받을 수 있으며, 합격 이후라도 합격이 취소될 수 있습니다.
5. 최종등록자 중 온라인 서류제출 해당자는 서류의 원본을 지정된 기일까지 입학원서와 함께 제출해야 합니다.

[우편번호 (13120) 경기도 성남시 수정구 성남대로 1342 가천대학교 입학처]

※ 농어촌(교과), 농어촌(종합) 전형의 최종등록자는 고등학교 졸업 이후 발급받은 서류의 원본 제출

[동점자 처리기준]

1. 논술 성적 우수자
   ① 인문: 국어 성적 우수자 / 자연: 수학 성적 우수자
   ② 논술 문항별 만점이 많은 자
   ③ 논술 문항별 0점이 적은 자
2. 수능 영역별 등급 합 우수자
3. 교과 성적 우수자(학생부우수자 전형 기준)

2025 올풀 가천대 논술고사를 효율적으로 학습하기 위한

Study plan

[인문계열]

영 역			날 짜	시 간
PART 1 기출문제	2024학년도	기출문제		
		모의고사		
	2023학년도	기출문제		
		모의고사		
	2022학년도	기출문제		
		모의고사		
PART 2 실전모의고사	제 1 회	국어		
		수학		
	제 2 회	국어		
		수학		
	제 3 회	국어		
		수학		
	제 4 회	국어		
		수학		
	제 5 회	국어		
		수학		

●● 구성과 특징

기출문제

실제 시험 유형을 대비한 3개년 기출문제

각 대학에서 시행한 모의 또는 기출문제를 수록하여 학생들이 각 대학들의 논술시험 특징을 파악하고 엉뚱한 시험범위와 잘못된 공부 방법으로 시간을 낭비하지 않도록 유도하였다.

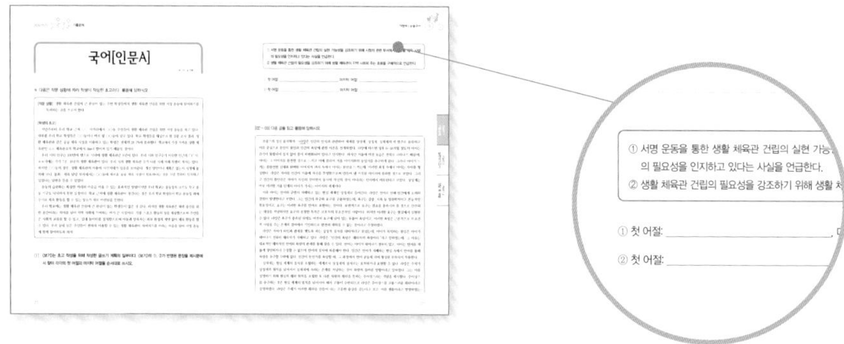

실전모의고사

기출유형과 100% 똑 닮은 실전문제

각 대학별 약술형 논술 유형을 철저히 분석하여 실제 시험과 문제 스타일이나 출제방식이 똑 닮은 싱크로율 100%의 실전문제 총5회분을 수록하였다.

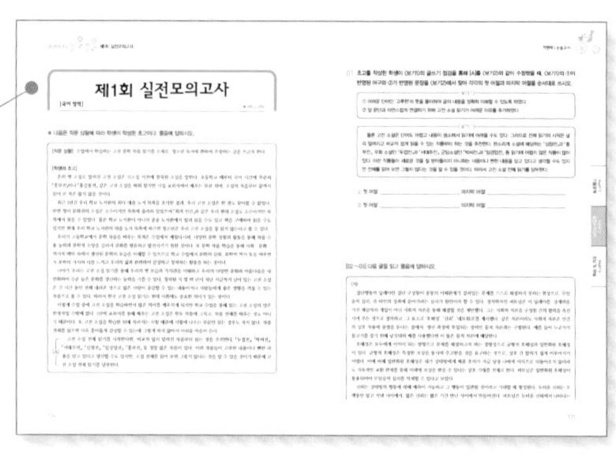

정답 및 해설

직관적인 문항 정보 파악을 위한 정답 및 해설

모범답안, 바른해설, 채점기준에서부터 예상 소요 시간과 배점에 이르기까지 수록된 문제에 대한 직관적인 문항 정보를 파악할 수 있도록 하였다.

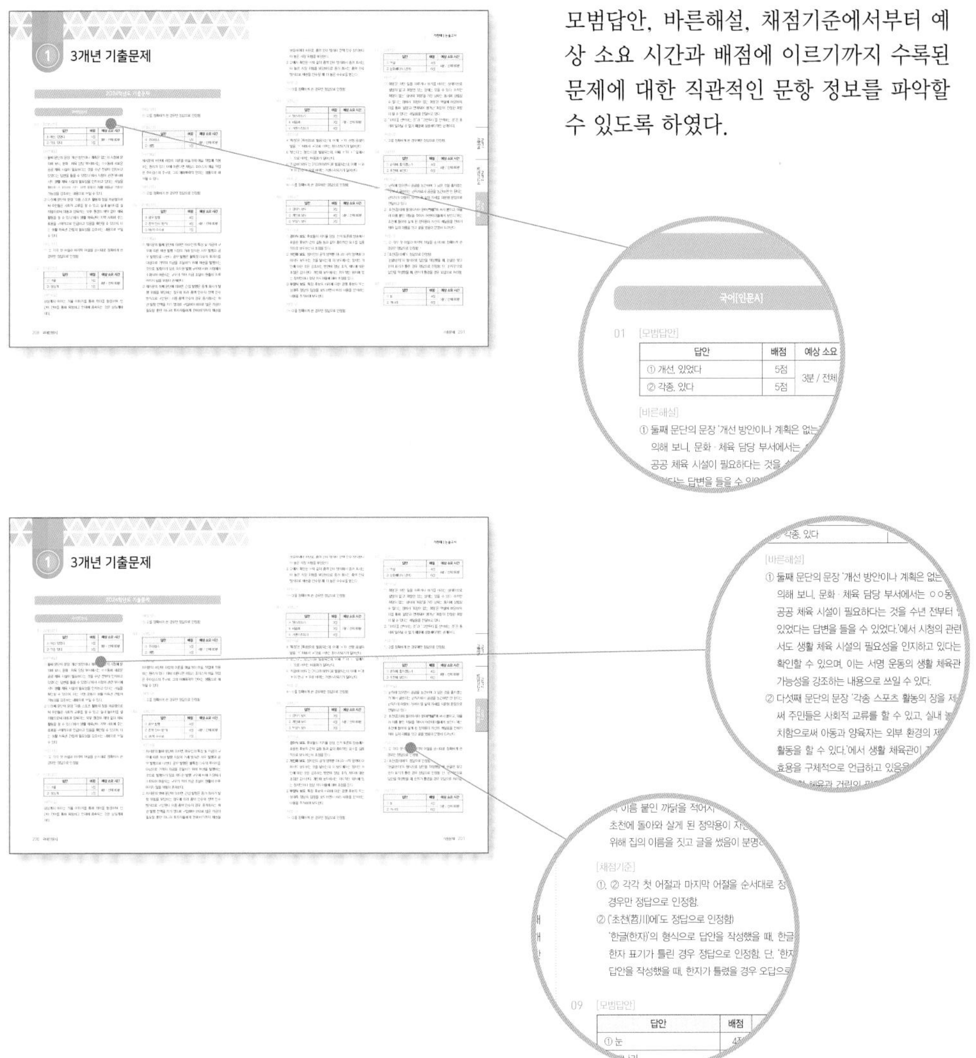

[3개년 기출문제]

CONTENTS

[실전모의고사 5회분]

시스컴은
여러분을
응원합니다

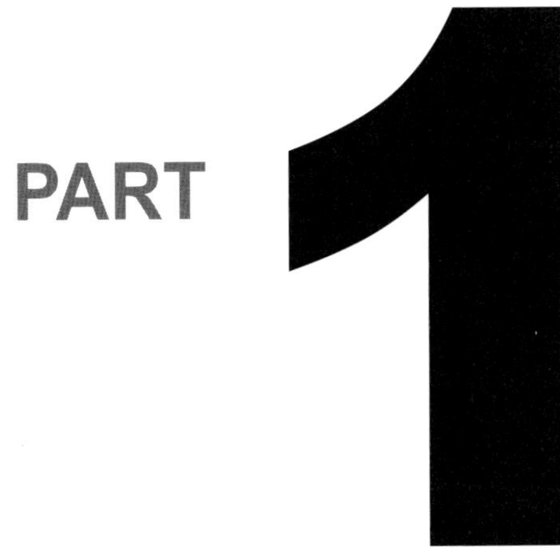

PART 1

기출문제

2024학년도 기출문제
2024학년도 모의고사
2023학년도 기출문제
2023학년도 모의고사
2022학년도 기출문제
2022학년도 모의고사

2024학년도

가천대 논술 기출문제

인문A 인문B

국어[인문A]

▶ 해답 p.200

※ 다음은 작문 상황에 따라 학생이 작성한 초고이다. 물음에 답하시오.

[작문 상황]: 생활 체육관 건립에 큰 관심이 없는 주변 학생들에게 생활 체육관 건립을 위한 서명 운동에 참여히기를 독려하는 글을 쓰고자 한다.

[학생의 초고]

지난주부터 우리 학교 근처 ○○ 사거리에서 ○○동 주민들이 생활 체육관 건립을 위한 서명 운동을 하고 있다. 대부분 우리 학교 학생들은 ○○동이나 바로 옆 ○○동에 살고 있다. 학교 학생들을 대상으로 한 설문 조사 결과, 생활 체육관과 같은 공공 체육 시설을 이용하고 있는 학생은 전체의 28.7%에 불과했다. 학교에서 가장 가까운 생활 체육관인 △△ 체육관조차 학교에서 4㎞나 떨어져 있기 때문일 것이다.

우리 시의 인구는 100만여 명으로 시내에 생활 체육관은 8곳이 있다. 우리 시와 인구수가 비슷한 인근의 □□시, ☆☆시에는 각각 7곳, 10곳의 생활 체육관이 있다. 우리 시의 생활 체육관 수가 다른 시에 비해 특별히 적지는 않다. 하지만 ○○동의 경우, 생활 체육관의 이용에 사각지대가 있음을 보여준다. 개선 방안이나 계획은 없는지 시청에 문의해 보니, 문화 · 체육 담당 부서에서는 ○○동에 새로운 공공 체육 시설이 필요하다는 것을 수년 전부터 인지하고 있었다는 답변을 들을 수 있었다.

운동의 습관화는 복잡한 머리와 마음을 비울 수 있는 효과적인 방법이지만 우리 학교는 운동장의 크기도 작고 운동 기구도 넉넉하지 못한 실정이다. 학교 근처에 생활 체육관이 생긴다는 것은 우리 학교 학생들이 학교 운동장 외에 수시로 체육 활동을 할 수 있는 장소가 새로 마련됨을 뜻한다.

우리 학교에는 생활 체육관 건립에 큰 관심이 없는 학생들이 많은 것 같다. 하지만 생활 체육관은 체력 증진을 위한 공간이라는 의미를 넘어 지역 사회에 기여하는 바가 큰 시설이다. 각종 스포츠 활동의 장을 제공함으로써 주민들은 사회적 교류를 할 수 있고, 실내 놀이터를 설치함으로써 아동과 양육자는 외부 환경의 제약 없이 체육 활동을 할 수 있다. 우리 동네 모든 주민들이 편하게 이용할 수 있는 생활 체육관이 지어지기를 바라는 마음을 담아 서명 운동에 함께 참여하도록 하자.

01 〈보기〉는 초고 작성을 위해 작성한 글쓰기 계획의 일부이다. 〈보기〉의 ①, ②가 반영된 문장을 제시문에서 찾아 각각의 첫 어절과 마지막 어절을 순서대로 쓰시오.

〈보기〉

① 서명 운동을 통한 생활 체육관 건립의 실현 가능성을 강조하기 위해 시청의 관련 부서에서도 생활 체육 시설의 필요성을 인지하고 있다는 사실을 언급한다.
② 생활 체육관 건립의 필요성을 강조하기 위해 생활 체육관이 지역 사회에 주는 효용을 구체적으로 언급한다.

① 첫 어절: ______________________, 마지막 어절: ______________________

② 첫 어절: ______________________, 마지막 어절: ______________________

[02~03] 다음 글을 읽고 물음에 답하시오.

프랑스의 정신 분석학자 ㉠라캉은 인간의 인식과 관련하여 세계를 상상계, 상징계, 실재계의 세 범주로 분류하고 이를 중심으로 불안의 원인과 인간의 욕망에 관한 이론을 전개하였다. 라캉에 따르면 생후 6~18개월 정도의 아이는 감각이 통합되어 있지 않아 몸이 파편화되어 있다고 인식한다. 하지만 거울에 비친 모습은 전체로 나타나기 때문에, 아이는 그 이미지를 완전한 것으로 느끼고 이에 끌리어 거울 이미지와의 동일시를 추구하게 된다. 그러나 아이가 느끼는 불완전한 신체와 완벽한 이미지의 괴리 속에서 아이는 불안을 느끼는데, 이러한 과정 속에서 아이는 자아를 형성한다. 라캉은 자아를 인간이 거울에 자신을 투영함으로써 만들어 낸 거짓된 이미지에 불과한 것으로 보았다. 그리고 인간의 불안감은 자아가 자신의 것이면서 동시에 자신의 것이 아니라는 인식에서 비롯된다고 보았다. 상상계는 바로 이러한 거울 단계의 아이가 가지는 이미지의 세계이다.

이후 아이는 언어와 규범이 지배하고 있는 현실 세계인 상징계로 들어간다. 라캉은 언어로 인해 인간에게 소외와 결핍이 발생한다고 보았다. 그는 인간의 욕구와 요구를 구분하였는데, 욕구는 갈증, 식욕 등 생물학적이고 본능적인 필요성이고, 요구는 이러한 욕구를 언어로 표현하는 것이다. 표면적으로 요구는 필요를 충족시켜 줄 것으로 간주되는 대상을 겨냥하지만 요구의 진정한 목적은 보호자의 무조건적인 사랑이다. 하지만 이러한 요구는 현실에서 실현될 수 없다. 라캉은 욕구가 충족된 뒤에도 여전히 요구에 남아 있는 부분이 욕망이고, 이러한 욕망은 근본적으로 무조건적 사랑을 주는 존재의 결여에서 기인하므로 완전히 채워질 수 없는 것이라고 주장하였다.

라캉은 자아가 타인과 관계를 맺도록 하는 상징적 질서를 대타자라고 불렀는데, 아이가 의식하는 현실은 아이가 태어나기 전부터 대타자가 지배하고 있다. 라캉은 "인간의 욕망은 대타자의 욕망이다."라고 말하였는데, 그 이유는 대표적인 대타자인 언어와 욕망의 관계를 통해 찾을 수 있다. 언어는 아이가 태어나기 전부터 있고, 아이는 언어를 새롭게 창안하거나 수정할 수 없으며 언어의 질서에 복종해야 한다. 인간은 언어가 지배하는 현실 속에서 언어를 통해 욕망을 추구할 수밖에 없다. 인간이 무언가를 욕망할 때, 그 과정에서 언어 공동체 내에 형성된 무의식이 작용한다.

실재계는 현실 세계의 질서를 초월하는 세계로서 상징계의 질서로는 포착하거나 표현할 수 없다. 라캉은 주체가 상징계의 원칙을 넘어서서 실재계에 속하는 존재를 겨냥하는 것이 욕망의 올바른 방향이라고 말하였다. 그는 이를 설명하기 위해 현실의 쾌락 원칙을 초월한 또 다른 차원의 쾌락을 뜻하는 주이상스라는 개념을 제시했다. 주이상스를 추구하는 것은 현실 세계의 법칙을 넘어서야 해서 고통이 수반되므로 라캉은 주이상스를 고통스러운 쾌락이라고 설명하였다. 라캉은 주체가 이러한 쾌락을 만들어 내는 고유한 증상을 갖는다고 보고, 이를 생톰이라고 명명하였는데, 생톰은 주이상스를 추구하는 행위로 이어진다. 라캉은 예술가가 기존의 방식을 거부하고 새로운 방식으로 예술품을 만들어 내는 것처럼 주체가 생톰을 통해 상징계의 법칙 대신 자기 고유의 법칙을 생산하고 새로운 세상을 창조할 수 있다고 보았다.

02 〈보기〉는 제시문을 바탕으로 ㉠의 생각을 정리한 것이다. 〈보기〉의 ①, ②에 들어갈 적절한 말을 제시문에서 찾아 쓰시오.

〈보기〉

㉠에 의하면 인간은 자유롭고 이성적인 존재가 아니라 분열되고 소외된 존재이다. 상상계에서 아이는 (①)에 투영된 이미지를 통해 자신의 자아를 형성한다. 하지만 아이는 이렇게 형성된 자아에 대한 불안감에서 벗어나지 못한다. ㉠이 말한 인간의 인식과 관련한 세 가지 세계의 범주 중, (②)에서 인간은 개인이 새롭게 만들거나 수정할 수 없는 언어를 통해 욕망을 추구하기 때문에 인간의 욕망은 언어에 종속된다.

① ____________________

② ____________________

03 〈보기1〉은 제시문을 읽고 조사한 자료이고, 〈보기2〉는 제시문을 바탕으로 〈보기1〉을 이해한 내용이다. 〈보기2〉의 ①, ②에 들어갈 적절한 말을 제시문에서 찾아 쓰시오.

〈보기 1〉

작가 제임스 조이스는 언어 파괴, 동음이의어 사용 등의 다양한 실험적 방법을 사용하여 글을 썼는데, 이는 기존의 글쓰기 규칙을 따른 것이 아니다. 그의 언어는 '애매 폭력적 언어'라고 불리는데 이는 일상적인 언어에 폭력을 가해 기존의 단어를 파격적으로 변환한다는 의미이다. 제임스 조이스는 기존의 언어에 갇히기보다는 새로운 언어를 창조하여 새로운 규칙들을 만들어 냄으로써 자신의 독특성을 표현하였다.

〈보기 2〉

제임스 조이스가 기존의 글쓰기 규칙을 따르지 않고, 새로운 언어를 창조하려고 한 시도는 라캉의 입장에서 현실의 쾌락 원칙을 넘어서는 다른 차원의 쾌락을 의미하는 (①)에 대한 추구로 해석될 수 있다. 그리고 제임스 조이스가 애매 폭력적 언어를 사용한 것은 (②)을/를 통해 자기 고유의 법칙을 생산한 행위라고 볼 수 있다.

① ____________________

② ____________________

[04～05] 다음 글을 읽고 물음에 답하시오.

채권은 정부, 지방 자치 단체, 특수 법인 또는 주식회사와 같은 발행자가 투자자를 대상으로 자금을 조달하기 위해 미래에 일정한 이자와 원금의 지급을 약속하고 발행하는 채무 증서를 말하고, 채권 시장은 이러한 채권이 거래되는 시장을 의미한다. 소비를 목적으로 하는 일반적인 상품들은 하나의 상품 시장에서 수요와 공급의 원리에 따라 가격과 거래량이 결정되는 데 반해, 투자 자산을 거래하는 채권 시장은 신규로 발행되는 채권이 최초로 거래되는 발행 시장과 이미 발행된 채권을 대상으로 투자자들 간 매매가 이루어지는 유통 시장으로 구분된다. 채권이 최초로 발행되어 투자자에게 판매되는 발행 시장에서의 채권 물량과 가격이 결정되는 방식은 유통 시장에서의 그것과는 상이하게 이루어진다. 채권의 발행 시장과 유통 시장은 가끔 도매 시장과 소매 시장에 빗대어 설명되기도 한다. 이처럼 채권 시장을 발행 시장과 유통 시장으로 구분하는 것은 소수의 대형 투자자들이 발행 시장에 참가하여 물량을 확보한 뒤 이를 유통 시장에서 일반 투자자를 대상으로 거래하는 것이 더 효율적이라는 경험에 따른 것이다.

채권 발행 시장에서의 거래 방식은 매수인의 특성 및 자금의 규모에 따라 사모 발행과 공모 발행으로 구분된다. 사모 발행은 발행자가 ⓐ특정 투자자와의 사적인 교섭을 통해 채권을 매각하는 것으로, 주로 소규모의 단기 자금을 조달하는 경우에 활용된다. 반면 공모 발행은 불특정 다수의 투자자를 대상으로 거액의 자금을 조달하기 위해 채권을 발행하는 것으로, 발행자가 당초 의도한 발행 규모에 비해 시장에서 소화되어 매출되는 규모가 적어 자금 조달이 원활히 이루어지지 않을 위험이 존재한다. 따라서 공모 발행은 사모 발행에 비해서 보다 전문적인 지식과 경험이 요구된다.

한편 공모 발행은 발행 위험의 귀속 여부에 따라 직접 발행과 간접 발행으로 분류되기도 한다. 직접 발행은 채권 공모와 관련한 발행 위험을 발행자가 전적으로 부담하는 방식이고, 간접 발행은 중개 회사가 채권을 인수함으로써 발행 위험의 일부 또는 전부를 부담하는 방식이다. 간접 발행은 중개 회사가 발행 위험을 부담하는 정도에 따라 총액 인수와 잔액 인수 방식으로 다시 구분된다. 총액 인수는 중개 회사가 발행자와 약정한 가액으로 채권 발행 총액을 인수한 후 일반 투자자를 대상으로 이를 판매하는 것으로, 중개 회사의 인수 가격과 일반 투자자의 판매 가격 간의 차이는 중개 회사가 전액 부담하는 방식이다. 이에 비해 잔액 인수는 발행자와 약정한 가액으로 일차적으로 발행자의 명의로 일반 투자자에게 판매한 다음 판매되지 못한 잔여분에 한해 중개 회사가 인수하여 처리하는 방식이다. 총액 인수의 경우 중개 회사는 채권 발행 전액을 자기 명의로 구입해야 하므로 많은 자금이 필요할 뿐만 아니라 투자자들에게 판매하기까지 채권을 보유하여야 하므로 상대적으로 높은 시장 위험을 부담하는 대신 발행자로부터 잔액 인수의 경우에 비해 높은 수수료를 ⓑ받는다. 간접 발행의 경우 중개 회사에 대한 수수료를 지급해야 함에도 불구하고 채권 발행자는 직접 발행보다는 간접 발행을 더 선호하는데, 이는 발행 위험을 분담하는 것과 더불어 중개 회사가 가지고 있는 조직적인 판매망과 전문적인 지식을 통해 채권 판매를 촉진시킬 수 있기 때문이다. 민간이 발행하는 채권에는 채무 불이행과 같은 신용 위험이 존재한다. 따라서 채권 발행자에 대한 정보가 부족한 경우, 투자자는 발행자보다는 신용 있는 중개 회사를 더 신뢰하고 투자를 결정하기 때문에 채권 발행자는 비록 중개 수수료를 ⓒ지급하더라도 간접 발행을 선택하게 된다.

04 〈보기〉는 제시문의 내용을 정리한 것이다. 〈보기〉의 ①~③에 들어갈 적절한 말을 제시문에서 찾아 쓰시오.

〈보기〉

- 매수인의 특성 및 자금의 규모에 따른 채권 발행 시장의 거래 방식 중, 채권 발행자의 입장에서 채권 발행 당시 의도한 발행 규모에 비해 과소 판매가 발생할 위험이 상대적으로 더 큰 것은 (①)이나.
- 채권 발행 위험을 부담하는 정도에 따른 채권 중개 회사의 채권 인수 방식 중, 채권 중개 회사의 입장에서 상대적으로 더 큰 시장 위험을 부담하는 방식은 (②) 방식이다. 따라서 채권 중개 회사는 (②) 방식으로 채권을 인수할 때에 더 높은 (③)을/를 받는다.

① ______________________

② ______________________

③ ______________________

05 제시문의 ⓐ~ⓒ 각각에서 관찰되는 음운의 변동을 〈보기〉에서 찾아 쓰시오.

〈보기〉

구개음화, 거센소리되기, 모음 탈락, 반모음 첨가, 비음화, 유음화, 된소리되기

ⓐ ______________________

ⓑ ______________________

ⓒ ______________________

※ 다음 글을 읽고 물음에 답하시오.

선거 방송 보도의 유형과 특징을 분석하는 것은 중요하다. 그 이유는 선거 방송 보도가 불특정한 대중에게 정치적 메시지를 대량으로 전달하는 매체라는 점에서 선거 운동의 중요한 도구가 되기 때문이다. 선거 방송 보도가 선거 운동에서 중요한 위치를 차지하게 된 것은 대중에게 쉽게 선거 운동에 대한 정보를 제공할 수 있으며, 대중의 정치의식 수준이 높거나 낮은 것에 영향을 덜 받으면서 강한 영향력을 행사할 수 있기 때문이다. 가령 후보자나 정당이 선거 운동의 의제를 만드는 것이 아니라 선거 방송 보도에 따라 의제가 만들어지는 것이 있다. 이러한 선거 방송 보도에는 선거 운동 중에 특정 정치인에 대해 보도하는 것, 부정식 뉴스 보도의 증가, 본질적 이슈 보도 대신에 선거 운동에 대한 보도 증가와 같은 현상들이 나타난다. 이러한 선거 방송 보도 유형으로는 부정식 보도, 경마식 보도, 개인화 보도가 있다.

부정식 보도는 특정 정치인이나 정당, 정부 등을 부정적으로 보도하는 것이다. 이러한 보도에서는 불법 부정 선거, 흑색선전, 후보자나 정당의 비리 등을 보도하거나 폭로 · 비방 · 갈등 관계와 같은 부정적인 측면을 보도한다. 부정식 보도는 해석적 저널리즘과 결합한 형태로 나타나기도 한다. 해석적 저널리즘은 특정 사안에 대한 사실을 예시로 활용하면서 언론이 그 사안에 대해 분석하고 해석하는 것이다.

방송사의 이익을 위한 보도로 경마식 보도가 있다. 경마식 보도란 정치적 쟁점이나 후보자의 자질 · 능력 · 도덕성 등 선거에서 중요한 본질적 내용보다는 득표율 예측, 후보자들의 지지율 변화, 선거 운동 전략, 유권자들의 반응, 후보자 간의 연대 · 통합 · 갈등 등 흥미적인 요소를 집중적으로 보도하는 방식이다. 경마식 보도는 부정식 보도와 마찬가지로 해석적 저널리즘과 결합한 형태로 잘 나타난다.

개인화 보도는 정치인의 공적 영역뿐 아니라 사적 영역에 대해서도 보도하는 것을 말하는데, 이 보도에서는 정치인 개인에 대한 것은 강조하는 반면에 정당, 조직, 제도에 대한 초점은 감소한다. 개인화 보도에서는 지도적인 위치에 있는 정치인이나 정당 지도자들에 대해 초점을 둔다.

06 〈보기〉는 제시문을 바탕으로 선거 보도의 유형과 선거 방송 보도 예시를 정리한 것이다. 〈보기〉의 ①~③에 들어갈 적절한 말을 제시문에서 찾아 쓰시오.

〈보기〉

보도 유형	선거 방송 보도 예시
(①)	후보들의 지지율 양상, 선거 토론회 방송에서 표출된 후보자 간의 갈등과 함께 이에 대한 언론인 또는 뉴스 패널의 해석을 보도한다.
(②)	후보자와 후보자가 속한 정당의 정책 및 제도보다는 후보자의 사적 영역을 취재하여 이를 더 비중 있게 보도한다.
(③)	특정 후보의 비리에 대한 경쟁 후보자 또는 상대측 정당의 입장을 보도하면서 비리 내용을 분석하는 내용을 추가하여 보도한다.

① ______________ ② ______________ ③ ______________

[07～08] 다음 글을 읽고 물음에 답하시오.

(가)

나는 희망이 없는 희망을 거절한다
희망에는 희망이 없다
희망은 기쁨보다 분노에 가깝다
나는 절망을 통하여 희망을 가졌을 뿐
희망을 통하여 희망을 가져 본 적이 없다

나는 절망이 없는 희망을 거절한다
희망은 절망이 있기 때문에 희망이다
희망만 있는 희망은 희망이 없다
희망은 희망의 손을 먼저 잡는 것보다
절망의 손을 먼저 잡는 것이 중요하다

희망에는 절망이 있다
나는 희망의 절망을 먼저 원한다
희망의 절망이 절망이 될 때보다
희망의 절망이 희망이 될 때
당신을 사랑한다

– 정호승, 「나는 희망을 거절한다」

(나)

자기가 하고 싶지는 않으나 부득이 해야 하는 것은 그만둘 수 없는 일이요, 자기는 하고 싶으나 남이 알지 못하게 하기 위해 하지 않는 것은 그만둘 수 있는 일이다. 그만둘 수 없는 일은 항상 그 일을 하고는 있지만, 자기가 하고 싶지 않기 때문에 때로는 그만둔다. 하고 싶은 일은 언제나 할 수 있으나, 남이 알지 못하게 하려고 하기 때문에 또한 때로는 그만둔다. 진실로 이와 같이 된다면 천하에 도무지 일이 없을 것이다.

나의 병은 내가 잘 안다. 나는 용감하지만 지모가 없고 선(善)을 좋아하지만 가릴 줄을 모르며, 맘 내키는 대로 즉시 행하여 의심할 줄을 모르고 두려워할 줄을 모른다. 그만둘 수도 있는 일이지만 마음에 기쁘게 느껴지기만 하면 그만두지 못하고, 하고 싶지 않은 일이지만 마음이 꺼림칙하여 불쾌하게 되면 그만둘 수 없다. 그래서 어려서부터 세속 밖에 멋대로 돌아다니면서도 의심이 없었고, 이미 장성하여서는 과거 공부에 빠져 돌아설 줄 몰랐고, 나이 삼십이 되어서는 지난 일의 과오를 깊이 뉘우치면서도 두려워하지 않았다. 이 때문에 선을 끝없이 좋아하였으나, 비방은 홀로 많이 받고 있다. 아, 이것이 또한 운명이란 말인가. 이것은 나의 본성 때문이니, 내가 또 어찌 감히 운명을 말하겠는가.

내가 노자의 말을 보건대, "겨울에 시내를 건너는 것처럼 신중하게 하고(與), 사방에서 나를 엿보는 것을 두려워하듯 경계하라(猶)."라고 하였으니, 아, 이 두 마디 말은 내 병을 고치는 약이 아닌가. 대체로 겨울에 시내를 건너는 사람은 차가움이 뼈를 에듯 하므로 매우 부득이한 일이 아니면 건너지 않으며, 사방의 이웃이 엿보는 것을 두려워하는 사람은 다른 사람의 시선이 자기 몸에 이를까 염려한 때문에 매우 부득이한 경우라도 하지 않는다.

편지를 남에게 보내어 경례(經禮)의 이동(異同)*을 논하고자 하다가 이윽고 생각하니, 그렇게 하지 않더라도 해로울 것이 없었다. 하지 않더라도 해로울 것이 없는 것은 부득이한 것이 아니므로, 부득이한 것이 아닌 것은 또 그만둔

다. 남을 논박하는 소(疏)를 봉(封)해 올려서 조신(朝臣)의 시비(是非)*를 말하고자 하다가 이윽고 생각하니, 이것은 남이 알지 못하게 하려는 것이었다. 남이 알지 못하게 하려는 것은 마음에 크게 두려움이 있어서이므로, 마음에 크게 두려움이 있는 것은 또 그만둔다. 진귀한 옛 기물을 널리 모으려고 하였지만 이것 또한 그만둔다. 관직에 있으면서 공금을 농간하여 그 남은 것을 훔치겠는가. 이것 또한 그만둔다. 모든 마음에서 일어나고 뜻에서 싹트는 것은 매우 부득이한 것이 아니면 그만두며, 매우 부득이한 것일지라도 남이 알지 못하게 하려는 것은 그만둔다. 진실로 이와 같이 된다면, 천하에 무슨 일이 있겠는가.

내가 이 뜻을 얻은 지 6~7년이 되는데, 이것*을 당(堂)에 편액으로 달려고 했다가, 이윽고 생각해 보고는 그만두었다. 초천(苕川)에 돌아와서야 문미(門楣)*에 써서 붙이고, 아울러 이름 붙인 까닭을 적어서 어린아이들에게 보인다.

– 정약용, 「여유당기」

*경례의 이동: 경전이나 예법 해석의 같고 다름.

*조신의 시비: 신하들이 낸 의견의 옳고 그름.

*이것: 앞에서 언급한 '여유(與猶)'라는 노자의 말을 이름.

*문미: 문 위에 가로 댄 나무.

07 **〈보기2〉는 〈보기1〉을 바탕으로 (가)와 (나)를 이해한 내용이다. 〈보기2〉의 ①, ②에 들어갈 적절한 말을 〈보기1〉에서 찾아 쓰시오.**

〈보기 1〉

의미가 서로 정반대가 되는 두 단어(또는 구)의 의미 관계를 반의 관계라고 한다. 반의 관계는 그 성격에 따라 몇 가지 유형으로 나눌 수 있는데, '죽다'와 '살다'의 관계처럼 한 영역 안에서 중간 항이 없이 상호배타적 관계에 있는 반의 관계를 상보 반의 관계라고 한다. 상보 반의 관계에 있는 두 단어는 동시에 긍정하거나 부정하는 것이 논리적으로 불가능하다. 이때 동시 긍정이나 동시 부정이 불가능한 반의어 쌍을 묶어서 함께 사용하면 역설이 발생하고, 이와 같은 역설은 문학 작품에서 새로운 깨달음을 전달하는 표현 방식으로 사용되기도 한다.

〈보기 2〉

(가)에는 '희망이 없는 희망'과 '절망이 없는 희망'이라는 표현이 있는데, 논리적으로 '절망이 없는 희망'은 성립이 가능하지만, 희망을 하는 동시에 희망이 없을 수는 없으므로 '희망이 없는 희망'은 성립이 불가능하다. 하지만 (가)는 '희망이 없는 희망'을 통해 '절망'과 연계되어 생겨난 '희망'이 진정한 희망이 될 수 있다는 깨달음을 전달하고 있다. 이런 점에서 (가)의 '희망이 없는 희망'은 〈보기1〉의 (①)에 해당하는 것으로 볼 수 있다. (나)에서는 '자기는 하고 싶'은 일과 '자기가 하고 싶지 않'은 일을 해야 하는지 그만두어야 하는지에 대한 화자의 고민이 드러난다. 이때 (나)의 화자에게 "'하다'를 선택하는 것"과 "'그만두다'를 선택하는 것"의 관계는 〈보기1〉의 (②) 관계에 해당하는 것으로 볼 수 있다.

① ______________________ ② ______________________

08 〈보기〉는 (나)에 대한 설명의 일부이다. 〈보기〉의 ㉠과 ㉡에 해당하는 문장을 제시문에서 찾아 각각의 첫 어절과 끝 어절을 순서대로 쓰시오.

〈보기〉

(나)는 정약용이 지은 기(記)의 하나이다. 기는 대상을 관찰하고 기록하여 영구히 기억하고자 하는 것을 목적으로 하는 한문 양식이다. 기가 다루는 대상은 특정 인물, 사건, 물품이나 풍경 등 매우 잡다하다. (나)에서 정약용은 과거에 했던 행동들을 나열하며 그것이 부득이한 일이었는지 그렇지 않은지를 따진다. 그 과정에서 우리는 정약용의 다양한 삶의 경험을 엿볼 수 있는데, 그중에는 관직자로 생활했던 정약용의 경험도 확인할 수 있다. ㉠정약용은 관직자로서 경계해야 할 그릇된 행동을 구체적으로 언급하며, 관직자가 가져야 할 마땅한 삶의 자세를 의문형 문장으로 전달하기도 한다. 또한 ㉡초천에 돌아와 살게 된 정약용은 자신이 얻은 깨달음을 잊지 않기 위해 집의 이름을 짓고 이 글을 썼음을 분명하게 드러내고 있다.

① ㉠에 해당하는 문장:

첫 어절: ____________________, 마지막 어절: ____________________

② ㉡에 해당하는 문장:

첫 어절: ____________________, 마지막 어절: ____________________

※ 다음 글을 읽고 물음에 답하시오.

(가)

인제 모든 것은 끝나는 것이다. 얼음장처럼 밑이 차다. 전신의 근육이 감각을 잃은 채 이따금 경련을 일으킨다. 발자국 소리가 난다. 말소리도. 시간이 되었나 보다. 문이 삐거덕거리며 열리고 급기야 어둠을 헤치고 흘러 들어오는 광선을 타고 사닥다리가 내려올 것이다. 숨죽인 채 기다린다. 일순간이 지났다. 조용하다. 아무런 동정도 없다. 어쩐 일일까……? 몽롱한 의식의 착오 탓인가. 확실히 구둣발 소리다. 점점 가까워 오는……정확한……그는 몸을 일으키려 애썼다. 고개를 들었다. 맑은 광선이 눈부시게 흘러 들어온다. 사닥다리다.

"뭐 하고 있어! 빨리 나와!"

착각이 아니었다. 그들은 벌써부터 빨리 나오라고 고함을 지르며 독촉하고 있었다. 한 단 한 단 정신을 가다듬고 감각을 잃은 무릎을 힘껏 고여 짚으며 기어올랐다. 입구에 다다르자 억센 손아귀가 뒷덜미를 움켜쥐고 끌어당겼다. 몸이 밖으로 나가는 순간 눈 속에 그대로 머리를 박고 쓰러졌다. 찬 눈이 얼굴 위에 스치자 정신이 돌아왔다. 일어서야만 한다. 그리고 정확히 걸음을 옮겨야 한다. 모든 것은 인제 끝나는 것이다. 끝나는 그 순간까지 정확히 나를 끝맺어야 한다.

그는 눈을 다섯 손가락으로 꽉 움켜 짚고 떨리는 다리를 바로잡아 가며 일어섰다. 그리고 한 걸음 한 걸음 정확히

걸음을 옮겼다. 눈은 의지적인 신념으로 차가이 빛나고 있었다.

본부에서 몇 마디 주고받은 다음, 준비 완료 보고와 집행 명령이 뒤이어 떨어졌다. 눈이 함빡 쌓인 흰 둑길이다. 오! 이 둑길…… 몇 사람이나 이 둑길을 걸었을 거냐. 휜칠히 트인 벌판 너머로 마주 선 언덕, 흰 눈이다. 가슴이 탁 트이는 것 같다. 똑바로 걸어가시오. 남쪽으로 내닫는 길이오. 그처럼 가고 싶어 하던 길이니 유감없을 거요. 걸음마다 흰 눈 위에 발자국이 따른다. 한 걸음 두 걸음 정확히 걸어야 한다. 사수(射手) 준비! 총탄 재는 소리가 바람처럼 차갑다. 눈 앞엔 흰 눈뿐, 아무것도 없다. 인제 모든 것은 끝난다. 끝나는 그 순간까지 정확히 끝을 맺어야 한다. 끝나는 일초, 일각까지 나를, 자기를 잊어서는 안 된다.

걸음걸이는 그의 의지처럼 또한 정확했다. 아무리 한 걸음, 한 걸음 다가가는 걸음걸이가 죽음에 접근하여 가는 마지막 길일지라도 결코 허튼, 불안한, 절망적인 것일 수는 없었다. 흰 눈, 그 속을 걷고 있다. 휜칠히 트인 벌판 너머로, 마주 선 언덕, 흰 눈이다. 연발하는 총성. 마치 외부 세계의 잡음만 같다. 아니 아무것도 아닌 것이다. 그는 흰 속을 그대로 한 걸음, 한 걸음 정확히 걸어가고 있었다. 눈 속에 부서지는 발자국 소리가 어렴풋이 들려온다. 두런두런 이야기 소리가 난다. 누가 뒤통수를 잡아 일으키는 것 같다. 뒤허리에 충격을 느꼈다. 아니, 아무것도 아니다. 아무것도 아닌 것이다.

– 오상원, 「유예」

(나)

판잣집 유리딱지에
아이들 얼굴이
불타는 해바라기마냥 걸려 있다.

내려쪼이던 햇발이 눈부시어 돌아선다.
나도 돌아선다.
울상이 된 그림자 나의 뒤를 따른다.

어느 접어든 골목에서 걸음을 멈춘다.
잿더미가 소복한 울타리에
개나리가 망울졌다.

저기 언덕을 내려 달리는
소녀의 미소엔 앞니가 빠져
죄 하나도 없다.

나는 술 취한 듯 흥그러워진다.
그림자 웃으며 앞장을 선다.

– 구상, 「초토의 시 1」

09 〈보기〉는 (가)와 (나)에 대한 해설의 일부이다. 〈보기〉의 ①, ②에 들어갈 적절한 단어를 각각 제시문의 (가)와 (나)에서 찾아 쓰시오.

〈보기〉

(가)와 (나)는 공통적으로 6 · 25 전쟁을 배경으로 한 문학 작품이다. 그러므로 이 두 작품은 주제적인 측면에서 전쟁과 무관할 수 없다. (가)와 (나)에는 전쟁이라는 극한 상황에 대한 서로 다른 인식이 작품 속 주요 소재를 통해 드러난다. 가령 (가)에서 '(①)'은/는 작품 안에서 시각적 이미지나 촉각적 이미지를 나타내는 표현과 결합하여 겨울이라는 계절적 배경을 나타낼 뿐만 아니라, 비극적이고 냉혹한 전쟁의 속성을 강조하는 데에 사용된다. 한편 (나)에서 '(②)'은/는 폐허가 된 삶의 터전과 대비를 이루면서 전쟁으로 인한 부정적 상황에서 화자의 의식이 긍정적인 방향으로 전환되게 하는 소재로서 기능을 하고 있다.

① ______________________

② ______________________

수학[인문A]

▶ 해설 p.202

10 x에 대한 부등식
$x^2-x\log_3(\sqrt[3]{9}n)+\log_3\sqrt[3]{n^2}<0$을 만족시키는 정수 x의 개수가 1이 되도록 하는 자연수 n의 개수를 구하는 과정을 서술하시오.

11 공차가 0이 아닌 등차수열 $\{a_n\}$에 대하여
$a_2-1=1-a_4$이고 $|a_4+5|=|-5-a_6|$ 일 때, a_7의 값을 구하는 과정을 서술하시오.

12 다음 조건을 만족시키는 모든 다항함수 $f(x)$에 대하여 $f\left(\frac{1}{2}\right)$의 최댓값을 구하는 과정을 서술하시오.

(가) 함수 $f(x)$의 모든 항의 계수가 정수이고, $f(0)=0$이다.
(나) $\lim_{x\to\infty}\frac{f(x)-2x^3}{x^2}=\lim_{x\to\frac{1}{2}}f(x)$
(다) $f(x)$가 실수 전체의 집합에서 증가한다.

13 자연수 a에 대하여 함수 $f(x)=\frac{1}{3}\log_2(x-2)$의 그래프의 점근선과 함수 $g(x)=\tan\frac{\pi x}{a}$의 그래프는 만나지 않는다. 정의역이 $\left\{x \middle| \frac{17}{8}\leq x\leq 6\right\}$인 합성함수 $(g\circ f)(x)$의 최댓값과 최솟값을 구하는 다음의 풀이 과정을 완성하시오. (단, a는 상수이다.)

직선 [①]가 f의 점근선이므로
$a=$[②]. 따라서 합성함수 $(g\circ f)(x)$의
최솟값은 [③]이고, 최댓값은 [④]
이다.

14 다음 조건을 만족시키는 최고차항의 계수가 1인 모든 삼차함수 $f(x)$에 대하여 $\int_{-1}^{3} f(x)\,dx$의 최댓값과 최솟값의 합을 구하는 과정을 서술하시오.

(가) $|f(1)|+|f(-1)|=0$

(나) $-1 \le \int_{0}^{1} f(x)\,dx \le 1$

15 점 $(-2,\ a)$에서 곡선 $y=x^3-3x^2-9x+2$에 그을 수 있는 접선의 개수가 3이 되도록 하는 정수 a의 개수를 구하는 과정을 서술하시오.

국어[인문B]

▶ 해답 p.204

※ 다음은 작문 상황에 따라 학생이 작성한 초고이다. 물음에 답하시오.

[작문 상황]: '○○시 청소년 정책 제안 제도'에 참여하여 지역의 문제를 해결할 수 있는 정책을 제안하는 글을 작성하고자 함.

[학생의 초고]

○○ 시민들의 편안한 일상을 위해 노력해 주시는 ○○시에 진심으로 감사의 말씀을 드립니다. 이번 ○○시 청소년 정책 제안과 관련하여 ○○시 일부 지역에 '수요 응답형 대중교통'을 도입해 주실 것을 제안합니다. 수요 응답형 대중교통은 대중교통의 노선을 미리 정하지 않고 승객의 요청에 따라 운행 구간을 설정하고, 승객은 자신이 지정한 정류장에서 선택한 시간에 대중 교통을 이용하는 제도입니다.

우리 ○○시는 도시와 농촌이 공존하는 도농 복합시입니다. 농촌 지역의 경우 버스의 일 운행 횟수가 4회 이내인 곳이 많아 한번 버스를 놓치면 오랜 시간 기다려야 하고 당장 필요할 때 버스를 이용하기 어렵습니다. 더구나 출퇴근 시간이 아니면 버스 이용 고객이 많지 않아 운임료만으로는 버스 운행 비용을 충당하기 어려워 버스 회사에 ○○시가 매년 상당한 지원금을 제공하고 있습니다. 이러한 점을 개선하기 위해서는 농촌 지역의 현재 대중교통 체제를 전환해야 합니다.

대중교통 체제의 전환 과정에서 대중교통 사업자들과 갈등이 유발될 수도 있지만 ○○ 시청과 ○○시 농촌 지역 시민들의 이익을 위해서라도 ○○시의 농촌 지역에 수요 응답형 대중교통을 빠르게 도입해야 한다고 생각합니다. 수요 응답형 대중교통을 도입하면 필요한 시간에 필요한 곳에서 대중교통을 이용할 수 있으니 대중교통에 대한 시민들의 만족도가 높아질 것이며, ○○시는 대중교통 사업자의 적자를 보전하는 데 드는 비용을 줄일 수 있을 것입니다.

농촌 지역의 주민들에게는 더욱 편리한 대중교통 서비스를 제공할 수 있으면서도, ○○시 예산 지출도 줄일 수 있는 수요 응답형 대중교통은 현재 우리 ○○시가 실시할 수 있는 최고의 정책이 될 것입니다. 제 제안이 주민들이 더 행복한 ○○시가 되는 데에 도움이 되었으면 좋겠습니다.

01 〈보기〉는 초고 작성을 위해 작성한 글쓰기 계획의 일부이다. 〈보기〉의 ①, ②가 반영된 문장을 제시문에서 찾아 각각의 첫 어절과 마지막 어절을 순서대로 쓰시오.

〈보기〉

① 정의의 방법을 사용하여, 제안하는 교통체제가 어떤 체제인지 명확히 설명한다.

② 현재 제도의 문제점으로 ○○시가 현재의 교통 체제를 유지하는 데 드는 경제적 부담을 제시한다.

① 첫 어절: ____________________, 마지막 어절: ____________________

② 첫 어절: ____________________, 마지막 어절: ____________________

[02～03] 다음 글을 읽고 물음에 답하시오.

최근 컴퓨팅 환경은 인터넷과 결합한 가상화 기반의 클라우드 컴퓨팅 플랫폼이 일반화되고 있다. ㉠클라우드 컴퓨팅은 이용자가 언제 어디서나 필요한 만큼의 IT 시스템 자원을 필요한 시간만큼 이용할 수 있도록 인터넷을 통해 제공하는 기술을 뜻한다. 클라우드 컴퓨팅의 기반을 이루는 기술로는 가상화, 클러스터 관리, 분산 시스템 등이 있지만 가장 핵심적인 기술로는 가상화를 꼽을 수 있다. 가상화는 소프트웨어를 활용해 컴퓨터 시스템의 물리적 자원인 CPU, 메모리, 디스크 등을 논리적으로 추상화해 물리적 한계에 종속되지 않고 원하는 형태로 분리, 통합하는 기술을 통칭해서 일컫는다. 가상화를 통해 하나의 장치로 여러 동작을 하게 하거나 반대로 여러 개의 장치를 묶어 하나의 장치인 것처럼 사용자에게 제공할 수 있다. 이를 통해 컴퓨터 시스템의 물리적 자원의 효용성을 극대화할 수 있다.

하지만 하나의 장치를 논리적으로 분리한 상황에서 이를 통제하거나 관리하려면 단일 장치를 관리할 때보다 복잡하다는 문제가 있다. 이를 위해 가상화는 접근 방법 및 자원 관리를 위한 추상화된 계층의 소프트웨어를 추가하였으며, 이를 하이퍼바이저라고 부른다. 하이퍼바이저는 CPU나 메모리 같은 물리적 컴퓨팅 자원에 서로 다른 각종 운영 체제의 접근 방법을 통제하고, 다수의 운영 체제를 하나의 컴퓨터 시스템에서 가동할 수 있게 하는 소프트웨어이다. 하이퍼바이저는 하드웨어와 운영 체제 사이를 매개하는 역할을 한다. 이러한 하이퍼바이저로 인해 클라우드 컴퓨팅 사용자는 실제 하드웨어 대신 하이퍼바이저가 구축한 가상 머신을 접하게 된다. 가상머신은 실제 기반 컴퓨터 하드웨어의 단지 일부에서만 실행됨에도 불구하고, 각각의 가상 머신은 자체 운영 체제를 실행하며 독립적인 컴퓨터인 것처럼 작동한다. 이를 통해 컴퓨터 시스템의 물리적 자원인 하드웨어의 효율적인 활용이 가능하게 된다.

이러한 ㉡클라우드 컴퓨팅이 제공하는 서비스 모델에는 세 가지가 있다. 먼저 사용자에게 컴퓨터 시스템의 물리적인 자원을 직접 제공해주는 IaaS 모델이 있다. 사용자는 저장 장치, CPU, 메모리 등 원하는 컴퓨터 시스템 자원을 요청하고, 네트워크를 통해 이를 사용하게 되는 형태이다. 사용자가 직접 컴퓨터 시스템 자원을 구성하고 관리를 해야 하는 번거로움이 있지만, 사용자에 따라 다른 방법과 목적으로 사용될 수 있다는 장점이 있다. 다음은 사용자가 곧바로 소프트웨어를 개발할 수 있는 환경을 제공해 주는 PaaS 모델이 있다. PaaS 제공자는 사용자가 소프트웨어를 개발하거나 실행하는 데 기반이 되는 컴퓨터 시스템의 물리적 자원을 제공하고 관리한다. PaaS 모델을 사용하지 않는다면 사용자별로 많은 시간을 투자하여 소프트웨어 개발에 필요한 프로그램 설치, 개발 환경의 설정을 진행해야 하는 어려움이 있다. 하지만 PaaS 모델은 소프트웨어 개발에 필요한 모든 구성이 완료된 환경을 사용자에게 제공한다. 끝으로 애플리케이션을 서비스하는 SaaS 모델이 있다. 이는 클라우드 컴퓨팅 서비스 사업자가 네트워크를 통해 별도의 설치 없이 곧바로 사용할 수 있는 소프트웨어를 제공해 주거나, 사용자가 원격으로 소프트웨어를 활용할 수 있는 모델이다. 사용자는 간단한 절차만으로 서비스를 이용할 수 있으며 모든 관리 권한은 클라우드 컴퓨팅 서비스 사업자에게 있다.

02 〈보기1〉은 제시문의 ㉠에 대한 발표를 준비하는 과정에서 작성한 그림이고, 〈보기2〉는 〈보기1〉을 활용하여 ㉠을 설명하기 위해 정리한 내용이다. 〈보기2〉의 ①, ②에 들어갈 적절한 말을 〈보기1〉에서 찾아 쓰시오.

〈보기 1〉

가상 머신 1	가상 머신 2	…	가상 머신 N
운영 체제 (Operating System)	운영 체제 (Operating System)	…	운영 체제 (Operating System)
하이퍼바이저(Hypervisor)			
하드웨어(Hardware)			

〈보기 2〉

가상 머신은 실제 기반 컴퓨터 하드웨어의 일부에서 실행된다. 가상 머신은 물리적 하드웨어의 일부를 활용함에도 불구하고 각각의 가상 머신은 자체 (①)에 의해 독립적으로 작동된다. 그 결과 각각의 가상 머신은 물리적 하드웨어의 일부를 활용하지만 독립적인 컴퓨터처럼 작동하게 된다. 이러한 일을 가능하게 하는 역할을 하는 것이 바로 (②)이다.

① ____________________

② ____________________

03 〈보기〉는 제시문을 읽고 ㉡을 정리한 것이다. 〈보기〉의 ①~③에 들어갈 적절한 말을 제시문에서 찾아 쓰시오.

〈보기 1〉

클라우드 컴퓨팅 서비스 모델 중 (①) 모델은 다른 두 모델과 달리 사용자가 소프트웨어 개발을 위해 컴퓨터 시스템 자원을 직접 구성하고 관리해야 한다. 한편, (②) 모델은 사용자가 자신이 필요한 소프트웨어를 별도의 설치 없이 서비스 제공자로부터 직접 제공 받아 사용할 수 있다. (②) 모델과 달리, (③) 모델은 서비스 제공자가 컴퓨터 시스템 자원을 제공하고 관리해 주기 때문에 사용자는 소프트웨어 개발에 필요한 모든 구성이 완료된 환경에서 자신이 소프트웨어를 직접 개발할 수 있다.

① ____________________ ② ____________________ ③ ____________________

※ 다음 글을 읽고 물음에 답하시오.

고전 논리에서는 어떤 진술도 참 또는 거짓이라는 두 개의 진리치만 갖는다. 참과 거짓은 모순 관계이므로 어떤 진술이 참이라면 그 진술을 부정할 경우 진리치는 거짓이 된다. 그래서 모든 진술은 참이거나 거짓이라는 배중률과, 하나의 진술이 참이면서 동시에 거짓일 수 없다는 모순율은 고전 논리에서 반드시 지켜져야 했다. 그런데 ㉠'이 문장은 거짓이다.'(L)처럼 자신이 거짓이라고 말하는 거짓말쟁이 진술은, 고전 논리에 따를 경우에는 진리치를 단정할 수 없다. 왜 그럴까?

배중률에 의해서 L은 참이거나 거짓이어야 한다. 우선 L이 참이라고 가정해 보자. 그러면 '이 문장은 거짓이다'가 참이 되어 L은 거짓이 된다. 즉 L은 참이라고 가정하는 동시에 결론은 거짓이라는 의미가 되어 모순율을 위반한다. 따라서 L이 참이라는 가정은 버려야 한다. 이번에는 반대로 L이 거짓이라고 가정해 보자. 그러면 '이 문장은 거짓이다'가 거짓이 되어 L은 참이 된다. 이 또한 모순율을 위반하므로 L이 거짓이라는 가정도 버려야 한다. 하나의 진술에서 상호 모순되는 두 개의 진술이 도출되는 것을 논리적으로 역설이라고 한다. 거짓말쟁이 진술에서는 '참이라고 가정하면 거짓'과 '거짓이라고 가정하면 참'이 도출되는데 이를 거짓말쟁이 역설이라고 한다.

자기 자신을 말하는 문장 구조가 사용된 진술을 자기 지시성이 있는 진술이라 한다. '한국의 수도는 서울이다.'는 한국의 수도가 어디인지 말할 뿐 자기 지시성은 없다. 하지만 '이 문장은 한국어 문장이다.'는 자기 자신을 가리키며 그것이 어떤 언어로 이루어져 있는지 말하고 있으므로 자기 지시성이 있다. 20세기 초 타르스키는 거짓말쟁이 진술에 사용된 자기 지시성 때문에 역설이 생긴다고 보았다. 그는 진술의 진리치에 대한 고전 논리의 가정을 고수하는 관점에서 거짓말쟁이 역설을 해결하기 위해 '언어 위계론'을 제시했다.

언어 위계론에서 '이 문장이 있다.'는 어떤 사실에 대해 말하는 진술인 대상 언어라 한다. 반면 '이 문장이 있다.'에 '거짓이다'가 덧붙여진 L은 메타언어라 한다. 메타언어란 대상 언어에 대한 참 또는 거짓을 말하는 진술로 대상 언어에 '참이다' 또는 '거짓이다'라는 진리 술어를 덧붙여 만든다. 이때 메타언어는 대상 언어보다 위계가 더 높다. 만약 메타언어 뒤에 진리 술어를 하나 덧붙여 새로운 진술을 만들면, 기존의 진술은 대상 언어가 되고 새로운 진술은 메타언어가 된다. 이러한 이론을 전제로 삼아, 그는 메타언어에 포함된 진리 술어는 자신보다 낮은 위계인 언어만 언급할 수 있다고 규정했다. 그 결과 자신에 대해서 참이나 거짓이라고 말하는 진술은 있을 수 없기에 거짓말쟁이 역설은 해소된다고 결론을 내렸다.

타르스키가 언어 위계론을 제안하자 일부 학자들은 고전 논리에 없던 또 다른 규칙을 추가한 것을 지적하면서, 이 때문에 고전 논리의 가정 안에서 역설이 해소된 것으로 보기 어렵다며 이론의 한계를 주장했다. 또한 어떤 학자들은 자기 지시성이 역설의 원인이 아니라는 반론을 제기했다. 또 다른 학자들은 자기 지시성이 없어도 역설이 발생하는 경우가 있다고 주장했다.

20세기 후반에는, 진술의 진리치에 대한 고전 논리의 가정을 포기하는 관점에서 거짓말쟁이 진술을 이해하려는 시도가 있었다. 크립키는 참도 아니고 거짓도 아닌 진리치를 가진 진술이 존재할 수 있다고 주장하며, 거짓말쟁이 진술이 그러한 사례에 해당한다고 보았다. 프리스트는 참과 거짓인 진술 이외에 '참인 동시에 거짓'인 진술이 존재할 수 있다고 주장하며, 거짓말쟁이 진술이 그러한 사례에 해당한다고 보았다.

04 〈보기〉는 제시문의 ㉠을 이해한 내용이다. 〈보기〉의 ①~③에 들어갈 적절한 말을 제시문에서 찾아 쓰시오.

〈보기〉

고전 논리에 따를 경우 ㉠은 진리치를 단정할 수 없는 역설에 해당한다. 타르스키는 고전 논리의 관점을 고수하면서도 이 역설을 해소할 수 있는 방법으로 언어 위계론을 제안했다. 타르스키에 의하면 ㉠의 진리치가 역설로 나타나는 이유는 ㉠이 '이 문장은 한국어 문장이다.'와 같은 (　①　)을/를 갖기 때문이다. 타르스키의 언어 위계론에서 ㉠은 '거짓이다'와 같은 진리 술어를 포함한 메타언어이며, 메타언어는 그보다 낮은 위계의 언어인 (　②　)을/를 언급하는 문장일 뿐 자기 자신을 언급하는 문장은 아니다. 타르스키는 이와 같은 설명을 통해 ㉠이 일으키는 역설을 해소한다. 한편 20세기 후반의 크립키는 참도 아니고 거짓도 아닌 진리치를 가진 진술이 존재할 수 있다고 주장하며, ㉠과 같은 거짓말쟁이 진술이 그러한 예가 될 수 있다고 했다. 크립키의 주장은 고전 논리에서 반드시 지켜져야 한다고 생각했던 논리 규칙 중 (　③　)을/를 포기한 셈이라 할 수 있다.

① ______________________

② ______________________

③ ______________________

※ 다음 글을 읽고 물음에 답하시오.

우리가 일상에서 흔히 사용하는 저울은 어떤 원리로 물건의 무게를 측정할까? 양팔저울과 대저울은 지레의 원리를 응용한다. 양팔저울은 지렛대의 중앙을 받침점으로 하고, 양쪽의 똑같은 위치에 접시를 매달거나 올려놓은 것이다. 한쪽 접시에는 측정하고자 하는 물체를 놓고, 다른 한쪽 접시에는 추를 놓아 지렛대가 수평을 이루었을 때 추의 무게가 바로 물체의 무게가 된다. 그러나 양팔저울은 지나치게 무겁거나 부피가 큰 물체의 무게를 측정하기 어렵다. 이를 보완한 것이 대저울이다. 대저울은 받침점에 가까운 곳에 측정하고자 하는 물체를 걸고 반대쪽에는 작은 추를 걸어 움직여서 지렛대가 평형을 이루는 지점을 찾는 방법으로 물체의 무게를 측정한다. '물체의 무게'×'받침점과 물체 사이의 거리' = '추의 무게'×'받침점과 추 사이의 거리'이므로 받침점으로부터 평형을 이루는 지점을 알면 물체의 무게를 계산할 수 있다.

전자저울은 스트레인을 감지하는 장치인 스트레인 게이지가 부착된 무게 측정 소자를 작동 원리로 한다. 무게 측정 소자는 금속 탄성체로 되어 있는데, 전자저울에 물체를 올려놓으면 이 금속 탄성체에는 스트레스에 따라 스트레인이 발생한다. 여기서 스트레스란 단위 면적에 작용하는 힘을 가리키는 것으로 압력과 동일하며, 스트레인이란 스트레스에 의한 길이의 변화량을 가리키는 것으로 길이의 변화량을 변화가 일어나기 전의 길이로 나눈 값이다. 스트레스에 따라 금속 탄성체는 인장 변형이 일어나고 스트레인 게이지에서는 스트레인에 따른 저항 변화가 일어난다. 스트레인은 스트레스의 크기에 비례하고 전기 저항은 그 스트레인에 비례하기 때문이다. 통상적으로 스트레인 게이지에서의 저항 변화는 매우 작기 때문에 증폭 회로를 통해 약 100~200배를 증폭시키고 전기 신호로 전환한 다음,

디지털 신호로 바꾸면 전자저울의 지시계에 물체의 무게가 나타나게 된다. 전자저울에서 금속 탄성체는 가해진 스트레스에 대해 일정한 스트레인을 발생시켜야 하는 매우 중요한 부품으로, 시간에 따라 특성이 변하지 않아야 하고 탄성의 한계점이 높아야 한다.

05 **〈보기1〉은 실험 결과이고, 〈보기2〉는 제시문을 바탕으로 〈보기1〉에 대한 탐구 활동을 실시한 것이다. 〈보기2〉의 ①, ②에 들어갈 적절한 숫자를 쓰시오.**

〈보기 1〉

- 대저울의 받침점에서 왼쪽으로 30cm 떨어진 위치에 10kg의 추를 걸어 두고, 받침점에서 오른쪽으로 20cm 떨어진 위치에 물체 ㉮를 걸었을 때, 대저울의 지렛대가 평형을 이루었다.
- 아무런 물체도 올려놓지 않은 전자저울 A의 금속 탄성체의 길이는 10cm이다. 전자저울 A에 10kg의 상자를 올렸을 때, 금속 탄성체의 길이는 2cm가 늘어났다.

〈보기 2〉

〈보기1〉에서 물체 ㉮의 무게는 (　①　)kg이고, 물체 ㉮를 〈보기1〉의 전자저울 A에 올려 놓으면 전자저울 A의 금속 탄성체의 전체 길이는 (　②　)cm가 될 것이다.

① ______________________

② ______________________

06 〈보기1〉은 수업 시간의 대화 내용이다. 〈보기1〉의 ①~③에 들어갈 적절한 말을 〈보기2〉에서 찾아 쓰시오.

〈보기 1〉

선생님: 지금까지 살펴본 것처럼 어떤 음운이 환경에 따라 다른 음운으로 변하는 음운 변동에는 비음화, 유음화, 된소리되기, 구개음화, 모음 탈락, 반모음 첨가, 거센소리되기 등이 있어요. 이제부터는 이런 음운 변동이 일어난 예를 한번 같이 찾아볼까요?
학생 1: '(　①　)'에서 유음화가 일어난 것을 확인할 수 있어요.
학생 2: '(　②　)'은/는 비음화가 일어난 예에 해당해요.
선생님: 모두 정말 잘 찾았어요. 그런데 두 개 이상의 음운 변동이 일어난 예도 있지 않을까요?
학생 3: 네, 선생님. '(　③　)'은/는 거센소리되기와 구개음화가 모두 일어난 예로 볼 수 있어요.
선생님: 네 맞아요. 모두 음운 변동이 일어난 예들을 잘 찾았어요.

〈보기 2〉

칼날, 국물, 집합, 닫히다, 밥상, 같이, 독서

① ______________________

② ______________________

③ ______________________

[07~08] 다음 글을 읽고 물음에 답하시오.

(가)
고산 구곡담(高山九曲潭)을 사ᄅᆞᆷ이 모로더니
주모 복거(誅茅卜居)*ᄒᆞ니 벗님ᄂᆡ 다 오신다
어즈버 무이(武夷)를 상상ᄒᆞ고 학주자(學朱子)를 ᄒᆞ리라 〈제1수〉

이곡(二曲)은 어ᄃᆡᄆᆡ고 화암(花巖)의 춘만(春滿)커다
벽파(碧波)의 ᄭᅩᆺ츨 ᄯᅴ워 야외로 보ᄂᆡ로라
사ᄅᆞᆷ이 승지(勝地)를 모로니 알긔 ᄒᆞᆫ들 엇더ᄒᆞ리 〈제3수〉

오곡(五曲)은 어ᄃᆡᄆᆡ고 은병(隱屛)이 보기 조ᄒᆡ
수변 정사(水邊精舍)ᄂᆞᆫ 소쇄ᄒᆞᆷ*도 가이업다
이 중에 강학(講學)도 ᄒᆞ려니와 영월음풍(詠月吟風) ᄒᆞ리라 〈제6수〉

육곡(六曲)은 어디미고 조협(釣峽)에 물이 넙다
나와 고기와 뉘야 더옥 즐기는고
황혼의 낙디를 메고 대월귀(帶月歸) 호노라 〈제7수〉

구곡(九曲)은 어디미고 문산(文山)의 세모(歲暮)커다
기암괴석(奇巖怪石)이 눈 속의 뭇쳐셰라
유인(遊人)은 오지 아니호고 볼 것 업다 호더라 〈제10수〉

– 이이, 「고산구곡가」

*주모 복거 : 살 만한 터를 가려 정하고 풀을 베어 집을 짓고 살아감.
*소쇄홈 : 기운이 맑고 깨끗함.

(나)
저 산 저 새 돌아와 우네
어둡고 캄캄한 저 빈 산에
저 새 돌아와 우네
가세
우리 그리움
저 산에 갇혔네
저 어두운 들을 지나
저 어두운 강 건너
저 남산 꽃산에
우우우 꽃 피러 가세
산아 산아 산아
저 어둠 태우며
타오를 산아
저 꽃산에 눈부시게 깃쳐 오를 새하얀 새여
아아, 지금은 저 어두운 빈 산에 갇혀
저 새 밤새워 울고
우리 어둠 속에
꽃같이 아픈 눈 뜨고 있네.

– 김용택, 「저 새」

07 〈보기2〉는 〈보기1〉의 자료를 바탕으로 (가)와 (나)를 이해한 것이다. 〈보기2〉의 ①, ②에 들어갈 적절한 말을 제시문에서 찾아 쓰시오.

〈보기 1〉

시적 대상이란 시인이 주제를 형상화하기 위해 제시하는 모든 소재를 지칭한다. 이러한 시적 대상에는 특정한 인물이나 자연물, 사물과 같이 구체적 형태를 지닌 것도 있지만, 특정한 관념이나 상황, 정서와 같은 무형의 것도 있다.

〈보기 2〉

(가)에서 대상을 의인화한 시어 (①)은/는 자연을 즐기는 시적 화자의 감정이 이입된 시적 대상이다. 그리고 (나)에서 색채 이미지가 활용된 시어 (②)은/는 캄캄한 어둠과 대비되어 새로운 세상이 열리기를 바라는 시적 화자의 소망을 형상화한 시적 대상이다.

① ______________________

② ______________________

08 〈보기〉는 (가)와 (나)에 대한 해설의 일부이다. 〈보기〉의 ①, ②에 들어갈 적절한 말을 제시문의 (가)와 (나)에서 찾아 쓰시오.

〈보기〉

(가)에는 학문을 깨우치는 즐거움과 자연을 즐기는 자세가 형상화되어 있는데, (가)의 '제(①)수'에서는 세상 사람들에게 강학을 하고자 하는 태도 외에도 자연에서 유유자적하고자 하는 삶의 태도가 나타나고 있다. (나)에는 암울한 시대적 상황에도 불구하고 부정적인 현실을 극복하고자 하는 의지가 형상화되어 있다. (나)의 초반부에는 부정적인 현실이 묘사되고 있으나, 시행 '(②)'에서 동경하는 세계를 형상화하는 비유적인 시어가 처음으로 등장하면서 부정적인 현실을 개선하고자 하는 화자의 바람이 나타난다.

① ______________________

② ______________________

※ 다음 글을 읽고 물음에 답하시오.

나무는 이 세상에 나올 때부터 그 본성이 곧게 마련이다. 따라서 어떻게 막을 수도 없이 생기(生氣)가 충만한 가운데 직립(直立)해서 위로 올라가는 속성으로 말하면, 어떤 나무이든 간에 모두가 그렇다고 해야 할 것이다. 그러나 하늘 높이 우뚝 솟아 고고한 자태를 과시하면서 결코 굴하지 않는 모습을 보여주는 것으로 오직 송백(松柏)을 첫손가락에 꼽아야만 할 것이다. 그렇기 때문에 많은 나무들 중에서도 송백이 유독 옛날부터 회자(膾炙)되면서 인간에 비견(比肩)되어 왔던 것이다.

어느 해이던가 내가 한양(漢陽)에 있을 적에 거처하던 집 한쪽에 소나무가 네다섯 그루가 서 있었다. 그런데 그 몸통의 높이가 대략 몇 자 정도밖에 되지 않는 상태에서, 모두가 작달막하게 뒤틀린 채 탐스러운 모습을 갖추고만 있을 뿐 더 이상 자라지 못하고 있었다. 그리고 그 나뭇가지들도 한결같이 거꾸로 드리워진 채, 긴 것은 땅에 끌리고 있었으며 짧은 것은 몸통을 가려주고 있었다. 그리하여 이리저리 구부러지고 휘감겨 서린 모습이 뱀들이 뒤엉켜서 싸우고 있는 것과도 같고 수레 위의 둥근 덮개와 일산(日傘)이 활짝 펴진 것처럼 보이기도 하였는데, 마치 여러 기닥의 수실이 엉겨 붙은 듯 들쭉날쭉하면서 아래로 늘어뜨려져 있었다.

내가 이것을 보고 깜짝 놀라 어떤 사람에게 말하기를,

"타고난 속성이 이처럼 다를 수가 있단 말인가. 어찌하여 생긴 모양이 그만 이렇게 되었단 말인가." 하니 그 사람이 대답하기를,

"이것은 그 나무의 본성이 그러해서가 아니다. 이 나무가 처음 나왔을 때에는 다른 산에 심어진 것과 비교해 보아도 다를 것이 없었다. 그런데 조금 자라났을 적에 사람이 조작(造作)할 수 없을 정도로 견고한 것들은 골라서 베어 버리고, 여려서 유연(柔軟)한 가지들만을 끌어와 결박해서 휘어지게 만들었다. 그리하여 높은 것은 끌어당겨 낮아지게 하고 위로 치솟는 것은 끈으로 묶어 아래를 향하게 하면서, 그 올곧은 속성을 동요시켜 상하로 뻗으려는 기운을 좌우로 방향을 바꾸게 하였다. 그러고는 오랜 세월 동안 그러한 상태를 지속하게 하면서 바람과 서리의 고초(苦楚)를 실컷 맛보게 한 뒤에야, 그 줄기와 가지들이 완전히 변화해 굳어져서 저토록 괴이한 모습을 보이게 된 것이다. 하지만 가지 끝에서 새로 싹이 터서 돋아나는 것들은 그래도 위로 향하려는 마음을 잊지 않고서 무성하게 곧추서곤 하는데, 그럴 때면 또 돋아나는 대로 아까 말했던 것처럼 베고 자르면서 부드럽게 휘어지게 만들곤 한다. 이렇게 해서 사람들이 보기에 참으로 아름답고 기이한 소나무가 된 것일 뿐이니, 이것이 어찌 그 나무의 본성이라고 하겠는가."

하였다. 내가 이 말을 듣고는 크게 탄식하면서 다음과 같이 말하였다.

"아, 어쩌면 그 물건이 우리 사람의 경우와 그렇게도 흡사한 점이 있단 말인가. 세상에서 일찍부터 길을 잃고 헤매는 자들을 보면, 그 용모를 예쁘게 단장하고 그 몸뚱이를 약삭빠르게 놀리면서, 세상에 보기 드문 괴팍한 행동을 하여 세상 사람들을 놀라게 하고, 아첨하는 말을 늘어놓아 세상 사람들이 칭찬해 주기를 바라고 있다.

그리하여 남의 비위를 맞추려고 애쓰면서 이를 고상하게 여기기만 할 뿐, 자신을 잃어버리는 것이 부끄러운 일인 줄은 잊고 있으니, 평이(平易)하고 정직(正直)한 그 본성에 비추어 보면 과연 어떠하다 할 것이며, 지극히 크고 지극히 강한 호기(浩氣)에 비추어 보면 또 어떠하다 할 것인가. 비곗덩어리나 무두질한 가죽처럼 아첨을 하여 요행히 이득이나 얻으려고 하면서, 그저 구차하게 외물(外物)을 따르며 남을 위하려고 하는 자들을 저 왜송(矮松)과 비교해 본다면 또 무슨 차이가 있다고 하겠는가.

(중략)

내가 일찍이 산속에서 자라나는 송백을 본 일이 있었는데, 그 나무들은 하늘을 뚫고 곧장 위로 치솟으면서 뇌우(雷雨)에도 끄떡없이 우뚝 서 있었다. 이쯤 되고 보면 사람들이 그 나무를 쳐다볼 때에도 자연히 우러러보고 엄숙하게 공경심이 우러나는 느낌만을 지니게 될 뿐, 손으로 어루만지거나 노리갯감으로 삼아야겠다는 마음은 별로 들지 않을 것이니, 이를 통해서도 사람들의 호오(好惡)에 대한 일반적인 생각을 엿볼 수 있다 하겠다.

그것은 그렇다 하더라도, 사랑이라고 하는 것은 장차 그 대상을 천하게 여기면서 모멸을 가할 수 있는 가능성이 그 속에 있는 반면에, 공경이라고 하는 것은 그 자체 내에 덕을 존경한다는 뜻이 들어 있는 개념이라 하겠다. 대저 그 본성을 해친 나머지 남에게 모멸을 받게 되는 것이야말로 남에게 잘 보이려고 한 행동의 결과라고 해야 할 것이요, 자기 본성대로 따른 결과 존경을 받게 되는 것은 바로 위기지학(爲己之學)의 효과라고 해야 할 것이다. 따라서 군자라면 이런 사례를 통해서 자기 자신을 돌이켜 보기만 하면 될 것이니, 저 왜송을 탓할 것이 또 뭐가 있다고 하겠는가."

청사(靑蛇, 을사년) 납월(臘月)* 대한(大寒)에 쓰다.

– 이식, 「왜송설(矮松說)」

*납월: 음력 섣달을 달리 이르는 말.

09 〈보기〉는 제시문에 대한 해설의 일부이다. 〈보기〉의 ①, ②에 들어갈 적절한 2음절 단어를 제시문에서 찾아 쓰시오.

〈보기〉

설(說)은 독자의 태도 변화를 목적으로 하는 설득적인 성격의 글이다. 설에서 글쓴이는 주변 사물을 관찰하거나 직접 체험한 일상적 경험을 바탕으로 얻게 된 깨달음을 서술하며 현실을 비판하고 독자에게 교훈을 준다. 제시문의 글쓴이도 '소나무 네다섯 그루'에 대해 글쓴이가 '어떤 사람'과 나눈 대화를 바탕으로 얻은 깨달음을 전하고 있다. 이 글에서 글쓴이는 곧게 자라는 본성을 잃어버린 '(①)'을/를 자신의 본모습을 잃고 아첨과 이익을 일삼는 사람들과 연관 짓고, 곧게 자라는 '(②)'을/를 본성을 지키며 호연지기(浩然之氣)를 지닌 사람들에 빗대어 곡학아세(曲學阿世)하는 세태를 비판하고 본성을 지키는 일의 중요성을 강조한다.

① ______________________

② ______________________

수학[인문B]

▶ 해설 p.206

10 1이 아닌 세 양수 a, b, c에 대하여 $\dfrac{\log_a c}{\log_a b}=\dfrac{6}{7}$일 때, $\log_b c$, $64^{\log_c b}$, $c^{\log_b 128}$의 값을 각각 구하는 과정을 서술하시오.

11 $\cos\left(\dfrac{\pi}{2}+\theta\right)-\sin(\pi-\theta)=\dfrac{4}{5}$일 때, $\dfrac{\cos(-\theta)}{\sin\theta}-\dfrac{\sin(-\theta)}{1+\cos\theta}$의 값을 구하는 과정을 서술하시오.

12 실수 t에 대하여 직선 $y=t$가 $0\le x<2\pi$에서 함수 $f(x)=|4\cos x-2|$의 그래프와 만나는 점의 개수를 $g(t)$라 하자. 함수 $g(t)$가 $t=a$에서 불연속인 실수 a의 값을 작은 것부터 순서대로 나열한 것이 a_1, a_2, a_3이다. a_1, a_2, a_3의 값과 $f(x)=a_1$을 만족시키는 x의 값을 각각 구하는 과정을 서술하시오.

13 첫째항이 양수인 등비수열 $\{a_n\}$의 첫째항부터 제n항까지의 합을 S_n이라 하자. $\dfrac{S_{10}-S_8}{S_6-S_4}=3$, $(S_3-S_2)^2=75$일 때, $a_2\times a_8$의 값을 구하는 과정을 서술하시오.

14 실수 m에 대하여 수직선 위를 움직이는 점 P의 시각 $t(t\geq 0)$에서의 위치 $x(t)$가

$x(t)=\frac{5}{6}t^5-5t^4+4t^3+(6-m)t$이다.

점 P가 시각 $t=0$일 때 원점을 출발한 후, 운동 방향이 두 번만 바뀌도록 하는 m의 범위를 구하는 다음의 풀이 과정을 완성하시오. (단, $t=0$일 때 점 P의 속도는 $6-m$이다.)

> 점 P의 시각 $t(t>0)$에서의 속도를 $v(t)$라 하면 $v(t)=$ ① 이다.
> $v(t)$는 $t=$ ② 에서 극댓값을 갖고, $t=$ ③ 에서 최솟값을 갖는다. $t>0$에서 운동 방향이 두 번만 바뀌도록 하는 m의 범위는 ④ 이다.

15 삼차함수 $f(x)=x^3+ax^2+bx$가

$\lim_{x\to 2}\frac{1}{x-2}\int_1^x tf'(t)dt=20$을 만족시킬 때, $f(4)$의 값을 구하는 과정을 서술하시오. (단, a, b는 상수이다.)

2024학년도

가천대 논술 모의고사

국어[A형] 수학[A형]

국어[B형] 수학[B형]

2024학년도 모의고사 국어[A형]

▶ 해답 p.208

※ 다음은 상담 전문가의 강연이다. 물음에 답하시오.

안녕하세요. 저는 상담 전문가 ○○○입니다. 오늘은 갈등을 증폭시키지 않고 갈등을 해결할 수 있는 '나-전달법'에 대해 이야기해 볼까 합니다.

'나-선달법'이란 '나'를 주어로 하여 자신의 생각과 감정을 솔직하게 표현하는 방식입니다. 상대방의 행동에 초점을 맞추어 의사소통하는 방식을 '너-전달법'이라고 하는데, 너-전달법은 '너'를 주어로 하기 때문에 상대방의 행동에 대해 비난하고 평가하게 되어 갈등 해결에 도움이 되지 못하는 경우가 많습니다. 반면 나-전달법은 상대방의 기분을 상하지 않게 하면서 자신의 의사를 분명하게 전달할 수 있어 갈등 상황에서 서로를 이해하고 문제를 해결하는 데 도움이 됩니다.

나-전달법은 자신의 감정과 경험을 표현하는 방법으로 '사건, 감정, 기대'로 메시지를 구성해 전달합니다. 자신이 문제로 인식한 상대방의 행동이나 상황을 사건이라고 하는데, 감정에서는 이런 사건만을 대상으로 삼아 이에 대한 자신의 감정을 솔직하게 이야기하는 것입니다. 그리고 기대에서는 그러한 감정을 반복적으로 경험하지 않기 위해 자신이 바라는 상대방의 행동이나 상황을 이야기하는 것입니다.

[A] 나-전달법을 사용할 때 주의해야 할 점이 있습니다. 먼저 사건을 언급할 때에는 문장의 주어를 '나'로 해야 합니다. 그래야 상대방이 부정적인 문장의 주어가 되지 않아 상대방의 반발심을 줄일 수 있기 때문입니다. 그리고 감정을 솔직하게 표현하지 못하거나, 분노의 감정을 표출하거나, 명령을 하는 경우에는 너-전달법처럼 갈등 해결에 도움이 안 됩니다. 끝으로 기대를 표현할 때는 상대방이 들어줄 수 있는 수준에서 구체적으로 이야기해야 자신이 원하는 바를 얻을 수 있습니다.

01 **〈보기〉는 위 강연을 들은 청자의 반응이다. ㉠에 들어갈 적절한 말을 제시문에서 찾아 쓰고, ㉡의 표현 효과를 [A]에서 찾아 첫 어절과 마지막 어절을 순서대로 쓰시오.**

〈보기〉

어제 민수가 도서관에서 떠들었을 때, "민수야, 너는 왜 도서관에서 공부하지 않고 떠들기만 하니? 공부를 하지 못해 내일 시험을 망치면 나는 너를 원망하게 될 거야. 그러니 민수야, 친구와 할 얘기가 있으면 도서관에 오지 마."라고 했어.

앞으로는 '[㉠]-전달법'에 따라 "㉡<u>내가 공부하고 있는데 떠드는 소리에 공부에 집중이 되지 않아</u>. 내가 공부를 하지 못해 내일 시험을 망칠까 봐 걱정이 돼. 그러니 민수야, 친구와 할 얘기가 있으면 휴게실에 가서 했으면 좋겠어."라고 말을 해야겠어.

① ㉠: ______________________________

② 첫 어절: __________________________, 마지막 어절: __________________________

※ 다음 글을 읽고 물음에 답하시오.

민사 소송법은 재판이 정당하게 이루어져야 한다는 공정성과 함께 소송 절차가 신속하고 효율적으로 진행되어야 한다는 경제성이라는 이상을 추구한다. 재판이 공정해야 함은 말할 것도 없지만, 공정함만 추구하다 보면 재판의 진행이 더디게 되어 재판을 통해 달성하고자 한 소송 목적을 충분히 달성할 수 없는 경우가 발생할 수 있다. 그래서 재판이 신속하고 경제적으로 진행되는 것도 중요하다. 소송 당사자 중 한쪽이 출석하지 않았을 때, 신속한 재판 진행을 위해 그 사람이 제출한 소장, 답변서, 준비 서면 등을 진술 내용으로 갈음한다. 소송 당사자가 변론 기일에 출석하지 않고 진술을 대체할 서류도 제출하지 않은 경우에는 변론할 의사가 없는 것으로 간주하고 재판을 진행한다. 그리고 ㉠시효라는 제도를 두어서 소송 사건에 대해 소를 제기할 수 있는 제소 기간을 정해 두고 있다. 시효는 일정한 사실 상태가 오래 계속된 경우에 그 상태가 진실한 권리관계*와 합치하느냐 여부를 묻지 않고 사실 상태를 그대로 존중하여 그 권리관계로 인정하는 제도이다. 사건 발생 이후 해당 제소 기간이 지나면 옳고 그름을 불문하고 누구도 해당 사건에 대해 더 이상 소를 제기할 수 없도록 한 것이다. 이는 분쟁이 발생한 이후 소송을 제기할 수 있는 기간에 제한을 두지 않을 경우 소송 진행의 효율성이 떨어지고 소송 당사자들의 권리관계가 장기간 불안정해지는 문제가 있기 때문이다.

조선 시대에도 이와 유사한 취송 기한, 정소 기한이 있었다. '취송 기한(就訟期限)'은 소를 제기한 후 소송의 당사자가 불출석한 경우, 일정 기간 동안 출석하지 않는 당사자는 패소시키고 성실히 출석해 대기한 당사자에게 사리의 옳고 그름을 더 이상 따지지 않고 승소하게 해 주는 제도이며, '친착 결절법(親着決折法)'이라고도 불렀다. '정소 기한(呈訴期限)'은 사적인 권리를 침해당하였을 때 소장을 제출할 수 있는 법정 기한을 말한다. 『경국대전(經國大典)』「호전(戶典)」 전택조(田宅條)에서 이 규정을 확인할 수 있다. 소송 대상 중 가장 분쟁이 빈번했던 재산인 토지, 주택, 노비 등에 관한 소송은 분쟁 발생 시기부터 5년 내에 소를 제기해야만 하며 5년을 넘길 시에는 재판의 기초가 되는 사실 관계 등을 심사하는 사건 심리는 물론 소장 접수조차 불가능했다. 또한 소장을 제출, 접수했더라도 그로부터 5년 동안 소송에 임하지 않을 때에도 심리하지 않고 기각했다.

*권리관계: 권리와 의무 사이의 법률관계.

02 〈보기〉는 제시문을 읽고 ㉠을 정리한 것이다. 〈보기〉의 ①, ②에 들어갈 적절한 말을 제시문에서 찾아 쓰시오.

〈보기〉

㉠은 민사 소송이 추구하는 이상 중 (①)을/를 실현하기 위한 장치로서 조선 시대에는 ㉠과 유사한 제도로 (②)이/가 있었다.

①: ____________________ ②: ____________________

※ 다음 글을 읽고 물음에 답하시오.

같은 원소로 이루어져 있지만 물리 및 화학적 성질이 다른 물질을 동소체라고 한다. 동소체의 특성이 각각 다른 이유는 원자의 결합 방식이나 배열된 형태가 다르기 때문이다. 원자의 결합 방식 중 두 개 이상의 원자가 서로 전자를 공유하여 전자쌍으로 형성되는 화학 결합을 공유 결합이라고 한다. 공유 결합은 공유하는 전자쌍의 수에 따라 단일 결합, 이중 결합, 삼중 결합 등으로 분류할 수 있다.

단일 결합은 한 쌍의 전자를 공유하는 형식의 결합이다. 전자의 정확한 위치를 측정할 수 없고, 원자핵 주위에서 전자가 발견될 확률을 나타내는 공간 영역, 즉 전자가 어떤 공간을 차지하고 있는지를 나타내는 확률 궤도 함수인 오비탈로 규정되는 영역 내에 존재한다. 단일 결합은 일반적으로 시그마 결합이며, 이는 결합에 참여하는 두 원자의 오비탈 영역의 일부분이 두 원자를 연결하는 일직선 축에서 서로 겹쳐지며 형성된 결합으로 가장 단단한 결합이다. 단일 결합에 참여한 전자들은 결합 궤도의 영역에 존재하게 되며 두 원자는 그 전자들을 공유한다.

이중 결합은 두 개의 원자가 두 쌍의 전자, 즉 전자 4개를 공유하여 형성된 결합이다. 이중 결합은 시그마 결합과 파이 결합, 두 가지 종류의 결합으로 이루어진다. 파이 결합은 시그마 결합과 달리 두 원자의 오비탈 영역이 90도 각도로 측면으로 겹치며 전자를 공유하는 형식의 결합이기에 결합력이 약하다. 또한 파이 결합에 참여하는 전자는 자유 전자처럼 이동이 가능하므로 여러 개의 파이 결합을 가진 분자는 전기 전도성을 갖게 된다.

가장 흔하게 볼 수 있는 동소체로는 탄소(C) 동소체가 있다. 탄소 동소체인 ㉠다이아몬드와 ㉡흑연은 결합 방식의 차이로 특징이 달라진다. 다이아몬드는 하나의 탄소 원자에 있는 4개 전자가 이웃에 위치한 탄소 원자 4개의 전자를 공유하여 결합을 형성하고 있어서 그 모양은 마치 정사면체와 같다. 이때 형성된 4개의 공유 결합은 모두 단일 결합이며, 모든 탄소 원자들이 시그마 결합으로 결합되어 있기 때문에 다이아몬드는 강도가 높다. 이와 달리 흑연에서 각 탄소들은 이웃에 위치한 탄소 3개와 시그마 결합으로 연결되어 있고, 그중 한 개의 결합은 파이 결합을 동시에 포함한다. 시그마 결합과 파이 결합이 교대로 이어져 있는 흑연은 그런 이유로 전기 전도성을 갖는다. 결국 흑연과 다이아몬드의 특성 차이는 결합 형식에서 비롯된다.

03 〈보기〉는 제시문의 내용을 정리한 것이다. 〈보기〉의 ①과 ②에 들어갈 적절한 말을 제시문에서 찾아 쓰시오.

〈보기〉

㉠과 ㉡은 모두 탄소 원자 간의 공유 결합이 나타난다는 점에서는 공통적이다. 하지만 (　①　)의 차이로 인해 강도, 전기 전도성 등에서 ㉠과 ㉡은 다른 특성을 보인다. ㉡은 ㉠과 달리 (　②　) 결합이 나타나기 때문에 전자가 자유롭게 이동하는 것이 가능하다.

①: ____________________　　②: ____________________

※ 다음 글을 읽고 물음에 답하시오.

여승(女僧)은 합장(合掌)하고 절을 했다
가지취*의 내음새가 났다
쓸쓸한 낯이 옛날같이 늙었다
나는 불경(佛經)처럼 서러워졌다

평안도의 어느 산 깊은 금점판*
나는 파리한 여인에게서 옥수수를 샀다
여인은 나어린 딸아이를 때리며 가을밤같이 차게 울었다

섶벌*같이 나아간 지아비 기다려 십 년이 갔다
지아비는 돌아오지 않고
어린 딸은 도라지꽃이 좋아 돌무덤으로 갔다

산(山)꿩도 섧게 울은 슬픈 날이 있었다
산(山)절의 마당귀에 여인의 머리오리*가 눈물방울과 같이 떨어진 날이 있었다

– 백석, 「여승」

*가지취: 산지의 밝은 숲속에서 자라는 참취나물.
*금점(金店)판: 예전에, 주로 수공업적 방식으로 작업하던 금광의 일터.
*섶벌: 나무 섶에 집을 틀고 항상 나가서 다니는 벌.
*머리오리: 낱낱의 머리털.

04 〈보기〉는 제시문에 대한 설명의 일부이다. 〈보기〉의 ㉠, ㉡에 들어갈 적절한 시행을 제시문에서 찾아 쓰시오.

〈보기〉

백석 시 「여승」의 시행 (㉠   )에는 여인의 처지를 상기시키는 소재를 통해 시적 화자의 감정이 드러나고 있다. 반면 시행 (㉡   )에서는 현실적인 죽음을 시적 대상으로 형상화하여 감정을 절제하고 비극적 상황을 심화하고 있다. 이처럼 이 시에서 시적 대상과 형상화의 의미를 이해하는 것은 시적 화자의 정서와 언어적 표현과의 관계를 파악하는 데 있어서 중요하다.

① ㉠: ____________________ ② ㉡: ____________________

2024학년도 모의고사

수학[A형]

▶ 해답 p.209

05 다항함수 $f(x)=x^3+3ax^2+x$가 일대일 함수일 때 실수 a의 최댓값을 구하는 과정을 서술하시오.

06 $\lim_{x \to -1} \frac{x^2+ax+b}{x^2-1}=\frac{1}{2}$일 때, 상수 a와 b의 값을 구하는 과정을 서술하시오.

07 $\sin(\pi+\theta)=\frac{3}{4}$이고 $\sin\left(\frac{\pi}{2}+\theta\right)<0$일 때, $\tan\theta$의 값을 구하는 과정을 서술하시오.

08 공차가 0이 아닌 등차수열 $\{a_n\}$에 대하여 $b_n=a_n+a_7$이라 하고, 수열 $\{b_n\}$의 첫째항부터 제 n항까지의 합을 S_n이라고 하자. S_n이 다음 조건을 만족시킬 때, a_5의 값을 구하는 과정을 서술하시오.

(가) $1\leq n\leq 12$인 모든 자연수 n에 대하여 $S_n=S_{13-n}$이다.
(나) $S_{15}=60$

2024학년도 모의고사

국어[B형]

▶ 해답 p.210

※ 다음은 장애인 고용 의무 제도에 대한 글이다. 물음에 답하시오.

장애인 고용 의무 제도는, 직업 생활을 통한 생존권 보장이라는 헌법의 기본 이념을 구현하는 취지에서 장애인에게 다른 사회 구성원과 동등한 노동권을 부여하기 위한 제도이다. 1991년에 처음 시행되었으며 현재는 국가 · 지방 자치 단체 및 50명 이상 공공 기관과 민간 기업을 대상으로, 근로자 총수의 5/100 범위 안에서 대통령령으로 정하는 비율 이상에 해당하는 장애인 근로자를 의무적으로 고용할 것을 규정하고 있다. 그리고 장애인 채용을 장려하기 위해서 의무 고용률 이상 고용한 사업주에 대해서는 규모와 상관없이 초과 인원에 대해 장려금을 지급하고 있다. 이는 장애인으로 하여금 주체적인 삶을 살아가게 하기 위한 경제적 자립의 기반을 마련해 주기 위한 것이다.

하지만 한국 장애인 고용 공단의 조사 결과를 보면, 2022년 국가 및 지방 자치 단체, 공공 기관의 장애인 고용률은 3.6%, 민간 기업의 장애인 고용률은 3.1% 수준인 것으로 나타났는데, 이는 법에서 정한 장애인 의무 고용률을 겨우 충족한 수준이다. 이처럼 장애인 고용 의무 제도의 대상이 되는 기관들이 장애인 채용에 적극적으로 나서지 않는 것은 문제가 아닐 수 없다.

기업은 장애인의 고용에 소극적인 태도를 가져서는 안 될 것이다. 그리고 장애인이 일하기 불편하지 않은 직무 환경을 조성하고 장애가 걸림돌이 되지 않는 직무를 개발하여 장애인이 자신의 능력을 발휘할 수 있도록 해야 한다. 또한 정부는 기업들이 장애인 고용에 소극적인 이유를 찾아 그것을 보완할 수 있는 정책을 제시하고, 현행 장애인 고용 의무 제도의 문제를 개선해야 한다. 아울러 고용주를 비롯한 비장애인들이 장애인에 대해 갖고 있는 부정적인 인식을 개선하도록 노력해야 하며, 장애인 직업 교육을 확대하여 장애인의 직무능력을 높이도록 해야 할 것이다.

01 **〈보기〉는 제시문을 작성하기 전에 수립한 글쓰기 계획의 일부이다. 〈보기〉의 ㉠이 반영된 문장을 제시문에서 찾아 첫 어절과 마지막 어절을 순서대로 쓰시오.**

〈보기〉

- 장애인 고용 의무 제도가 도입된 목적과 배경을 밝혀 제도의 취지를 설명한다.
- ㉠장애인 고용 상태를 드러내는 현황을 제시하고 분석하여 독자의 문제의식을 유도한다.
- 장애인에게 직업이 필요한 이유를 밝혀 장애인 고용 의무 제도의 필요성을 부각한다.

① 첫 어절: ____________________, ② 마지막 어절: ____________________

PART 1 기출문제 | PART 2 실전모의고사 | PART 3 정답 및 해설

※ 다음 글을 읽고 물음에 답하시오.

선거 방송 보도는 불특정한 대중에게 정치적 메시지를 대량으로 전달할 수 있는 매체라는 점에서 선거 운동의 중요한 도구이다. 선거 방송 보도가 선거 운동에서 중요한 위치를 차지하게 된 이유는 대중에게 쉽게 선거 운동에 대한 정보를 제공할 수 있으며, 대중의 정치의식 수준이 높거나 낮은 것에 영향을 덜 받으면서 강한 영향력을 행사할 수 있기 때문이다. 선거 방송 보도는 선거에 많은 영향을 비친다. 가령 후보자나 정당이 선거 운동의 의제를 만드는 것이 아니라 선거 방송 보도에 따라 의제가 만들어지는 것이 있다. 이는 미디어에 의해 선거 운동 의제가 통제되어 선거에 영향을 미치는 것이다. 선거 방송 보도에는 선거 운동 중에 특정 정치인에 대해 보도하는 것, 부정식 뉴스 보도의 증가, 본질적 이슈 보도 대신에 선거 운동에 대한 보도 증가와 같은 현상들이 나타나며, 이러한 현상과 관련된 선거 방송 보도로는 ㉠개인화 보도, 부정식 보도, 경마식 보도가 있다.

개인화 보도는 정치인의 공적 영역뿐 아니라 사적 영역에 대해서도 보도하는 것을 말하는데, 이 보도에서는 정치인 개인에 대한 것은 강조하는 반면에 정당, 조직, 제도에 대한 초점은 감소한다. 개인화 보도에서는 지도적인 위치에 있는 정치인이나 정당 지도자들에 대해 초점을 두는 보도를 지도자화 보도라고 한다.

부정식 보도는 특정 정치인이나 정당, 정부 등을 부정적으로 보도하는 것이다. 이러한 보도에서는 불법 부정 선거, 흑색선전, 후보자나 정당의 비리 등을 보도하거나 폭로 · 비방 · 갈등 관계와 같은 부정적인 측면을 보도한다. 부정식 보도는 해석적 저널리즘과 결합한 형태로 나타나기도 한다. 해석적 저널리즘은 특정 사안에 대한 사실을 예시로 활용하면서 언론이 그 사안에 대해 분석하고 해석하는 것이다.

방송사의 이익을 위한 보도로 경마식 보도가 있다. 경마식 보도란 정치적 쟁점이나 후보자의 자질 · 능력 · 도덕성 등 선거에서 중요한 본질적 내용보다는 득표율 예측, 후보자들의 지지율 변화, 선거 운동 전략, 유권자들의 반응, 후보자 간의 연대 · 통합 · 갈등 등 흥미적인 요소를 집중적으로 보도하는 방식이다. 경마식 보도는 부정식 보도와 마찬가지로 해석적 저널리즘과 결합한 형태로 잘 나타난다.

02 〈보기〉는 제시문의 내용을 바탕으로 선거 방송 보도의 예시를 정리한 것이다. 〈보기〉의 ①~③에 들어갈 적절한 말을 제시문의 ㉠에서 찾아 쓰시오.

〈보기〉

보도 유형	선거 방송 보도 예시
(①)	특정 후보의 비리에 대해 경쟁 후보자 또는 상대측 정당의 입장을 보도하면서 비리 내용을 해석 · 분석하는 내용을 더한다.
(②)	후보들의 지지율 양상, 후보자 간의 토론에 대한 보도 안에 이 보도 주제를 다룬 언론인 또는 뉴스 패널들의 해석을 포함한다.
(③)	정치적 이슈의 내용이나 배경 등에 초점을 맞추지 않고, 그 이슈를 놓고 정치 싸움을 벌이는 정치인에게 집중한다.

①: ____________________ ②: ____________________

③: ____________________

※ 다음 글을 읽고 물음에 답하시오.

우리가 일상생활에서 흔히 사용하는 저울은 어떠한 원리로 작동하여 물건의 무게를 측정하는 것일까? 양팔저울과 대저울은 지레의 원리를 응용한다. 양팔저울은 지렛대의 중앙을 받침점으로 하고, 양쪽의 똑같은 위치에 접시를 매달거나 올려놓은 것이다. 한쪽 접시에는 측정하고자 하는 물체를, 다른 한쪽에는 추를 올려놓아 지렛대가 수평을 이루었을 때의 추의 무게가 바로 물체의 무게가 되는 것이다. 그러나 양팔저울은 지나치게 무겁거나 부피가 큰 물체의 무게를 측정하기에는 한계가 있었다. 이런 점을 보완한 저울이 바로 대저울이다. 대저울은 받침점에 가까운 곳에 측정하고자 하는 물체를 걸고 반대쪽에는 작은 추를 걸어 움직여서 지렛대가 평형을 이루는 지점을 찾는 방법으로 물체의 무게를 측정한다. '물체의 무게×받침점과 물체 사이의 거리=추의 무게×받침점과 추 사이의 거리'이므로 받침점으로부터 평형을 이루는 지점을 알면 지레의 원리를 이용하여 물체의 무게를 간단히 계산할 수 있다.

전자저울은 스트레인을 감시하는 장치인 스트레인 게이지가 부착된 무게 측정 소자를 작동 원리로 한다. 무게 측정 소자는 금속 탄성체로 되어 있는데, 전자저울에 물체를 올려놓으면 이 금속 탄성체에는 스트레스에 따라 스트레인이 발생한다. 여기서 스트레스란 단위 면적에 작용하는 힘을 가리키는 것으로 압력과 동일하며, 스트레인이란 스트레스에 의한 길이의 변화량을 가리키는 것으로 길이의 변화량을 변화가 일어나기 전의 길이로 나눈 값이다. 스트레스에 따라 금속 탄성체는 인장 변형이 일어나고 스트레인 게이지에서는 스트레인에 따른 저항 변화가 일어난다. 스트레인은 스트레스의 크기에 비례하고 전기 저항은 그 스트레인에 비례하기 때문이다. 전자저울에서 금속 탄성체는 가해진 스트레스에 대해 일정한 스트레인을 발생시켜야 하는 매우 중요한 부품으로, 시간에 따라 특성이 변하지 않아야 하고 탄성의 한계점이 높아야 한다.

03 〈보기〉는 제시문을 읽고 〈보기1〉의 사례를 분석한 것이다. 〈보기2〉의 ①, ②에 들어갈 적절한 숫자를 쓰시오.

〈보기 1〉

- 대저울의 받침점에서 왼쪽으로 30cm 떨어진 위치에 1kg의 추를 걸어 두고, 받침점에서 오른쪽으로 20cm 떨어진 위치에 물체 ㉮를 걸었을 때, 대저울의 지렛대가 평형을 이루었다.
- 아무런 물체도 올려놓지 않은 전자저울의 금속 탄성체의 길이는 10cm이다. 이 저울에 10kg의 상자 ㉯를 올렸을 때, 금속 탄성체의 길이가 12cm가 되었다. 그리고 상자 ㉯ 위에 물체 ㉰를 올렸을 때, 금속 탄성체의 길이는 13cm가 되었다.

〈보기 2〉

〈보기1〉에서 물체 ㉮의 무게는 (①)kg이고, 물체 ㉰의 무게는 (②)kg이다.

① ______________________

② ______________________

※ 다음 글을 읽고 물음에 답하시오.

[앞부분 줄거리] 갱구가 무너진 현장에서 광부 김창호가 국민들과 언론의 뜨거운 관심을 받으며 16일 만에 구출된다. 유명 인사가 된 김창호는 각종 방송 프로그램에 출연하면서 많은 돈을 벌게 된다. 이후 김창호는 가족을 등진 채 유흥에 빠져 지내다 돈을 모두 탕진하게 된다.

김창호: 동진 광업소 동 5 갱에 묻혀 있던 광부 김창호.

홍 기자: 아? 김창호 씨?

김창호: (반갑다) 역시 절 알아보시는군요. 그럴 줄 알았습니다. 모두 참 고마웠지요. 전 정말 잊지 않고 있습니다.

홍 기자: 그런데 뭐 볼일 있수? 나 지금 바쁜데…….

김창호: 절 좀 도와주십시오. 가족을 잃었습니다. 차비도 떨어지고…….

홍 기자: (돌아서서 5천 원짜리 수며) 이거 가지구 가시우. 그리고 아래층 광고부에 가면 거기서 사람 찾는 광고 취급합니다. 나 바빠서……. (김창호를 무시하고 다시 논문을 본다.)

김창호: 여보시오, 아무리 그래도 날 이렇게 대할 수 있소? 내가 한때는 그래도 영부인한테 초청을 받은 사람이오, 서울시장도 나한테…….

(김창호 멍하니 말을 잃는다. 홍 기자가 논문의 마지막 부분을 읽는 동안 천천히 퇴장한다.)

홍 기자: 결론, 따라서 매스컴이 없으면 하루도 살 수 없는 것이 현대인이다. 매스컴은 20세기적인 종교가 되었고 종래의 어떤 종교나 예술보다 긴요한 현실적 가치로 받아들여지고 있다. 그러나 우리는 그 무한한 기능으로 인해 인간 부재의 매스컴에 이르지 않는가를 부단히 경계하고 자각해야 할 것이다. 매스 커뮤니케이션! 매스컴! 이 얼마나 위대한 단어냐?

(중략)

(카메라가 가운데 설치되고 있다. 구경꾼들 호기심에 카메라 앞에 몰려 있고 경찰은 정리에 바쁘고, 홍 기자 마이크 잡고 방송 준비. 카메라에 라이트 비친다.)

홍 기자: 여기는 강원도 정선군 동민 광업소 사고 현장입니다. 메탄가스 폭발로 인한 사고로 채탄 작업 중이던 광부 34명이 매장됐습니다. 그러나 전원 사망한 것으로 추정된 광부 중 폭발한 갱구 아래 쪽 대피소에 있던 배관공 22세 이호준 씨가 아직 살아 있음이 지상과 연결된 배기 파이프를 통해 확인됐습니다. 지금 보시는 부분이 사고 난 갱구 입구입니다.

(이때 이불 보따리를 멘 김창호 일가 등장한다. 홍 기자, 김창호를 발견한다. 홍 기자 달려온다.)

홍 기자: 김창호 씨, 잠깐만!

(이불 보따리를 벗겨 카메라 앞에 세운다.)

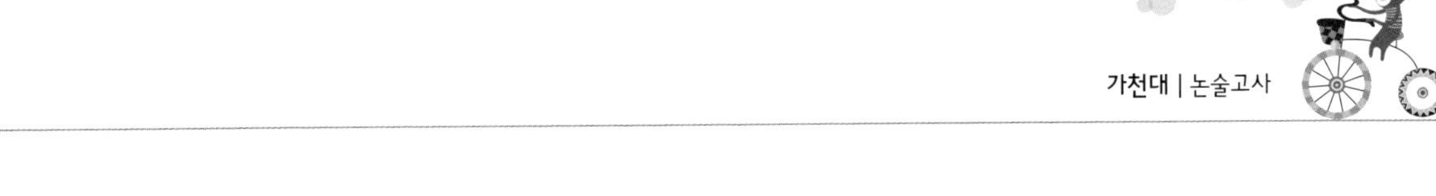

홍 기자: 시청자 여러분! 여러분 기억에도 새로운 매몰 광부 김창호 씨가 이 자리에 나오셨습니다. 지난해 10월 갱구 매몰로 16일간 굴속에 갇혀 있다 무쇠 같은 의지와 강인한 육체로 살아남은 김창호 씨!

(구경꾼들 일제히 김창호 씨에게 시선 주며 박수친다. 김창호 처음에는 머뭇거린다. 웃으며 손을 들어 답례한다.)

홍 기자: 김창호 씨, 어떻게 생각하십니까? 지금 지하 1천 2백 미터 갱내 대피소에 인부들이 갇혀 있습니다. 그 사람이 구출될 때까지 갱내에서 주의할 점은 무엇입니까?

김창호: 예, 먼저 체온을 유지해야 합니다. (신이 났다.) 제 경험으로 봐서 배고픈 건 움직이지 않음 참을 수 있는데 추운 건 견디기 힘듭니다. 전구라도 있으면 안고 있어야 합니다. 배기펌프로 공기도 계속 넣어 줘야 되구요.

(그사이 기자 한 사람 뛰어나와서 홍 기자에게 귀엣말한다. 홍 기자 마이크 뺏어 자기 말을 한다.)

홍 기자: 방금 인부들이 구출되었다고 합니다. 포클레인으로 무너진 흙더미의 한 부분을 들어내어 매몰된 인부들이 모두 그 틈으로 기어 나왔다고 합니다. 이상 지금까지 사고 현장에서 홍성기 기자가 말씀드렸습니다. 참! 싱겁게 끝나는군. 이런 걸 특종이라구 취재하다니, 자, 갑시다.

– 윤대성, 「출세기」

04 〈보기〉는 제시문에 대한 설명의 일부이다. 〈보기〉의 ①~③에 들어갈 적절한 말을 제시문에서 찾아 쓰시오.

〈보기〉

「출세기」는 언론이 한 인간을 어떻게 파멸시키는가를 고발하고 있다. 작중 인물 (①)에 대한 (②)의 태도 변화는 이러한 언론의 습성을 잘 보여주는데, 이를 도식화하면 다음과 같다.

무너진 갱구에서 16일 만에 구출	→	기사 소재가 됨	→	관심, 인터뷰
금전적 도움 요청	→	기사 소재 안 됨	→	무관심
광부 매장 사건 발생	→	기사 소재가 됨	→	관심, 인터뷰
광부 구출	→	기사 소재 안 됨	→	무관심

이러한 태도 변화를 통해 작가는 오늘날 대중매체가 갖는 특성을 비판하는데, 이와 같은 현대 사회 대중매체의 특성은 작품 속의 (③)(이)라는 표현에서 잘 나타나고 있다.

① ____________________

② ____________________

③ ____________________

2024학년도 모의고사

수학[B형]

▶ 해답 p.211

05 x에 대한 부등식
$x^2-x\log_3(\sqrt{3}n)+\log_3\sqrt{n}\le 0$을 만족시키는 정수 x의 개수가 1이 되도록 하는 자연수 n의 개수를 구하는 과정을 서술하시오.

06 함수 $f(x)$가 실수 전체의 집합에서 연속이고 모든 실수 x에 대하여 $(x-1)(x-2)f(x)=(x-2)(x^3+ax+b)$를 만족시킨다. $f(2)=1$일 때, $f(1)$의 값을 구하는 과정을 서술하시오. (단, a, b는 상수이다.)

07 모든 항이 실수인 등비수열 $\{a_n\}$에 대하여 $a_3a_4=\frac{5}{4}$, $a_{12}a_{13}=20$일 때, a_8^2의 값을 구하는 다음의 풀이 과정을 완성하시오.

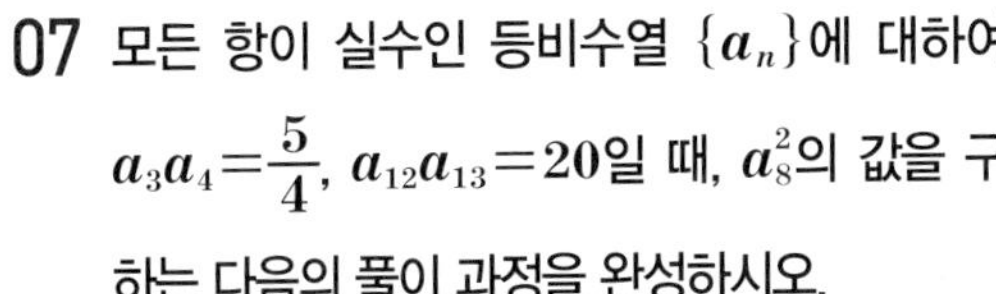

> 등비수열 $\{a_n\}$에 대하여 세 수 a_3, (①), a_{13}이 순서대로 등비수열을 이루고, 또한 세 수 a_4, a_8, (②)이 순서대로 등비수열을 이루므로 $a_8^4=$ (③)이다. 따라서 a_8^2의 값은 (④)이다.

08 다항함수 $f(x)$가 모든 실수 x에 대하여 $\int_1^x f(t)dt=x^3+ax+b$를 만족시킨다. $f(-1)=1$일 때, $\int_a^b f(x)dx$의 값을 구하는 과정을 서술하시오. (단, a, b는 상수이다.)

2023학년도

가천대 논술 기출문제

인문A 인문B

국어[인문A]

▶ 해답 p.213

※ 다음은 면접의 일부이다. 물음에 답하시오.

면접관 : 마을 청소년 기자단에 지원한 것을 환영합니다. 지원 동기는 무엇인가요?

지원자 : 저는 기자의 꿈을 가지고 있기 때문에 학교에서 교지반 활동에 참여하고 있습니다. 교지에 실을 기사를 작성하기 위해 학교 주변을 취재하고 주민들을 인터뷰하면서 남들에게 알려지지 않은 우리 마을만의 매력이 참 많다는 것을 느꼈습니다. 기자단 활동을 통해 기사를 작성하여 우리 마을의 매력을 보다 많은 사람에게 알리는 역할을 하고 싶습니다. 그리고 저는 기자가 현실의 문제에 관심을 가지고 기사를 통해 독자들의 소통을 이끌어 내야 한다고 생각합니다. 요즘 마을 이웃들 간에 소통의 문을 닫고 지내는 일이 일상이 되었고, 이로 인한 문제가 늘고 있습니다. 이러한 때에 제가 작성한 기사가 마을 사람들이 서로 소통할 수 있는 창구가 되었으면 좋겠다는 생각에 마을 청소년 기자단에 지원하였습니다.

면접관 : 그럼 마을 청소년 기자단의 구체적인 활동 내용과 혜택을 알고 있나요?

지원자 : 활동 혜택에 대해서는 잘 모릅니다만, 활동 내용에 대해서는 알고 있습니다. 청소년 기자단은 매월 마을 어르신들을 인터뷰하여 마을 신문의 '청소년 마당'에 기사를 작성하는 것으로 알고 있습니다. 또 마을의 소식들을 취재하여 블로그에 소개하는 글과 영상을 올리는 것으로 알고 있습니다.

면접관 : 그럼 기자단의 두 활동 중 어떤 활동이 더 중요하다고 생각합니까?

지원자 : 앞서 말씀드렸다시피 저는 기사를 작성하여 마을 사람들이 소통할 수 있는 창구를 제공하는 역할을 하고 싶습니다. 이를 위해서는 기자단 활동 중 마을 어르신들을 인터뷰하여 기사를 작성하는 일이 가장 중요하다고 생각합니다. 특히 저는 마을 어르신들과 좋은 관계를 유지하고 있어 어르신들의 지혜가 담긴 이야기와 마을과 관련된 재미있는 이야기들을 인터뷰하여 기사로 작성할 계획입니다.

면접관 : 좋습니다. 그렇다면 지원자는 마을 청소년 기자에게 필요한 자질이 무엇이라고 생각하나요?

지원자 : 저는 경청하는 태도라고 생각합니다. 취재, 인터뷰 등 기사를 작성하기 위한 활동을 수행하려면 큰 소리이든 작은 소리이든 사람들의 말에 귀를 기울이는 태도가 뒷받침되어야 합니다.

01 〈보기〉는 면접 전에 지원자가 세운 답변 계획이다. 〈보기〉의 ①, ②가 반영된 문장을 제시문에서 찾아 각각의 첫 어절과 마지막 어절을 순서대로 쓰시오.

〈보기 1〉

① 내가 겪은 구체적인 경험을 언급하면서 나의 생각을 전달해야겠어

② 내가 지닌 장점과 관련지어 지원 영역의 활동에 대한 포부를 밝혀야겠어

① 첫 어절: ____________________, 마지막 어절: ____________________

② 첫 어절: ____________________, 마지막 어절: ____________________

[02~03] 다음 글을 읽고 물음에 답하시오.

세력 균형 이론에 따르면 국제 체제는 완전한 무정부 상태와 같아서, 어떤 국가가 지나치게 힘의 우위를 점하려는 시도가 일어날 수 있고 그 결과 다른 국가들의 안보가 위협받을 수 있다고 본다. 이러한 압도적인 국력과 군사력을 가진 국가를 패권국이라고 한다. 세력 균형 이론에서는 적대 세력과 우호 세력의 분포가 균형을 이루면 전쟁의 가능성이 낮아지지만, 반대로 불균형을 이루면 전쟁의 가능성이 높아진다고 본다. 그래서 패권국이 아닌 국가들은 패권국에 맞서기 위해 다른 국가들과 동맹을 형성해서 우호 세력을 키우는 방법을 사용하여, 특정 국가의 패권 추구를 좌절시키고 자국의 존립을 유지해 왔다. 그런데 세력 균형 이론의 설명과 배치되는 양상들이 국제 사회에 나타나면서, 이 이론이 가진 한계도 지적되어 왔다.

오르간스키는 세력 균형 이론이 산업화 이전에 일어난 전쟁의 원인을 설명하는 데는 충분한 이론이라고 보았다. 하지만 산업 혁명 이후부터는 국력의 변동에 가장 많은 영향을 주는 것은 바로 경제력이라고 보고, 이를 근거로 세력 전이 이론을 주장했다. 산업화 이전에는 대부분의 국가들이 기후나 국토의 영향이 큰 농업 경제를 바탕으로 성장했기 때문에, 국가 간 국력의 순위는 거의 변동이 일어나지 않았다. 하지만 산업화 이후부터는 국가별로 경제적 성장의 결과가 매년 누적되었고, 몇 해가 지나면서 국력의 순위도 산업화 이전과는 달라졌다. 이 과정에서 산업화 이전 시기에 국제 체제를 주도해 왔던 세력은 힘이 쇠퇴하고 도전 세력의 힘이 강해질 때 세력 전이가 발행할 수 있다고 오르간스키는 주장했다. 또한 그는 경제적인 바탕이 있어야 지속적 투자를 통한 군사력 증강이 가능하다고 보았고, 산업화로 인해 국가 간 무역이 중요해짐에 따라 경제적 이익에 근거한 동맹 관계가 강조된다고 설명했다.

오르간스키는 국제 체제가 무정부 상태는 아니며, 국제 체제의 정점에 오른 지배국은 자신의 이념이나 성향이 담긴 위계질서를 설계하게 되고 다른 국가들은 이를 수용한다고 주장했다. 그는 위계질서를 피라미드 구조로 설명했는데 가장 위에서부터 지배국, 강대국, 중급국, 약소국, 종속국으로 구성된다. 피라미드의 폭과 국가의 수는 비례하지만, 지배국의 국력은 아래의 모든 국가들의 국력을 합친 것보다 강하다. 지배국은 자국이 만든 국제 질서를 제공하고 자국과 일부 소수 강대국의 이익을 부합시켜 국제 질서를 유지한다. 이렇게 국제 질서를 유지하려면 지배국이 강대국의 지지를 많이 확보하는 것이 중요하다. 국제 질서에 대해 지배국이 아닌 나라들은 불만족이 발생하는데, 피라미드 아래로 갈수록 현재 국제 질서에 불만족하는 국가의 비율은 증가한다.

강대국이 현 질서에 만족하는 것은 상대적으로 지배국의 혜택을 많이 받기 때문이다. 반면 다른 국가들에 비해 약소국과 종속국이 대부분 불만족의 상태인 것은 지배국이 주는 혜택을 받기 위해 자국의 이익을 희생해야 하기 때문이다. 그래서 이들은 강대국 중 어느 한 국가가 지배국에 도전하게 되면 그 강대국을 지지하게 된다. 만약 강대국이 지배국 주도의 국제 질서에 만족하지 못하면서 동시에 도전할 수 있는 국력을 충분히 가지는 경우 세력 전이를 목적으로 전쟁이 발생한다.

강대국의 국력은 산업화를 통한 경제 성장을 통해 길러지는데 오르간스키는 한 국가의 국력이 성장하는 과정을 다음의 세 단계로 구분했다. 첫 번째는 잠재적 국력의 단계로 산업화 이전에 국력이 낮은 국가로 평가받는 시기이다. 이러한 나라들 중에 인구가 많거나 영토가 큰 나라의 경우, 앞으로 산업화 추진을 통해 거대한 국력을 보유할 수 있는 국가가 될 수 있다. 두 번째는 국력의 전환적 성장 단계로 한 국가가 산업화 이전 단계에서 산업화 단계로 전환하는 시기이다. 이때는 한 국가의 국민 총생산이 상당한 폭으로 증가하게 되고 대외 영향력도 높아지면서, 해당 국가는 세력 전이를 일으킬 수 있는 만큼의 국력을 보유하게 된다. 마지막 단계는 힘의 성숙단계이다. 이 단계는 한 국가의 산업화가 완성되는 단계로서 국민 총생산의 증가율은 이전 단계보다 감소하는 모습을 보인다. 힘의 성숙 단계에 있는 국가는 국력의 전환적 성장 단계에 있는 국가보다 더 강한 국력을 가지고는 있지만, 경제 성장의 속도 면에서도 후자가 전자보다 월등히 앞서기 때문에 두 국가 간 국력의 차이는 점차 줄어든다. 그래서 오르간스키는 [㉠] 단계를 통해 급격한 국력 증대를 이루어낸 [㉡]이/가 [㉢] 단계의 [㉣]에 대해 불만을 가진 상태라면, 세력 전이가 발생할 수 있으며 이로 인하여 국제 체제가 불안해질 수 있다고 설명했다.

02 ㉠~㉣에 들어갈 적절한 말을 제시문에서 찾아 쓰시오.

㉠ : ______________________ ㉡ : ______________________

㉢ : ______________________ ㉣ : ______________________

03 〈보기〉는 제시문의 내용을 정리한 것이다. 〈보기〉의 ①, ②에 들어갈 적절한 기호를 'A~E'중에서 골라 쓰시오. ('A~E'는 국가를 의미한다.)

〈보기〉

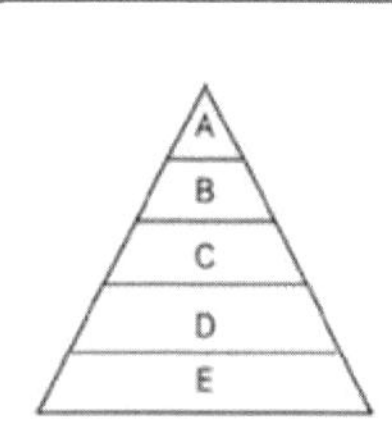

오르간스키의 피라미드 구조에서 현재 국제 질서에 만족하는 국가의 비율은 A에서 E로 갈수록 감소한다. 이 구조에서 B는 (①)의 혜택을 가장 많이 받으며 현재의 질서에 만족하게 된다. 반면 D와 E는 자국의 이익을 포기해야 하기 때문에 비교적 불만족스러운 상태에 놓인다. 이때 B의 국가 중 한 국가가 A에 도전하게 되면 E는 자국의 이익을 위해 (②)와/과 협력하는 경향이 있다.

① : ______________________ ② : ______________________

[04~05] 다음 글을 읽고 물음에 답하시오.

손해 보험은 보험자와 보험 계약자가 우연한 사고(보험 사고)로 인해 목적물에 발생할 피보험자의 재산상 손해에 대해 보험자가 보상할 것을 약정함으로써 효력이 발생하는 보험이다. 손해 보험은 보험 사고로 인한 손해를 보상하기 위한 것이지 이익을 얻는 수단은 아니다. 따라서 피보험자가 보상을 받을 때에는 실제 손해 이상을 받을 수 없다는 '이득 금지의 원칙'이 적용된다. 그런데 보험자가 보험 금액을 지급하였음에도 불구하고 피보험자가 별개의 권리를 가지게 되는 경우에는 피보험자가 이득을 취할 수도 있다. 이를 방지하기 위해 상법에서는 일정 요건이 갖추어지면 보험자가 피보험자를 대신하여 권리를 취득할 수 있도록 하고 있는데, 이를 '보험자 대위'라고 한다. 보험자 대위가 성립되면 피보험자가 가진 권리의 일부 또는 전부가 보험자에게 이전된다. 보험자 대위가 성립되는 요건에 대해서는 상법 제681조와 제682조에 규정되어 있는데, '잔존물 대위'와 '청구권 대위'로 나누어 볼 수 있다.

잔존물 대위에 대해 상법 제681조에서는 '보험의 목적의 전부가 멸실한 경우에 보험 금액의 전부를 지급한 보험자는 그 목적에 대한 피보험자의 권리를 취득한다.'라고 규정하고 있다. 목적의 전부가 멸실되었다는 것은 계약 체결 당시의 목적물이 지닌 형태나 기능이 없어져 회복이 불가능한 경우를 말한다. 보험 금액 전부를 지급했다는 것은 계약한 금액을 전부 지급했다는 것이다. 예를 들어 보험 가액 '2천만 원인 자동차가 화재로 전소되어 보험자가 2천만 원의 보험 금액을 지급했다면, 잔존물 전체에 대한 권리는 보험자에게 이전된다. 계약시 보험 가액의 일부만 보험에 붙인 경우라면 보험자는 보험 가액에 대한 보험에 붙인 금액의 비율, 즉 부보 비율만큼의 권리를 얻게 된다.

청구권 대위에 대해 상법 제682조에서는 '손해가 제3자의 행위로 인하여 발생한 경우에 보험금을 지급한 보험자는 그 지급한 금액의 한도에서 그 제3자에 대한 보험 계약자 또는 피보험자의 권리를 취득한다.'라고 규정하고 있다. 제3자로 인해 보험사고가 발생한 경우 피보험자는 제3자에게 손해 배상 청구권을 행사할 수 있을 뿐만 아니라 보험 계약을 근거로 보험 금액을 청구할 수도 있다. 제3자에 대한 손해 배상 청구권과 보험 금액 청구권은 별개의 것이므로 두 가지 청구권을 모두 행사할 경우 피보험자는 이득을 취할 수 있다. 이를 방지하기 위해 보험자가 피보험자에게 지급한 금액의 한도에서 제3자에 대한 권리를 가지도록 한 것이 청구권 대위이다.

청구권 대위는 보험자가 지급한 금액의 한도 내에서 청구권을 가지는 것이므로 목적물의 전부가 멸실되는 경우뿐만 아니라 부분적으로 손해를 입는 경우에도 적용이 된다. 청구권 대위의 요건이 되는 '제3자'의 범위는 일반적으로 보험자, 보험 계약자, 피보험자를 제외한 사람이 되나, 피보험자와 생계를 같이하는 가족도 고의로 사고를 낸 경우가 아니라면 제3자의 범위에서 제외한다.

보험자가 청구권 대위를 통해 제3자에 대한 손해 배상 청구권을 얻었으나 제3자가 손해를 완전히 배상할 능력이 없는 경우가 발생할 수 있다. 예를 들어 보험 가액 1억 원의 건물에 5천만 원 보험에 붙였는데, 제3자의 과실로 건물이 전소되었다고 하자. 보험자는 5천만 원만을 피보험자에게 지급하고 제3자에 대한 손해 배상 청구권을 얻게 된다. 만약 제3자의 배상 능력이 6천만 원밖에 되지 않는다면, 4천만 원의 손해는 매워지지 않는다. 이 경우 보험자가 제3자에게 청구할 수 있는 금액 및 피보험자와의 분배에 대해서는 세 가지 학설이 대립된다.

'절대설'은 보험자가 상법의 조항을 문자 그대로 해석한 것으로, 보험자는 지급 금액의 한도 내에서 우선적으로 배정을 받고 나머지가 있을 때에만 피보험자에게 주어야 한다는 견해이다. 위의 예에 적용해 보면 보험자는 제3자로부터 우선적으로 [㉠] 원을 받고 나머지 천만 원은 피보험자가 받게 된다. '상대설'은 제3자의 배상액을 부보 비율에 따라 분배해야 한다는 견해이다. 위의 예에 상대설을 적용하면 부보 비율이 1/2이므로 보험자와 피보험자는 각각 [㉡] 원을 나누어 가지게 된다. '차액설'은 피보험자가 제3자로부터 우선적으로 손해를 배상받고 나머지가 있으면 보험자가 이를 대위할 수 있다는 견해이다. 위의 예에 차액설을 적용하면 피보험자는 보험 금액과 손해 배상 청구를 통해 총 [㉢] 원을 받을 수 있고, 보험자는 제3자에게 남은 돈 천만 원에 대해 대위를 통해 청구를 할 수 있다. 세 학설 중 차액설이 통설로 인정받고 있는데, 보험의 목적상 이득 금지의 원칙에 위반되지 않는다면 피보험자의 손해보전이 우선적으로 이루어져야 한다고 보기 때문이다.

*대위: 다른 사람의 법률적 지위를 대신하여 그가 가진 권리를 얻거나 행사하는 일

*보험 가액: 손해 보험에서 보험에 붙일 수 있는 재산의 평가액

04 문맥상 제시문의 ㉠~㉢에 들어갈 적절한 금액을 쓰시오.

㉠ : ________ ㉡ : ________ ㉢ : ________

05 〈보기2〉는 제시문을 바탕으로 〈보기1〉의 사례에 대한 탐구 활동을 실시한 것이다. ①, ②에 들어갈 적절한 말을 제시문에서 찾아 쓰시오.

〈보기 1〉

- 갑은 보험 가액 2천만 원인 자동차에 대해 A 보험 회사와 2천만 원의 손해보험 계약을 체결함
- 을의 과실 100%로 사고가 발생하여 갑은 자동차 수리비 천만 원의 손해를 입음
- 수리 후 차량의 가치는 변동이 없음
- A 보험회사는 갑에게 천만 원을 지급함

〈보기 2〉

이 사례는 제3자인 을의 행위로 인해 발생한 보험 사고이다. 이 보험 사고에서는 자동차의 전부가 멸실한 것이 아니므로 (①) 대위가 인정된다. 따라서, A 보험 회사는 을에게 (②) 청구권을/를 행사할 수 있다.

① ________

② ________

※ 다음 글을 읽고 물음에 답하시오.

성북동(城北洞)으로 이사 나와서 한 대엿새 되었을까. 그날 밤 나는 보던 신문을 머리맡에 밀어 던지고 누워 새삼스럽게

"여기도 정말 시골이로군!"

하였다.

무어 바깥이 컴컴한 걸 처음 보고 시냇물 소리와 쏴— 하는 솔바람 소리를 처음 들어서가 아니라 황수건이라는 사람을 이날 저녁에 처음 보았기 때문이다.

그는 말 몇 마디 사귀지 않아서 곧 못난이란 것이 드러났다. 이 못난이는 성북동의 산들보다 물들보다, 조그만 지름길들보다 더 나에게 성북동이 시골이란 느낌을 풍겨 주었다.

서울이라고 못난이가 없을 리야 없겠지만 대처에서는 못난이들이 거리에 나와 행세를 하지 못하고, 시골에선 아무리 못난이라도 마음 놓고 나와 다니는 때문인지, 못난이는 시골에만 있는 것처럼 흔히 시골에서 잘 눈에 뜨인다. 그리고 또 흔히 그는 태고 때 사람처럼 그 우둔하면서도 천진스런 눈을 가지고, 자기 동리에 처음 들어서는 손에게 가장 순박한 시골의 정취를 돋워 주는 것이다.

그런데 그날 밤 황수건이는 열 시나 되어서 우리 집을 찾아왔다.

그는 어두운 마당에서 꽥 지르는 소리로,

"아, 이 댁이 문안서...."

하면서 들어섰다. 잡담 제하고 큰일이나 난 사람처럼 건너방 문 앞으로 달려들더니,

"저, 저 문안 서대문 거리라나요. 어디선가 나오신 댁입쇼?"

한다.

보니 합비*는 안 입었으되 신문을 들고 온 것이 신문 배달부다.

(중략)

그런데 요 며칠 전이었다. 밤인데 달포 만에 수건이가 우리 집을 찾아왔다. 웬 포도를 큰 것으로 대여섯 송이를 종이에 싸지도 않고 맨손에 들고 들어왔다. 그는 벙긋거리며

"선생님 잡수라고 사 왔습죠."

하는 때였다. 웬 사람 하나가 날쌔게 그의 뒤를 따라 들어오더니 다짜고짜로 수건이의 멱살을 움켜쥐고 끌고 나갔다. 수건이는 그 우둔한 얼굴이 새하얗게 질리며 꼼짝 못 하고 끌려 나갔다.

나는 수건이가 포도원에서 포도를 훔쳐 온 것을 직각하였다. 쫓아 나가 매를 말리고 포돗값을 물어 주었다. 포돗값을 물어 주고 보니 수건이는 어느 틈에 사라지고 보이지 않았다.

나는 그 다섯 송이의 포도를 탁자 위에 얹어 놓고 오래 바라보며 아껴 먹었다. 그의 은근한 순정의 열매를 먹는 듯한 알을 가지고도 오래 입안에 굴려 보며 먹었다.

어제다. 문안에 들어갔다 늦어서 나오는데 불빛 없는 성북동 길 위에는 밝은 달빛이 깁*을 깐 듯하였다.

그런데 포도원께를 올라오노라니까 누가 맑지도 못한 목청으로

"사… 케……와 나……미다카 다메이…… 키…… 카……."

를 부르며 큰길이 좁다는 듯이 휘적거리며 내려왔다. 보니까 수건이 같았다. 나는,

"수건인가?"

하고 아는 체하려다 그가 나를 보면 무안해할 일이 있는 것을 생각하고 획 길 아래로 내려서 나무 그늘에 몸을 감추었다.

그는 길은 보지도 않고 달만 쳐다보며, 노래는 그 이상은 외우지도 못하는 듯 첫줄 한 줄만 되풀이하면서 전에는 본 적이 없었는데 담배를 다 퍽퍽 빨면서 지나갔다.

달밤은 그에게도 유감한 듯하였다.

– 이태준, 「달밤」

*합비: 일본말로 '등이나 깃에 상호가 찍힌 겉옷'을 이르는 말

*깁: 명주실로 바탕을 조금 거칠게 짠 비단

*사케와 나미다카 다메이키카: 일본 가요의 가사로, 우리말로는 '술은 눈물인가, 한숨인가'

06 〈보기〉는 이태준의 「달밤」에 대한 설명의 일부이다. 〈보기〉의 ①, ②에 들어갈 적절한 말을 위 소설에서 찾아 쓰시오.

〈보기〉

이태준의 「달밤」에서 배경묘사는 작품의 주제를 구현하는데 중요한 기여를 한다. 예를 들어 시간적 배경을 나타내는 (①)은/는 보조관념 (②)(으)로 비유되어 글의 서정적인 분위기를 조성한다. 이러한 배경묘사는 그곳에서 살아가는 순박한 인물의 거듭된 실체에 대한 '나'의 연민을 드러내고, 독자들에게 여운을 주는 역할을 한다.

① ______________________________

② ______________________________

[07～08] 다음 글을 읽고 물음에 답하시오.

(가)

나는 구부러진 길이 좋다.
구부러진 길을 가면
나비의 밥그릇 같은 민들레를 만날 수 있고
감자를 심는 사람을 만날 수 있다.
날이 저물면 울타리 너머로 밥 먹으라고 부르는
어머니의 목소리도 들을 수 있다.

구부러진 하천에 물고기가 많이 모여 살 듯이
들꽃도 많이 피고 별도 많이 뜨는 구부러진 길.
구부러진 길은 산을 품고 마을을 품고
구불구불 간다.
그 구부러진 길처럼 살아온 사람이 나는 또한 좋다.
반듯한 길 쉽게 살아온 사람보다
흙투성이 감자처럼 울퉁불퉁 살아온 사람의
구불구불 구부러진 삶이 좋다.
구부러진 주름살에 가족을 품고 이웃을 품고 가는
구부러진 길 같은 사람이 좋다.

– 이준관, 「구부러진 길」

(나)

[앞부분의 줄거리] '나'는 바슐라르가 사용했던 '존재의 테이블'의 의의를 소개한다. 바슐라르는 어려운 생활 속에서도 작은 테이블 앞에서 즐거운 독서와 몽상의 시간을 가진다. '나'는 그 시간이 바슐라르에게 자기 존재와 세계에 대해 충일한 행복을 안겨 주었을 것이라고 생각한다.

내가 감히 존재의 테이블을 갖겠다고 생각한 것은 바슐라르를 흉내 내려는 치기에서가 아니다. 아마도 그가 이룬 업적이나 성공보다는 한 인간으로서 고통과 외로움을 이겨 내는 방식에 대해 더 깊이 공감했기 때문일 것이다. 그리고 내게도 그런 자리가 필요하다면 이렇게 자그마하고 나지막한 테이블일 거라고 생각하면서 나는 그것을 샀다. 다리는 접었다 폈다 조립이 가능하고, 둥근 판 위에는 작은 꽃문양을 새겨 넣은 테이블이었다.

그 테이블을 사는 순간 어찌나 행복했던지 그것만으로도 인도에 온 보람이 있다고 생각할 정도였다. 그러나 행복감은 차차 후회로 변해 갔다. 여행 초기에 커다란 짐 하나가 생긴 셈이니 여행 내내 나는 그것을 끌고 다니느라 여간 고생을 한 게 아니었으니까. 존재의 자리를 낙타의 혹처럼 자기 등 뒤에 짊어지고 다니는 내 모습이라니! 그처럼 우매한 충동과 집착이 또 어디 있을까 싶었다.

그 테이블을 사지 않고도, 이미 집에 있는 테이블로도 충분히 만들 수 있는 존재의 자리를 나는 왜 그 테이블이 아니면 안 될 것처럼 생각했던 것일까. 그것이 아마도 오랫동안 자기 존재의 자리를 잃어버린 채 생활에 휘둘려 살아가고 있다는 위기감 때문이었을 것이다. 그리고 아무리 큰 집을 가졌다 해도 그 속에 정작 존재의 자리를 갖지 못한 사람보다는 덜 우매해지려는 욕심에서였을 것이다.

이런 씁쓸한 자부심이 그 테이블에는 깃들어 있다. 그런데 문제는 '존재의 테이블'을 인도에서 한국 땅까지 끌고 와서 집안에 들여놓은 후에도 그 앞에 앉을 시간을 그리 많이 갖지 못했다는 것이다. 아주 오래도록 거기에 앉지 못할 때도 있었다.

그럴 때는 바로 곁에 있는 그 테이블이 아주 멀리, 그것이 만들어진 인도보다는 멀리 있는 것처럼 느껴진다. 새겨진 꽃문양 사이사이로 먼지가 끼어 가는 걸 보면서 내 마음이 그 모습 같거니 생각할 때도 많았다. 그토록 애착을 느꼈으면서도 어느 순간 잡동사니 속에 함부로 굴러다니며 삐걱거리게 된 그 테이블을 볼 때마다 나는 새삼 씁쓸해지고는 한다.

매일 학교에 갔다가 부랴부랴 돌아와 밥하고 청소하고 빨래하고 아이들 챙겨서 재우고 나면 자정이 넘어 버리는 일상 속에서 그 앞에 앉기란 사실 쉬운 일은 아니다. 행복하면 그 짧은 행복을 즐기느라, 고통스러우면 그 지루한 고통에 진절머리를 치느라 그 앞에 가 앉지 못했다. '존재의 테이블'을 장만한 뒤에도 존재의 자리는 쉬이 생기지 않았다.

PART 1 기출문제
PART 2 실전모의고사
PART 3 정답 및 해설

그러다가도 그 삐걱거리는 테이블을 잘 만져서 바로잡고 아주 공들여서 먼지를 닦는 날이 있다. 그러면 나는 내가 닦고 있는 것이 테이블이 아니라 실은 하나의 거울이라는 것을 알게 된다. 내가 지금 어디에 어떻게 앉아 있는가를 가장 잘 비추어 주는 거울. 그리고 힘든 일이 닥칠수록 그 테이블만큼 더 낮아지고 고요해지는 것이 필요하다고 넌지시 일러 주는 거울.

– 나희덕, 「존재의 테이블」

07 〈보기〉는 (가)와 (나)에 대한 해설의 일부분이다. 〈보기〉의 ①, ②에 들어갈 적절한 말을 제시문에서 찾아 쓰시오.

〈보기〉

(가)의 '구부러진 칼'과 (나)의 '존재의 테이블'은 둘 다 삶의 의미나 가치를 발견하게 하는 역할을 한다. (가)의 화자는 '구부러진 칼'을 통해 타인들을 만나고 공동체를 중심으로 하여 그 의미를 찾으려는데에 집중한다. 예를 들어 시행 (①)에는 자연 생태계 속에서 찾은 제재를 활용하여 식사를 챙겨 주듯이 다른 이를 돌보며 함께 살아가는 이미지가 나타난다.

(나)의 글쓴이는 구체적 일상과 소재를 활용하여 삶의 의미를 탐구해 나간다. 가령 단어 (②)은/는 '존재의 테이블'의 구체적 외양을 설명해 주는 동시에 귀국 이후 바쁜 일상 때문에 자신을 돌아볼 시간을 가지지 못했음을 드러내는 표현과 연결된다.

① ______________________

② ______________________

08 〈보기〉는 (나)에 대한 해설의 일부이다. 〈보기〉의 ⓐ에 들어갈 적절한 문장을 제시문에서 찾아 첫 어절과 마지막 어절을 순서대로 쓰시오.

〈보기〉

(나)의 '나'는 인도 여행에서 얻은 '존재의 테이블'을 통해 자신의 삶을 돌아볼 수 있는 여유를 찾고자 했다. 하지만 학교일, 집안일, 육아 등에 밀려 '존재의 테이블'은 그 기능을 온전히 수행하기 어려웠다. (나)의 문장 (ⓐ)은/는 '존재의 자리'를 마련하려는 정성스러운 '나'의 마음가짐이 구체적인 행위로 잘 드러나는 부분이다.

① 첫 어절: ______________________

② 마지막 어절: ______________________

09 〈보기2〉는 〈보기1〉의 자음 체계표를 바탕으로 표준 발음을 설명한 것이다. ①, ②에 들어갈 적절한 말을 〈보기2〉의 예에서 모두 찾아 쓰시오.

〈보기 1〉

조음 방법 \ 조음 위치		입술소리	잇몸소리	센입천장소리	여린입천장소리	목청소리
파열음	예사소리	ㅂ	ㄷ		ㄱ	
	된소리	ㅃ	ㄸ		ㄲ	
	거센소리	ㅍ	ㅌ			
파찰음	예사소리			ㅈ		
	된소리			ㅉ		
	거센소리			ㅊ		
마찰음	예사소리		ㅅ			ㅎ
	된소리		ㅆ			
	거센소리					
비음		ㅁ	ㄴ		ㅇ	
유음			ㄹ			

〈보기 2〉

아래 예 중, (①)에서는 서로 인접한 두 자음 중 앞 자음이 뒤 자음의 조음 방법과 같아진다. 그리고, (②)에서는 서로 인접한 두 자음 중 뒤 자음이 앞 자음의 조음 방법과 같아진다.

예 강릉, 권력, 국물, 입학

① : ________________

② : ________________

수학[인문A]

▶ 해답 p.214

10 공비가 1이 아닌 등비수열 $\{a_n\}$의 첫째항부터 제 n항까지의 합을 S_n이라고 하자. $S_n=6$, $S=18$일 때, $\log_2\left(1+\frac{S_{15}}{6}\right)$의 값을 구하는 과정을 서술하시오.

11 두 양수 a, b에 대하여 $\log_3 ab=6$, $\log_3 a=4\log_b 3$일 때, $\log_a b+\log_b a$의 값을 구하는 과정을 서술하시오.

12 함수 $f(x)=x^2-4x+4$의 그래프 위의 점 $(a, f(a))$에서의 접선이 x축 및 y축과 만나는 점을 각각 P, Q라 할 때, 삼각형 OPQ의 넓이가 최대가 될 때의 a의 값을 구하는 과정을 서술하시오. (단, O는 원점이고, $0<a<2$)

13 사각형 ABCD가 반지름이 2인 원에 내접하면 $\overline{AB}=4$이다.
$\overline{BC}=\overline{CD}=1$일 때, 사각형 ABCD의 넓이의 값을 구하는 과정을 서술하시오.

14 최고차항의 계수가 1인 삼차함수 $f(x)$에 대하여 함수 $y=f(x)$의 그래프를 x축의 방향으로 5만큼 평행이동한 그래프를 나타내는 함수를 $y=g(x)$라 하자.

$$\lim_{x \to -1} \frac{f(x)}{(x+1)g(x)} = -\frac{1}{5},$$

$$\lim_{x \to 4} \frac{f(x)}{(x+1)g(x)} = k$$

일 때, 상수 k의 값을 구하는 과정을 서술하시오.

15 두 다항함수 $f(x)$와 $g(x)$에 대하여

$f'(x)=x^3-x+3, g'(x)=2x^2+1$

이다. 두 함수 $y=f(x)$와 $y=g(x)$의 그래프가 오직 한 점에서 만날 때 $h(x)=f(x)-g(x)$의 양수인 극댓값과 극솟값을 구하는 다음의 풀이 과정을 완성하시오.

> $h'(x)=0$을 만족하는 x의 값은 모두 [①]이다. 두 함수의 그래프가 오직 한 점에서 만나기 위해서, 교점의 x좌표는 [②]이다. 따라서 $h(x)$의 양수인 극댓값은 [③]이고, 양수인 극솟값은 [④]이다.

국어[인문B]

▶ 해답 p.216

※ 다음은 미술관을 다녀온 후 작성한 감상문의 일부이다. 물음에 답하시오.

빈센트 반 고흐, 디지털 미술관은 빈센트 반 고흐를 새롭게 만나게 해 주었다. 고흐가 생전에 화가로서 보낸 시간은 불과 10여년 밖에 되지 않는다. 하지만 고흐는 화가로서 살았던 짧은 삶과 달리, 이후에 아주 오랜 시간 많은 사람의 사랑을 받게 되었다. 가난한 삶 속에서, 정신병을 앓는 상황 속에서도 그림에 대한 그의 열정은 그칠 줄을 몰랐다.

그의 마음을 유일하게 이해한 동생 테오는 형에 대해 이렇게 말했다고 한다. "형은 반복되는 일상생활 속에서 사람들이 각자의 찬란한 빛을 잃어버렸다는 생각을 처음으로 한 사람이다. 형은 따듯한 가슴을 가졌고 사람들을 위해 무엇인가를 계속 해주려고 노력했다." 고흐는 힘겨운 삶을 살았지만, 끝까지 자신을 응원해 주고 지지해 준 동생 테오가 있었기에 불행하지만은 않았다는 생각이 든다.

고흐의 그림에는 다양한 색채의 향연이 펼쳐진다. 「해바라기」의 노란색, 「별이 빛나는 밤」의 파란색과 밤의 빛깔들, 이번 미술관 관람을 통해 고흐만이 표현할 수 있는 아름다운 색채를 고스란히 느낄 수 있었다. 이러한 색채가 바로 고흐 그림만의 독창성과 가치를 보여 준다는 생각이 들었다. 보지 못하면 느낄 수 없는 것들이 있으니, 앞으로 다양한 미술 작품을 만날 수 있는 기회를 가져야겠다. 이번 전시회에서 만난 고흐의 「자화상」은 화가로서의 자신을 보여 주는 거울 같다는 생각이 들었다. 모델료가 없어, 인물을 그리기 위해 자신을 그려 작품 활동을 이어 갔다는 고흐. 그는 불굴의 의지를 지닌 색채의 마술사처럼 열정적으로 자신의 색을 화폭에 그려 나갔다. 나는 하고 싶은 일이 있어도 쉽게 포기해 버리곤 했다. 무엇인가 포기할 이유를 찾는 사람처럼 스스로 의지가 약해지려 할 때마다, 화가의 길을 묵묵히 걸어간 고흐를 한 번쯤 떠올려 봐야 할 것 같다.

01 〈보기〉는 제시문을 작성하기 전에 수립한 글쓰기 계획이다. 〈보기〉의 ①, ②가 반영된 문장을 제시문에서 찾아 각각의 첫 어절과 마지막 어절을 순서대로 쓰시오.

〈보기〉

① 구체적인 작품의 색채를 언급하면서 고흐 그림에서 느꼈던 표현적 아름다움을 설명해야겠어.
② 비유적 방식을 활용하여 고흐가 어떤 화가였는지를 표현해야겠어.

① 첫 어절: ____________, 마지막 어절: ____________

② 첫 어절: ____________, 마지막 어절: ____________

[02～03] 다음 글을 읽고 물음에 답하시오.

세상에는 수많은 꽃들이 존재한다. 각각의 꽃들은 크기나 모양, 색깔 등이 모두 다름에도 불구하고 인간은 그것들을 모두 꽃으로 인식한다. 그 이유는 개개의 대상으로 공통적 · 일반적 성질을 뽑아내거나 공통되지 않은 성질을 버림으로써 만들어낸 개념을 바탕으로 인식하기 때문이다. 칸트는 개념을 구체적인 모습으로 떠올린 것을 '도식'이라고 했는데, 도식을 떠올리는 데에는 '상상력'이 작용하며, 도식이 있어야 개념과 개별적 대상이 연결될 수 있다고 보았다.

칸트는 상상력에는 감성과 지성이 관련된다고 보았으며, 이를 '재생적 상상력'과 '창조적 상상력'으로 나누어 각각의 기능에 대해 언급한 바 있다. 프랑스의 철학자 ㉠질 들뢰즈는 이러한 칸트의 상상력에 대해 다음과 같이 설명했다. 먼저 재생적 상상력은 개념을 이해하고 확인하는 것이다. 머릿속에 꽃의 도식을 떠올리는 것은 꽃의 개념을 분명하게 나타내는 수단이다. 만약 꽃의 도식이 개념과 맞지 않는다면 잘못된 도식을 가지고 있는 것이므로 도식을 수정해야 한다. 재생적 상상력으로 만들어 낸 도식은 개념에 종속되며 어떤 대상이 주어진 개념과 일치하는지를 판별하는 역할을 할 뿐이다. 반면 창조적 상상력은 개념에 구애받지 않는 것이다. 예술가들의 경우 사물의 개념에 의문을 품고 개념과 연결하기 어려운 낯선 도식을 작품으로 표현했다. 들뢰즈는 예술가들의 상상력이 만들어 낸 낯선 도식들이 사람들이 관습적으로 가지고 있던 개념을 흔듦으로써 새로운 인식을 이끌어낸다고 보았다.

들뢰즈는 재생적 상상력을 거부하고 창조적 상상력을 긍정했는데, 그 이유는 재생적 상상력이 만들어 내는 획일화된 삶에 대한 거부감 때문이었다. 개념과 개념에 종속된 도식은 동일성을 바탕으로 형성되는 것이므로 개별적인 존재의 독특한 개성은 개념을 벗어나는 것이다. 존재의 독자성은 개념에 부합하지 않는 비정상적인 것으로 취급되기 때문에 사람들은 개념에 의해 만들어진 엄격한 지침이나 질서를 따를 수밖에 없게 된다. 들뢰즈는 이러한 사회에서는 존재들이 독자적 성격을 발현하지 못하고 획일화된 삶을 살 수밖에 없다고 보았다. 들뢰즈는 개인의 주체로서 살기 위해서는 틀에 박힌 삶을 과감히 떨치고 유목민과 같은 방식으로 살 필요가 있다고 보았다. 유목민들은 정착과 안정된 삶에 얽매이지 않고 새로운 곳을 찾아다닌다. 정착하기 않기 때문에 특정한 가치와 삶의 방식에 매달리지 않고 자유롭고 독자적인 존재로 살아가는 것이다.

들뢰즈는 획일화된 삶을 탈피하기 위해서 개념에 의존하지 않는 것이 중요하다고 보았다. 세상에 존재하는 모든 장미꽃은 모두 제각각 자신만의 독특한 모양과 향기가 있다. 그것은 진달래꽃, 국화꽃과 구분되는 장미꽃의 개념만을 가진 사람에게는 인식되지 않는 것이다. 그래서 들뢰즈는 개념적으로 파악되는 '차이'와 개별 존재의 독자성을 구분하기 위해 '차이 자체'라는 말을 썼다. 예를 들어 A라는 사람을 이야기하기 위해 "A는 강원도 출신이며 공무원이다."라고 했을 때, A의 특성은 '강원도 출신', '공무원'이라는 성질에 의존한다. 어떤 개념을 형성하는 성질들을 '내포'라고 하는데, 내포들이 많아지면 그것의 적용 범위인 '외연'은 줄어든다. 내포들이 많아지면 결국 외연이 단 한 명을 가리킬 수도 있다. 그렇지만 내포들 역시 동일성을 바탕으로 형성된 것이기 때문에 강원도 출신이 아닌 사람들, 공무원이 아닌 사람들과의 '차이'를 나타낼 수는 있어도 그것이 A의 독자적 성질을 나타내는 것은 아니다.

02 〈보기〉는 제시문을 읽고 ㉠의 관점을 정리한 것이다. 〈보기〉의 ①～②에 들어갈 적절한 말을 제시문에서 찾아 쓰시오.

〈보기〉

사람들은 세상에 존재하는 대상에 대해 알고 있다고 이야기하지만, ㉠의 관점에서 사람들은 (①)만을 알고 있는 것이다. ㉠은 사람들이 개별 존재만의 독자성인 (②)을/를 알아야 한다고 생각했다. ㉠은 (②)은/는 (①)을/를 형성하는 성질인 내포를 통해서는 파악될 수 없는 것이며, 틀에 박힌 (①)에서 벗어날 때 비로소 드러난다고 보았다.

① : ______________________ ② : ______________________

03 〈보기1〉은 폴 세잔의 작품 〈생트빅투아르산〉에 대한 설명이고, 〈보기2〉는 제시문을 바탕으로 〈보기1〉의 작품을 감상한 것이다. 〈보기2〉의 ①, ②에 들어갈 적절한 말을 제시문에서 찾아 쓰시오.

〈보기 1〉

폴 세잔의 〈생트빅투아르산〉은 그의 고향에 있는 산을 그린 것이지만 기존의 풍경화에서 보이던 산과는 다른 낯선 모습을 보여준다. 이 작품에서는 기존의 원근법을 무시하여, 산과 마을의 풍경을 하나의 덩어리로 나타내고 있다. 이러한 시도는 이후 입체주의를 통해 형태와 공간에 대한 실험으로 발전하였으며, 사물을 보는 새로운 시각을 제시하였다.

〈보기 2〉

세잔이 그린 산의 모습은 칸트와 들뢰즈가 이야기한 (①) 상상력을 통해 만들어진 도식이라고 할 수 있다. 이 그림은 산에 대한 관습적 개념에서 벗어나 형태와 공간에 대한 새로운 인식을 보여준다. 만약 세잔이 기존의 원근법에 따라 산의 모습을 사실적으로만 그렸다면, 이 그림은 개념에 종속된 도식이 되었을 것이다. 이 그림에서 보여준 세잔의 새로운 시도는 들뢰즈가 언급한 (②)의 삶의 방식과 유사하다.

① : ______________________ ② : ______________________

[04~05] 다음 글을 읽고 물음에 답하시오.

디지털 매체가 등장한 이후 이미지에 대한 논의에서는 단지 이미지의 생산과 수용, 그리고 이미지의 재생산과 복제에 대한 내용에 그치지 않고, 이미지의 실재의 관계 문제를 본격적으로 다루게 되었다. 그 결과 존재하는 사물의 가상과 현상으로 여겨지던 이미지는 본질로서 위상을 지니게 되었다. 이러한 이미지의 위상에 주목한 대표적인 학자는 빌렘 플루서인데, 그는 의사소통 전반의 문제를 '코무니콜로기'라는 새로운 학문으로 제시하였다. 그는 의사소통 이론의 근간을 이루고 있는 대화와 담론, 정보, 상징과 코드를 '코무니콜로기'라는 용어로 설명하였으며, 새로운 매체에 인해 변화된 사회를 '텔레마틱*사회'라고 규정하고 탐구했다.

플루서는 시대를 전 역사 시대인 알파벳 이전 시대, 역사 시대인 알파벳 시대, 탈역사 시대인 알파벳 이후 시대로 분류한다. 이들 시대는 각각 이미지 시대, 문자 시대, 기술적 이미지 시대에 대응한다. 알파벳의 등장 이전에는 이미지와 의사소통 체계의 중심 코드로 기능했는데, 알파벳이 등장한 이후에 이미지가 중심 코드로 작동하는 시대가 새등상했다. 알파벳 이후 시대의 이미지는 기술적인 장치로 만들어진 이미지로 알파벳 이전의 이미지와 다른 것이다. 기술적 이미지는 알파벳 없이는 가능하지 않은 코드라는 점에서 세계를 직접적으로 반영해 추상화한 알파벳 이전 시대의 이미지와 구별된다. 알파벳 이후 시대의 기술적 이미지는 텍스트로 개념화된 세계가 기술적 장치라는 매개물에 의해서 이미지로 추상화된 것이다. 그렇기 때문에 문자, 즉 텍스트가 어떤 식으로든 개입되어 있다. 기술적 이미지는 무수히 많은 의미를 내포하고 있는 의미 복합체로 단지 사진, 영화, 현대의 디지털 이미지만을 의미하지 않고 시각 영역에 기술적 장치가 매개됨으로써 시각이 확장되어 경험하게 되는 이미지 전반을 의미한다. 가령 자연적인 눈으로 체험할 수 없었지만 현미경을 비롯한 다양한 시각 장치들로 인하여 체험할 수 있게 된 이미지들도 기술적 이미지이다.

기술적 이미지에 의해 알파벳 이후 시대에 문자의 지위는 알파벳 시대에 비해 낮아졌다. 이에 대해 그는 역사 시대가 시작될 때 알파벳이 그림에 대항했던 것처럼, 오늘날의 디지털 코드는 알파벳을 추월하기 위해 대항하고 있으며 그에 따라 문자의 지위가 역사 시대와 달라졌다고 설명한다. 이에 주목해 플루서는 알파벳 이후 시대를 '탈역사 시대'라고 규정한다. 탈역사 시대의 대표적인 매개물은 이미지이다. 문자문화와 결별하고 다시 이미지가 지배하는 시대로 전환되었다는 것은 기존의 선형적 사유 방식에서 벗어난 새로운 사유 체계가 등장했음을 의미한다. 이에 주목해 플루서는 이미지에 대한 재평가가 이루어져야 한다고 본다. 플루서에 따르면, 이미지는 세계와 인간 사이의 매개물로 인간이 세계 안에 존재하는 데 반드시 필요한 것이다.

인간은 매개 없이는 세계에 접근할 수 없다. 이미지는 인간이 세계를 표상하는 것을 가능하게 한다. 이러한 점에서 이미지는 다의적인 상징 복합체이다.

현대는 디지털망으로 구성된 텔레마틱한 사회이다. 플루서는 ㉠<u>'디지털 가상'</u>이라는 표현을 사용하는데, 이때 가상은 이미지 세계 또는 이미지 공간을 의미한다. 플루서에 따르면, 우리는 지금 수많은 가능성이 존재하는 다원적인 세계에 살고 있으며, 이러한 세계에서 현실과 가상의 구분은 중요하지 않다. 플루서는 그것이 무엇이든 간에 우리가 그것을 지각한다는 사실을 중시한다. 기술적 이미지 시대에 중요한 것은 매체를 통해 이루어지는 인간들 간의 상호 작용과, 그것을 가능하게 하는 장치에 대한 이해, 즉 '장치 리터러시*'이다. 현대의 디지털 매체에 기반을 둔 새로운 소통형태들은 플루서가 이야기한 문화로의 이행을 보여 준다고 할 수 있다.

*텔레마틱: 원격 통신(telecommunication)과 정보(infomatic)의 합성어. 통신과 컴퓨터의 융합과 그에 의하여 야기되는 사회적 변화를 종합적으로 가리키는 말

*리터러시: 지식과 정보를 획득하고 이해할 수 있는 능력

04 〈보기〉는 제시문을 읽고 내용을 정리한 것인데, 〈보기〉의 ⓐ, ⓑ는 제시문의 내용과 일치하지 않는다. ⓐ, ⓑ를 올바르게 수정하려고 할 때 적절한 말을 제시문에서 찾아 쓰시오.

〈보기〉

- 빌렘 플루서는 텔레마틱 사회의 의사소통 전반의 문제를 연구하는 ⓐ장치 리터러시라는 분야를 새롭게 개척하였다.
- 탈역사 시대의 이미지는 알파벳을 매개로 한다는 점에서 ⓑ알파벳 시대의 이미지와 차이를 보인다.

① ⓐ를 올바르게 수정한 것: ______________________

② ⓑ를 올바르게 수정한 것: ______________________

05 〈보기〉는 학생 A, B, C가 수업 발표를 준비한 과정이다. 제시문의 ㉠에 해당하는 것 두 개를 〈보기〉에서 찾아 쓰시오.

〈보기〉

학생 A, B, C는 발표 준비를 위해 휴대 전화 메신저로 대화를 나누었다. 이들은 조사한 자료를 하이퍼링크로 제시하기도 하고, 사진 파일을 전송해 공유하기도 했으며, 감정을 주로 이모티콘을 사용해 표현했다. 이들은 발표용 프로그램을 이용하여 슬라이드 형식으로 발표 자료를 만들기로 한 다음 역할을 분담했으며, 발표 자료 초안이 조 모임 블로그에 올라오면 그에 대한 의견을 블로그에 개진하기로 했다. 이에 따라 A는 블로그에 발표 자료 초안을 만들어 올린 후 B, C와 댓글로 발표 자료를 수정하기 위한 의견을 나누었다. 이후 이들은 댓글로 제시된 검토 의견을 토대로 슬라이드를 수정해 사진, 동영상, 그래프 등을 활용한 발표 자료를 완성했다.

① : ______________________

② : ______________________

[06～07] 다음 글을 읽고 물음에 답하시오.

(가)

생사 길은
예 있으매 머뭇거리고,
나는 간다는 말도
못다 이르고 어찌 갑니까.

어느 가을 이른 바람에
이에 저에 떨어질 잎처럼,
한 가지에 나고
가는 곳 모르온저.
아아, 미타찰에서 만날 나
도 닦아 기다리겠노라.

– 월명사, 「제망매가」

(나)

유리에 차고 슬픈 것이 어른거린다.
열없이 붙어 서서 입김을 흐리우니
길들은 양 언 날개를 파닥거린다.
지우고 보고 지우고 보아도
새까만 밤이 밀려 나가고 밀려와 부딪히고,
물먹은 별이, 반짝, 보석처럼 박힌다.
밤에 홀로 유리를 닦는 것은
외로운 황홀한 심사이어니,
고운 폐혈관이 찢어진 채로
아아, 너는 산새처럼 날아갔구나!

– 정지용, 「유리창 I」

06 〈보기〉는 (가)와 (나)에 대한 해설의 일부이다. 〈보기〉의 ①, ②에 들어갈 적절한 말을 제시문에서 찾아 쓰시오.

〈보기〉

(가)와 (나)는 각각 누이와 어린 자식의 죽음을 다루고 있다. 상실의 대상이 (가)에서는 식물적 이미지인 (①)(으)로, (나)에서는 동물적 이미지의 산새로 비유된다. 또한 (가)와 (나)는 상실의 대상을 만나고자 하는 열망을 실현하는 방식에서도 차이를 보인다. (가)에서 상실의 대상을 종교적 믿음에 바탕한 내세의 공간 (②)에서 만나고자 한다면 (나)에서는 현재의 화자가 있는 현실의 공간에서 실현된다.

① : ______________________

② : ______________________

07 〈보기〉는 (나)에 대한 해설의 일부이다. 〈보기〉의 ①, ②에 해당하는 시구 또는 시어를 제시문에서 찾아 쓰시오.

〈보기〉

정지용의 「유리창1」은 시인이 29세 되던 1930년에 쓴 것으로, 갑작스러운 병으로 자식을 잃은 젊은 아버지의 비통한 심경을 노래한 작품으로 알려져 있다. 이 작품은 주변 상황을 인지하는 과정에서 미묘하게 변하는 화자의 정서를 형상화하고 있다. 이런 점을 고려하여 작품을 감상하면 독자들도 아이를 잃은 아버지의 절절한 심정과 이를 심미적으로 승화하려는 태도를 느낄 수 있을 것이다. 죽은 아이에 대한 ①화자 자신의 감정을 모순적으로 표현하고 있으며, 이러한 상황이 ②죽은 아이를 만날 수 있게 하는 동시에 아이와 화자의 공간이 나뉘어져 있음을 드러내는 대상을 통해 제시된다는 점에서 모더니스트 정지용의 언어적 감각을 느낄 수 있다.

① : ______________________

② : ______________________

※ 다음 글을 읽고 물음에 답하시오.

"누구요?"

그는 조심스럽게 소리를 지른다. 그의 목소리는 진폭이 짧게 차단된다. 그는 갇혀 있음을 의식한다. 벽 사이의 눈을 의식한다. 그는 사납게 소파에 누워, 시선에 닿는 가구들을 노려보기 시작한다. 모든 가구들이 비 온 후 한결 밝아 오는 나뭇잎처럼 밝은 색조를 띠고 빛나기 시작한다. 그는 스푼을 집요하게 젓는다. 설탕물은 이미 당분을 포함하고 뜨겁게 달아 있으나 설탕은 포화 상태를 넘어 아직 풀리지 않고 있다. 그래도 그는 계속 스푼을 젓는다. 갑자기 그는 그의 손에 쥐어진 손잡이가 긴 스푼이 여느 스푼이 아님을 느낀다. 그러자 스푼이 그의 의식의 녹을 벗기고, 눈에 보이는 상태 밖에서 수면을 향해 비상하는, 비늘 번뜩이는 물고기처럼 튀어 오르는 것을 보았다. 그는 힘을 다해 스푼을 쥔다. 그러자 스푼은 산 생선을 만질 때 느껴지는 뿌듯한 생명감과 안간힘의 요동으로 충만된다. 그리고, 손아귀에 쥐어진 스푼은 손가락 사이를 민첩하게 빠져나간다. 그는 잠시 놀란 나머지 입을 벌린 채 스푼이 허공을 날면서 중력 없이 둥둥 떠서 흐르는 것을 보았다. 그는 온 방 안의 물건을 자세히 보리라고 다짐하고는 눈을 부릅뜬다. 그러자 그의 의식이 닿는 물건들마다 일제히 흔들거리면서 흥을 돋우기 시작하는 것이었다.

그는 비틀거리면서 일어나 거실에 스위치를 넣으려고 걷는다. 그는 스위치를 넣는다. 형광등의 꼬마전구가 번쩍번쩍거리며 몇 번씩 반추한다. 그러다가 불쑥 방 안이 밝아 온다.

그는 스푼이 담수어처럼 얌전하게 손아귀 속에 쥐여 있는 것을 발견한다. 그는 조심스럽게 온 방 안의 물건들을, 조금 전까지 흔들리고 튀어 오르고 덜컹이던 물건들을 하나하나 훑어보기 시작한다.

물건들은 놀랍게도 뻔뻔스러운 낯짝으로 제자리에 가라앉아 있었다. 그는 비애를 느낀다. 무사무사(無事無事)의 안이 속에서 그러나 비웃으며 물건들은 정좌해 있다. 그는 투덜거리면서 스위치를 내린다. 그리고 소파에 앉아 단 설탕물을 마시기 시작한다. 방 안 어두운 구석구석에서 수군거리는 소리가 들어온다. 어둠과 어둠이 결탁하고 역적모의를 논의한다. 친구여, 우리 같이 얘기합시다. 방 모퉁이 직각의 앵글 속에서 한 놈이 용감하게 말을 걸어온다. 벽면을 기는 다족류 벌레의 발소리가 들려온다. 옷장의 거울과 화장대의 거울이 투명한 교미를 하는 소리도 들려온다. 그는 어둠속에 눈을 부릅뜬다. 벽이 출렁거린다. 그는 천천히 몸을 움직인다.

(중략)

그는 부엌을 답사하였고 그럴 때엔 욕실 쪽이 의심스러웠다. 욕실 쪽을 보고 있노라면 그는 거실 쪽이 의심스러웠다. 그는 활차(滑車)*처럼 뛰고 또 뛰었다. 그러나 그는 아무것도, 아무런 낌새도 발견해 낼 수 없었다. 무생물에 놀랐다는 것은 부끄러운 일이다라고 그는 생각했다. 그러나 그는 비로소 안심이 되었다. 그래서 거만스럽게 걸어가서 스위치를 내렸다. 그는 소파에 앉아 남은 설탕물을 찔끔찔끔 들이켜기 시작했다. 그가 스위치를 내리자, 벽에 도료처럼 붙었던 어둠이 차곡차곡 잠겨서 덤벼들고 그들은 이윽고 조심스럽게 수군거리더니 마침내 배짱 좋게 깔깔거리고 있었다. 말린 휴지 조각이 베포처럼 늘여져 허공을 난다. 닫힌 서랍 속에서 내의가 펄펄뛰고 있다. 책상을 받친 네 개의 다리가 흔들거리기 시작한다. 찬장 속에서 그릇들이 어깨를 이고 달그럭거리며 쟁그렁거리면서 모반을 시작한다.

그것은 그래도 처음엔 조심스럽게 시작되었다. 하지만 그들의 대상이 무방비인 것을 알자, 일제히 한꺼번에 고래고래 소리를 지르면서 날뛰기 시작했다. 크레용들이 허공을 난다. 옷장 속의 옷들이 펄럭이면서 춤을 춘다. 혁대가 물뱀처럼 꿈틀거린다. 용감한 녀석들은 감히 다가와 그의 얼굴을 슬쩍슬쩍 건드려 보기도 하였다. 조심해, 조심해, 성냥갑 속에서 성냥개비가 중얼거린다. 꽃병에 꽂힌 마른 꽃송이가 다리를 번쩍번쩍 들어 올리면서 춤을 춘다. 내의가 들여다보인다. 벽이 서서히 다가와서 눈을 두어 번 꿈쩍거리다가는 천천히 물러서곤 하였다. 트랜지스터가 안테나를 세우고 도립*하기 시작한다. 그러자 재떨이가 박수를 치기 시작한다. 소켓 부분에선 노래가 흘러나온다. 낙숫물이 신기해서 신을 받쳐 들던 어릴 때의 기억처럼 그는 자그마한 우산을 펴고 화환처럼 황홀한 그의 우주 속으로 뛰어든 셈이었다. 그는 공범자가 되고 싶은 욕망을 느낀다.

그때였다. 그는 서서히 다리 부분이 경직되어 오는 것을 느꼈다. 그것은 우연히 느낀 것이었다. 처음에 그는 이 방에서 도망가리라 생각했었기에 때문에, 될 수 있는 한 소리를 내지 않고 살금살금 움직이리라고 마음먹고 천천히 몸을 움직이려 했을 때였다. 그러나 그는 다리를 움직일 수가 없었다. 이상한 일이었다. 그래서 그는 손을 내려 다리를 만져 보았는데 다리는 이미 굳어 석고처럼 딱딱하고 감촉이 없었으므로 별수 없이 손에 힘을 주어 기어서라도 스위치 있는 쪽으로 가리라고 결심했다.

그는 손을 뻗쳐 무거워진 다리, 그리고 더욱더 굳어져 오는 다리를 끌고 스위치 있는 곳까지 가려고 안간힘을 썼다. 그러나 그는 채 못 미쳐 이미 온몸이 굳어 오는 것을 발견하였다. 그래서 그는 숫제 체념해 버렸다. 참 이상한 일이라고 생각하면서 그는 조용히 다리를 모으고 직립하였다. 그는 마치 부활하는 것처럼 보였다.

– 최인호, 「타인의 방」

*활차: 도르래

*도립: 물구나무서기

08 〈보기〉는 제시문에 대한 해설의 일부이다. 〈보기〉의 ①, ②에 들어갈 적절한 말을 제시문에서 찾아 쓰시오.

〈보기〉

환상이란 현실에서 구현될 수 없는 것에 대한 상상을 가리킨다. 「타인의 방」에서 환상은 상식에 기반한 체험을 넘어서는 이질적인 감각과 생경한 풍경을 제시하는 장치로 활용된다. 현실과 환상은 명암의 대비와 함께 뚜렷하게 구분되는데, (①)에 의해 작품 속에서 두 세계는 전환된다. 어둠 속에서 사물들은 가변적 양태를 보이며 생물과 무생물의 경계가 소멸되는데, (②)이/가 대표적이다. (②)은/는 어둠속에서 물고기처럼 파닥거리며 헤엄치는 모습으로 묘사된다. 주인공은 이러한 상황에 반응하기 못하고 굳어 버리는데, 「타인의 방」은 이와 같은 상상력의 확장을 통해 정체성을 상실하고 있는 현대인의 실존 문제를 상징적으로 비판하고 있다.

① : ____________________

② : ____________________

09 〈보기〉는 수업 시간의 대화 내용이다. 〈보기〉의 ①~④에 들어갈 적절한 말을 찾아 쓰시오.

〈보기〉

선생님 : 지금까지 이야기한 것처럼 어떤 음운이 환경에 따라 다른 음운으로 바뀌어 발음되는 음운 변동에는 된소리되기, 비음화, 유음화, 구개음화, 모음탈락, 반모음 첨가, 거센소리되기 등이 있어요. 지금부터는 다음 단어들을 발음할 때 일어나는 음운 변동이 무엇에 해당하는지 말해 볼까요?

논리 맏형 붙임 국밥

학생1 : '논리'를 발음할 때는 (①)이/가 일어나요.

학생2 : '맏형'을 발음할 때는 (②)이/가 일어나요.

학생3 : '붙임'을 발음할 때는 (③)이/가 일어나요.

학생4 : '국밥'을 발음할 때는 (④)이/가 일어나요.

① : ____________________

② : ____________________

③ : ____________________

④ : ____________________

수학[인문B]

▶ 해설 p.217

10 곡선 $y=x^3$과 곡선 $y=\sqrt{2x}$가 만나는 원점이 아닌 점을 A라 할 때, 점 A에서 축에 내린 수선의 발을 H라 하자. 삼각형 AOH의 넓이가 $2^{-\frac{a}{b}}$일 때, a^2+b^2의 값을 구하는 과정을 서술하시오. (단, O는 원점, a, b는 서로소인 자연수)

11 $\frac{3}{2}\pi<\theta<2\pi$인 θ에 대하여 $6\cos\theta-\frac{1}{\cos\theta}=1$일 때, $\sin\theta\cos\theta$의 값을 구하는 과정을 서술하시오.

12 모든 항이 자연수인 수열 $\{a_n\}$이 모든 자연수 n에 대하여

$$a_{n+1}=\begin{cases} 3a+1 & (a_n\text{이 홀수인 경우}) \\ \dfrac{a_n}{2} & (a_n\text{이 짝수인 경우}) \end{cases}$$

를 만족시킨다. $a_7=4$일 때, S_{20}의 최솟값을 구하는 다음의 풀이 과정을 완성하시오. (단, 수열 $\{a_n\}$의 첫째항부터 제 n항까지의 합을 S_n이라 한다.)

> $a_7=4$이므로 a_6이 홀수이면 $a_6=1$이고, 짝수이면 $a_6=8$이다.
> $a_6=1$일 때, S_6의 최솟값은 [①]이다.
> $a_6=8$일 때, $a_5+a_6=$ [②] $>$ [①]
> 이므로 $a_6=1$일 때의 S_6이 최솟값을 갖는다.
> S_6이 최솟값을 갖는 수열 $\{a_n\}$에서 반복되는 세 수는 [③]이다. 따라서 S_{20}의 최솟값은 [④]이다.

13 두 다항함수 $f(x)$, $g(x)$에 대하여

$$f(x)=3x^2+2x\int_0^1 tg(t)dt,$$

$$g(x)=-6x+\int_0^1 f(t)dt$$일 때, 방정식 $f(x)+g(x)=0$의 모든 실근의 합을 구하는 과정을 서술하시오.

PART 1 기출문제

PART 2 실전모의고사

PART 3 정답 및 해설

14 두 함수

$$f(x)=\begin{cases} x^3+a^2x^2-2x & (x<1) \\ 2x+1 & (x\geq 1) \end{cases},$$

$$g(x)=x^2-ax$$

에 대하여 함수 $f(x)g(x)$가 $x=1$에서 연속이 되도록 하는 상수 a의 값을 모두 구하는 과정을 서술하시오.

15 수직선 위를 움직이는 두 점 P, Q의 시각 $t(t\geq 0)$에서의 위치 x_1, x_2가

$$x_1=3t^4-24t^2+51t+d,$$

$$x_2=8t^3+6t^2-21t$$

이다. 실수 t에 대하여 닫힌구간 [0, 4]에서 두 점 P, Q 사이 거리의 최솟값이 3일 때, 다음의 풀이 과정을 완성하시오. (단, $d\leq 0$)

> 두 점 P, Q 사이 거리가 최소가 되는 시간은 $t=$ ① 이다. 한편, 두 점 P, Q 사이 거리는 $t=$ ② 에서 최댓값 ③ 를 가지면, 이때 점 Q의 속도는 ④ 이다.

2023학년도
가천대
논술 모의고사

국어[A형] 수학[A형]
국어[B형] 수학[B형]

2023학년도 모의고사

국어[A형]

▶ 해답 p.219

※ 다음은 학생들의 대화이다. 물음에 답하시오.

희경: 사회 시간에 조별 발표할 보고서를 네가 써 오기로 했잖아. 가지고 왔니?

광기: (보고서를 보여 주며) 각종 통계, 논문, 선문 잡지 등을 활용해서 주제에 대한 근거를 확실하고도 풍부하게 제시했어.

범수: 그런데 각종 자료를 사용하면서 인용 표시를 하거나 원문의 출처를 밝히지 않았네. 네가 한 행위는 저작권 위반에 해당돼.

광기: 난 별생각 없이 자료를 가져온 건데. 저작권을 위반하는 사례가 많다는 말은 들어 봤지만 정작 내가 한 행동이 저작권을 위반하는 것인지는 생각지 못했네.

희경: 참, 다음번 과제가 민주 시민으로서 준법정신을 고취하기 위한 영상물을 만드는 것이잖아. 우리 저작권을 소재로 영상물을 만들면 어떨까?

광기: 그래. 나처럼 저작권에 대해 잘 인식하지 못하는 사람들도 많을 거야. 영상물로 홍보하면 많은 사람이 저작권에 대해 좀 더 확실히 인식하게 될 수 있을 거야.

범수: 저작권의 개념, 종류, 보호 기간, 위반사례 등 전반적인 것을 담자.

희경: 저작권에 관한 것을 다 전달하면 정보의 과잉으로 인해 수용자들이 힘들어할 수도 있어. 그리고 영상물의 분량에도 한계가 있으니 수용자들이 관심을 가질 만한 것을 중심으로 영상물을 제작하면 어떨까?

범수: 좋아. 그러면 영상물을 볼 사람들이 저작권의 어떤 점을 가장 궁금해하는지 설물 조사를 해 보자.

희경: 그러려면 먼저 어떤 사람에게 이 영상물을 보여 줄 것인지 정한 후, 그 사람들이 저작권에 대해 어느 정도 알고 있는지를 알아봐야 해.

광기: 영상물을 볼 사람은 우리 학교 학생으로 정하자.

희경: 찬성이야. 그렇게 하면 영상물의 내용을 좀 더 구체적으로 할 수 있을 거야.

범수: 그래. 이것을 시발점으로 저작권에 대한 관심을 불러일으키다 보면 저작권 문제를 해결할 수 있는 실마리를 마련할 수도 있을 거라고 생각해.

01 〈보기〉는 위 대화를 분석한 내용이다. 〈보기〉의 ①, ②를 확인할 수 있는 각 문장을 제시문에서 찾아 첫 어절과 마지막 어절을 순서대로 쓰시오.

〈보기〉

대화에 참여한 학생들은 영상물 제작을 통해, 저작권에 대한 사회적 관심을 불러 일으켜서 저작권 침해라는 사회적 문제를 해결하는 데 도움을 주고자 한다. 이를 위해 학생들은 ①영상물 제작 목적, 영상물 예상 수용자, 영상물 수용자의 관심 분야, ②영상물 제작의 기대 효과 등에 대해 대화하고 있다.

① 첫 어절: ______________, 마지막 어절: ______________

② 첫 어절: ______________, 마지막 어절: ______________

※ 다음 글을 읽고 물음에 답하시오.

호락논쟁(湖洛論爭)은 18세기부터 19세기 초반까지 조선 성리학계 내에서 벌어졌던 대규모 논쟁으로, 당시 학계의 주류를 점한 노론 학자들에 의해 주도되었다. 그들은 주로 충청도와 한양을 기반으로 하였는데, 호서 지방인 충청도를 기반으로 한 학파를 호학 또는 호론이라 하였고, 한양을 기반으로 한 학파를 낙학 또는 낙론이라 하였다. 18세기는 조선의 학문과 국제 정세가 크게 바뀌어 가는 시점이었다. 낙론 학자들은 이러한 시대적 변화에 좀 더 적극적으로 대처하고자 하였고, 호론 학자들은 상대적으로 보수적인 입장을 취하였다.

호락논쟁의 핵심은 인성(人性)과 물성(物性)이 동일한지의 여부, 즉 '인물성동이(人物性同異)'의 문제에 있었다. 인간과 동물의 성(性)이 같지 않다는 이론(異論)은 당연히 설득력이 있어 보인다. 동물에게 오상(五常)과 같은 윤리적 덕성이 있다고 가정해도, 인간과 동일한 수준에서 오상을 갖추고 있다고는 도저히 생각할 수 없기 때문이다. 하지만 성(性)에 대한 성리학의 원론적인 정의에 입각한다면 동론(同論), 즉 인간과 동물의 성(性)이 같다는 주장 역시 전적으로 거부하기 어렵다. 성리학에서는 성(性)을 우주와 만물이 존재할 수 있도록 해 주는 궁극적인 근거가 되는 원리인 이(理)에 해당하는 것으로 보기 때문이다. 따라서 이러한 절대적인 존재인 이(理)에 해당하는 성(性)은 사람이든 동물이든 모두 일치하지 않을 수 없다. 결국 이 논쟁은 어느 한쪽으로 귀결되지 못한 채 경서 해석과 관련된 관념적 논쟁으로 심화되고 말았다.

조선 후기 호론과 낙론 유학자들 사이에서 격렬하게 맞붙은 이 논쟁을 촉발한 주요한 원인으로 새로운 타자(他者)의 등장을 들 수 있다. 외부적으로는 단지 오랑캐 중 하나에 불과했던 청나라가 중국 본토를 차지하게 되었으며, 내부적으로는 양반 또는 남성이 아닌 존재들이 사회적으로 중요한 역할을 하기 시작하였다. 동아시아 문명권 전반의 화이(華夷) 질서, 그리고 안정적으로 유지되어 왔던 신분 질서를 뒤흔들기 시작한 새로운 타자의 등장 속에서 당시 유학자들은 이들을 본성의 측면에서 자신들과 동일한 존재로 인정할 것인지에 대해 고민할 수밖에 없었다. 이러한 상황 속에서 인성과 물성에 대해 이론(異論)을 주장한 이들은 타자를 자신들과는 다른 존재로 인식하였고, 동론(同論)을 주장한 이들은 타자를 자신들과 동일한 존재로 인정해야 한다고 보았다.

02 〈보기〉는 제시문을 바탕으로 호락논쟁(湖洛論爭)의 주요 내용을 정리한 것이다. 〈보기〉의 ①과 ②에 들어갈 적절한 말을 제시문에서 찾아 쓰시오.

〈보기〉

학파	인물성동이(人物性同異)의 문제	타자에 대한 인식 태도
①	동론(同論)	같은 존재로 인식
②	이론(異論)	다른 존재로 인식

① ______________________

② ______________________

※ 다음 글을 읽고 물음에 답하시오.

개념 미술가는 작품을 전시회에 출품하지 않고 잡지에 기고하기도 한다. '개념 미술'이라는 말을 처음 사용한 사람은 헨리 플린트인데, 그는 개념 미술이 언어와 아주 밀접한 관계가 있다는 점을 들어 개념 미술을 언어를 재료로 하는 미술형식이라고 말했다. 이와 같이 개념 미술에서는 작품이 지닌 물질성이 중요하지 않다.

예술의 물질성에 대해 견해를 밝힌 사람들 중에 하나인 헤겔에 따르면, 예술은 필연적으로 물질성에서 정신성으로 이행한다. 정신적 이념을 감각적 물질로 구현한 것이 예술의 본질이라는 것이다. 따라서 그는 그리스 예술이 정신과 물질 어느 쪽에 치우치지 않고 적절히 조화를 이루었기 때문에 예술의 정점에 이르렀다고 인식했다.

본격적인 의미에서 최초의 개념 미술가는 멜 보크너였다. 1966년 그는 전시회에서 동료 작가들의 드로잉과 작업 구상을 담은 종이를 여러 번 복사하여 네 권의 파일 노트에 끼워 조각의 받침대 위에 올려놓았다. 이 전시회를 찾은 관객들은 작품을 보는 게 아니라 파일을 넘겨 가며 읽어야 했다. 이 때 미술은 문학에 가까워진다.

솔 르윗에 따르면 개념 미술에서는 생각이나 관념은 작품의 가장 중요한 측면이 된다. 예술가가 예술의 개념적 형식을 사용한다는 것은 곧 모든 계획과 결정이 미리 만들어지며 실행은 요식행위가 된다는 것을 의미한다. 실제로 솔 르윗은 그의 작품 '벽 드로잉'의 실행을 고용된 인부들에게 위탁했다.

한편 알렉산더 알베로는 다양한 미술사적 계보학을 언급하면서 1960년대에 개념 미술은 모더니즘 회화의 자기 반성적 경향, 반(反)미학 혹은 비(非)미학의 경향, 예술 작품의 전시와 소통을 문제 삼는 경향 등이 수렴된 것이라고 했다.

이와 같은 특성을 지닌 개념 미술은, 예술이 구체적으로 실재하는 작품이라는 전통적인 인식에서 벗어나 언어를 비롯한 비물질성을 지닌 생각이나 관념도 예술이 될 수 있다는 예술에 대한 새로운 인식을 가능하게 하였다.

03 〈보기〉는 제시문의 요약문을 작성하기 위해 정리한 것이다. ㉠~㉥ 중 적절하지 않은 것 3개를 찾아 기호를 쓰시오.

〈보기〉

㉠ 개념 미술의 경우에는 전시회에 가지 않고서도 예술 작품을 감상할 수 있다.
㉡ 헤겔은 정신성이 물질성을 압도하는 순간 예술은 정점에 이른다고 보았다.
㉢ 멜 보크너는 관객들에게 작품을 읽게 함으로써 문학을 미술화 하였다.
㉣ 솔 르윗은 예술의 개념적 형식을 구현하는 방법으로, 작품의 실행을 고용한 인부들에게 위탁하였다.
㉤ 알렉산더 알베로는 미술사적 계보학을 통해 개념 미술이 몇 가지의 예술적 경향을 수렴한 것이라고 보았다.
㉥ 개념 미술은 비물질성을 실재하는 작품으로 실행하는 것이 중요한 예술적 가치임을 새롭게 인식하게 하였다.

① ______________________

② ______________________

② ______________________

※ 다음 글을 읽고 물음에 답하시오.

(가)
생사 길은
예 있으매 머뭇거리고,
나는 간다는 말도
못다 이르고 어찌 갑니까.
어느 가을 이른 바람에
이에 저에 떨어질 잎처럼,
한 가지에 나고
가는 곳 모르온저.
아아, 미타찰에서 만날 나
도 닦아 기다리겠노라.

– 월명사, 「제망매가」

(나)
유리에 차고 슬픈 것이 어른거린다.
열없이 붙어 서서 입김을 흐리우니

길들은 양 언 날개를 파닥거린다.
지우고 보고 지우고 보아도
새까만 밤이 밀려 나가고 밀려와 부딪히고,
물먹은 별이, 반짝, 보석처럼 박힌다.
밤에 홀로 유리를 닦는 것은
외로운 황홀한 심사이어니,
고운 폐혈관이 찢어진 채로
아아, 너는 산새처럼 날아갔구나!

– 정지용, 「유리창1」

04 〈보기〉는 (가)와 (나)에 대한 해설의 일부이다. 〈보기〉의 ①, ②에 들어갈 적절한 말을 제시문에서 찾아 쓰시오.

〈보기〉

(가)와 (나)는 각각 누이의 요절, 어린 자식의 죽음을 다루고 있다. 상실의 대상이 (가)에서는 식물적 이미지인 '떨어질 잎'으로, (나)에서는 동물적 이미지인 (①)(으)로 비유된다. 두 작품 모두 가까운 이의 죽음으로 인한 상실감을 표현한다는 점에서는 공통적이지만, (나)와 달리 (가)에서는 내세에 대한 종교적 믿음을 바탕으로 슬픔을 승화하는 자세가 드러난다. 이러한 (가)의 인식은 (②)(이)라는 공간적 시어를 통해 확인할 수 있다.

① ______________________

② ______________________

2023학년도 모의고사

수학[A형]

▶ 해답 p.220

05 $\frac{3}{2}\pi < \theta < 2\pi$인 θ에 대하여
$6\cos\theta - \frac{1}{\cos\theta} = -1$일 때, $\sin\theta\cos\theta$의 값을 구하는 과정을 서술하시오.

06 함수 $f(x) = -2x^3 + 3x^2 + 12x + a$가 닫힌 구간 $[-1, 5]$에서 최솟값 -105을 가질 때, 곡선 $y = f(x)$와 직선 $y = k$가 만나는 점의 개수가 2가 되도록 하는 모든 상수 k의 값의 합을 구하는 과정을 서술하시오. (단, a는 상수이다.)

07 다항함수 $f(x)$가 모든 실수 x에 대하여 $\int_{a}^{x} f(t)dt = x^3 + x^2 - 6x$을 만족시킬 때 $f(a)$의 값을 구하는 과정을 서술하시오. (단, a는 양수이다.)

08 모든 항이 음수이고 $a_1 = -3$인 수열 $\{a_n\}$의 첫째항부터 제 n항까지의 합을 S_n이라 할 때, 모든 자연수 n에 대하여
$3(S_{n+1} + S_n) = -(S_{n+1} - S_n)^2 \cdots$
(*)이 성립한다. a_n의 값을 구하는 다음의 풀이 과정을 완성하시오. (단, 아래 빈칸의 ①, ②, ③은 모두 숫자로 쓰시오.)

> $S_1 = a_1 = -3$이고, (*)에 $n =$ [①]을 대입하면
> $3(S_2 + S_1) = -(S_2 - S_1)^2$이므로,
> 이를 정리하면
> $S_2 = a_1 + a_2 = -3 + a_2$이다.
> 따라서, $a_2 =$ [②]이다.
> 한편, (*)에 n대신 $n+1$을 대입하면
> $3(S_{n+2} + S_{n+1}) = -(S_{n+2} - S_{n+1})^2 \cdots (★)$
> 이고,
> 수식 (★)-(*)을 정리하면
> $a_{n+2} - a_{n+1} =$ [③]이다.
> 따라서 $a_n =$ [④]

2023학년도 모의고사

국어[B형]

▶ 해답 p.221

※ 다음은 작문 상황에 따라 학생이 작성한 초고이다. 물음에 답하시오.

[작문 상황]

학교 누리집의 〈동아리 소개〉 게시판에 동아리를 소개하고 가입을 권유하는 글을 써서 올리고자 함.

[학생의 초고]

손 글씨의 매력, 필사 동아리 '몽당연필'로 오세요

'몽당연필'은 필사에 관심을 갖고 있는 학생들이 모여 만든 동아리입니다. 현재 17명의 부원이 활동하고 있으며 해마다 지원자가 늘고 있습니다.

'필사'라는 말이 좀 낯설죠? 독서 동아리가 책을 함께 읽고 의견을 나누는 활동을 주로 하는 것에 비해, 필사 동아리는 자신이 좋아하는 글을 가져와 베껴 쓰는 활동을 주로 합니다. 연필을 필기구로 사용하기 때문에 동아리의 이름을 '몽당연필'이라고 하였습니다. 동아리의 이름에는 기다란 연필이 몽당연필이 되는 동안, 그만큼 내적으로 더 성장하기를 바라는 마음도 담겨 있습니다.

디지털 기기로 빠르게 의사소통하는 것이 일상화된 오늘날, 필사는 시대의 흐름을 거스르는 것처럼 보일 수 있습니다. '몽당연필'은 적어도 동아리 활동을 하는 동안에는 '편리함과 빠름' 대신 '불편함과 느림'을 추구합니다. 동아리 활동 시간이 있을 때마다 부원들은 각자 자신에게 감동을 준 글, 아름다움을 느낀 문장이나 시 등을 준비해 옵니다. 그리고 각자 자리에 앉아 종이 위에 연필로 한 글자 한 글자 옮겨 적습니다. 글 전체를 다 옮겨 적지 않아도 되고, 옮겨 적다가 틀려도 수정하지 않아도 됩니다. 다 쓴 글은 다른 부원들과 돌려 가며 감상합니다.

필사는 많은 것이 빠르게 변화하는 '속도의 시대'에 여유와 안정을 되찾도록 해 줍니다. 좋은 글을 손 글씨로 옮겨 적는 동안 사색의 여유를 느낄 수 있고, 그 과정을 스스로 주도하는 데에서 마음의 안정을 찾을 수 있습니다.

바쁘게 돌아가는 일상 속에서 잠시 좋은 글과 손 글씨로 숨을 고르는 시간은 우리에게 잊고 있었던 자신을 발견하는 기쁨을 줄 것입니다. 좀 더 많은 친구들이 필사를 통해서 자신을 살피는 여유를 가졌으면 좋겠습니다. 가끔은 연필로 들어 아날로그적 감성과 여유를 즐길 수 있는 필사의 매력에 빠져 보는 것은 어떨까요?

01 〈보기〉는 제시문의 초고를 작성하기 위해 학생이 계획한 글쓰기 전략이다. 제시문에서 〈보기〉가 반영된 부분을 찾아 첫 어절과 마지막 어절을 순서대로 쓰시오.

〈보기〉

동아리에서 어떤 활동을 하는지 전체 과정을 처음부터 끝까지 순서대로 설명해야겠어.

※ 다음 글을 읽고 물음에 답하시오.

자신의 생각을 주장할 때 명확한 이유를 바탕으로 하고, 다른 사람의 주장을 받아들이거나 거부할 때 그럴 만한 충분한 이유가 있는지 신중하게 생각하는 것을 '논리적 사고'라고 할 수 있다. 이와 같은 논리적 사고에서는 주장과 이유가 가장 핵심적인 개념이다. 주장은 다른 말로 '결론', 이유는 다른 말로 '전제', '논거', '근거'라고도 부른다. 전제는 결론을 '지지한다' 또는 '뒷받침한다' 또는 '정당화한다'라고 말한다. 전제와 결론으로 구성되는 논증은 제시된 전제를 통해서 도출된 결론이 참이라고, 또는 받아들일 만한 것이라고 합리적으로 설득하는 것이다.

논증에서 전제가 먼저 나올 수도 있고, 결론이 먼저 나올 수도 있다. 그리고 전제와 결론이 한 문장에 다 들어 있을 수도 있고, 다른 문장으로 구분되어 있을 수도 있으며, 두 전제 사이에 결론이 끼어 있을 수도 있다. 따라서 문장의 위치로 전제와 결론을 판단할 수는 없다. 그리고 전제는 얼마든지 한 개 이상이 있을 수 있다. 물론 하나의 논증에 결론은 한 개다. 결론이 두 개인 것처럼 보이는 논증은 실제로는 연쇄적이거나 독립적인 두 논증이 있는 것이다. 결론의 개수는 논증이 몇 개나를 판난하기 위해 필요하므로 중요한 반면 전제의 개수는 별로 중요하지 않다.

일상의 논증에서는 전제 또는 결론을 생략하는 경우가 종종 있다. '이 영화는 미성년자 관람 불가야, 너는 볼 수 없어.'라는 문장은 논증의 형식을 갖추고 있다. 그런데 이 논증에는 '너는 미성년자이다.'라는 전제가 하나 생략되어 있다. 그 전제는 대화 상황에서 논증을 하는 사람이나 듣는 사람 모두가 알고 있는 뻔한 것이기 때문에 굳이 말하지 않아도 이 논증을 이해하는 데 전혀 방해가 되지 않는다. 이렇게 생략된 전제를 '숨은 전제'라고 부른다.

한편 굳이 결론을 진술하지 않아도 누구나 짐작할 수 있는 경우라면 결론도 생략될 수 있다. '소림사 출신은 모두 무예를 잘한다는데, 지산 스님도 소림사 출신이래.'라는 논증이 '지산 스님은 무예를 잘한다.'라는 결론을 함축한다는 것은 누구나 쉽게 알 수 있다. 여기에서 '지산 스님은 무예를 잘한다.'는 '숨은 결론'이라 할 수 있다.

02 〈보기〉는 제시문을 바탕으로 실시한 학습활동의 일부이다. 〈보기〉의 ①, ②에 들어갈 적절한 말을 제시문에서 찾아 쓰시오.

〈보기〉

논증 중에는 전제의 일부와 결론이 생략되는 경우도 있는 것 같아.

• 드래곤스 팀이 우승하면 내가 네 아들이다.

이 논증에서 '나는 네 아들이 아니다.'는 (①)(으)로 볼 수 있고, '드래곤스 팀이 우승하지 못한다.'는 (②)(으)로 볼 수 있어.

① ______________________

② ______________________

※ 다음 글을 읽고 물음에 답하시오.

외부 병원체에 대한 우리 몸의 방어 체계를 면역 시스템이라고 한다. 병원체에 대한 우리 몸의 면역 시스템은 두 가지로 구분된다. 첫째는 특정 병원체를 기억하지 않고 즉각적으로 반응하는 선천성 면역이며, 둘째는 병원체의 특정 항원을 인식하는 세포를 활성화하여 병원체를 막아 내는 ㉠후천성 면역이다.

후천성 면역은 특정 항원에 특이성을 보이는 세포를 활성화하여 강력하고 지속적인 면역 반응을 유도한다. 항원의 특이성을 드러내는 돌출 부위를 에피토프라 하는데, 후천성 면역을 담당하는 B 세포와 T 세포에는 특정 에피토프에만 결합하는 항원 수용체가 있다. 그래서 우리 몸에 존재하지 않던 이질적 항원이 발견될 경우, B 세포와 T 세포는 자신의 항원 수용체와 항원의 에피토프를 맞춰 본 후 여러 종류의 B 세포와 T 세포 중 그 항원에만 결합하는 특정 B 세포와 T 세포를 증식하게 된다. 이러한 활성화 과정을 통해 증식된 B 세포는 형질 세포와 기억 B 세포를 형성하고, 이 중 형질 세포의 항원 수용체가 세포 밖으로 분비되는데 이를 항체라고 한다. 이렇게 형질 세포에서 대량으로 분비된 항체가 항원과 결합하여 항원과 관련된 병원체의 활동을 막아 내는데, 이를 체액성 면역이라고 부른다. 한편 증식된 T 세포는 도움 T 세포, 독성 T 세포, 기억 T 세포를 형성하며, 이 중 특정 항원에 특이성이 있는 세포 독성 T 세포가 병원체에 감염된 세포를 직접 사멸시킨다. 이는 항체를 만들지 않고 세포가 직접 작용하여 나타나는 면역 반응으로 세포성 면역이라 부른다.

특정 항원에 이미 노출된 후 다시 그 항원에 노출될 때에는 면역 반응의 속도, 강도 및 지속 기간 등에 큰 차이가 생긴다. 항원에 노출된 후 첫 번째로 일어나는 면역 반응을 1차 면역 반응이라고 하는데, 이 반응의 강도는 항원 노출 후 10~17일 이후에 최고치에 이르게 된다. 그 후 같은 항원에 다시 노출될 경우 최고치 면역 반응에 이르는 시간은 2~7일로 빨라지며, 면역 반응의 강도도 높아지고 그 지속 기간도 길어지는데, 이를 2차 면역 반응이라고 한다. 2차 면역 반응은 항원 접촉 후 초기에 만들어진 기억 B 세포와 기억 T 세포에 의해 매개되는데, 이들 기억 세포는 증식이 멈추어진 상태로 있다가 훗날 같은 항원과 다시 접촉하게 되면 빠르게 증식하여 향상된 면역 능력을 보이게 된다.

03 〈보기〉는 제시문의 내용을 바탕으로 ㉠을 설명한 것이다. 〈보기〉의 ①, ②에 들어갈 적절한 말을 제시문에서 찾아 쓰시오.

〈보기〉

후천성 면역을 담당하는 B 세포와 T 세포 모두 항원의 (①)을/를 인식함으로써 활성화된다는 공통점이 있다. 또한 둘 다 기억 세포를 형성하게 되는데, 이것이 후일 2차 면역반응을 매개한다. 하지만 T 세포는 감염된 세포를 직접 사멸시키는 반면 B 세포는 형질세포에서 분비된 (②)이/가 병원체를 막는다는 차이점이 있다.

① ____________________

② ____________________

※ 다음 글을 읽고 물음에 답하시오.

성북동(城北洞)으로 이사 나와서 한 대엿새 되었을까. 그날 밤 나는 보던 신문을 머리맡에 밀어 던지고 누워 새삼스럽게,

"여기도 정말 시골이로군!" / 하였다.

무어 바깥이 컴컴한 걸 처음 보고 시냇물 소리와 쏴— 하는 솔바람 소리를 처음 들어서가 아니라 황수건이라는 사람을 이날 저녁에 처음 보았기 때문이다.

그는 말 몇 마디 사귀지 않아서 곧 못난이란 것이 드러났다. 이 못난이는 성북동의 산들보다 물들보다, 조그만 지름길들보다 더 나에게 성북동이 시골이란 느낌을 풍겨 주었다.

서울이라고 못난이가 없을 리야 없겠지만 대처에서는 못난이들이 거리에 나와 행세를 하지 못하고, 시골에선 아무리 못난이라도 마음 놓고 나와 나니는 때문인지, 못난이는 시골에만 있는 것처럼 흔히 시골에서 잘 눈에 뜨인다. 그리고 또 흔히 그는 태고 때 사람처럼 그 우둔하면서도 천진스런 눈을 가지고, 자기 동리에 처음 들어서는 손에게 가장 순박한 시골의 정취를 돋워 주는 것이다.

그런데 그날 밤 황수건이는 열 시나 되어서 우리 집을 찾아왔다.

그는 어두운 마당에서 꽥 지르는 소리로,

"아, 이 댁이 문안서……."

하면서 들어섰다. 잡담 제하고 큰일이나 난 사람처럼 건넌방 문 앞으로 달려들더니,

"저, 저 문안 서대문 거리라나요, 어디선가 나오신 댁입쇼?" / 한다.

보니 합비*는 안 입었으되 신문을 들고 온 것이 신문 배달부다.

(중략)

그런데 요 며칠 전이었다. 밤인데 달포 만에 수건이가 우리 집을 찾아왔다. 웬 포도를 큰 것으로 대여섯 송이를 종이에 싸지도 않고 맨손에 들고 들어왔다. 그는 벙긋거리며,

'선생님 잡수라고 사왔습죠."

하는 때였다. 웬 사람 하나가 날쌔게 그의 뒤를 따라 들어오더니 다짜고짜로 수건이의 멱살을 움켜쥐고 끌고 나갔다. 수건이는 그 우둔한 얼굴이 새하얗게 질리며 꼼짝 못 하고 끌려 나갔다.

나는 수건이가 포도원에서 포도를 훔쳐 온 것을 직각하였다. 쫓아 나가 매를 말리고 포돗값을 물어 주었다. 포돗값을 물어 주고 보니 수건이는 어느 틈에 사라지고 보이지 않았다.

나는 그 다섯 송이의 포도를 탁자 위에 얹어 놓고 오래 바라보며 아껴 먹었다. 그의 은근한 순정의 열매를 먹듯 한 알을 가지고도 오래 입안에 굴려 보며 먹었다.

어제다. 문안에 들어갔다 늦어서 나오는데 불빛 없는 성북동 길 위에는 밝은 달빛이 깁*을 깐 듯하였다.

그런데 포도원께를 올라오노라니까 누가 맑지도 못한 목청으로,

"사…… 케…… 와 나…… 미다카 다메이…… 키…… 카……."*

를 부르며 큰길이 좁다는 듯이 휘적거리며 내려왔다. 보니까 수건이 같았다. 나는,

"수건인가?"

하고 아는 체하려다가 그가 나를 보면 무안해할 일이 있는 것을 생각하고 휙 길 아래로 내려서 나무 그늘에 몸을 감추었다.

그는 길은 보지도 않고 달만 쳐다보며, 노래는 그 이상은 외우지도 못하는 듯 첫 줄 한 줄만 되풀이하면서 전에는

본 적이 없었는데 담배를 다 퍽퍽 빨면서 지나갔다.

달밤은 그에게도 유감한 듯하였다.

– 이태준, 「달밤」

* 합비: 일본말로 '등이나 깃에 상호가 찍힌 겉옷'을 이르는 말.
* 깁: 명주실로 바탕을 조금 거칠게 짠 비단.
* 사케와 나미다카 다메이키카: 일본 가요의 가사로, 우리말로는 '술은 눈물인가, 한숨인가'.

04 〈보기〉는 제시문에 대한 설명의 일부이다. 〈보기〉의 ㉠에 해당하는 문장을 제시문에서 찾아 첫 어절과 마지막 어절을 순서대로 쓰시오.

〈보기〉

이태준의 「달밤」은 배경을 통해 작품의 분위기를 조성하고 작품의 주제를 구현하는 데 기여한다. 예를 들어 작품 속 문장 (㉠)은/는 작품의 공간적 배경이 전기 등 근대적 문물이 도입되지 않은 곳임을 보여주고, 시간적 배경과 비유법을 통해 서정적인 분위기를 조성한다. 이러한 배경 설정은 그곳에서 살아가는 순박한 인물의 거듭된 실패에 대한 '나'의 연민을 드러내고, 독자들에게 여운을 주는 데 기여한다.

2023학년도 모의고사

수학[B형]

▶ 해답 p.222

05 두 함수 $f(x)=\begin{cases} x^3+2x^2+3x & (x<1) \\ 2x-1 & (x\geq 1) \end{cases}$,

$g(x)=2x^2+ax$에 대하여

함수 $f(x)g(x)$가 $x=1$에서 연속이 되도록 하는 상수 a의 값을 구하는 과정을 서술하시오.

06 다항함수 $f(x)$의 한 부정적분 $F(x)$가 모든 실수 x에 대하여 $F(x)=f(x)+x^3-2x^2$을 만족시킬 때, 방정식 $f(x)=5x^2$의 모든 실근의 합을 구하는 과정을 서술하시오.

07 등차수열 $\{a_n\}$이 $a_8+a_9+a_{10}=30$, $a_{21}+a_{23}=72$를 만족시킬 때, a_{30}의 값을 구하는 과정을 서술하시오.

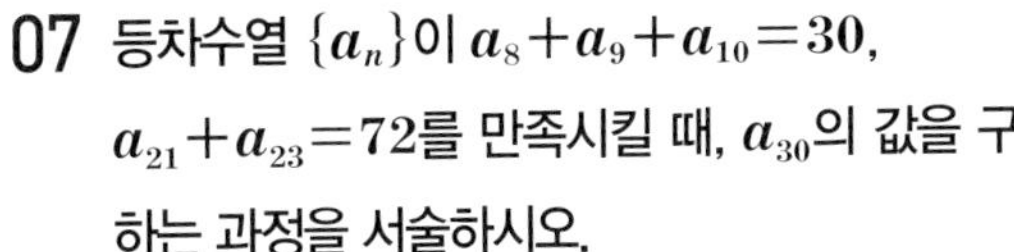

08 두 함수 $y=-3^{-x+2}+1$, $y=\log_{\frac{1}{2}}(x+a)$의 그래프가 제 4사분면에서 만나도록 하는 모든 실수 a 값의 범위를 구하는 과정을 서술하시오.

2022학년도

가천대 논술 기출문제

국어[인문] 수학[인문]

국어[인문]

▶ 해답 p.224

※ (가)는 학생회 선거 후보자의 공약 소개 글 일부이고, (나)는 공약 소개 글 작성 이전에 후보자와 선거 운동원이 나눈 대화의 일부이다. 물음에 답하시오.

(가)

학생 여러분, 안녕하세요? 학생회장 후보자 ○○○입니다.

평소에 친구들과 나눴던 학교에 대한 불만이나 요구 사항들, 너무 많지요? 지금까지 생각만 하셨다고요? 저 ○○○에 투표하시면 이런 생각이 실현됩니다. 청와대에 국민을 위한 청원제가 있다면, ○○고에는 여러분을 위한 학생 청원제가 있습니다.

'○○고 학생 청원제'는 학생이 학교에 대해 불만을 토로하고 시정을 요구하거나 희망 사항을 개진할 수 있도록 하기 위한 제도입니다. 다수 학생의 동의를 얻은 청원에 대해 학교가 답변을 해 학생들과 직접 소통할 수 있다는 데 의의가 있습니다.

청원 참여는 우리 학교 학생이라면 누구나 할 수 있습니다. 쉽고 편리하게 참여할 수 있도록 학교 누리집에 청원 게시판을 만들어 접근성을 높이겠습니다. 실명이 공개되는 것이 부담스러워 망설여질 수도 있다고 생각하기 때문에 학생회에서는 별도의 인증 절차 없이 청원 글을 바로 작성할 수 있게 하겠습니다. 학생이 직접 청원하고 학생이 직접 동의하는 그야말로 학생만의 청원이 가능합니다.

그러나 모든 청원에 답을 하는 것은 아닙니다. 제기된 청원은 등록일로부터 30일간 전교생 중 300명 이상의 동의를 얻어야 청원으로 성립됩니다. 이렇게 청원이 성립된 경우 학생회장이 학교장의 의견을 듣고 청원 마감일로부터 30일 이내에 답변하게 됩니다.

청원의 진행 과정은 4단계입니다. 1단계는 학교 현안, 사업 등에 대한 학생의 신청으로 청원이 시작되는 단계입니다. 2단계는 청원 등록일로부터 30일간 동의가 진행되는 단계이고, 3단계는 30일 동안 학생 300명 이상이 동의하여 청원이 성립되는 단계입니다. 마지막 4단계는 청원 성립 건에 대해서 청원 마감일로부터 30일 이내에 학생회장이 교장 선생님의 공식 답변을 듣고 이를 학생들에게 제공하는 단계입니다.

(나)

학생: 그런데 너의 공약에 비판적인 학생도 있을 수 있기 때문에 참여 과정에서 나타나는 맹점도 솔직하게 제시하면서 공약의 장점을 최대한 부각해야 하지 않을까?

후보자: 공약의 장단점을 모두 소개하는 솔직함도 좋지만 모든 제도가 완벽할 수는 없으니까 ㉠공약의 이행 과정에서 발생할 수 있는 문제점을 언급하고, 이에 대한 보완책도 함께 제시하는 것이 바람직할 것 같아.

01 (나)의 ㉠이 반영된 문장을 (가)에서 찾아 첫 어절과 마지막 어절을 순서대로 쓰시오.

[02～03] 다음 글을 읽고 물음에 답하시오.

제4차 산업 혁명의 본격적인 도래와 함께 사회 변화가 가속화됨에 따라 ⓐ복잡하고 다양한 공공 문제를 해결하려는 정부의 노력도 점점 한계에 봉착하고 있다. 이는 정부의 능력 자체가 무능해졌다기보다는 문제의 성격 자체가 정부가 감당하기에는 점점 더 어려워지고 있다는 것을 의미한다. 이에 시민들은 자신들이 ⓑ직면한 문제를 정부에 의존하기보다는 스스로 해결하려는 시도를 더 많이 하고 있다. 이러한 움직임의 하나로 '시빅 테크'가 최근 부상하고 있다. 시빅 테크는 '시민' 혹은 '시민의'라는 뜻을 가진 'Civic'과 '기술'이라는 뜻을 가진 'Tech'가 결합된 말이다. 자발적으로 모인 시민이 정보 통신 기술을 활용하여 공공 문제나 사회 문제의 해결책을 직접 모색하는 시민운동 또는 시민 참여를 의미한다.

[A] 시빅 테크의 등장은 정보 통신 기술의 발전과 함께하는 디지털 환경의 형성, 행정 기관 및 공적 기관을 중심으로 한 보유 데이터(공공 데이터)의 개방 움직임을 배경으로 한다. 공공 데이터는 공공 기관에서 생성, 취득하여 관리하고 있는 정보를 전자적 방식으로 처리하여 누구나 이용할 수 있도록 제공한 것을 말한다. 정보 통신망의 구축에 따라 사회 각 부분에서 발생하는 다양한 사건 및 공공 데이터가 시민들에게 상시적으로 노출되면서 사회 문제에 대한 시민들의 관심과 문제의식이 높아지고 있다. 이러한 현상은 정부가 독점하며 진행하던 일방적 · 하향식 정책 관리 방법이 시민 주도의 자발적 · 상향식 방법으로 전환되는 것을 의미한다. 즉 시빅 테크는 '시민들이 정부가 제공하는 정보 통신 기술과 공공 데이터를 활용하여 직접 또는 주도적으로 공공 문제를 해결하려는 행위'이다.

새로운 시민 참여로서의 시빅 테크는 전통적인 시민 참여와 달리, 시민 단체 및 지역 공동체 등과 같은 전통적인 매개 집단이나 조직의 틀에 얽매이지 않는다. 대신 수많은 개인이 서로 직접 연결되어 사회 문제를 해결하기 위한 다양한 지식과 대안을 함께 만들고 공유할 수 있게 한다. 즉 시민들이 자율적으로 사회 문제를 인식하고, 참여 의제를 설정하며, 자발적으로 모여들고, 적극적으로 문제 해결을 도모함으로써 공익을 실현하고자 한다. 이 과정에서 핵심적으로 사용되는 수단이 인공 지능, 빅 데이터, IoT 등의 지능 정보 기술이다. 인공 지능 기술은 특정 분야 및 목적에 대하여 추론 능력, 인지 능력, 학습 능력 등 사람의 지능을 정보 통신 기술을 통해 일부 구현한 기술이다. 인공 지능 기술은 전문가가 아니어도 누구나 원하는 정보를 쉽게 활용할 수 있도록 데이터 및 콘텐츠를 사용자 맞춤형으로 가공하여 제공한다. 이를 통해 시민들은 시 · 공간에 구애받지 ⓒ않고 정보에 손쉽게 접근할 수 있다. 빅데이터란 기존의 데이터베이스로는 처리하기 어려울 정도로 방대한 양의 데이터로부터 가치를 추출하고 결과를 분석하는 기술이다. 이를 바탕으로 발생 가능한 문제를 사전에 파악하고 그에 대한 해결 방안을 모색해 봄으로써 선제적 대응을 통한 문제 해결이 가능하다. IoT는 사람, 사물, 서비스 등의 분산된 환경 요소가 상호 협력적으로 정보를 처리하는 사물 공간 연결 인프라로써 사람의 개입 없이 다양한 정보를 지속적으로 수집할 수 있게 한다. 이를 통해 시민들이 정보를 손쉽게 제공받음으로써, 시민들이 보다 다양한 의사 결정 과정에 참여하는 것이 용이해져 커뮤니티의 확대도 촉진된다. 이처럼 지능 정보 기술은 전문 지식과 정보 접근에 대한 진입 장벽을 낮춤으로써 시민이 사회 참여를 위한 효과적 도구를 제작하고 올바른 의견을 제시하는 데 도움을 준다.

02 〈보기〉를 '시빅 테크'의 사례로 볼 수 있는 이유를 제시문의 [A]에 나타난 '시빅 테크'의 정의에서 찾아 서술하시오.

〈보기〉

20××년 11월 말, 기습 폭설이 ○○시를 덮쳤다. 눈보라 때문에 전신주가 쓰러지는 바람에 화재가 많이 발생했다. 하지만 폭설로 소방관이 출동하기 어려웠으며, 높이 쌓인 눈 속에 마을 곳곳의 소화전이 파묻혀 소화전을 찾지 못해 불을 신속하게 끄지 못하는 어려움을 겪었다. 마을의 몇몇 사람이 이 문제를 보고 누리 소통망[SNS]에 마을이 처해 있는 문제 상황을 알리고, 마을 지도 위에 소화전 위치를 표시한 '소화전 입양하기' 앱을 만들어 게시했다. '소화전 입양하기' 앱에 필요한 소화전의 위치 정보는 ○○시 누리집에 게시된 데이터를 기반으로 만들어졌다. 마을 주민들은 누리 소통망을 통해 마을의 문제 상황을 파악하고 마을의 다른 주민들에게도 정보를 공유했다.

① ______________________________

② ______________________________

03 제시문의 ⓐ~ⓒ에서 각각 관찰되는 음운의 변동을 〈보기〉에서 모두 찾아 쓰시오.

〈보기〉

거센소리되기, 구개음화, 된소리되기, 모음 탈락, 반모음 첨가, 비음화, 유음화

ⓐ ______________________________

ⓑ ______________________________

ⓒ ______________________________

※ 다음 글을 읽고 물음에 답하시오.

동서양을 막론하고 역사가 진보한다는 관점은 근대에 이르러서야 나타났다. 진보사관이 나타나기 전 고대 중국과 그리스 · 로마에서 공통적으로 유행했던 전통적 역사관은 대체로 감계(鑑戒) 사관, 상고 사관, 순환 사관이었다. 감계

사관이란 역사 속에서 후대에 귀감이 될 만한 도덕적 규범을 찾아 그것을 역사적 판단의 기준으로 삼고자 하는 교훈적 역사관을 가리킨다. 상고 사관은 이상적 가치 기준을 고대에서 찾는 것을 말한다. 즉 아득한 고대에 일종의 황금시대*가 있었으나 세월이 흐르면서 윤리가 쇠퇴하였으므로 다시 고대의 이상적 원형으로 회귀해야 한다는 것이다. 마지막으로 순환 사관은 마치 자연 현상이 주기를 가지고 반복해서 나타나듯이 역사의 흥망성쇠도 시간에 따라 비슷한 양상이 되풀이된다는 관점이다. 이 세 가지의 역사관은 서로 강력한 연결 고리를 형성하여, 이상적 기준을 고대에서 찾고, 선대의 원형과 후대의 변질이 끊임없이 반복 · 순환한다고 보는 관점을 형성하였다. 그런 의미에서 전통적 역사관은 역사가 진보한다는 관점과는 거리가 멀다고 볼 수 있다.

역사가 진보한다는 관점은 17세기 유럽에서 그 모습을 드러내기 시작하여 18세기 계몽사상기를 거치며 급속히 확산되었고, 19세기에는 지배적인 관점으로 자리매김하였다. 이러한 흐름을 선도한 것은 17~18세기 유럽의 지성계를 떠들썩하게 했던 이른바 '고대인과 현대인의 논쟁'이었다. 이 논쟁의 핵심은 당시 스스로를 '현대인'이라고 여겼던 '근대인들'이 학식 면에서 이미 '고대인'보다 우수한지에 대한 논란이었으며, 이러한 논쟁은 진보 사관이 나타나게 되는 시발점이 되었다. 고대에는 아리스토텔레스와 같은 철학자들이 변함없는 권위의 상징이었으며, 당시에는 모든 문제 제기가 그들로부터 시작되고 그에 대한 대답 역시 그들의 저작 속에서 찾을 수 있는 것이었다. 하지만 근대에 들어 인간의 이성을 기반으로 한 과학 혁명이 진행되어 세계와 자연을 해석하는 새로운 방법과 개념이 제시되면서 고대 철학은 점차 힘을 잃게 되었다.

고대인을 앞섰다고 생각했던 근대인들은, 귀납법을 정리한 베이컨과 방법론적 회의를 주장한 데카르트와 같이 모두 새로운 과학 개념으로 무장하고 있었다. 이들은 고대를 언제나 회귀해야 할 영원한 이상이 아니라 단지 '유년 시절'에 불과하다고 보았다. 그리고 인류 역사의 진행 과정은 마치 한 인간이 태어나 성장하는 것과 유사하다고 생각하면서 근대를 어른에, 고대를 어린아이에 비유했다.

진보 사관의 절정을 극명하게 보여 주는 사조는 근대의 실증주의이다. 콩트는 실증 정치학 체계에서 '인류의 3단계 진화 법칙'을 제시했는데, 그에 따르면 인류는 가족에 기초해 사제와 군인이 지배하는 신학적 단계인 고대에서, 국가를 중심으로 사제와 법률가가 득세한 형이상학적 단계인 중세로, 최종적으로는 산업 경영자와 과학자의 가르침에 따라 전 인류를 사회 단위로 삼는 실증적 단계인 근대로 발전해 왔다는 것이다. 이처럼 그의 진보 사관은 과학적 지식에 근거를 두고 있지만, 그는 과학에도 각 발전 단계에 따른 위계가 존재하며 특히 자연 과학을 거쳐 발전하게 된 사회 과학이야말로 실증적 단계를 지탱해 나가는 근간이라고 보았다.

19세기 진보 사관은, 이전의 단순하고 낙관적인 관점과 달리 역사를 구성하는 요소들 간의 갈등을 전제로 하는, 좀 더 복잡하고 비판적인 관점을 보였다. 헤겔은 세계사의 전개를 자유가 확대되는 과정으로 보았다는 점에서 진보 사관의 관점을 따르고 있으며, 어떤 흐름이 있으면 반드시 그것에 반하는 다른 흐름이 있어 이 둘이 비판적으로 서로를 지양하며 발전해 간다는 변증법적 접근법을 주장하였다.

하지만 진보 사관은 20세기 들어, 특히 두 번의 세계 대전을 겪으며 급속히 약화되었다. 20세기의 지식인들은 두 번의 세계 대전을 경험하며, 인간의 역사가 과학의 발전과 사회적 평등에 바탕을 둔 희망찬 유토피아를 향하기보다는 오히려 비인간적인 살육과 전체주의적 독재가 횡행하는 암울한 디스토피아*로 귀결될 수 있다는 가능성을 확인했기 때문이다. 비록 세계 대전과 냉전은 종식되었지만 전 지구를 위협하는 생태계적 재앙과 핵전쟁에 대한 공포는 여전히 역사의 진보에 대한 믿음을 가로막고 있다.

*황금시대: 사회의 발전이 최고조에 이르러 행복과 평화가 가득 찬 시대.

*디스토피아: 사회의 부정적인 측면이 극단화한 암울한 미래상.

04 〈보기〉의 ①~④와 가장 밀접한 역사관을 제시문에서 찾아 쓰시오.

〈보기〉

① 플라톤은 인간 사회가 야만 상태에서 출발하여 문명을 이루었다가 큰 파국을 겪고는 다시 야만으로 돌아가는 변화를 해 왔다고 주장했다.
② 콩도르세는 인류의 발전을 가로막을 어떤 제한도 존재하지 않음을 천명하고, 마치 동물이 점점 자신의 육체적 기능을 발전시켜 왔듯이 인간 역시 그렇게 될 것이라고 보았다.
③ 로마의 역사가 리비우스는 '역사서를 통해 국가가 모방할 것은 택하고, 치욕적이며 부끄러운 것은 피할 수 있을 것'이라고 말했다.
④ 마르크스는 각 역사 시대가 서로 대립되는 두 세력 간의 끊임없는 투쟁으로 이루어져 왔다고 진단하고, 그 과정을 통해 프롤레타리아 사회주의가 승리함으로써 역사가 완성될 것이라고 주상했다.

① ____________________

② ____________________

③ ____________________

④ ____________________

[05~06] 다음 글을 읽고 물음에 답하시오.

논리학의 관심은 인간의 추론 능력에 있으며 추론이라는 것은 이미 알고 있는 어떤 사실을 바탕으로 하여 새로운 사실을 이끌어 내는 방법이다. 이러한 추론은 언어를 사용하기 때문에 가능하며, 언어를 사용하지 않고서는 추론뿐만 아니라 판단과 같은 다른 종류의 사고 작용도 어렵다. 그렇기 때문에 추론을 하려면 우리가 알고 있는 사실이나 알 수 있는 사실을 어떤 언어 형식으로 표현하느냐가 중요하다.

논리학에서 말하는 언어적 표현의 기본 단위를 '명제'라고 부른다. 그것은 구체적인 언어로 표현된 문장이어야 하기 때문에 언어의 사용에 필요한 문법적인 제약을 받게 된다. 하지만 그 언어가 반드시 우리가 일상생활에서 의사소통을 위해 사용하고 있는 자연 언어일 필요는 없다. 우리가 원하는 사실을 진술할 수 있는 언어라면 수식이나 코드(code)와 같은 인공 언어라도 상관없는 것이다.

우리말로 된 문장과 영어로 된 문장이 똑같은 하나의 사실을 진술한다고 할 때 그 두 문장이 표현하는 명제는 같다. 어떤 사실을 진술하는 명제는 참일 수도 있고 거짓일 수도 있다. 이때 한 명제가 지닌 참과 거짓의 속성을 진릿값이라고 한다. 한 명제의 진위 여부는 그 진술이 사실과 부합되면 참이 되고 그렇지 못하면 거짓이 된다. 그런데 논리학에서는 사실과의 부합 여부를 물어보지 않는 언어 세계에 대한 명제를 다루기도 한다. 이를테면 '아버지는 남자이다.'와 같은 명제는 그것의 진위를 가려내기 위해 사실 여부를 물어볼 필요가 없다. 이 명제의 의미를 이해하는 사람은 누구나 곧 그것이 참 명제임을 알 수가 있다. '남자'라는 말의 뜻이 '아버지'라는 말의 뜻 안에 포함되어 있으므로

그 명제가 맺어 주는 두 개념의 관계에 의해서 진위를 파악할 수 있다. 이와 같은 방법으로 진위가 판단되는 명제를 '분석 명제'라고 한다.

분석 명제가 아니면서, 사실과의 부합 여부에 의존하지 않고 진위를 판단할 수 있는 명제도 있다. ㉠'지금 이곳은 비가 오거나 비가 오지 않는다.'처럼 하나의 주어와 서술어로 구성된 '단순 명제'가 둘 이상 결합한 명제를 '합성 명제'라고 한다. '지금 이곳은 비가 오거나 비가 오지 않는다.'는 어떠한 경우에도 참이 되는 문장 구조를 가지고 있기 때문에 참이 된다. 반면 '우리 반 학생들은 모두 교복을 입었지만, 우리 반의 어떤 학생들도 교복을 입지 않았다.'라는 명제는 문장 구조상으로 거짓이 될 수밖에 없다. 이처럼 두 개의 단순 명제로 구성된 합성 명제도 그것의 진위를 가려내기 위해 사실 여부를 물어볼 필요가 없는 경우가 있다.

개념의 관계나 문장 구조에 의해 명제의 진위를 판단하는 것 이외에도 한 명제와 몇 개 명제들과의 관계에 의해서 진위를 결정하는 방법이 있다. 예를 들면 '아리스토텔레스는 고대 그리스의 철학자이다.'라는 명제가 참인지 아닌지를 알아보려면 고대 그리스의 철학자들을 소개해 주는 철학사 책이나 철학 백과사전을 펼쳐 볼 수 있다. 그러나 '아리스토텔레스는 고대 그리스의 철학자가 아니다.'라는 명제의 진위를 판별하려면 어떻게 할 것인가? 고대 그리스의 철학자가 아니었던 사람들 중에 아리스토텔레스가 있는지를 알아본다는 것은 어리석은 일일 뿐만 아니라 실제적으로 불가능한 일일 수도 있다. '아리스토텔레스는 고대 그리스의 철학자이다.'라는 긍정 명제의 진위를 가려내어 그것이 참이면 '아리스토텔레스는 고대 그리스의 철학자가 아니다.'라는 부정 명제는 거짓이라고 판단한다.

한 명제의 진릿값이 다른 명제나 명제들의 진릿값에 의해서 결정되는 또 다른 예는 논리적 함축 관계에 있는 명제들이다. 가령 a와 b가 형제라는 사실을 확인하는 방법은 여러 가지가 있겠지만, 그중에서 a가 c의 아들이고 b도 c의 아들이라든지, a가 c의 형제이고 b도 c의 형제라는 사실을 통해 a와 b가 형제임을 알게 되는 것은 그런 사실들을 진술하는 명제들 간의 논리적 함축 관계에 의해서 알게 되는 방법이다.

05 〈보기1〉의 ①과 ②가 각각 어떤 명제에 해당하는지 〈보기2〉에서 모두 찾아 서술하시오.

〈보기 1〉

① 총각은 기혼의 성년 남자이다.
② 플라톤은 아리스토텔레스의 스승이 아니다.

〈보기 2〉

분석 명제, 단순 명제, 합성 명제, 긍정 명제, 부정 명제

① ______________________

② ______________________

06 〈보기〉의 내용을 참고하여 제시문의 ㉠이 항상 참이 되는 이유를 서술하시오.

〈보기〉

어떤 두 명제 p, q 가운데 한 명제가 참이면 다른 명제가 거짓일 수밖에 없고, 또 둘 가운데 한 명제가 거짓이면 다른 명제가 참일 수밖에 없는 관계를 '모순 관계'라고 한다. 명제 p, q가 모순 관계에 있는 합성 명제는 항상 참이 된다. 반면 어떤 두 명제 p, q가 둘 다 참일 수는 없지만, 둘 다 거짓일 수 있는 관계가 성립하는 경우가 있다. 이런 경우 명제 p, q 사이의 관계를 '반대 관계'라고 한다.

[07～08] 다음 글을 읽고 물음에 답하시오.

(가)

[앞부분의 줄거리] 북곽 선생은 마을에서 학식이 높기로 유명한 선비이나, 한밤중에 과부와 밀회를 하는 장면을 사람들에게 들킬 위기에 처한다. 때마침 범이 먹을 것을 구하기 위해 마을로 내려온다.

북곽 선생은 몹시 놀라 뺑소니를 치면서도 남들이 자기를 알아볼까 두려워하였다. 그래서 다리를 들어 목에 걸치고는 귀신처럼 춤추고 귀신처럼 웃더니, 대문을 나서자 줄달음치다가 그만 들판의 구덩이에 빠져 버렸다. 그 속에는 똥이 가득 차 있었다. 구덩이에서 기어 올라와 고개를 내놓고 바라보았더니, 범이 길을 막고 있었다.

범은 얼굴을 찌푸리며 구역질을 하고, 코를 막고 고개를 왼쪽으로 돌리며 숨을 내쉬고는, "선비는 구린내가 심하구나!" 하였다.

북곽 선생이 머리를 조아리고 기어 와서, 세 번 절하고 무릎을 꿇은 채 고개를 들고는, "범의 덕이야말로 지극하다 하겠사옵니다. 대인(大人)은 그 가죽 무늬가 찬란하게 변하는 것을 본받고, 제왕은 그 걸음걸이를 배우며, 사람의 자식은 그 효성을 본받고, 장수는 그 위엄을 취하지요. 명성이 신령스러운 용과 나란히 드높아, 하나는 바람을 일으키고 하나는 구름을 일으키니, 하계에 사는 이 천한 신하는 감히 그 아랫자리에서 모시고자 하옵니다." 하였다. 그러자 범은 이렇게 꾸짖었다.

"가까이 오지 말라! 예전에 듣기를 유(儒)는 유(諛)*라더니, 과연 그렇구나. 너는 평소에 천하의 못된 이름을 다 모아 함부로 나에게 갖다 붙이다가, 이제 급하니까 면전에서 아첨을 하니, 장차 누가 너를 신뢰하겠느냐?

무릇 천하의 이치란 한가지다. 범이 실로 악하다면, 사람의 본성도 악할 것이다. 사람의 본성이 선하다면, 범의 본성도 선할 것이다.

– 박지원, 「호질(虎叱)」

*유(諛): 아첨할 유.

(나)

제5과장 양반 · 선비 마당

초랭이: 양반요, 나온 김에 서로 인사나 하소. (인사하는 행동)

양반: 여보게 선비, 우리 통성명이나 하세.

선비: 예, 그러시더.

(양반과 선비가 서로 절을 하려고 할 때, 초랭이가 양반 머리 위에 엉덩이를 돌려대고 선비에게 자기가 인사를 한다.)

초랭이: 헤헤…… 니 왔니껴?*

양반: 옛기, 이놈.

(중략)

선비: 여보게 양반 —

선비: 여보게 양반, 자네가 감히 내 앞에서 이럴 수가 있는가?

양반: 허허, 무엇이 어째? 그대는 내한테 이럴 수가 있단 말인가?

선비: 아니, 그라마 그대는 진정 내한테 그럴 수가 있는가.

양반: 허허, 뭣이 어째? 그러면 자네 지체가 나만 하단 말인가?

선비: 아니 그래, 그대 지체가 내보다 낫단 말인가?

양반: 암, 낫고말고.

선비: 그래, 낫긴 뭐가 나아.

양반: 나는 사대부의 자손일세.

선비: 아니 뭐라꼬, 사대부? 나는 팔대부의 자손일세.

양반: 아니, 팔대부? 그래, 팔대부는 뭐로?*

선비: 팔대부는 사대부의 갑절이지.

양반: 뭐가 어째, 어흠, 우리 할뱀*은 문하시중을 지내셨거든.

선비: 아, 문하시중. 그까짓 것…… 우리 할뱀은 바로 문상시대인걸.

양반: 아니 뭐, 문상시대? 그건 또 머로?

선비: 에헴, 문하보다는 문상이 높고 시중보다는 시대가 더 크다 이 말일세.

양반: 허허, 그것 참 빌 꼬라지 다 보겠네. 그래, 지체만 높으면 제일인가?

선비: 에헴, 그라만 또 머가 있단 말인가?

양반: 학식이 있어야지, 학식이. 나는 사서삼경을 다 읽었다네.

선비: 뭐 그까짓 사서삼경 가지고. 어흠, 나는 팔서육경을 다 읽었네.

양반: 아니, 뭐? 팔서육경? 도대체 팔서는 어디에 있으며 그래 대관절 육경은 또 뭔가? (초랭이는 여태까지 두 사람의 얘기를 귀담아듣다가 잽싸게 끼어든다.)

– 작자 미상, 「하회 별신굿 탈놀이」

*니 왔니껴?: 너, 왔습니까?

*뭐로?: 뭐야?

*할뱀: 할아버지.

07 제시문 (가)와 (나)에서 〈보기〉의 ⓐ에 해당하는 단어를 모두 찾아 쓰시오.

〈보기〉

풍자는 표현의 대상이 되는 현실의 특징, 현실을 바라보는 주체의 태도, 이를 표현하는 방법에서 다른 형식과는 차별되는 특징이 있다. 우선 풍자가 표현하려는 것은 현실의 부정적 측면이다. 풍자의 주체는 풍자의 대상을 직설적으로 설명하기보다는 희화화나 자기 폭로 등 우회적으로 비판하는 방법을 사용한다. 이러한 풍자의 방법으로 작가는 ⓐ언어유희의 기법을 활용한다. 또한 ⓑ인물의 우스꽝스러운 위장과 행위를 통해 비굴하고 떳떳하지 못한 태도를 희화화하기도 한다. 이러한 풍자는 독자의 비판적인 인식을 끌어내는 중요한 서사적 장치라고 할 수 있다.

① ______________________

② ______________________

③ ______________________

④ ______________________

08 위 〈보기〉의 ⓑ에 해당하는 문장을 제시문 (가)에서 찾아 쓰시오.

※ 다음 글을 읽고 물음에 답하시오.

내 이상과 계획은 이렇거든요.

우리 집 다이쇼가 나를 자별히 귀애하고 신용을 하니깐 인제 한 십 년만 더 있으면 한밑천 들여서 따로 장사를 시켜 줄 그런 눈치거든요.

그러거들랑 그것을 언덕 삼아 가지고 나는 삼십 년 동안 예순 살 환갑까지만 장사를 해서 꼭 십만 원을 모을 작정이지요. 십만 원이면 죄선 부자로 쳐도 천석꾼이니 뭐, 떵떵거리고 살 게 아니라구요?

그리고 우리 다이쇼도 한 말이 있고 하니까 나는 내지인 규수한테로 장가를 들래요. 다이쇼가 다 알아서 얌전한 자리를 골라 중매까지 서 준다고 그랬어요.

내지 여자가 참 좋지요.

나는 죄선 여자는 거저 주어도 싫어요.

구식 여자는 얌전은 해도 무식해서 내지인하고 교제하는 데 안됐고, 신식 여자는 식자나 들었다는 게 건방져서 못 쓰고, 도무지 그래서 죄선 여자는 신식이고 구식이고 다 제바리여요.

내지 여자가 참 좋지 뭐. 인물이 개개 일자로 이쁘겠다, 얌전하겠다, 상냥하겠다, 지식이 있어도 건방지지 않겠다, 좀이나 좋아!

그리고 내지 여자한테 장가만 드는 게 아니라 성명도 내지인 성명으로 갈고 집도 내지인 집에서 살고 옷도 내지 옷을 입고 밥도 내지식으로 먹고 아이들도 내지인 이름을 지어서 내지인 학교에 보내고…….

내지인 학교라야지 죄선 학교는 너절해서 아이들 버려 놓기나 꼭 알맞지요.

그리고 나도 죄선말은 싹 걷어치우고 국어만 쓰고요.

이렇게 다 생활 법식부터도 내지인처럼 해야만 돈도 내지인처럼 잘 모으게 되거든요.

(중략)

"사람이란 것은 누구를 물론허구 말이다, 아첨하는 것같이 더러운 게 없느니라."

"아첨이요?"

"저 위로는 제왕, 밑으로는 걸인, 그 모든 사람이 위선 시방 이 제도의 이 세상에서 말이다, 제가끔 제 분수대루 살어가는 데 있어서 말이다, 제 개성을 속여 가면서 꺼정 생활에다가 아첨하는 것같이 더러운 것이 없고, 그런 사람같이 가련한 사람은 없느니라. 사람이란 건 밥 두 그릇이 하필 밥 한 그릇보다 더 배가 부른 건 아니니까."

"그건 무슨 뜻인데요?"

"네가 일본인 여자와 결혼을 해서 성명까지 갈고 모든 생활 법도를 일본화하겠다는 것이 말이다."

"네, 그게 좋잖어요?"

"그것이 말이다, 진실로 깊은 교양이나 어진 지혜의 판단에서 우러나온 것이라면 그도 모를 노릇이겠지. 그렇지만 나는 보매, 네가 그런다는 것은 다른 뜻으로 그러는 것 같다."

"다른 뜻이라니요?"

"네 주인의 비위를 맞추고, 이웃의 비위를 맞추고 하자고……."

"그야 물론이지요! 다이쇼의 신용을 받어야 하고, 이웃 내지인들하구도 좋게 지내야지요. 그래야 할 게 아니겠어요?"

"……."

"아저씨는 아직두 세상 물정을 모르시오. 나이는 나보담 많구 대학교 공부까지 했어도 일찌감치 고생살이를 한 나만큼 세상 물정은 모릅니다. 시방이 어느 세상인데 그러시우?"

"이 애?" / "네?"

"네가 방금 세상 물정이랬지?" / "네."

"앞길이 환하니 트였다구 그랬지?" / "네."

"환갑까지 십만 원 모은다구 그랬지?" / "네."

"네가 말하는 세상 물정하구 내가 말하려는 세상 물정하구 내용이 다르기도 하지만, 세상 물정이란 건 그야말로 그리 만만한 게 아니다." / "네?"

"사람이란 건 제아무리 날구 뛰어도 이 세상에 형적 없이 그러나 세차게 주욱 흘러가는 힘, 그게 말하자면 세상 물정이겠는데, 결국 그것의 지배하에서 그것을 따라가지 별수가 없는 거다." / "네?"

"쉽게 말하면 계획이나 기회를 아무리 억지루 만들어 놓아도 결과가 뜻대루는 안 된단 말이다."

– 채만식, 「치숙」

09 〈보기〉는 서술자의 서사 전략에 대한 설명이다. 제시문과 가장 밀접한 관련이 있는 서술자의 유형과 서사 전략을 〈보기〉에서 찾아 서술하시오.

〈보기〉

서사 작품에서 서술자의 선택은 이야기를 전달하는 서사 전략으로 중요한 의미를 갖는다. '이야기 밖의 서술자'는 인물과 사건 간의 거리두기를 통해 독자의 몰입을 방해하는 방식으로 현실 인식을 드러낸다. '이야기 안의 서술자'는 신빙성 없는 태도를 통해 자신의 무지함과 부도덕함을 스스로 폭로하기도 한다. 또한 '전지적 관점의 서술자'는 인물의 내적 심리를 구체적으로 전달하여 독자와의 공감대를 형성하기도 한다.

① 서술자의 유형: ____________________

② 서사 전략: ____________________

수학[인문]

▶ 해설 p.226

10 정의역이 $\{x \mid x \geq 0\}$인 함수 $f(x)=ax^2(0<a<1)$의 역함수를 $g(x)$라 하자. 두 곡선 $y=f(x)$, $y=g(x)$로 둘러싸인 부분의 넓이가 $S=\frac{3}{4}$일 때, 상수 a의 값을 구하는 다음의 풀이 과정을 완성하시오.

> 두 곡선 $y=f(x)$, $y=g(x)$의 교점의 x좌표는 $x=0$과 $x=$ ① 이다. 따라서 넓이를 정적분으로 나타내면 $S=$ ② 이고, 이 적분의 값을 a에 대한 식으로 쓰면 $S=$ ③ 이다. $S=\frac{3}{4}$이므로 상수 $a=$ ④ 이다.

11 1이 아닌 서로 다른 두 양수 a, b에 대하여 두 집합 A, B를 $A=\{1, \log_a b\}$, $B=\left\{\frac{3}{2}, 2, 3\log_2 a-2\log_2 b\right\}$라 하자. $A \subset B$일 때, ab^2의 값을 구하는 과정을 서술하시오.

12 x에 대한 이차방정식
$kx^2-(k+2)x+(k+1)=0$의 두 근이 $\sin\theta$와 $\cos\theta$일 때, θ의 값을 구하는 과정을 서술하시오. (단, k는 상수이고 $0\le\theta\le\pi$)

13 수열 $\{a_n\}$은 $a_1>0$, $a_4+a_5=0$이고, 모든 자연수 n에 대하여 $a_{n+2}=a_{n+1}-a_n$을 만족시킨다. 수열 $\{a_n\}$의 첫째항부터 n항까지의 합을 S_n이라 할 때, $S_n<0$을 만족시키는 300 이하의 자연수 n의 개수를 구하는 과정을 서술하시오.

14 함수

$$f(x)=\begin{cases} \dfrac{\sqrt{x+1}-a}{x-1} & (x>1) \\ \dfrac{x+b}{\sqrt{1+x}-\sqrt{1-x}} & (x\le 1) \end{cases}$$

가 $x=1$에서 연속일 때, 상수 a와 b의 값을 구하는 과정을 서술하시오.

15 수직선 위를 움직이는 두 점 P, Q의 시각 $t(t\ge 0)$에서의 위치 x_1, x_2가 $x_1=3t^3-3t^2+7t$, $x_2=2t^3+3t^2-2t$이다. 두 점 P, Q가 동시에 원점을 출발한 후 처음으로 속도가 같아지는 순간 t_a와 처음으로 만나는 순간 t_b의 값을 구하는 과정을 서술하시오.

2022학년도

가천대 논술 모의고사

국어 수학

2022학년도 모의고사

국어

▶ 해답 p.229

※ 다음은 반대 신문식 토론의 일부이다. 물음에 답하시오.

사회자: 지금부터 '게임 사용 장애를 질병으로 인정해야 한다'를 논제로 토론을 시작하겠습니다. 먼저 찬성 측 첫 번째 토론자의 입론이 있겠습니다.

찬성1: 대한 신경 정신 의학회를 비롯한 5개 단체가 발표한 성명에 따르면, 흔히 '게임 중독'이라는 용어로 알려져 온 '게임 사용 장애'는, 뇌 도파민 회로의 기능 이상을 동반하며 비정상적인 행동을 초래합니다. 게임에 방해가 된다는 이유로 타인에게 폭력을 휘두르거나 게임 아이템을 구입하기 위해 절도 행각을 벌인 사건과 같이 우리가 그 동안 언론을 통해 심심찮게 접해 온 사례들은 게임 사용 장애가 비정상적인 행동을 통해 타인에게 큰 피해를 입힐 수 있다는 것을 잘 보여 줍니다. 이처럼 게임 사용 장애는 심각한 문제를 일으키므로 질병으로 인정해야 합니다.

[가]

사회자: 다음은 반대 측 두 번째 토론자의 반대 신문이 있겠습니다.

반대2: 음악 감상에 방해가 된다고 해서 타인에게 폭력을 휘두르거나 유명 가수의 콘서트를 관람하기 위해 티켓 절도를 하면 법적으로 처벌을 받습니다. 그러면 이때 음악 감상이나 콘서트 관람이라는 행위 자체가 폭력이나 절도를 유발한 원인입니까?

찬성1: 그렇지 않다고 생각합니다.

반대2: 그렇다면 제가 말씀드린 사례에서 폭력이나 절도의 원인은 무엇입니까?

찬성1: 원인을 하나로 확정하기는 어렵겠지만 분노 조절 장애나 탐욕 등 다양한 복합적 원인이 있을 것으로 보입니다.

반대2: 그러면 찬성 측에서 말씀하신 폭력이나 절도 사례의 경우도 게임에 대한 지나친 몰입이 유발한 것이라고 확정할 수는 없겠군요. 부적절한 사례를 언급하신 게 아닙니까?

찬성1: 전문 단체에서 게임 사용 장애가 심각한 일상 생활 기능의 장애를 초래한다고 한 만큼, 게임 사용 장애와 폭력이나 절도를 충분히 관련지을 수 있다고 생각합니다.

–후략–

01 다음은 윗글을 분석한 내용이다. 빈 칸에 들어갈 말을 본문의 [가]에서 찾아 완성하시오.

> [가]에서 반대2는 찬성1에 대한 반대 신문 과정에서, 게임에 대한 지나친 몰입과 (   ) 사이의 확고한 인과 관계를 부정하는 전략을 사용하고 있다.

[02~03] 다음 글을 읽고 물음에 답하시오.

최근에는 동일한 기능과 용도를 가진 제품들이 시장에 많기 때문에 소비자들은 차별화된 디자인에 주목하여 상품을 고르는 경우가 많다. 그에 따라 상품의 디자인이 중요한 요소로 부각되고 있다. 이러한 상품의 디자인을 보호하고 관련 산업을 발전시키기 위해 우리나라에서는 디자인 보호법을 제정하여 디자인권을 보호하고 있다. 디자인권을 획득하기 위해서는 누구든지 디자인의 성립 요건과 등록 요건을 갖추어서 특허청에 디자인 등록을 출원하여* 심사를 받아야 한다. 디자인 보호법 제2조에서는 디자인을 '물품의 형상 · 모양 · 색채 또는 이들을 결합한 것으로서 시각을 통하여 미감(美感)을 일으키게 하는 것'으로 규정하고 있다. 이에 따라 법률상 디자인으로 성립하기 위해서는 물품성, 형태성, 시각성, 심미성의 요건을 갖추어야 한다.

디자인의 물품성은 유체성, 동산성, 정형성, 독립성의 네 가지 요건을 갖추어야 한다. 물품은 원칙적으로 유형적 존재를 갖는 유체물에 한정되고, 빛, 열, 전기, 기체, 액체 등과 같이 형태가 고정되어 있지 않은 것은 물품에 해당하지 않는다. 그리고 물품은 유체물 중에서도 동산(動産)에 한정되고 토지와 그 위의 정착물인 건축물이나 건조물 등의 부동산(不動産)은 원칙적으로 물품으로 인정되지 않는다. 다만 이동식 어린이 놀이방, 방갈로 등과 같이 부동산이라도 공업적으로 양산(量産) 가능하고 이동이 가능한 대상은 물품으로 인정된다. 또한 동산이라도 육안으로 식별이 가능하고 일정한 형태를 기저 디자인이 특정될 수 있는 정형성을 갖추어야만 물품으로 인정되기 때문에 가루나 알갱이 형태의 설탕, 시멘트와 같이 정형화되지 않은 동산은 물품으로 인정받을 수 없다. 그러나 만일 이들이 정형성을 갖게 된다면 예외적으로 물품으로 인정받기도 한다. 그 외에도 손수건을 접어서 만든 꽃 모양과 같이 물품 자체의 형태가 아닌 것 역시 물품으로 볼 수 없다. 마지막으로 물품은 경제적으로 독립하여 거래의 대상이 되는 것이어야 하므로 병의 주둥이와 같은 물품의 일부분도 물품에서 제외된다. 이와 함께 물품으로 구현되지 않은 아이디어 자체는 디자인 보호법상의 보호 대상이 되지 않는다.

디자인의 형태성은 물품의 형상에 모양이나 색채가 결합한 형태를 말한다. 여기서 형상은 물품이 공간을 점하고 있는 윤곽을 의미하고, 모양은 물품의 외관에 나타나는 선으로 그린 도형, 색 구분 등을 의미하여, 색채는 물품에 채색된 빛깔을 의미한다. 디자인이 형태성을 갖추기 위해서는 형상이 반드시 있어야 하므로 형상 없이 모양이나 색채만으로 된 것은 형태성을 인정받지 못한다. 형태성은 물품성을 불가분적 전제로 하며, 외부에서 보이는 것이어야 하므로 분해하거나 파괴해야만 볼 수 있는 것은 시각성의 조건을 만족하지 못해 디자인에서 제외된다. 다만 뚜껑을 여는 것과 같은 구조로 된 것은 그 내부도 디자인의 대상이 된다. 디자인의 심미성은 제품이 아름다움을 느낄 수 있도록 처리가 되어 있는 것으로 사람마다 느끼는 정도가 다르기 때문에 그 의미에 대해서는 다양한 입장이 존재한다.

이와 같은 디자인의 성립 요건을 갖추었다고 하더라도 디자인 등록을 위해서는 신규성, 창작성, 양산성 등의 요건을 충족해야 한다. 신규성은 디자인을 출원하기 전에 그 디자인이 국내외 웹사이트, 전시, 간행물, 카탈로그 등을 통해 일반 대중에게 공개되지 않아야 함을 의미한다. 다만 출원인의 권리를 보호하기 위해 일정한 경우에는 자신의 디자인이 일반 대중에게 공개된 날로부터 12개월 이내에 그 디자인을 출원하면 예외적으로 신규성을 인정받을 수 있다. 창작성은 그 디자인이 속하는 분야에서 통상적인 지식을 가진 사람이 기존 디자인을 쉽게 변형하여 만들 수 있는 것이 아니어야만, 즉 용이(容易) 창작이 아니어야만 인정받을 수 있다. 예를 들어 원 모양의 시계는 일반적인 형태이기 때문에 이는 용이 창작에 해당될 가능성이 높지만, 개미 모양의 시계는 그렇지 않기 때문에 창작성을 인정받을 가능성이 높다. 마지막으로 양산성은 동일한 제품을 반복적으로 계속 생산해야 하는 것으로, 수석이나 꽃꽂이와 같이 자연물을 사용한 물품으로 다량 생산할 수 없는 것과 미술 작품의 원본은 양산성이 없기 때문에 디자인으로 등록될 수 없다. 그런데 앞에 언급한 디자인 등록 요건을 갖추었다 하더라도 동일하거나 유사한 디자인을 제3자가 먼저 등록 출원하게 되면 디자인을 등록할 수 없다. 하지만 창작자가 아닌 제3자가 창작자의 권리를 침해하여 디자인을 먼저 등록 출원할 경우, 특허청은 창작자의 권리 보호를 위해 제3자의 디자인 등록을 거부할 수 있다.

*출원하여: 청원이나 원서를 내어.

02 '형광등 빛'과 '시멘트 가루'가 각각 어떠한 요인이 부족하여 물품으로 인정받지 못하는지 각각 서술하시오.

03 〈보기〉의 빈칸에 들어갈 적절한 내용을 윗글에서 찾아 서술하시오.

〈보기〉

디자인 등록을 위해서는 몇 가지 요건이 필요하다. 동일한 제품을 반복적으로 계속 생산할 수 있는 (①) 요건이 있어야 하고, 디자인 출원 전에 일반 대중에게 공개된 적이 없는 (②) 요건이 있어야 한다.

※ 다음 글을 읽고 물음에 답하시오.

오늘 저녁 이 좁다란 방의 흰 바람벽에
어쩐지 쓸쓸한 것만이 오고 간다
[가]
이 흰 바람벽에
희미한 십오 촉 전등이 지치운 불빛을 내어던지고
때글은 다 낡은 무명 샤쯔가 어두운 그림자를 쉬이고
그리고 또 달디단 따끈한 감주나 한잔 먹고 싶다고 생각하는 내 가지가지 외로운 생각이 헤매인다/ 그런데 이것은 또 어인 일인가
이 흰 바람벽에
내 가난한 늙은 어머니가 있다/ 내 가난한 늙은 어머니가
이렇게 시퍼러둥둥하니 추운 날인데 차디찬 물에 손은 담그고 무이며 배추를 씻고 있다.
또 내 사랑하는 사람이 있다/ 내 사랑하는 어여쁜 사람이
어늬 먼 앞대 조용한 개포가의 나즈막한 집에서
그의 지아비와 마조 앉어 대구국을 끓여놓고 저녁을 먹는다
벌써 어린것도 생겨서 옆에 끼고 저녁을 먹는다

그런데 또 이즈막하야 어느 사이엔가/ 이 흰 바람벽엔
내 쓸쓸한 얼굴을 쳐다보며/ 이러한 글자들이 지나간다
– 나는 이 세상에서 가난하고 외롭고 높고 쓸쓸하니 살어가도록 태어났다
그리고 이 세상을 살어가는데
내 가슴은 너무도 많이 뜨거운 것으로 호젓한 것으로 사랑으로 슬픔으로 가득찬다
그리고 이번에는 나를 위로하는 듯이 나를 울력하는 듯이
눈질을 하며 주먹질을 하며 이런 글자들이 지나간다
– 하눌이 이 세상을 내일 적에 그가 가장 귀해하고 사랑하는 것들은 모두
가난하고 외롭고 높고 쓸쓸하니 그리고 언제나 넘치는 사랑과 슬픔 속에 살도록 만드신 것이다
초생달과 바구지꽃과 짝새와 당나귀가 그러하듯이
그리고 또 '프랑시쓰 쨈'과 도연명과 '라이넬 마리아 릴케'가 그러하듯이

– 백석, 「흰 바람벽이 있어」

*울력하는: 힘으로 몰아붙이는.

04 시적 대상은 '흰 바람벽'과 같이 화자 자신이나 내면심리를 투영하는 것으로 시의 의미를 이어가는 중심 역할을 한다. '흰 바람벽'은 화자의 과거 기억과 심리 등을 비추는 시적 대상이다. 윗글의 [가]에서 화자의 고단한 피로감과 외롭고 쓸쓸한 내면을 반영하고 있는 시적 대상 두 가지가 무엇인지를 서술하시오.

2022학년도 모의고사

수학

▶ 해답 p.229

05 함수 $f(x)=2^{x-1}+k$의 역함수를 $g(x)$라 하자. 함수 $y=g(x)$의 그래프가 점 $(5, 2)$을 지날 때, $g(35)$의 값을 구하는 과정을 아래 과정을 참고하여 서술하시오.

> $f(x)$의 역함수 $g(x)=$ [　　　] 이다.
> $g(5)=2$이므로, $k=$ [　　　] 이다.
> 따라서, $g(35)=$ [　　　] 이다.

06 $0\leq\theta\leq2\pi$일 때, x에 대한 이차방정식 $x^2+(\sqrt{3}\sin\theta)x+\cos\theta-\frac{1}{4}=0$이 실근을 갖도록 하는 모든 θ의 값의 범위는 $\alpha\leq\theta\leq\beta$이다. $\tan\alpha-\tan\beta$의 값을 구하는 과정을 서술하시오.

07 자연수 n에 대하여 x에 대한 이차방정식 $x^2+25x-(2n-1)(2n+1)=0$의 두 근을 α_n, β_n이라 하자.

등식 $\sum_{n=1}^{m}\left(\frac{1}{\alpha_n}+\frac{1}{\beta_n}\right)=12$를 만족시키는 자연수 m의 값을 구하는 과정을 서술하시오.

08 다음 조건을 만족시키는 다항함수 $f(x)$를 구하는 과정을 서술하시오.

(가) $f'(x)=3x^2-2x+1$

(나) 곡선 $y=f(x)$ 위의 점 $(1, f(1))$에서의 접선의 x절편은 -1이다.

Nothing great in the world has been
accomplished without passion.

이 세상에 열정없이 이루어진 위대한 것은 없다.

– Georg Wilhelm 게오르크 빌헬름 –

PART 2

실전모의고사

[인문계열] – 5회

[인문계열]

가천대 논술 실전모의고사

제1회 실전모의고사

[국어 영역]

▶ 해답 p.232

※ 다음은 작문 상황에 따라 학생이 작성한 초고이다. 물음에 답하시오.

[작문 상황]: 수업에서 학습하는 고전 문학 작품 읽기를 소재로, 청소년 독서에 관하여 주장하는 글을 쓰고자 한다.

[학생의 초고]

흔히 옛 소설로 알려진 고전 소설은 신소설 이전에 창작된 소설을 말한다. 초등학교 때부터 국어 시간에 꾸준히 「흥부전」이나 「홍길동전」 같은 고전 소설을 배워 왔지만 사실 교과서에서 배우는 부분 외에, 소설의 처음부터 끝까지 읽어 본 적은 많지 않을 것이다.

최근 1년간 우리 학교 도서관의 최다 대출 도서 목록을 조사한 결과, 우리 고전 소설은 한 권도 찾아볼 수 없었다. 반면 영미 문화권의 소설은 소수이지만 목록에 올라와 있었으며 「회색 인간」과 같은 우리 현대 소설도 소수이지만 목록에서 찾을 수 있었다. 물론 학교 도서관이 아니라 공공 도서관에서 빌려 읽을 수도 있고 책을 구매하여 읽을 수도 있지만 현재 우리 학교 도서관의 대출 도서 목록에 따르면 청소년은 우리 고전 소설을 잘 읽지 않는다고 볼 수 있다.

우리가 고등학교에서 문학 작품을 배우는 목적은 수업에서 배웠다시피, 다양한 문학 경험과 활동을 통해 작품 수용 능력과 문학적 소양을 길러서 문화를 향유하고 발전시키기 위한 것이다. 또 문학 작품 학습을 통해 사회 · 문화 · 역사적 맥락 속에서 생산된 문학의 모습을 이해할 수 있으므로 학교 수업에서 문학의 갈래, 문학의 역사 등을 배우면서 문학의 가치와 미를 느끼고 우리의 삶과 관련하여 감상하고 창작하는 활동을 하는 것이다.

나아가 우리는 고전 소설 읽기를 통해 우리의 옛 모습과 가치관을 이해하고 우리의 다양한 문화와 아름다움을 내면화하여 수준 높은 문화를 생산하는 능력을 기를 수 있다. 창작된 지 몇 백 년이 지난 지금까지 남아 있는 고전 소설은 긴 시간 동안 전해 내려온 것으로 많은 사람이 공감할 수 있는 내용이거나 사람들에게 좋은 영향을 끼칠 수 있는 작품으로 볼 수 있다. 따라서 한국 고전 소설 읽기는 현대 사회에도 중요한 의미가 있는 것이다.

이렇게 수업 중에 고전 소설을 학습하면서 많은 의미를 깨우치게 되지만 학교 수업을 통해 읽는 고전 소설의 양은 한정적일 수밖에 없다. 1년에 교과서를 통해 배우는 고전 소설은 한두 작품에 그치고, 작품 전체를 배우는 것도 아니기 때문이다. 또 고전 소설을 학습한 뒤에 치러지는 시험 때문에 시험에 나오는 부분만 읽는 경우도 적지 않다. 작품 전체를 읽으면 더욱 흥미롭게 감상할 수 있는데 그렇게 하지 않아서 아쉬운 마음이 든다.

[A] 고전 소설 전체 읽기를 시작한다면, 비교적 널리 알려진 작품부터 읽는 것을 추천한다. 「두껍전」, 「박씨전」, 「서대주전」, 「심청전」, 「임경업전」, 「흥부전」 등 정말 많은 작품이 있다. 이런 작품들이 고루한 내용이나 뻔한 내용을 담고 있다고 생각할 수도 있지만, 소설 전체를 읽어 보면 그렇지 않다는 것을 알 수 있을 것이기 때문에 고전 소설 전체 읽기를 당부한다.

01 초고를 작성한 학생이 〈보기1〉의 글쓰기 점검을 통해 [A]를 〈보기2〉와 같이 수정했을 때, 〈보기1〉의 ①이 반영된 어구와 ②가 반영된 문장을 〈보기2〉에서 찾아 각각의 첫 어절과 마지막 어절을 순서대로 쓰시오.

〈보기 1〉

① 어려운 단어인 '고루한'의 뜻을 풀이하여 글의 내용을 정확히 이해할 수 있도록 하였다.
② 앞 문단과 자연스럽게 연결하기 위해 고전 소설 읽기가 어려운 이유를 추가하였다.

〈보기 2〉

물론 고전 소설은 단어도 어렵고 내용이 생소해서 읽기에 어려울 수도 있다. 그러므로 전체 읽기의 시작은 널리 알려지고 비교적 쉽게 읽을 수 있는 작품부터 하는 것을 추천한다. 판소리계 소설에 해당하는 「심청전」과 「흥부전」, 우화 소설인 「두껍전」과 「서대주전」, 군담소설인 「박씨전」과 「임경업전」 등 읽기에 어렵지 않은 작품이 많이 있다. 이런 작품들이 새로운 것을 잘 받아들이지 아니하는 내용이나 뻔한 내용을 담고 있다고 생각할 수도 있지만 전체를 읽어 보면 그렇지 않다는 것을 알 수 있을 것이다. 따라서 고전 소설 전체 읽기를 당부한다.

① 첫 어절: ____________________, 마지막 어절: ____________________

② 첫 어절: ____________________, 마지막 어절: ____________________

[02～03] 다음 글을 읽고 물음에 답하시오.

(가)

집단행동의 딜레마란 집단 구성원이 공통의 이해관계가 걸려있는 문제를 스스로 해결하지 못하는 현상으로, 무임승차 심리, 즉 타인의 성과에 묻어가려는 심리가 원인이라 할 수 있다. 정치학자인 퍼트넘은 이 딜레마를, 강제력을 가진 제삼자의 개입이 아닌 사회적 자본을 통해 해결할 것을 제안했다. 그는 사회적 자본을 구성원 간의 협력을 촉진시켜 주는 것으로 정의하고, 그 요소로 '호혜성', '신뢰', '네트워크'를 제시했다. 같은 자본이라도 사회적 자본은 인간의 상호 작용에 중점을 둔다는 점에서, 생산 과정에 투입되는 장비인 물적 자본과는 구별된다. 예를 들어 누군가가 물고기를 잡기 위해 낚싯대와 배를 사용했다면 이 둘은 물적 자본에 해당한다.

호혜성은 모두에게 이익이 되는 방향으로 문제를 해결하고자 하는 경향성으로 균형적 호혜성과 일반화된 호혜성이 있다. 균형적 호혜성은 특정한 보상을 동시에 주고받을 것을 요구하는 것으로, 상호 간 합의가 쉽게 이루어지기 어렵다. 이에 비해 일반화된 호혜성은 내가 상대방에게 베푼 호의가 지금 당장 나에게 이익으로 되돌아오지 않더라도 지속적인 교환 관계를 통해 미래에 보상을 받을 수 있다는 상호 기대를 전제로 한다. 퍼트넘은 일반화된 호혜성이 통용되어야 무임승차 심리를 억제할 수 있다고 보았다.

신뢰는 상대방의 행동에 대해 예측이 가능하고 그 행동이 일관될 것이라고 기대할 때 형성된다. 두터운 신뢰는 오랫동안 알고 지낸 사이에서, 엷은 신뢰는 짧은 기간 만난 사이에서 만들어진다. 퍼트넘은 두터운 신뢰에서 나타나는 강한 결속이 배타적인 태도로 변질될 수 있다고 보았기에, 엷은 신뢰의 수준이 높은 것이 낯선 사람들 사이에서도 협력이 촉진되어 사회 통합에 더 유용하다고 보았다.

퍼트넘은 일반화된 호혜성과 엷은 신뢰가 증진되기 위해서는 그 집단이 수평적 네트워크 형태, 즉 구성원이 동등한 권력으로 연결되어 있어야 한다고 보았다. 한편 퍼트넘은 사회적 자본이 오랜 기간 축적된 집단의 구성원일수록 도덕적 경향을 보인다고 주장하고, 이를 20세기 이탈리아에서 자치 제도를 실시했을 때 북부가 남부에 비해 잘 정착된 원인으로 제시했다. 그에 따르면 12세기 공화정 때부터 수평적 네트워크가 활성화된 북부 시민들은 문화 단체, 동호회 등의 소규모 공동체 조직에서 협력으로 문제를 해결하는 경험이 쌓여 왔다. 반면 남부 시민들은 상하 관계로 연결된 수직적 네트워크하에서 공적인 일들은 정치인이나 최고 책임자의 일이라고만 여겼고, 부도덕한 관행에 대해 더 강력한 규율을 요구해 왔기 때문에 남부에는 사회적 자본의 축적이 미미했다고 그는 설명했다.

(나)

물적 자본은 일종의 소모품이므로 사용할수록 마모되어 경제적 가치가 감소하는 경우가 많지만, 사회적 자본은 사용할수록 그 집단에 축적되는 경향이 있다. 그래서 퍼트넘의 사회적 자본 이론에서는 수평적 네트워크가 활성화되면 호혜성과 신뢰도 증진되어 집단 구성원의 협력이 강화된다는 점을 강조한다. 그리고 그는 이탈리아에 대한 연구를 통해 사회적 자본의 장점을 실증적으로 제시하려 노력했다.

하지만 수평적 네트워크가 호혜성과 신뢰를 항상 증진하는 것일까? 먼저 사회학자 뉴턴의 지적처럼 수평적 네트워크하에서 공공의 이익보다 개별 집단의 이익을 우선적으로 추구할 경우 갈등 조정이 더 어려워질 수 있다. 북아일랜드에서 가톨릭과 개신교를 중심으로 한 수평적 네트워크 간의 충돌은 오히려 호혜성의 결여로 사회의 갈등이 심화된 사례이다. 게다가 수평적 네트워크의 구성원 누군가가 자신에게 돌아오는 혜택이 불균형하다고 여긴다면, 신뢰 수준이 낮아질 수 있고 이는 분열을 야기할 수 있다.

퍼트넘은 20세기 이탈리아에서 자치 제도를 실시했을 때 나타난 남북 간의 차이가, 12세기부터 형성된 두 지역 간의 시민적 전통 차이에 (ⓐ)한 것으로 보았다. 하지만 이는 논리적 (ⓑ)일 수 있는데, 12세기 당시는 공화제라기보다는 군주적 귀족제에 가까워 현대적 의미의 수평적 네트워크 형태는 거의 존재하지 않았다. 따라서 중세 이탈리아 시기의 시민적 전통이라고 하는 것이 일반적으로 오늘날 의미하는 시민 정치 문화와는 달랐다고 보는 것이 타당하다. 또한 그는 이탈리아 북부를 언급하면서 사회적 자본의 축적은 단기적으로 이루어지는 것이 아니라고 하였다. 하지만 이는 독립한 지 얼마 되지 않은 신생 국가를 구성하는 시민들은 그 사회 또는 국가 발전을 위한 협력의 가능성이 낮다는 논리로 귀결되는 점에서 비판의 여지가 있다.

02 다음의 보기는 (가)의 내용을 이해하고 정리한 것이다. ①~③에 들어갈 관형사를 (가)에서 찾아 차례대로 쓰시오.

〈보기〉

(가)는 집단행동의 딜레마를 사회적 자본을 통해 해결할 것을 제안한 퍼트넘의 견해를 소개하고 있다. 그가 제시한 사회적 자본에는 호혜성, 신뢰, 네트워크가 있다. 특히 사회 통합을 위해서는 (①) 호혜성과 (②) 신뢰가 필요하다고 보았고, 이것이 증진되기 위해서는 그 집단이 (③) 네트워크 형태, 즉 구성원이 동등한 권력으로 연결되어 있어야 한다고 보았다. 또한 사회적 자본이 오랜 기간 축적된 집단의 구성원일수록 도덕적 경향을 보인다고 주장하고, 이를 이탈리아에서 자치 제도가 정착되는 과정과 관련지어 자신의 주장을 입증하려 했다.

① ______________________________

② ______________________________

② ______________________________

03 제시된 〈보기〉의 사전적 의미를 참조하여 (나)의 ⓐ와 ⓑ에 들어갈 2음절의 단어를 차례대로 쓰시오.

〈보기〉

ⓐ 어떠한 것에 원인을 둠.

ⓑ 논리나 사고방식 따위가 그 차례나 단계를 따르지 아니하고 뛰어넘음.

ⓐ ______________________________

ⓑ ______________________________

[04～05] 다음 글을 읽고 물음에 답하시오.

능숙한 학습자는 학습 자료를 읽고 내용을 기억하기 위해 독서를 하면서 전략을 선택하고 조정한다. 이러한 과정을 전통적으로 '학습'이라 불러 왔다. 학습을 위한 독서는 글에 내포된 지식, 가치관, 정서 등을 이해하는 것에서 시작하여 새로운 의미를 창출하는 것으로 나아갈 수 있다. 이때 새로운 의미 창출이란 독서의 과정에서 사회 문화적 맥락 같은 여러 요인과 학습자가 상호작용하면서 새로운 의미를 만들어 가는 것이다. 학습자는 이러한 독서를 통해 지식의 활용 능력, 창의적 사고 능력, 올바른 가치관 등을 획득할 수 있다.

학습을 위한 독서를 잘하기 위해서는 다양한 독서 전략의 활용이 필요하다. 먼저 학습자는 글을 읽기 전에 '예측하기'를 통해 제목과 그림 등을 훑어보면서 화제에 대한 자신의 배경지식을 떠올리고, 앞으로 전개될 글의 내용을 예상하면서 글의 윤곽을 그려 볼 수 있다. 그리고 학습자는 글을 읽으면서 스스로 예측한 것이 얼마나 적중했는지 확인하고 중간중간 자신의 이해 정도를 확인하면서 독서 능력을 점검한다.

학습자는 학습 자료를 읽을 때 글의 주요 부분에 선택적으로 관심을 기울이면서 메모하기 등의 활동으로 중요한 내용을 단기 기억*에서 장기 기억*으로 전이하는 '시연하기' 전략을 사용할 수 있다. 여기에서의 시연은 기억해야 하는 내용을 단순히 반복하는 것이 아니라, 학습자가 정보 간의 관계를 생각해 보는 것이다. 시연은 주로 학습자가 사전 질문에 답하거나, 중심 내용에 밑줄을 긋고 메모할 때 이루어진다. 정보의 획득과 기억을 쉽게 하기 위해서는 글을 모두 읽은 후 시연을 한 번만 하는 것보다는 읽기 중간에 문단이 끝날 때마다 시연하는 것이 좋다.

학습한 내용을 잘 기억하기 위해서 학습자는 '회상하기' 전략을 사용할 수 있다. 글의 구조를 회상할 수도 있고, 읽으면서 표시한 메모나 밑줄 등을 다시 보면서 중심 내용을 떠올릴 수도 있다. 회상은 의미를 생각하지 않은 채 단순하게 표시된 부분을 반복하여 읽는 것이 아니라, 내용을 다시 떠올릴 수 있을 정도로 기억하는 것이다. 이를 위해 읽은 내용을 범주화*하거나, 기억하고자 하는 단어나 구절을 단어의 첫 글자나 음절을 이용하여 기억하는 방법을 활용할 수 있다.

학습을 위한 독서를 잘하기 위한 전략은 매우 많고 독서의 상황에 따라 다를 수 있다. 학습자가 학습을 위한 독서를 잘하기 위해서는 독서 과정에 맞는 다양한 전략을 적절하게 활용하는 능력이 필요하다. 또한 학습자는 여가를 위한 독서보다 학습을 위한 독서를 할 때, 독서 과정에서 추가적인 활동이 더 필요하다는 사실을 기억해야 한다. 학습을 위한 독서를 할 때에는 여가를 위한 독서를 할 때보다 기억을 위해 노력해야 하는 부분이 많기 때문이다. 따라서 학습을 위한 독서를 잘하기 위해 학습자는 독서 상황과 목적에 맞는 다양한 전략을 활용하고, 독서 과정에서 필요한 추가적인 활동을 시도해야 한다.

*단기 기억: 경험한 것을 짧은 시간 동안만 의식 속에 유지해 두는 작용.

*장기 기억: 경험한 것을 오랫동안 의식 속에 유지해 두는 작용.

*범주화: 일정한 기준에 따라 동일한 성질을 가진 부류나 범위로 묶음.

04 윗글의 내용을 대표하는 주제어를 제시문에서 찾아 3어절로 쓰시오.

주제어: ______________________________

05 〈보기2〉는 학습 독서를 위한 전략인 〈보기1〉의 내용을 이해한 것이다. ①과 ②에 들어갈 독서 전략을 제시문에서 찾아 차례대로 쓰시오.

〈보기 1〉

코넬 메모법

코넬 메모법은 미국의 한 대학에서 학생들이 강의 내용을 필기하고 학습하는 방법으로 개발되었다고 하며, 다음의 세 단계로 진행된다.

- 1단계: 학습자가 일정한 기준에 따라 페이지를 옮길 수 있도록 페이지 순서를 조정할 수 있는 노트를 준비한 후 페이지마다 세로로 긴 하나의 선을 그어 구역을 나누고 오른쪽에 수업 내용을 메모한다.
- 2단계: 수업 내용을 오른쪽에 필기한 후 수업 내용을 떠올릴 단서가 되는 핵심어와 중심 내용 등을 왼쪽에 위계*적으로 간략히 적는다.
- 3단계: 아래쪽에는 위에서 적은 내용을 점검하고 통합하여 중심 내용을 정리한다.

*위계: 지위나 계층 따위의 등급.

〈보기 2〉

- 〈보기1〉의 2단계에서 핵심어와 중심 내용을 왼쪽에 위계적으로 정리하는 것은 윗글에 제시된 독서 전략 중 [①] 와/과 관련된다.
- 〈보기1〉의 3단계에서 아래쪽에 내용을 정리하고 요약하는 것은 윗글에 제시된 독서 전략 중 [②] 와/과 관련된다.

① ______________________

② ______________________

※ 다음 글을 읽고 물음에 답하시오.

인간 삶의 궁극적인 목적을 '행복(幸福)'이라고 하는 것에 이의를 제기할 사람은 거의 없다. 행복은 일반적으로 만족, 즐거움, 보람, 쾌감 등의 좋은 감정이 있으며, 불안, 우울, 불쾌 등의 나쁜 감정이 없는 상태를 의미한다. 행복이 인간의 심리적 상태와 관련된다는 것은 행복이 어떤 절대적 상태가 아니라는 것을 의미한다. 부와 권력을 가졌다고 행복해지는 것은 아니며, 가난하다고 해서 불행한 것도 아니다. 가난 속에서도 자신의 일에 만족하고, 가족 간에 화목하다면 행복을 느낄 수도 있다. 이처럼 행복은 주관적이고 상대적인 특성을 가지고 있기 때문에 행복의 개념과 그에 이르는 방법에 대한 생각도 다양하다.

동아시아 문화권의 민간에서 생각하는 기본적인 행복은 누구나 바라는 오복(五福)*을 누리고, 절대로 당하고 싶지 않은 육극(六極)*과 같은 일은 피하는 것이었다. 행복이란 말에서 행(幸)은 운수가 좋은 것을 뜻하고, 복(福)은 착한 일에 대한 보상으로 하늘이나 귀신이 내려 주는 것이다. 이에 따르면 행복은 모두 인간의 영역이라기보다는 신의 영역에 가깝다. 인간이 행복을 위해 할 수 있는 일이라고는 '새옹지마(塞翁之馬)'를 생각하며 지금 불행하더라도 행복을 기다리거나, 선(善)을 쌓고 악(惡)을 행하지 않는 정도에 그친다. '선을 쌓은 집안에 반드시 남은 경사가 있다.'라는 말이 있지만, 그 보상은 즉각적인 것이 아니며, 보상이 올 것이라고 막연히 기대하는 것이기 때문에 행복이 선과 직결되는 것은 아니었다.

이러한 민간의 행복관과 달리 유가에서는 행복을 인간이 적극적으로 만들어 갈 수 있다는 것에 방점을 둔다. 공자는 행복과 비슷한 개념으로 즐거움[樂]이라는 말을 사용했는데, 여기에는 벗이 찾아오는 것과 같은 외부적 사건으로 인한 것도 있지만 진정한 즐거움은 도(道)를 알고 실천하는 즐거움이라고 보았다. 공자는 진정한 행복이 외부적 사건들에 흔들리지 않는 정신 상태에 있다고 생각했다. 특히 사람들이 불행하다고 생각하는 상황에 놓여 있어도 그것을 극복함으로써 행복을 느낄 수 있으며, 행복을 지속하기 위해서는 도덕적 의지와 수양이 필요하다고 생각했다. 공자는 제자인 안회가 누추한 거리에서 한 표주박의 물과 한 끼 밥으로 연명할 정도로 가난하게 살았지만 진정한 즐거움을 안다고 칭찬했다. 민간의 관점에서 보면 안회는 육극을 피하지 못한 매우 불행한 사람이었지만 공자는 안회의 도덕적 삶이 행복의 모범이 될 만하다고 평가한 것이다. 이는 공자가 '인(仁)'을 이루기 위해 강조한 '극기복례(克己復禮)', 즉 욕망을 의지력으로 억제하고 '예(禮)'를 지키는 것과 연결된다.

도가에서는 유가의 '예'가 인위적인 것이라고 보고 인간적 즐거움의 근원인 자연법칙을 거스르지 않으려 했다. 이를 위해 도가에서 강조하는 것이 '양생(養生)'이다. 일반적으로 양생에 대해 건강을 유지하거나 신선이 되기 위한 방법 정도로 생각을 하지만, 장자는 이렇게 몸을 기르는 것을 '양형(養形)'이라고 하고, 정신을 기르는 '양신(養神)'과 구분하였다. 장자는 양형만을 하는 것을 부정적으로 보았는데, 장자를 계승한 혜강은 '본성을 잘 닦아 정신을 보존하고, 마음을 편안하게 해서 몸을 온전하게 하라.'라고 하여, 정신과 육체의 조화를 양생의 요체로 보았다. 행복을 위해서는 고통이 없어야 하는데, 고통은 외부에서 육체로도 오고 정신에서도 일어나는 것이기 때문이다. 혜강은 자연법칙을 거스르지 않고 조용한 가운데 마음을 비우고 태평함을 얻어야 한다고 하였는데, 이는 결국 노자가 말했던 '사사로움을 줄이고 욕심을 적게 갖는 것[少私寡欲]'에로 귀결된다.

*오복: 『서경』에서는 장수, 부유, 건강, 덕을 닦음, 편안한 죽음을 이르지만 민간에서는 장수, 부유, 건강, 귀함, 자손 많음을 이름.
*육극: 변사(變死)와 요사(夭死), 질병, 근심, 가난, 악함, 약함을 이름.

06 제시문에 등장하는 사상가들의 관점에서 〈보기〉의 진술을 평가할 때, ①~③에 들어갈 사상가들을 제시문에서 찾아 차례대로 쓰시오.

〈보기〉

- (①)은/는 행복이 인간 외부에서 오는 것이란 말에 전적으로 동의하지는 않을 것이다.
- (②)은/는 세속적 일에 흔들리지 않는 정신적 경지에 이르렀을 때 진정으로 행복해질 수 있다는 말에 동의할 것이다.
- (③)은/는 인간이 불행해지는 이유는 만족함을 모르고 더 많은 쾌락을 얻으려고 하기 때문이라는 말에 동의할 것이다.

① ______________________

② ______________________

③ ______________________

[07~08] 다음 글을 읽고 물음에 답하시오.

(가)
오렌지에 아무도 손을 댈 순 없다
오렌지는 여기 있는 이대로의 오렌지다
더도 덜도 안 되는 오렌지다
내가 보는 오렌지가 나를 보고 있다

마음만 낸다면 나도
오렌지의 포들한 껍질을 벗길 수 있다
마땅히 그런 오렌지
만이 문제가 된다

마음만 낸다면 나도
오렌지의 찹잘한 속살을 깔 수 있다
마땅히 그런 오렌지
만이 문제가 된다

그러나 오렌지에 아무도 손을 댈 순 없다
대면 순간
오렌지는 오렌지가 아니 되고 만다
내가 보는 오렌지가 나를 보고 있다

나는 지금 위험한 상태다
오렌지도 마찬가지 위험한 상태다
시간이 똘똘
배암의 또아리를 틀고 있다

그러나 다음 순간
오렌지의 포들한 껍질에
한없이 어진 그림자가 비치고 있다
누구인지 잘은 아직 몰라도.

– 신동집, 「오렌지」

(나)
거울속에는소리가없소
저렇게까지조용한세상은참없을것이오

거울속에도내게귀가있소

내말을못알아듣는딱한귀가두개나있소

거울속의나는왼손잡이오
내악수(握手)를받을줄모르는 — 악수를모르는왼손잡이오

거울때문에나는거울속의나를만져보지를못하는구료마는
거울이아니었던들내가어찌거울속의나를만나보기만이라도했겠소

나는지금(至今)거울을안가졌소마는거울속에는늘거울속의내가있소
잘은모르지만외로된사업(事業)에골몰할게요

거울속의나는참나와는반대(反對)요마는
또꽤닮았소
나는거울속의나를근심하고진찰(診察)할수없으니퍽섭섭하오

– 이상, 「거울」

07 (가)에서 추상적인 관념을 감각적으로 형상화하여 긴장감을 조성하고 있는 시구를 찾아 첫 어절과 마지막 어절을 차례대로 쓰시오.

첫 어절: ______________________________, 마지막 어절: ______________________________

08 (나)에서 다음에 제시된 의미를 드러내는 시행을 찾아 차례대로 쓰시오.

①	본질 탐색의 어려움을 드러냄
①	성찰을 통한 분열 극복이 쉽지 않음

※ 다음 글을 읽고 물음에 답하시오.

하루는 감사가 이생을 위하여 주연을 베풀고 방자를 보내어 이생을 초대했다.

"오늘은 바로 형이 급제하고 처음 맞는 날이니 시인으로서의 시상을 어찌 능히 폐할 수 있겠나. 날씨가 따뜻하고 바람도 화창하여 친구에 대한 생각이 간절하니 형은 금옥 같은 귀한 몸을 아끼지 말고 한번 찾아와서 성긴 우정을 펴봄이 어떠한가."

이생은 마음속으로는 비록 뜻에 맞지 않았으나 거절할 만한 이유가 없어서 책을 덮고 읽기를 그만두고 바로 통인을 따라 선화당으로 오니, 차려 놓은 음식은 처음 보는 이생의 귀와 눈을 놀라게 하였다. 여러 고을의 원님들이 좌우로 늘어앉았고, 수많은 기녀들이 앞뒤로 모시고 앉아서 금슬관현 등의 오음을 방 안에서 연주하고 있으며, 뜰에서는 금석포토 등의 팔음을 번갈아 연주하고 있었다. 술잔과 쟁반은 헝클어졌고, 안주 그릇은 얽혀 있었다.

이생을 맞이하여 좌석을 정하고 인사를 겨우 마치고 나니, 좌우에 앉아 있던 기생들이 다투어 이생에게 술잔을 권하며 노래를 부르기 시작했다. 이에 이생은 불끈 화를 내며 소매를 뿌리치고 갑자기 일어나,

"오늘의 이 잔치는 실로 인간의 도리를 위한 것이 아니오."

하며 물러가겠다고 했다.

감사가 소매를 붙잡고 웃으며,

"형은 일찍부터 독서하는 사람이 아닌가. 정백자*를 본받고자 아니 하고, 또 내 진심으로 거리낌 없이 일러 주는 말을 들으려고도 하지 않으니, 무엇 때문에 이렇듯이 상을 찡그리고 지나친 행동을 하는가."

하며 누누이 타일렀으나 끝내 만류하지 못했다.

이날 잔치하는 자리에서 이생의 행동을 보고 그 지나친 고집에 대하여 눈살 찌푸리고 비웃지 않은 사람이 없었다. 잔치가 파하자 감사는 수노에게 분부하였다.

"기녀 가운데서 지혜롭고 쓸 만한 자가 누구냐."

"오유란이란 애가 있습니다. 나이 십구 세로서 가르쳐 주지 아니하여도 잘할 것입니다."

감사는 즉시 오유란을 불러 분부하였다.

"너는 별당의 이랑을 알고 있느냐."

"네, 알고 있습니다."

"그러면 네가 한번 이랑을 모실 수 있겠느냐."

"하룻저녁으로는 할 수 없거니와 한 달 동안의 말미만 주신다면 반드시 할 수 있겠습니다."

[중략 부분 줄거리] 오유란은 이생을 유혹한 뒤 속여 이생이 사람들 앞에서 큰 망신을 당하도록 한다. 그길로 이생은 공부에 매진하고, 어사가 되어 감사가 있는 곳으로 간다.

"고인은 평안하셨는가."

어사가 보고도 못 본 체하고 듣고도 못 들은 체하니 감사는 앞으로 나아가서 손목을 잡으며 말했다.

"형은 정말로 남아로서 뜻있는 사람이라고 말할 수 있으니, 자네 일은 드디어 이루어졌네. 오늘 동생이 경악하고 황급하고 곤경에 빠졌던 것으로 말하면 오히려 형이 옛날에 속임을 당한 것보다 못하지는 않을 것일세. 한번 깊이 생각해 보게. 형이 별안간 영화의 길에 올랐음은 어찌 나의 한 정성의 소치로 말미암은 것이 아닌가. 이로써 말할진댄 형이 안 졌다고 말할 수 있으나 진 사람은 어사 자네일세."

이 말을 들은 어사가 되풀이해서 생각해 보고 또 생각해 보니, 마음은 스스로 시원히 열리고 입에서는 절로 웃음이 나와서,

"때도 이미 지났고 일도 오래되어 할 수 없군."
하고는, 곧 술을 가져오게 해서 감사와 즐겁게 마셨다.

감사가 너무 지나치게 속인 장난을 책망하고 용서를 입은 영광을 사례하니, 어사는 얼굴을 붉히고 웃으며 말했다.

"오늘은 소유문이 되어 친구와 더불어 술을 마시고, 내일은 기주자사가 되어 일을 살핌이 마치 나를 두고 이름일세."

이튿날 날이 밝자 어사는 공청에 나아가 앉고 여러 형장을 갖추어 놓고 오유란이란 여인을 묶어 오게 해서 서적자리에 잎혀 섬돌 아래에 엎드리게 하고는 문을 닫고 날카로운 목소리로 문초를 했다.

"너의 죄를 네가 스스로 알고 있으니 매로써 죽이리라."

오유란은 나지막한 소리로 간곡히 아뢰었다.

"소녀가 어리석어서 무슨 죄인지 알지 못하겠나이다."

어사가 크게 노하여 문지방을 두드리며 꾸짖었다.

"관청에 매여 있는 여자로서 장부를 속여 희롱하기를, 산 사람을 죽었다고 하고 사람을 가리켜 귀신이라 하였으니, 어찌 죄없다고 하느냐. 빨리 처치하고 늦추지 말라."

오유란은 다시 빌면서 말했다.

"원하옵건대 어사께서는 잠시 문을 열고 한 번만 보아 주시어 소녀가 다만 한 말씀만 드린다면 회초리 아래 귀신이 된다 할지라도 다시는 원통함이 없겠사옵니다."

어사는 일찍이 인정이 없는 사람이 아닌지라, 그 말을 듣고 낯익은 얼굴을 한 번 보니, 오유란이 몸을 나타내고 살짝 쳐다보고 생긋 웃으며 말했다.

"산 것을 보고 죽었다고 한 것은 산 사람이 스스로 죽지 아니한 것을 판단 못 함이요, 사람을 가리켜 귀신이라고 한 것은 스스로 귀신이 아님을 깨닫지 못한 것이니, 속인 사람이 나쁩니까, 속임을 당한 사람이 나쁩니까. 너무 지나치게 속인 사람은 혹 있다고 할지라도 속임을 당한 사람으로서는 차마 말할 수 없을 것입니다. 또한 저는 사졸이 되어 오직 장군의 명령을 받들 따름입니다. 일을 주장한 사람에게 책임이 돌아가야 할 것이어늘, 어찌 사졸을 베려 하십니까."

어사 듣기를 마치고 보니 사정이 또한 없을 수 없고 사실이 또한 그러하였으므로, 즉시 풀어 주도록 명하고 당상으로 오르게 하여 한번 웃어 얼굴을 보여 주며,

"너는 묘기가 되고 나는 소년이 되어 일이 조금도 괴이함이 없으며, 가운데서 일을 꾸민 사람이 매우 나쁘고 또 괴이하였으나 지금에 와서 생각한들 어찌 말할 수 있겠는가."
하고는, 술을 가져오게 해서 잔치를 베풀고 그 옛날의 정회를 다 털어놓고 이야기했다.

– 작자 미상, 「오유란전」

*정백자: 중국 송대의 철학자.

09 다음의 〈보기〉는 윗글을 감상한 내용이다. 윗글의 내용을 토대로 ⓐ~ⓒ 들어갈 등장인물을 차례대로 쓰시오.

〈보기〉

「오유란전」은 '훼절*을 모의함.', '훼절을 수행함.', '훼절 대상이 훼절의 주체를 용서함.'의 순서로 사건이 전개되는데, 각 사건은 인물들 간 가치 체계의 충돌 또는 공유로 인해 벌어진다. 감사가 이생을 훼절하려는 동기는 유흥을 부정하고 선비로서의 고고한 면모만을 중시하는 이생의 가치 체계를 깨뜨림으로써 관리 사회의 유흥 문화에 대한 긍정이라는 자신의 가치 체계를 정당화하려는 데 있으며, 이생이 감사를 용서하는 것은 이생이 감사의 가치 체계를 인정하게 되었기 때문이다. 또한 신분 질서 안에서 기생은 관리의 말을 따라야 한다는 가치 체계를 인물들이 공유함으로써 (ⓐ)은/는 오유란에게 이생의 훼절을 지시하고 (ⓑ)은/는 훼절을 수행하는 한편, (ⓒ)은/는 사건의 전말이 밝혀진 후 그녀를 용서하게 된다.

*훼절: 절개나 지조를 깨뜨림.

ⓐ ______________________

ⓑ ______________________

ⓒ ______________________

제1회 실전모의고사

[수학 영역]

▶ 해답 p.234

10 부등식 $\log_{\sqrt{2}}(x^2-x-6)\le\log_2 6$을 만족시키는 모든 정수 x의 개수를 구하는 과정을 서술하시오.

11 $\pi<h<\frac{3}{2}\pi$인 θ에 대하여 $\tan^2\theta-\tan^2\theta\sin^2\theta=\frac{4}{5}$일 때, $\cos^2\theta+\tan\theta$의 값을 구하는 과정을 서술하시오.

12 $a_2=5$, $a_4=11$인 등차수열 $\{a_n\}$에 대하여 부등식 $\sum_{k=1}^{n}\frac{1}{a_k a_{k+1}}>\frac{4}{25}$를 만족시키는 자연수 m의 최솟값을 구하는 과정을 서술하시오.

13 다항함수 $f(x)$에 대하여 함수 $g(x)$를 $g(x)=(3x-4)f(x)$라 하자. $\lim_{h \to 0}\frac{f(2+2h)-2}{h}=5$일 때, $g'(2)$의 값을 구하는 과정을 서술하시오.

14 함수 $f(x)=\frac{1}{3}x^3+x^2-3x+a$가 $x=b$에서 극솟값 $\frac{10}{3}$을 가질 때, $a-2b$의 값을 구하는 다음의 풀이 과정을 완성하시오. (단, a, b는 상수이다.)

> 주어진 함수 $f(x)$를 미분하면 $f'(x)=$ [①]이고, 함수 $f(x)$는 [②]에서 극솟값 $\frac{3}{10}$을 가지므로 $b=$[③]이다. $f(1)$에서 $a=5$이고, 따라서 $a-2b=$ [④]이다.

15 다항함수 $f(x)$가 모든 실수 x에 대하여 $xf(x)=\frac{2}{3}x^3+ax^2+b+\int_1^x f(t)dt$를 만족시킨다.
$f(0)=f(1)=1$일 때, $f(3b-a)$의 값을 구하는 과정을 서술하시오. (단, a, b는 상수이다.)

제2회 실전모의고사

[국어 영역]

▶ 해답 p.236

※ 다음 글을 읽고 물음에 답하시오.

안녕하세요? 저는 이번 독서 활동으로 알게 된 소비자 심리의 특성에 대해 발표하고자 합니다. 저는 장차 소비자 재무 설계사가 되려고 하기 때문에 자연스럽게 이번 주제를 정하게 됐습니다. 여러분도 앞으로 합리적인 소비자가 되기를 원할 것이므로 오늘 제가 발표할 내용이 많은 도움이 될 것으로 생각합니다. 잘 들어 주세요.

소비자 심리를 연구하는 분야를 소비 심리학이라고 합니다. (자료 제시) 이 그림은 소비 심리학이 어떤 학문을 기반으로 하고 있고 그 연구 분야에는 어떤 것들이 있는지 보여 주고 있습니다. 보시는 것처럼, 소비 심리학은 심리학, 경제학, 인류학 등 다양한 학문을 바탕으로 하며, 소비자의 상품 선택 요인, 소비자의 태도 변화 등의 연구 분야가 있습니다. 소비 심리학에서 소비자의 행동을 어떤 식으로 설명하는지 살펴볼까요? 소비자는 자신에게 꼭 필요한 상품을 최소의 비용으로 소비하려 한다는 것이 일반적인 통념이지만, 소비 심리학은 소비자의 행동이 꼭 그렇게 이루어지는 것만은 아니라고 설명합니다. 사례를 살펴볼게요.

영국의 한 대학 구내 카페에서는 일회용 컵의 사용을 줄이기 위해, 개인 텀블러를 가져오는 손님들에게 약 380원 정도를 할인해 주다가 나중에는 할인 방침을 없애고 일회용 컵으로 커피를 주문하면 약 380원을 추가 부담하게 했습니다. 손님, 즉 소비자들의 행동은 어떠했을까요? (자료 제시) 화면의 표에서 알 수 있듯이, 금액을 할인해 줄 때보다 추가 금액을 부과할 때, 텀블러를 가져오는 손님이 훨씬 더 많았습니다. 최소의 비용으로 소비할 수 있는 길을 택하지 않은 사람이 상당수 있었다는 것이죠. 소비 심리학에서는, 인간이 이익보다 손실에 더 민감하게 반응하기 때문에 이런 현상이 발생한다고 설명합니다. 이러한 심리적 특성을 손실 회피 성향이라고 합니다.

사례를 하나 더 보겠습니다. A 씨는 매달 요금이 자동 결제되는 방식으로 동영상 콘텐츠 서비스를 구독하면 요금을 할인해 준다는 말을 듣고 그 방식으로 구독을 신청했습니다. 그러나 A 씨는 최근 회사 일이 바빠져서 서비스를 몇 달간 아예 이용하지 못했죠. 그럼에도 A 씨는 구독을 해지하지 않았습니다. 해지 신청이 귀찮기도 하고, '내일부터 자주 이용하면 되겠거니'하는 생각도 들어서 그랬다고 합니다. (자료 제시) 이 화면은 A 씨가 구독 신청 후 1년간 할인받은 총액과 그 1년 중에서 서비스를 이용하지 않은 달에 지불한 요금 총액을 비교한 것입니다. A 씨가 손해를 본 금액이 꽤 된다는 것을 알 수 있죠? 이렇게 합리적 이유 없이 현 상태를 변화 없이 유지하려는 심리적 특성을 현상 유지 성향이라고 합니다.

기업은 판매 전략을 세울 때 소비자의 심리적 특성을 적극적으로 고려합니다. 앞서 말씀드린 카페의 경우, 추가 금액을 부과함으로써 일회용 컵에 드는 비용을 절감하고 할인으로 인한 손실의 발생도 막을 수 있었습니다. 또 동영상 콘텐츠 서비스의 경우, 따로 해지하지 않으면 자동으로 계약이 연장되는 방식의 상품을 통해 더 많은 이익을 챙길 수도 있겠죠. 물론 매달 일일이 결제를 해야만 구독이 유지될 수 있게 해서 A 씨와 같은 경우가 발생하지 않게 하는 기업이 오히려 착한 기업 이미지를 구축해서 더 많은 구매자를 확보함에 따라 이익을 볼 수도 있습니다. 중요한 것은 기업이 어떤 식으로든 소비자의 심리를 고려하지 않으면 성공하기 어렵다는 점입니다. 반면 소비자는 손실 회피 성향이나 현상 유지 성향과 같은 심리적 특성으로 인해 비합리적인 소비를 하고 있지는 않은지 늘 되돌아보아야 하겠죠. 그럼 이상으로 발표를 마치겠습니다.

01 〈보기〉의 사례1과 사례2와 관련된 소비자 심리 성향을 위의 제시문에서 찾아 쓰시오.

[사례1] 사촌 형이 더 이상 읽지 않는 잡지의 정기 구독을 귀찮아서 취소하지 않았다.	⇒	ⓐ
[사례2] 한 자산가가 은행 A(연이율 5%, 안전도 50%)가 아닌 은행 B(연이율 2.5%, 안전도 100%)에 자신의 예금을 맡겼다.	⇒	ⓑ

[02～03] 다음 글을 읽고 물음에 답하시오.

독방에는 두 개의 창문이 있는데, 하나는 안쪽을 향하여 탑의 창문과 마주하는 위치에 나 있고, 다른 하나는 바깥쪽에 있어서 빛이 독방에 구석구석 스며들 수 있다. 따라서 중앙의 탑 속에는 감시인을 한 명 배치하고, 각 독방 안에는 광인이나 병자, 죄수, 노동자, 학생 등 누구든지 한 사람씩 감금할 수 있게 되어 있다. 역광선의 효과를 이용하여 주위 건물의 독방 안에 있는 수감자의 윤곽이 정확하게 빛 속에 떠오르는 모습을 탑에서 파악할 수 있게 한 것이다. 각각의 수많은 감방은 바로 완전히 개체화되고 항상 밖의 시선에 노출되어 있어서 마치 한 사람의 배우가 연기하고 있는 수많은 작은 무대들이 나열된 것과 같다. 일망 감시의 이 장치는 끊임없이 대상을 바라볼 수 있고, 즉각적으로 판별할 수 있는, 그러한 공간적 단위들을 구획 정리한다.

요컨대 이곳에서는 지하 감옥의 원리가 뒤바뀌어 있다. 지하 감옥의 세 가지 기능, 즉 감금하고, 빛을 차단하고, 숨겨 두는 기능 중에서 첫 번째만 남겨 놓고 뒤의 두 가지를 없애 버린 형태다. 일망 감시 감옥에서는 충분한 빛과 감시자의 시선이, 지하 감옥에서 보호 구실을 하던 어둠의 상태보다 훨씬 수월하게 상대를 포착할 수 있게 한다.

이러한 형태는 무엇보다 저 감금 시설 속에 밀집해 있으면서 혼잡하고 소란스러운 대중의 모습을 보지 않게 해 준다. 사람들은 저마다 감시자가 정면으로 바라볼 수 있는 독방 안에 감금된 채 자기 자리를 지키고 있다. 그러나 양쪽의 벽은 수감자가 동료들과 접촉하는 것을 차단하는 역할을 한다. 감시자는 수감자를 볼 수 있지만, 수감자가 감시자를 볼 수는 없다. 그는 정보의 대상이 되기는 해도, 정보 소통의 주체가 되지는 못한다. 중앙 탑과 마주하도록 방을 배치함으로써 일종의 축을 형성하는 (　①　)이/가 강요되는 반면, 원형 건물의 분할된 부분들과 완전히 분리된 독방들은 옆방으로부터의 (　②　)을/를 의미하게 된다.

이러한 (　②　)은/는 질서를 보장해 준다. 수감자가 죄인이라면 음모나, 집단 탈옥의 시도, 출소 후의 새로운 범죄 계획 등 상호 간의 나쁜 영향의 염려가 없다. 병자라면 전염의 위험의 없고, 광인이라면 상호 폭력을 행사할 위험도 없다. 어린이라면 남이 한 숙제를 베끼거나 시끄럽게 굴고, 수다를 떨어 주의를 산만하게 하는 짓을 방지할 수 있다. 노동자라면 구타, 절도, 공모의 위험을 막아 주고, 작업의 지연이나 불완전한 마감 작업, 우발적 사고가 발생할 부주의한 일도 일어나지 않을 수 있다. 밀집한 군중들, 다양한 교환이 이루어지는 장소, 집단적 효과로서 혼합되는 개인들, 이러한 군중 형태가 소멸하고 대신 분리된 개인들의 집합이 들어선다. 간수에게는 군중 대신 숫자를 헤아릴 수 있고 통제가 가능한 개인들로 바뀐 것이고, 죄수에게는 격리되고 주시되는 고립된 상태로 대체된 것이다.

이로부터 일망 감시 감옥의 효과가 생겨난다. 감금된 자는 권력의 자동적인 기능을 보장해 주는 (　①　)의 지속적이고 의식적 상태로 이끌려 들어간다. 감시 작용을 중단하더라도 그 효과는 계속되며, 권력의 완성이 그 행사의 현실성을 점차 약화시킨다. 이러한 건축적 장치는 권력을 행사하는 사람과 상관없이 어떤 권력 관계를 새로 만들고 이를 유지하는 기계 장치가 된다. 요컨대 수감자는 스스로 그 상황을 유지하는 어떤 권력적 상황 속으로 편입된다.

02 다음의 〈보기〉는 제시문의 내용을 바탕으로 일망 감시 감옥의 특징을 정리한 것이다. ①과 ②에 들어갈 일망 감시 감옥의 특성을 차례대로 쓰시오.

(　①　)	(　②　)
• 언제나 감시자에게 노출됨 • 정보의 대상이기만 함 • 정보 소통의 주체는 될 수 없음	• 동료와의 접촉이 벽으로 차단됨 • 수감자끼리도 서로를 볼 수 없음

03 일망 감시 감옥이 지하 감옥에 대해 갖는 공통적인 기능과 차이나는 기능이 무엇인지 위의 제시문에서 찾아 서술하시오.

• 공통점: ______ⓐ______

• 차이점: ______ⓑ______

※ 다음 글을 읽고 물음에 답하시오.

참치의 눈물

통조림과 횟감 등 일상에서 다양하게 소비되고 있는 생선, 참치. 대개는 참다랑어를 참치라고 부르지만 우리나라에서 참치는 참다랑어 외에도 바다별로 분포하는 눈다랑어와 황다랑어, 날개다랑어 등 ⓐ여러 바닷물고기를 통틀어 일컫는 말이다.

많은 사람들이 즐기는 만큼 참치가 바다에 상당히 많을 것 같지만, 2011년 참치 중 다수의 어종이 멸종 위기에 처했거나 멸종 위기에 근접한 것으로 밝혀져 큰 충격을 주었다. 세계 자연 보전 연맹은 종의 보전 상태를 범주화하여 각 범주에 해당하는 생명체를 기록한 적색 목록(레드 리스트)를 발표하는데, 2011년에 6종의 참치가 멸종 위기에 처했거나 멸종 위기에 근접한 종으로 분류된 것이다. 이후 참치를 보호하기 위한 국제적인 협조와 노력이 이어졌고, 그 결과 2021년에는 참치의 여러 어종이 멸종 위기의 범주에서 벗어나는 성과를 거두기도 하였다.

하지만 참치의 멸종 위험은 여전히 안심할 수 있는 상황이 아니다. 남방 참다랑어는 극도로 ⓑ심각한 멸종 위험에 처해 있음을 나타내는 '위급(Critically Endangered, CR)' 범주에서 벗어나기는 했으나, 야생에서 매우 높은 멸종 위험에 처해 있음을 나타내는 '위기(Endangered, EN)' 범주에 해당하고, 눈다랑어는 기존과 다름없이 야생에서 높은 멸종 위험에 처해 있음을 나타내는 '취약(Vulnerable, VU)' 범주에 해당한다. 우리가 잘 알고 있는 북극곰도 '취약' 범주에 해당한다. 또한 태평양 참다랑어는 멸종 위험 상황에 놓인 것은 아니지만 머지않아 멸종 위험에 처하게 될 '준위협(Near Threatened, NT)' 범주에 해당하여 각별한 주위가 요구되고 있다.

참치가 이러한 상황에 놓이게 된 가장 큰 원인은 남획이다. 특히 집어 장치를 통한 무분별한 어획은 심각한 문제이다. 스티로폼 등으로 제작되는 집어 장치를 안식처로 생각한 작은 물고기들이 모여들고, 이를 포식하려는 참치를 비롯한 대형 물고기들도 모여들게 된다. 그때 ⓒ모인 물고기들은 그물로 전부 퍼 올린다. 그러면 참치 치어까지 싹쓸이 되는 남획이 이루어질 뿐만 아니라, 바닷속 2km까지 설치된 그물로 인해 참치 외의 온갖 생명체들이 잡히기도 한다. 이는 해양 생명체의 서식 행위를 파괴하는 행위이고 이로 인해 참치 개체 수가 감소하게 되는 것이다.

따라서 국가, 시민 단체, 어획 업체 간의 합의를 통해 지속 가능한 어획이 실현되어야 한다. 이를 위해 바다 생물의 자원량이 풍부하고 건강하게 유지될 수 있는 수준에서 ⓓ어업 방식과 어획량이 정해지고 그 규정이 준수되어야 한다. 그리고 국가와 시민 단체는 규정의 준수 여부를 지속적으로 점검해야 한다. 또한 일반 시민들은 참치를 과도하게 섭취하는 ⓔ식문화의 문제점을 인지하여 식문화의 개선을 위해 노력해야 한다. 과도한 소비는 과도한 공급을 불러오는 법이기 때문이다.

04 **다음의 〈보기〉는 체언을 꾸며 주는 문장 성분인 관형어의 쓰임 유형을 설명한 것이다. 그 용례를 제시문의 ⓐ~ⓔ에서 골라 차례대로 쓰시오.**

〈보기〉

① 관형사가 관형어로 쓰이는 경우 ⇒ ____________

② 체언이 그대로 관형어로 쓰이는 경우 ⇒ ____________

③ 체언에 관형격 조사가 결합하여 관형어로 쓰이는 경우 ⇒ ____________

④ 용언의 어간에 관형사형 어미가 결합하여 관형어로 쓰이는 경우 ⇒ ____________

[05～06] 다음 글을 읽고 물음에 답하시오.

(가) 인공 지능

인공 지능이라는 용어는 1955년 존 매카시와 신경학 전문가인 마빈 민스키, 허버트 사이먼 등 10여 명이 컴퓨터에 인간의 지적 활동을 가르치는 연구 계획서를 작성하며 처음으로 사용하였다.

민스키는 인공 지능을 "사람이 수행했을 때 지능이 필요한 일을 기계에 수행시키고자 하는 학문과 기술"이라고 정의했다. 그러므로 인공 지능이란 사람의 경험과 지식을 바탕으로 하여 새로운 문제를 해결하는 능력, 시각과 음성 지각 능력, 자연 언어 이해 능력, 자율적으로 움직이는 능력 등을 실현하는 기술이며 인공 지능 연구의 목표는 사람처럼 생각하는 기계를 개발하는 것이다. 여기서 기계라는 것은 프로그래밍할 수 있는 컴퓨터를 말한다.

학자들은 인간처럼 생각하고 행동하는 시스템을 구축하기 위해 인간이 보고 듣고 생각해 행동으로 옮기는 과정을 정보의 흐름을 기준으로 하여 다음과 같이 정리했다. 우선 외부에서 들어오는 자극을 받아 그 뜻을 알아차리는 입력 과정이 이루어진다. 즉, 외부의 물리적 자극을 받아 생리학적인 신호로 변환하고 뇌에 전달하는 과정과 대뇌가 그것을 인지하는 과정이다. 정보가 입력되면 인지된 데이터나 정보를 적절한 위치에 저장하고 필요에 따라 꺼내 오도록 하며 사용 목적에 따라 정보를 적절히 변형하고 가공한다. 다음 단계는 정보를 분석하고 판단하는 단계이다. 이 단계에서는 일정한 순서와 기준에 따라 정보를 평가하고 다음 단계에서 어떻게 할지 결정한다. 그 다음은 창조의 단계이다. 즉, 처리 · 분석 · 판단의 과정을 통해 전혀 새로운 지식이나 개념을 만들어 내는 것이다. 이를 정리해 출력하는 것이 마지막 단계이다.

(나) 신경망 이론

컴퓨터는 인공 지능의 역사에서 큰 역할을 하였다. 컴퓨터가 등장하여 비로소 인간의 사고 과정, 뇌 구조와 기능, 그 속에서 일어나는 생리 현상에 대한 연구가 촉진되었다. 소프트웨어로 프로그램을 제어할 수 있게 되면서 전자 기계 부품, 즉 하드웨어로 구성된 논리 회로는 과거와 완전히 달라졌다. 그 결과 높은 수준의 복잡성과 유연성 그리고 외부 환경의 변화에 대응해 다음 작업을 판단하고 수행할 수 있는 능력을 지닌 기계가 사람의 지능에 도전하게 되었다.

학자들은 인간이 지닌 것과 같은 지식을 컴퓨터에 어떻게 넣어 주느냐를 고민하기 시작했다. 처음에는 인간의 지식 습득 과정을 그대로 답습하면 된다고 생각하였으나 현실 세계의 모든 지식을 컴퓨터에 입력하는 일은 실질적으로 불가능하였다. 그래서 학자들은 인간 두뇌의 신경망을 이용하면 어떤 정보를 기초로 하여 그것을 적시 적소에 활용하게 만들 수 있다고 생각하였다. 이런 생각에서 출발한 이론을 '신경망 이론'이라고 한다.

신경망 이론은 워런 매컬러와 월터 피츠가 처음 제시하였다. 매컬러와 피츠는 생물학적인 신경망 이론을 단순화해서 논리, 산술, 기호 연산 기능을 구현할 수 있는 신경망 이론을 제시하였다. 그들은 마치 전기 스위치처럼 온(on)과 오프(off)로 작동하는 기본적인 기능이 있는 인공 신경을 그물망 형태로 연결하면, 그것이 사람의 뇌에서 동작하는 간단한 기능을 흉내 낼 수 있다는 것을 이론적으로 증명하였다.

신경망 이론을 발판으로 삼아 미국의 프랭크 로젠블랫은 사람처럼 시각적으로 사물을 인지하도록 훈련시킬 수 있는 프로그램인 ㉠'퍼셉트론'을 개발했다. 이 프로그램은 인간의 신경 세포와 비슷한 방식으로 작동한다. 퍼셉트론의 각 단위는 여러 가지 입력 정보를 받아들인다. 이것들이 합쳐져 사전에 정해 놓은 특정한 한곗값을 넘어서면 출력이 발생한다. 이것은 많은 가지 돌기가 자극받을 때 신경 세포가 신경 신호를 발산하는 것과 같다. 각각의 단위가 특정 입력 정보에 부여하는 상대적 중요도를 변화시킴으로써 퍼셉트론은 훈련을 통해 올바른 답을 얻을 수 있다. 퍼셉트론은 인공 신경망을 실제로 구현한 최초의 모델이다.

05 다음의 〈보기〉는 제시문 (가)의 내용을 바탕으로 인간의 정보 처리 과정을 도식화 한 것이다. 빈칸에 들어 갈 인간의 정보 처리 단계를 쓰시오.

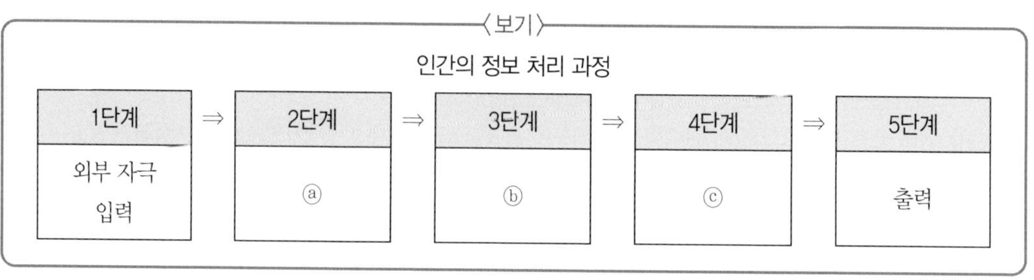

〈보기〉

인간의 정보 처리 과정

1단계	⇒	2단계	⇒	3단계	⇒	4단계	⇒	5단계
외부 자극 입력		ⓐ		ⓑ		ⓒ		출력

06 '신경망 이론'의 발전 과정에서 ㉠의 '페셉트론'이 갖는 의의를 제시문의 (나)에서 찾아 한 문장으로 서술하시오. (띄어쓰기 제외, 25자 이내)

[07～08] 다음 글을 읽고 물음에 답하시오.

"누구요?"

그는 조심스럽게 소리를 지른다. 그의 목소리는 진폭이 짧게 차단된다. 그는 갇혀 있음을 의식한다. 벽 사이의 눈을 의식한다. 그는 사납게 소파에 누워, 시선에 닿는 가구들을 노려보기 시작한다. 모든 가구들이 비 온 후 한결 밝아오는 나뭇잎처럼 밝은 색조를 띠고 빛나기 시작한다. 그는 스푼을 집요하게 젓는다. 설탕물은 이미 당분을 포함하고 뜨겁게 달아 있으나 설탕은 포화 상태를 넘어 아직 풀리지 않고 있다. 그래도 그는 계속 스푼을 젓는다. 갑자기 그는 그의 손에 쥐어진 손잡이가 긴 스푼이 여느 스푼이 아님을 느낀다. 그러자 스푼이 그의 의식의 녹을 벗기고, 눈에 보이는 상태 밖에서 수면을 향해 비상하는, 비늘 번뜩이는 물고기처럼 튀어 오르는 것을 보았다. 그는 힘을 다해 스푼을 쥔다. 그러자 스푼은 산 생선을 만질 때 느껴지는 뿌듯한 생명감과 안간힘의 요동으로 충만된다. 그리고 손아귀에 주어진 스푼은 손가락 사이를 민첩하게 빠져나간다. 그는 잠시 놀란 나머지 입을 벌린 채 스푼이 허공을 날면서 중력 없이 둥둥 떠서 흐르는 것을 보았다. 그는 온 방 안의 물건을 자세히 보리라고 다짐하고는 눈을 부릅뜬다. 그러자 그의 의식이 닿는 물건들마다 일제히 흔들거리면서 홍을 돋우기 시작하는 것이었다.

그는 비틀거리면서 일어나 거실에 스위치를 넣으려고 걷는다. 그는 스위치를 넣는다. 형광등의 꼬마전구가 번쩍 번쩍거리며 몇 번씩 반추한다. 그러다가 불쑥 방 안이 밝아 온다.

그는 스푼이 담수어처럼 얌전하게 손아귀 속에 쥐여 있는 것을 발견한다. 그는 조심스럽게 온 방 안의 물건들을, 조금 전까지 흔들리고 튀어 오르고 덜컹이던 물건들을 하나하나 훑어보기 시작한다.

물건들은 놀랍게도 뻔뻔스러운 낯짝으로 제자리에 가라앉아 있었다. 그는 비애를 느낀다. 무사무사(無事無事)의 안이 속에서 그러나 비웃으며 물건들은 정좌해 있다. 그는 투덜거리면서 스위치를 내린다. 그리고 소파에 앉아 단 설탕물을 마시기 시작한다. 방 안 어두운 구석구석에서 수군거리는 소리가 들려온다. 어둠과 어둠이 결탁하고 역적모의를 논의한다. 친구여, 우리 같이 얘기합시다. 방 모퉁이 직각의 앵글 속에서 한 놈이 용감하게 말을 걸어온다. 벽면을 기는 다족류 벌레의 발소리가 들려온다. 옷장의 거울과 화장대의 거울이 투명한 교미를 하는 소리도 들려온다. 그는 어둠 속에 눈을 부릅뜬다. 벽이 출렁거린다. 그는 천천히 몸을 움직인다.

(중략)

그는 부엌을 답사하였고 그럴 때엔 욕실 쪽이 의심스러웠다. 욕실 쪽을 보고 있노라면 그는 거실 쪽이 의심스러웠다. 그는 활차(滑車)*처럼 뛰고 또 뛰었다. 그러나 그는 아무것도, 아무런 낌새도 발견해 낼 수 없었다. 무생물에 놀란다는 것은 부끄러운 일이다라고 그는 생각했다. 그러자 그는 비로소 안심이 되었다. 그래서 거만스럽게 걸어가서 스위치를 내렸다. 그는 소파에 앉아 남은 설탕물을 찔끔찔끔 들이켜기 시작했다. 그가 스위치를 내리자, 벽에 도료처럼 붙었던 어둠이 차곡차곡 잠겨서 덤벼들고 그들은 이윽고 조심스럽게 수군거리더니 마침내 배짱 좋게 깔깔거리고 있었다. 말린 휴지 조각이 배포처럼 늘여져 허공을 난다. 닫힌 서랍 속에서 내의가 펄펄 뛰고 있다. 책상을 받친 네 개의 다리가 흔들거리기 시작한다. 찬장 속에서 그릇들이 어깨를 이고 달그럭거리며 쟁그렁거리면서 모반을 시작한다.

그것은 그래도 처음엔 조심스럽게 시작되었다. 하지만 그들의 대상이 무방비인 것을 알자, 일제히 한꺼번에 고래고래 소리를 지르면서 날뛰기 시작했다. 크레용들이 허공을 난다. 옷장 속의 옷들이 펄럭이면서 춤을 춘다. 혁대가 물뱀처럼 꿈틀거린다. 용감한 녀석들은 감히 다가와 그의 얼굴을 슬쩍슬쩍 건드려 보기도 하였다. 조심해, 조심해. 성냥갑 속에서 성냥개비가 중얼거린다. 꽃병에 꽂힌 마른 꽃송이가 다리를 번쩍번쩍 들어 올리면서 춤을 춘다. 내의가 들여다보인다. 벽이 서서히 다가와서 눈을 두어 번 끔쩍거리다가는 천천히 물러서곤 하였다. 트랜지스터가 안테나를 세우고 도립*하기 시작한다. 그러자 재떨이가 박수를 치기 시작한다. 소켓 부분에선 노래가 흘러나온다. 낙숫물이 신기해서 신을 받쳐 들던 어릴 때의 기억처럼 그는 자그마한 우산을 펴고 화환처럼 황홀한 그의 우주 속으로 뛰어든 셈이었다. 그는 공범자가 되고 싶은 욕망을 느낀다.

그때였다. 그는 서서히 다리 부분이 경직되어 오는 것을 느꼈다. 그것은 우연히 느낀 것이었다. 처음에 그는 이 방에서 도망가리라 생각했었기 때문에, 될 수 있는 한 소리를 내지 않고 살금살금 움직이리라고 마음먹고 천천히 몸을 움직이려 했을 때였다. 그러나 그는 다리를 움직일 수가 없었다. 이상한 일이었다. 그래서 그는 손을 내려 다리를 만져 보았는데 다리는 이미 굳어 석고처럼 딱딱하고 감촉이 없었으므로 별수 없이 손에 힘을 주어 기어서라도 스위치 있는 쪽으로 가리라고 결심했다. 그는 손을 뻗쳐 무거워진 다리, 그리고 더욱더 굳어져 오는 다리를 끌고 스위치 있는 곳까지 가려고 안간힘을 썼다. 그러나 그는 채 못 미쳐 이미 온몸이 굳어 오는 것을 발견하였다. 그래서 그는 숫제 체념해 버렸다. 참 이상한 일이라고 생각하면서 그는 조용히 다리를 모으고 직립하였다. 그는 마치 부활하는 것처럼 보였다.

– 최인호, 「타인의 방」

*활차: 도르래

*도립: 물구나무서기

07 위의 작품에서 현대인의 불안 의식을 표현하는 도구로 사용된 것이 무엇인지 찾아 쓰시오.

08 위의 작품에서 '그'가 사물로 변하여 마침내 주체성을 상실한 모습을 표현한 문장을 찾아 쓰시오.

※ 다음 글을 읽고 물음에 답하시오.

촌장 : 뭐라구? (잠시 동안 굳은 표정으로 침묵) 사실 우습기도 해. 이리 떼? 그게 뭐냐? 있지도 않은 그걸 이 황야에 가득 길러 놓고, 마을엔 가시 울타리를 둘렀다. 망루도 세웠고, 양철 북도 두들기고, 마을 사람들은 무서워서 떨기도 한다. 아하, 언제부터 내가 이런 거짓 놀이에 익숙해졌는지 모른다만, 나도 알고는 있지. 이 모든 것이 잘못되어 있다는 걸 말이다.

다 : 그럼 촌장님, 저와 같이 망루 위에 올라가요. 그리구 함께 외치세요.

촌장 : 그래, 외치마.

다 : 아, 이젠 됐어요!

촌장 : (혼잣말처럼) …… 그러나 잘 될까? 흰 구름, 허공에 뜬 그것만으로 마을이 잘 유지될까? 오히려 이리 떼가 더 좋은 건 아닐지 몰라.

다 : 뭘 망설이시죠?

촌장 : 아냐, 아무것두…… 난 아직 안심이 안 돼서 그래. 사람들은 망루를 부순 다음엔 속은 것에 더욱 화를 낼 거야! 아마 날 죽이려고 덤빌지도 몰라. 아니 꼭 그럴 거다. 그럼 뭐냐? 지금까지 이리에게 물려 죽은 사람은 단 한 명도 없었는데, 흰 구름의 첫날 살인이 벌어진다.

다 : 살인이라구요?

촌장 : 그래, 살인이지. (난폭하게) 생각해 보렴. 도끼에 찍히고 망치로 얻어맞는 내 모습을. 살은 찢기고 피가 샘솟듯 흘러내릴 거다. 끔찍해. 얘, 너는 내가 그런 꼴이 되길 바라고 있지?

다 : 아니에요, 그건!

촌장 : 아니라구? 그렇지만 내가 변명할 시간이 어디 있니? 난 마을 사람들에게 왜 이리 떼를 만들었던가, 그걸 충분히 설명해 줘야 해. 그럼 그들도 날 이해할 거야.

다 : 네, 그렇게 말씀하세요.

촌장 : 허나 지금은 내가 말할 틈이 없다. 사람들이 오면, 넌 흰 구름이라 외칠 거구, 사람들은 분노하여 도끼를 휘두를 테구, 그럼 나는, 나는…… (은밀한 목소리로) 얘, 네가 본 그 흰 구름 있잖니, 그건 내일이면 사라지고 없는 거냐?

다 : 아뇨, 그렇지만 난 오늘 외치구 싶어요.

촌장 : 그것 봐, 넌 내가 끔찍하게 죽는 것을 보고 싶은 거야. 더구나 더 나쁜 건, 넌 흰 구름을 믿지도 않아. 내일이면 변할 것 같으니까, 오늘 꼭 외치려고 그러는 거지. 아하, 넌 네가 본 그 아름다운 걸 믿지도 않는구나!

다 : (창백해지며) 그건, 그건 아니에요!

촌장 : 그래? 그럼 너는 내일까지 기다려야 해. (괴로워하는 파수꾼 다를 껴안으며) 오늘은 나에게 맡겨라. 그러면 나도 내일은 너를 따라 흰 구름이라 외칠 테니.

다 : 꼭 약속하시는 거죠?

촌장 : 물론 약속하지.

다 : 정말이죠, 정말?

촌장 : 그럼, 정말 약속한다니까.

– 이강백, 「파수꾼」

09 다음 〈보기〉의 밑줄 친 부분이 의미하는 표현 기법이 무엇인지 4음절로 쓰시오.

〈보기〉

이강백은 1970년대 한국 사회의 모습을 보고 '가장 아름답게 가장 추한 것을 표현함으로써 그 강도를 높이고자' 「파수꾼」을 창작했다고 회고하였다. <u>자신이 드러내고자 하는 문제의식을 직접적으로 드러내지 않고 우회적으로 표현</u>하여 효과를 높이고자 한 것이다.

제2회 실전모의고사

[수학 영역]

▶ 해답 p.238

10 곡선 $y=x^3$ 위의 원점이 아닌 점 $P(t,\ t^3)$에서 접선이 $(2,\ 0)$을 지날 때, 이 접선의 기울기를 구하는 과정을 아래 과정을 참고하여 서술하시오.

> $y'=3x^2$이므로 점 $P(t,\ t^3)$에서 접선의 기울기는 $3t^2$
> 따라서 점 $P(t,\ t^3)$에서 접선의 방정식은
> $y=$ [①]
> 이 접선은 $(2,\ 0)$을 지나고, 점 $P(t,\ t^3)$는 원점이 아니므로
> $\therefore t=$ [②]
> 접선의 기울기는 [③]

11 x에 대한 이차방정식 $x^2-3ax-8a^2=0$의 두 근이 $\sin\theta$, $\cos\theta$일 때, a가 될 수 있는 모든 값을 구하는 과정을 서술하시오. (단, a는 상수이다.)

12 함수 $f(x)$가 $f(10)=32$, $f(1)=2$를 만족할 때,

$\sum_{k=1}^{9} f(k+1)-\sum_{k=2}^{10} f(k-1)$의 값을 구하는 과정을 서술하시오.

13 함수 $f(x)$가 $\lim_{x \to a}\frac{f(x-a)}{x-a}=2$를 만족할 때,

$\lim_{x \to 0}\left\{\frac{6f(x)}{2x+f(x)}\right\}$의 값을 구하는 과정을 서술하시오.

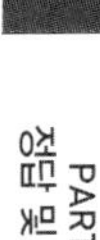

PART 1 기출문제

PART 2 실전모의고사

PART 3 정답 및 해설

14 다음 조건을 만족시키는 다항함수 $f(x)$를 구하는 과정을 서술하시오.

> (가) $f'(x)=3x^2-4x+1$
> (나) 곡선 $y=f(x)$ 위의 점 $(2, f(2))$에서의 접선의 x절편은 -1이다.

15 정의역이 $\{x|2\leq x\leq 3\}$인 함수 $f(x)=a^x-3a^2+2$의 최댓값이 2일 때, 함수 $f(x)$의 최솟값을 구하는 과정을 서술하시오. (단, a는 1이 아닌 양수이다.)

제3회 실전모의고사

[국어 영역]

▶ 해답 p.240

※ 다음은 모둠 과제를 준비하기 위한 학생들의 토의이다. 물음에 답하시오.

학생 1: 이번 학기에 우리 고전의 내용을 소개하는 동영상을 제작해야 하잖아. 어떤 책을 소개해야 할지 생각해 봤어?

[A]

학생 2: 『홍길동전』은 어때? 우리가 문학 시간에 한국 소설사에서 큰 의미가 있는 작품이라고 배웠던 작품이어서 소개할 만한 가치가 있을 것 같은데.

학생 3: 다른 모둠들이 대부분 고전 문학 작품을 소개할 계획이어서 차별성이 부족할 것 같아. 고전이라면 으레 문학을 떠올리는데, 철학이나 과학 분야에도 고전이 있잖아. 홍대용의 『의산문답』은 어때? 다른 모둠이 다루지 않는 분야의 책이라 참신하고, 조선 시대에 서양 과학의 관점을 받아들인 점이 흥미로워서 소개하기에 적합할 것 같아.

학생 2: 혹시 읽기에 너무 어렵지는 않을까?

학생 3: 내가 지난 방학에 읽어 봤는데, 현대 국어로 번역이 잘 돼 있고 분량도 많지 않아서 금방 읽을 수 있었어.

학생 2: 그렇다면 좋아. 재미있겠다.

학생 1: 나도 좋아. 그럼 어떤 자료를 준비하면 될까?

학생 3: 일단 『의산문답』 자체를 읽어 봐야겠지. 또 번역자가 쓴 해설이 부록으로 실려 있으니까 여기에서도 좋은 정보를 얻을 수 있을 거야.

학생 2: 내용을 깊이 이해하기 위해서 추가로 넣을 정보가 있는 지 도서관이랑 인터넷에서 찾아봐야겠고.

[B]

학생 3: 우리 학교 근처의 ○○ 대학교에 계신 동양 과학사 전문가 △△△ 교수님을 찾아뵙고 『의산문답』의 의미나 주목할 만한 구절 등을 여쭤보는 건 어떨까? 우리 동영상에 면담 장면을 넣으면 내용도 풍부해지고 생생한 느낌도 줄 수 있어서 좋을 것 같아.

학생 2: 현실적으로 어렵지 않을까? 평일엔 우리도 찾아뵐 시간이 없고, 주말에 뵙는 건 실례일 텐데.

학생 1: 그럼 이메일을 활용한 서면 면담이 가능한지 여쭤보는 건 어떨까? 만나기 위해서 굳이 시간을 따로 내지 않아도 되니까 면담이 성사될 가능성이 좀 더 높을 것 같은데. 만약 서면 면담을 수락하시면, 교수님의 육성을 못 넣어서 생생한 느낌은 주지 못하겠지만, 그래도 교수님이 보내 주신 정보를 활용하면 내용이 풍부해질 것 같아. 만약 너무 바쁘셔서 그것도 불가능하다 하시면 어쩔 수 없고.

학생 2, 학생 3: 그래, 그게 좋겠다.

학생 1: 그럼 동영상에 담을 내용을 생각해 보자. 『의산문답』은 어떤 성격의 책인지, 홍대용은 어떤 사람인지, 주목할 만한 내용에는 무엇이 있는지, 『의산문답』의 역사적 의미는 무엇인지 등을 담으면 될 것 같아.

학생 2: 나는 『의산문답』을 읽고 우리가 얻게 된 교훈이나 깨달음을 담으면 좋겠어.

학생 3: 두 사람 생각 모두 좋은데? 서로 겹치지도 않고, 둘 다 담으면 되겠다.

학생 1, 학생 2: 좋아.

학생 1: 이제 동영상의 내용을 어떻게 표현할지 얘기해 보자. 일단 정보 전달이 중요하잖아. 그러니까 우리 얼굴은 나오지 않게 하고 사진이나 그림을 중심으로 제작하되 거기에 음성과 문자로 설명을 덧붙여서 제작하면 좋겠어.

학생 3: 정보 전달이 중요하다는 생각에 동의해. 그런데 『의산문답』은 주된 내용을 두 사람 간의 대화 형식으로 제시하는 게 중요한 특징이거든. 우리가 대화를 주고받는 두 인물 역할을 연기하면 어떨까?

학생 2: 흥미롭고 정보 전달도 잘 되겠네. 나는 찬성이야. 그런데 그러면 정보 전달에 주력하기 위해서 우리 얼굴이 나오지 않게 하자는 의견과는 충돌하는데?

학생 1: 주요 대화를 소개할 때만 얼굴이 나오는 정도로는 정보 전달에 큰 방해가 되지는 않을 거야. 그럼 동영상의 표현에 대해서는 내가 제안한 방식을 사용하되 책 속의 인물이 대화를 나누는 부분을 인용해야 할 때만 인물 역할을 연기하는 두 사람 얼굴이 나오게 하자.

학생 2, 3: 그래.

학생 1: 그럼 역할 분담을 정해야 하는데, 너희가 인물 역할을 맡으면, 그 부분의 역사적 의미에 대한 설명을 포함해서 전체적인 설명은 내가 맡을게. 어때?

학생 2, 3: 좋아.

학생 1: 그럼 오늘은 이만 마무리하자. 논의한 결과는 정리해서 이따가 이메일로 보내 줄게.

학생 2: 그래 수고했어.

학생 3: 내일 보자. 안녕.

01 **다음의 〈보기〉는 [A]와 [B]에서 각 학생들이 제안한 내용을 평가한 것이다. 빈칸에 '긍정적' 또는 '부정적'을 넣어 각 평가 문장을 완성하시오.**

〈보기〉

- [A]에서 학생 2는 소개 대상에 대해 상대방과 공유하고 있는 정보를 근거로 자신의 제안을 (　ⓐ　)으로 평가했다.
- [A]에서 학생 3은 소개 대상이 참신하다는 점을 근거로 자신의 제안을 (　ⓑ　)으로 평가했다.
- [A]에서 학생 3은 다른 모둠과의 차별성이라는 기준을 통해 학생 2의 제안을 (　ⓒ　)으로 평가했다.
- [B]에서 학생 3은 면담 장면을 통해 생생한 느낌을 줄 수 있다는 점을 근거로 자신의 제안을 (　ⓓ　)으로 평가했다.
- [B]에서 학생 2는 실현 가능성이라는 기준을 통해 학생 3의 제안을 (　ⓔ　)으로 평가했다.

[02～03] 다음 글을 읽고 물음에 답하시오.

(가) 행정 법규는 '행정청은 A에 해당하면 B를 해야 한다. / B를 할 수 있다.'와 같은 형식을 지닌 '요건-효과'의 조건문 형태로 규정되어 있다. 즉 특정의 사실들이 법 규정에서 정한 법률 요건에 해당하면 해당 행정청이 특정의 행위를

해야 하거나 할 수 있는 법률 효과가 발생한다.

이때 'B를 해야 한다'의 경우처럼 법규상 요건이 충족되면 행정청이 반드시 어떠한 행위를 하여야 하는 행정 행위를 기속 행위라고 한다. 예를 들어 도로 교통법은 운전자가 술에 취한 상태에 있다고 인정할 만한 이유가 있음에도 음주 측정을 거부한 경우 지방 경찰청장은 운전면허를 취소하여야 한다고 규정하고 있다. 이 경우 행정청인 지방 경찰청장은 음주 측정 거부자의 운전면허를 취소해야 하는 의무를 지므로 이때의 운전면허 취소 행위는 기속 행위이다. 반면 'B를 할 수 있다'처럼 법규가 가능 규정 형식으로 행정청에 선택권을 부여한 경우의 행정 행위를 재량 행위라고 한다. 도로 교통법은 운전자가 난폭 운전을 한 경우 운전면허를 취소하거나 정시시킬 수 있다고 규정하여 지방 경찰청장에게 운전면허의 취소 · 정지 또는 그 집행에 대해 재량을 부여하고 있다.

행정청의 위법한 행정 행위는 법원의 통제를 받아야 한다. 기속 행위의 경우 행정청에 특정 행위를 하여야 할 의무가 부과되므로 이에 따르지 않은 행정 행위는 법원에서 그 효력이 부정될 수 있다. 재량 행위의 경우 입법자가 가능 규정을 통해 행정청에 선택권을 부여하고 있으므로 법원은 행정청에 주어진 재량권이 주어진 목적을 벗어나 행사된 것인지만 심사할 뿐 재량권의 범위 내에서 행정 행위가 이루어진 경우 위법성을 인정하지 않는다. 다만 법 규정에서 정하지 않은 행위를 택하였거나, 재량을 행사함에 있어 공익과 사익 등 반드시 고려하여야 할 요소를 고려하지 않은 경우에는 재량 행위라도 위법성을 인정할 수 있다. 이처럼 ⓐ<u>어떤 행정 행위가 기속 행위인지 재량 행위인지에 따라 행정 행위에 대한 법원의 통제 범위가 달라진다</u>.

(나) 법률 요건에 추상적인 법 개념이 사용되는 경우가 있다. 예를 들어 공공의 복지 · 공적 질서 · 위험 등과 같은 법 개념은 그 해석뿐만 아니라 구체적인 상황에의 적용 여부를 판단하는 데 어려움이 있다. 이와 같이 법 규정의 의미가 일의적이 아니라 다의적이어서 진정한 의미가 무엇인지 구체적인 상황에 따라 판단되는 법 개념을 '불확정 법 개념'이라고 한다. 법 규정이 발생 가능한 모든 경우를 구체적으로 예측하는 것은 불가능하므로 불확정 법 개념을 사용하여 추상적으로 규정할 수밖에 없다. 그런데 불확정 법 개념이 사용된 경우 행정청의 광범위한 판단권을 인정할 수 있을 것인가에 대해 견해의 대립이 있다.

ⓑ<u>판단 여지설</u>은 법률 요건에 불확정 법 개념이 사용된 경우 하나의 결정만이 아닌 다양한 판단 가능성이 행정청에 주어진다고 보고, 이를 행정청의 판단 여지라고 정의한다. 이 입장은 법 적용 과정을 사실 관계의 확인, 법률 요건에 사용된 법 개념의 해석, 확인된 사실 관계의 법률 요건으로서의 포섭으로 구분한다. 여기서 사실 관계의 확인과 법 개념의 해석은 사법 심사의 대상이 되지만, 확인된 사실 관계가 불확정 법 개념에 포섭될 수 있는지 판단하는 것은 행정청의 전문성과 주관적인 가치 판단을 동시에 요구하므로 행정청의 판단 여지가 인정된다고 본다. 즉 행정의 특수성으로 인해 사법 심사가 곤란한 영역이 존재한다는 것이다.

판단 수권설은 불확정 법 개념의 해석에 행정청의 선택권이 인정될 수 없으므로 하나의 올바른 결정만이 존재한다고 본다. 불확정 법 개념은 그것을 적용할 때 그 시대의 사회 · 경제 · 기술 분야의 평균적이고 지배적인 견해에 따라 특정한 내용으로 구체화할 수 있다고 본 것이다. 따라서 이 입장에 따르면 행정청의 판단 여지는 입법자인 의회가 행정청에 불확정 법 개념의 판단에 관한 권한을 부여한 경우에만 예외적으로 인정될 수 있다. 행정청의 판단 여지는 불확정 법 개념에 내재하는 것이 아니라 입법자의 수권*에 근거하고 있는 판단 수권이라는 것이다.

행정청의 판단 여지 인정 여부는 행정의 탄력성과 국민의 권익 구제를 고려하여 엄격하게 해석해야 한다. 일반적으로 시험 및 평가 등에 대한 교육적인 판단, 주택 시장 변화에 대한 예측 등과 같은 고도의 전문성이 필요한 행정 영역에서는 행정청의 판단을 존중해야 할 필요가 있다.

*수권(授權): 일정한 자격, 권한, 권리 따위를 특정인에게 부여하는 일

02 다음의 〈보기〉는 (가) 제시문 ⓐ의 이유를 설명한 것이다. 빈칸에 들어갈 말을 서술하시오. (띄어쓰기 제외, 25자 이내)

〈보기〉

기속 행위는 행정청이 부여받은 구체적 의무를 이행하였는지가, 재량 행위는 (   ) 이/가 위법성 판단의 기준이 되기 때문이다.

03 (나) 제시문 ⓑ의 '판단 여지설' 입장에서 법 적용 과정 중 행정청의 판단 여지가 인정되는 것은 무엇인지 (나)에서 찾아 쓰시오.

※ 다음 글을 읽고 물음에 답하시오.

전원 버튼, 단순한 기호가 아니다

집에 있는 가전 기기들의 전원 버튼을 보신 적 있으신가요? 모양이 참 다양하죠. 그중에 1이랑 0이 합쳐진 형태의 동그라미 모양이 있는 것도 있어요. 그런데 이게 다 의미가 있다는 사실~ 지금부터 쭈우욱 설명을 드릴게요.

보통 선풍기나 전열 기구의 전원 버튼 모양이에요. 숫자 1과 0이 보이시죠? 1은 켜진 상태, 0은 꺼진 상태를 의미하죠. 그리고 0과 1이 합해진 동그라미 모양의 버튼도 있어요. 이 버튼을 누르면 교대로 꺼짐과 켜짐이 반복되는 것이죠.

그런데 이 버튼의 모양이 서로 달라요. 1의 위치가 원 밖으로 나온 것과 원 안에 있는 것이 있죠. 결론부터 말하면 왼쪽의 것은 대기 전력이 있는 제품이라는 것이고, 오른쪽의 것은 대기 전력이 없는 제품이라는 ㉠뜻이에요.

04 다음의 〈보기〉는 ㉠의 표기에 대한 설명이다. 이를 반영하여 제시된 문장에서 밑줄 친 부분의 올바른 준말 표기를 차례대로 쓰시오.

〈보기〉

복수 표준어로 인정되는 '-에요'와 '-어요'가 '이다'의 어간 '이-'나 '아니다'의 어간 '아니-' 뒤에 나올 때, 그 발음과 표기에 유의해야 한다. 만약 '이-' 앞에 모음이 있으면 대개 'ㅣ' 모음이 반모음 'j'로 바뀌어 발음되므로, 그럴 때에는 그 발음에 따라 '이에요'와 '이어요'를 각각 '예요'와 '여요'로 줄여 적을 수 있다. 그러나 '이-' 앞에 자음이 있으면 '이에요'와 '이어요'가 각각 '예요'와 '여요'로 발음되지 않으므로, 줄여 적을 수 없다. 한편 '아니-'가 '-에요', '-어요'와 결합할 때에는 줄이지 않은 표기와 줄인 표기를 모두 자연스럽게 쓸 수 있다.

ⓐ 저는 학생이 아니에요. → (　　　　　　　　　　)

ⓑ 이건 영수의 볼펜이어요. → (　　　　　　　　　　)

ⓒ 서울은 한국의 수도이어요. → (　　　　　　　　　　)

ⓓ 이 동물은 코끼리이에요. → (　　　　　　　　　　)

ⓔ 그분은 저의 형이 아니어요. → (　　　　　　　　　　)

※ 다음 글을 읽고 물음에 답하시오.

19세기 중 · 후반 프랑스에서는 고전적인 엄격한 규율을 요구하는 사실주의 화풍의 아카데미즘을 벗어나 한층 더 자유로운 표현을 찾는 다양한 미술 운동이 일어났는데, 그중 하나가 인상주의이다. 대표적인 인상주의 화가에는 피사로, 모네, 드가, 시슬레 그리고 르누아르가 있다. 르누아르(Renoir, Pierre-Auguste, 1841~1919)는 본차이나로 유명한 프랑스 리모주의 가난한 집안 출신으로, 리모주 자기(瓷器) 화공으로 그림에 입문한 이후 평생 소박하고 성실한 장인 정신으로 작업에 임했으며 오로지 회화의 본질에 충실하고자 하였다. 나이 40세가 넘어 명성을 얻고 경제적 여유가 생긴 후에도 그는 규칙적이고 정돈된 삶을 살았다. 그는 카페, 공원, 거실, 무도회장 등 마치 골목길에서 마주칠 것 같은 일상생활과 사람들의 모습을 화폭에 담아냈다.

ⓐ〈피아노 치는 두 소녀〉는 프랑스 정부에서 파리 룩셈부르크 미술관에 전시하기 위해 의뢰한 작품으로, 미완성작인 이 그림에서 배경의 거친 붓 터치와 여백은 전경의 두 소녀를 더욱 돋보이게 해 주고 화면에 생기를 불어넣어 주고 있다. 흰 드레스를 입은 긴 머리의 소녀는 오른손으로 피아노 건반을 치고, 왼손으로 악보를 잡고 읽는 데 열중하고 있다. 그녀 옆에는 오른손으로는 의자 등을 잡고, 왼쪽 팔꿈치는 피아노에 기대고 손으로 턱을 괸 채 앞의 소녀와 함께 악보를 읽고 있는 갈색 머리의 소녀가 있다. 이 두 소녀의 정답고 사랑스러운 모습은 우리의 마음을 사로잡는다. 배경의 추상적인 붓 터치는 여기 어여쁜 소녀들의 앞에 펼쳐질 미지의 세계를 향한 순수한 꿈의 선율을 들려주고 있는 듯하다.

ⓑ〈기타를 연주하는 스페인 소녀〉에는 머리에 붉은색 두건을 두르고 그 위에 검은 모자를 쓴, 화려한 투우사 복장을 한 사랑스러운 소녀가 등장한다. 이 소녀는 포동포동한 손으로 스페인 사람들에게 가장 가까운 악기이자 고독한 예술가들에게는 인생의 동반자인 기타를 정성스레 연주하며 반주에 맞춰 노래를 부르는 모습이다. 이 그림에서도 역시 우울한 분위기의 정취가 아니라 사랑스러운 소녀가 있을 뿐이고 이 생기 넘치는 소녀의 존재 자체가 '생의 예찬'이다. 밝은 색채에서는 삶의 기쁨이, 그리고 붉은 기가 도는 포동포동한 소녀에게서는 싱그러운 젊음이 느껴지면서 우리의 시선을 사로잡는다.

05 윗글에서 르누아르가 화폭에 담아낸 작품 세계의 특징이 되는 소재를 찾아 한 문장으로 서술하시오. (띄어쓰기 제외, 35자 이내)

[06～07] 다음 글을 읽고 물음에 답하시오.

(가)
어져 내 일이야 그릴 줄을 모로ᄃᆞ냐
이시라 ᄒᆞ더만 가랴마ᄂᆞᆫ 제 구ᄐᆡ야
보내고 그리ᄂᆞᆫ 정(情)은 나도 몰라 ᄒᆞ노라

– 황진이, 「어져 내 일이야」

(나)
잔 들고 혼자 안자 먼 뫼흘 ᄇᆞ라보니
그리던 님이 오다 반가옴이 이리ᄒᆞ랴
말ᄉᆞᆷ도 우움도 아녀도 몯내 됴하ᄒᆞ노라 〈제3수〉

누고셔 삼공(三公)도곤 낫다 ᄒᆞ더니 만승(萬乘)이 이만ᄒᆞ랴
이제로 헤어든 소부 허유(巢父許由) ㅣ 냑돗더라
아마도 임천한흥(林泉閑興)을 비길 곳이 업세라 〈제4수〉

강산이 됴타 ᄒᆞᆫ들 내 분(分)으로 누얻ᄂᆞ냐
님군 은혜(恩惠)ᄅᆞᆯ 이제 더욱 아노이다
아므리 갑고쟈 ᄒᆞ야도 ᄒᆡ올 일이 업세라 〈제6주〉

– 윤선도, 「만흥」

(다)
일신(一身)이 ᄉᆞ쟈 ᄒᆞ엿더니 물ㄱ것 계워 못 ᄉᆞᆯ니로다
비파(琵琶) 것튼 빈아(蠙蛾) 삿기 사령(使令) 것튼 등에 어이 갈ᄯᅡ귀 ᄉᆞᆷ위약이 센 박퀴 누룬 바퀴 핏겨 것튼 가랑니며 보리알 것튼 수퉁니며 듀린 니 갓 싼 니 쟌 벼룩 왜(倭)벼룩 쒸는 놈 긔는 놈에 다리 기다헌 모긔 부리 쌔족ᄒᆞᆫ 모긔 ᄉᆞᆯ딘 모긔 여윈 모긔 그림아 쌔록이 심(甚)ᄒᆞᆫ 당(唐)비루에 더 어려웨라
그즁에 ᄎᆞᆷ아 못 견딜 쏜 오뉴월(五六月) 복다림에 쉬ᄑᆞ린가 ᄒᆞ노라

– 작자미상, 「일신(一身)이 ᄉᆞ쟈 ᄒᆞ엿더니」

06 수사법은 작품에서 화자의 심리나 정서 또는 작품의 주제 의식을 강조하는 데 활용된다. 다음의 〈보기〉와 연관지어 (가), (나), (다)에 사용된 대표적인 수사법을 차례대로 쓰시오.

〈보기〉
(가)는 (ⓐ)을 통해 화자의 심리를 드러내고 있다.
(나)는 (ⓑ)을 통해 화자의 정서를 드러내고 있다.
(다)는 (ⓒ)과 (ⓓ)을 통해 주제 의식을 강조하고 있다.

07 다음의 〈보기〉는 작품 (나)를 한자성어와 관련지어 이해한 내용이다. 빈칸에 들어갈 한자성어를 차례대로 쓰시오.

〈보기〉

- 〈제3수〉의 '말숨도 우움도 아녀도 몯내 됴하ᄒᆞ노라'는 산이 말하거나 웃지 않아도 마음으로 알 수 있다는 것이므로 (ⓐ)와/과 관련이 있다.
- 〈제4수〉의 '만승(萬乘)이 이만ᄒᆞ랴'는 자연 속에서 살아가는 즐거움에 만족하고 있다는 의미이므로 (ⓑ)와/과 관련이 있다.
- 〈제4수〉의 '임천한흥(林泉閑興)을 비길 곳이 업세라'는 자연에 묻혀 산수를 사랑하는 태도가 드러나므로 (ⓒ)와/과 관련이 있다.
- 〈제6수〉의 '님군 은혜(恩惠)'는 자신이 누리는 즐거움이 임금의 은덕에서 비롯되었음을 나타내는 것이므로 (ⓓ)와/과 관련이 있다.

PART 1 기출문제
PART 2 실전모의고사
PART 3 정답 및 해설

[08~09] 다음 글을 읽고 물음에 답하시오.

청년이 넙죽 절을 했다. 당황한 노인이 끄응, 하면서 상반신을 일으켰다. 노인은 흐트러진 머리를 쓸어 넘기며 고개를 드는 청년을 바라보았다.

뉘시던가?

저는…… 감나무집……

하며 그가 사이를 떼는데, 노인이 심하게 기침하기 시작했다. 아랫배에서 무슨 덩어리가 끓어올라 온몸을 훑고 터져 나오는 듯한 기침 속에서 노인이 간신히 중얼거렸다.

알겠네. 어디서…… 본 듯하더니만……

노인이 요강을 끌어다가 몇 뭉치인가의 가래를 쏟아 냈다. 노인은 잠깐 진정하려는지 눈을 감고 벽에 기대어 발작이 지나가기를 기다렸다.

자네가…… 찬식이 자제란 말이지?

네.

쏙 빼구먼, 여기는 어찌 알고 왔나?

청년이 고개를 푹 수그렸다. 노인은 몇 번이나 숨을 길게 내쉬었다. 청년이 말했다.

사흘 전에 어머님께서 별세하셨습니다.

노인은 다시 한참이나 기침을 터뜨렸다.

그분이 꿈에 보이더니…… 어떻게 장례는 치렀나?

청년이 미닫이 밖으로 고개를 돌렸다.

모셔 왔습니다.

안으루 모시게나.

노인이 흐트러지지 않은 자세로 고개만 끄덕였다. 청년이 라면 상자를 윗목에 놓자 멍하니 지켜보던 노인이 말했다.

아…… 답답하다.

노인의 눈이 그늘 속에서 반짝였다. 그는 일어나서 옷을 입었다. 걸음걸이가 불안정해 보였다. 노인은 눈을 감고 단정히 앉아서 한참이나 생각에 잠겨 있었다. 눈을 감은 채로 노인이 말했다.

임종 때 무슨 말씀 없으시던가?

까막골 얘기를 들었습니다. 아버님과의 합장을 부탁하셨습니다. 그리구 배 선생님에 관해서두…… 저는 아무것두 모릅니다.

그럴 테지.

저녁 들여갈까요?

밖에서 노파의 목소리가 들려왔다.

아냐, 그보다두 좀 나갔다 올 일이 있소.

당신 수삼(水蔘) 달여 논 거 마시구 나가셔요.

알았소.

노인이 두 손으로 허리를 받치며 일어섰다.

자아…… 가 보세.

두 사람은 밖으로 나섰다.

(중략)

뭘 해, 인사 올리지.

하고 나서 붉어진 눈으로 노인이 코를 풀었다. 청년이 못내 어색한 형상으로 삼배를 올렸다. 그들은 풀 위에 나란히 앉았다.

그렇잖아두 여엉 소식이 없으면 내가 이장을 할 작정이었네. 요 너머 맞춤한 자리가 있어서, 여긴 물이 나서 못쓰겠어.

그런 것 같습니다.

나두 거기쯤 자리 잡을라네.

노인이 웃었다. 웃음의 끄트머리에 짧은 기침이 잠깐 잇닿았다.

자네 모친이 먼저 가시다니 자네가 이렇게 장성하고 여길 찾을 동안에 온갖 사연이 많았을 것일세. 세상엔 벼라별 일들이 많이 일어나니까. 요즘은 왜 이렇게 생각이 뒤숭숭한지 모르겠군.

천상 묘를 파야겠군요.

뭐 반나절이면 이장까지 끝나겠구먼. 처음엔 내 혼자 밤에 묻었으니까.

밤에요?

그렇지. 밤에 자네 부친 시신을 내가 아무도 몰래 수습해다 묻었지. 나중에 다시 입관시키느라구 고생했네만……

(중략)

그들은 완전히 어두워진 신작로에 나섰다. 개 짖는 소리가 들렸다. 아득하게 먼 데서 놀러 나간 아이의 이름을 부르는 기다란 고함소리도 들려왔다.

그 무렵에 여긴 쑥밭이 되었네. 나두 잃은 게 많지. 까막골두 저쪽 모랫말루 이사를 해 버렸으니, 남의 동네가 돼 버린 셈이야.

두 사람은 고개 위에서 처마 끝에 달린 등이 흔들거리는 모양을 보았다.

마당에는 전깃불이 환히 번져 있었고 남자들의 떠들썩한 소리가 들렸다. 손님들이 모여든 것 같았다. 그들은 바깥

툇마루로 해서 조용히 안방에 들어갔다. 저녁상이 들어오자, 노인은 아내의 만류도 마다하고 술을 청했다. 취한 노인이 먼저 자리에 들고, 청년은 오락가락 시오리 길인 읍내에 나가서 한지와 송판을 사왔다. 청년은 노인 옆에 나란히 누워 이리저리 뒤척였다. 언제 깼는지 노인이 중얼거렸다.

물소리를 듣노라면 잠이 오지.

네.

하고 나니 정말 도란도란 흘러내려 가는 주막 앞의 시냇물 소리가 고즈넉하게 들려왔다. 저수지의 수문 밑을 새어 나와 다리 아래로 지나가는 물이었다.

[A] 청년은 꿈에 수많은 말의 무리가 구름처럼 먼지를 일으키며 끝없이 달려가는 것을 보았다. 검은 말, 흰말, 얼룩말들의 팽팽한 궁둥이가 햇빛에 번쩍였고, 끝도 없는 말발굽 소리가 귓가에 가득 찼다. 드디어는 발굽 소리도 멀리 가고 일렁이던 먼지가 아주 차츰차츰 가라앉았다. 망원경의 유리알을 통해서 지평선이 나타났다. 숫자와 좌표가 눈앞에 다가와 있었다. 사방 어디에나 똑같은 산천이었다. 인기척 없는 들판을 바라보노라면 그때마다 초조해서 안달이 났다. 다시 말이 달려가고, 들판이 보이고 하는 장면을 거듭 꿈꾸었던 것 같았다.

– 황석영, 「북망, 멀고도 고적한 곳」

08 윗글에서 전쟁으로 파괴된 개인의 삶의 내력을 후대에 전하는 상징적 소재를 찾아 쓰시오.

09 윗글 [A]가 의미하는 상징성을 다음의 〈보기〉처럼 나타낼 때, 빈칸에 들어갈 상징의 대상을 차례대로 쓰시오.

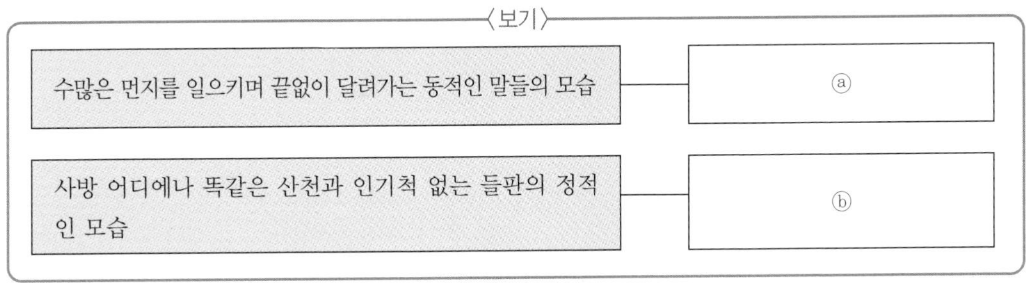
〈보기〉

수많은 먼지를 일으키며 끝없이 달려가는 동적인 말들의 모습	ⓐ
사방 어디에나 똑같은 산천과 인기척 없는 들판의 정적인 모습	ⓑ

제3회 실전모의고사

[수학 영역]

▶ 해답 p.242

10 두 함수 $f(x)$, $g(x)$에 대하여

$\lim_{x\to\infty} f(x)=\infty$, $\lim_{x\to\infty}\{2f(x)-g(x)\}=5$

이다.

이때, $\lim_{x\to\infty}\left\{\frac{f(x)^2+3g(x)^2}{f(x)^2}\right\}$의 값을 구하는 과정을 아래 과정을 참고하여 서술하시오.

> $\lim_{x\to\infty} f(x)=\infty$에서 $\lim_{x\to\infty}\left\{\frac{1}{f(x)}\right\}=$ ①
>
> $\lim_{x\to\infty}\{2f(x)-g(x)\}\times\lim_{x\to\infty}\left\{\frac{1}{f(x)}\right\}$
>
> $=\lim_{x\to\infty}\left\{2-\frac{g(x)}{f(x)}\right\}=5\times0=0$
>
> $\therefore \lim_{x\to\infty}\left\{\frac{g(x)}{f(x)}\right\}=$ ②
>
> $\lim_{x\to\infty}\left\{\frac{f(x)^2+3g(x)^2}{f(x)^2}\right\}$
>
> $=\lim_{x\to\infty}1+3\left\{\frac{g(x)}{f(x)}\right\}^2$
>
> $=$ ③

11 모든 실수 x에 대해 부등식 $2\cos^2x+4\cos x-(k+3)\geq0$가 항상 성립하도록 하는 실수 k의 값을 구하는 과정을 서술하시오.

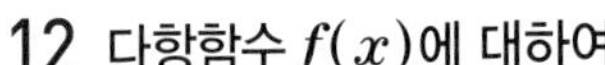

12 다항함수 $f(x)$에 대하여 $f'(x)=3x^2-6x$이고, 함수 $f(x)$의 극댓값이 5일 때, 함수 $f(x)$의 극솟값을 구하는 과정을 서술하시오.

13 함수 $y=5+\log_3(x-2)$의 그래프를 x축의 방향으로 -3만큼, y축의 방향으로 2만큼 평행이동한 후 직선 $y=x$에 대해 대칭이동한 함수를 $y=f(x)$라고 할 때, $f(7)$의 값을 구하는 과정을 서술하시오.

14 수직선 위를 움직이는 두 점 P, Q의 시각 $t\,(t \geq 2)$에서의 위치 x_1, x_2가 각각 $x_1 = t^2 - 4t$, $x_2 = t^3 - 9t^2 + 24t$일 때, 두 점 P, Q가 서로 다른 방향으로 움직이는 시각 t의 범위는 $p < t < q$이다. p의 최솟값을 m, q의 최댓값을 M이라 할 때, $m + M$의 값을 구하는 과정을 서술하시오.

15 첫째항이 a_1이고 공차가 d인 등차수열 $\{a_n\}$의 첫째항부터 제 n항까지의 합이 S_n일 때, 자연수 k에 대해 다음 조건을 만족시킨다.

(가) $a_{k-1} + a_{k+1} = 36$
(나) $S_{k+1} = 60$, $S_{k-1} = 18$

이때, a_1의 값을 구하는 과정을 서술하시오. (단, k는 $k < 4$인 자연수)

제4회 실전모의고사

[국어 영역]

▶ 해답 p.245

※ 다음 글을 읽고 물음에 답하시오.

사회자: 차등 벌금제 도입에 대한 논쟁이 일고 있습니다. 같은 죄를 지어도 소득에 따라 차등적으로 벌금을 부과하는 이른바 차등 벌금제 도입에 대해 찬반이 맞서는데요. 그래서 오늘은 '차등 벌금제를 도입해야 한다'를 논제로 토론을 진행하겠습니다. 먼저 찬성 측에서 입론해 주십시오.

찬성 1: 우리나라는 총액 벌금형 제도를 채택하고 있습니다. 법정형의 범위 내에서 벌금액만을 결정하여 선고하는 것입니다. 그런데 불법이나 책임의 정도가 동일하다고 여겨 동일한 벌금을 부과하더라도 범죄자마다 경제적 사정이 다르기 때문에 현행 제도에서는 경제적 능력이 부족하거나 소득이 적은 사람이 더 큰 고통을 받게 됩니다. 이는 형벌의 공평성의 척도인 희생 평등의 원칙에 어긋납니다. 따라서 소득에 따라 벌금을 차등적으로 부과하는 차등 벌금제의 도입이 필요합니다. 　　소득에 따라 차등적으로 벌금을 부과하는 제도는 이미 일부 유럽 국가에서는 도입되어 운영 중입니다. 1921년 핀란드는 세계 최초로 차등 벌금제의 일종인 일수 벌금제, 즉 불법 행위자의 경제적 사정에 따라 일일 벌금액뿐만 아니라 행위자의 책임의 크기에 따라 벌금 일수까지 달리한 제도를 도입했으며, 이러한 제도는 스웨덴과 덴마크를 이어 1975년에는 독일과 오스트리아, 1983년에는 프랑스에 도입되었습니다. 그 밖에도 노르웨이, 헝가리, 포르투갈 등 여러 나라에서 시행 중입니다. 널리 알려진 사례로 2002년 핀란드의 한 유명 기업의 부회장이 제한 속도 50km인 도로를 75km로 달려 과속에 대한 벌금을 냈는데, 환율에 따라 다르겠지만 당시 우리나라 돈으로 약 1억 5,000여만 원을 냈다고 합니다. 엄청난 벌금액이지만 부회장처럼 많은 돈을 버는 사람에게 똑같이 벌금을 물어 10만 원을 내게 한다면, 경제력이 높은 사람들에게는 형벌의 범죄 예방 효과가 전혀 없을 것입니다. 　　한편 국세청의 과세 자료 등을 이용하면 불법 행위자의 경제력에 따라 차등적으로 벌금을 산출하는 것이 쉬울 것입니다. 이상으로 입론을 마치겠습니다.

사회자: 반대 측에서 반대 신문을 해 주십시오.

반대 2: 차등 벌금제를 도입한 나라를 언급하셨는데, 제도를 폐지하거나 축소 운영하는 나라도 있습니다. 어느 나라인지 아십니까?

찬성 1: 해당하는 내용을 찾아보지 못해서 알지 못합니다.

반대 2: 소득의 정도에 따라 차등을 두는 것은 징역형에는 해당하지 않습니까?

찬성 1: 네, 벌금형에만 해당합니다.

반대 2: 징역형과 달리 벌금형만 소득의 정도에 따라 차이를 두는 것은 부당한 것 아닙니까?

찬성 1: 차등 벌금제의 목적은 형벌의 효과를 평등하게 하는 데 있습니다. 신체의 자유를 박탈하는 징역형은 범죄자가 느끼는 고통이라는 것이 징역 기간에 맞춰 비슷하다고 간주하여 형벌의 효과가 비슷하다고 볼 수 있습니다. 그런데 벌금형은 불법 행위자의 경제적인 재산을 박탈하는 것이기 때문에 소득이 많고 적음에 따라 불법 행위자가 느끼는 형벌의 효과가 달라진다고 할 수 있습니다.

반대 2: 소득에 따라 벌금에 차등을 두는 제도는 소득이 많은 사람에게는 적용이 가능할 것입니다. 그러나 소득 파악이 어렵거나 소득이 적지만 재산이 많은 사람에게는 적용하기 어렵습니다. 이는 불공평한 게 아닙니까?

찬성 1: 소득 파악이 어려운 대상의 과세 자료를 다양하게 확보해서 소득 파악률을 끌어올리고 재산을 소득의 수준으로 변환하는 공식을 개발한다면 차등 벌금제는 모든 사람에게 적용이 가능할 것입니다.

사회자: 다음으로 반대 측에서 입론해 주십시오.

반대 1: 같은 벌금액을 두고 소득이 상대적으로 많은 사람과 적은 사람이 느끼게 될 부담감이 서로 다를 것이라는 찬성 측 의견은 인정합니다. 그러나 부담감은 주관적인 것으로 객관화할 수 없습니다. 그리고 이를 우선시하는 것은 벌금이 불법이나 책임의 정도에 비례해야 한다는 법의 책임주의에 위배됩니다. 벌금의 정도는 소득이 있느냐 없느냐, 있다면 얼마나 있느냐로 결정되는 것이 아니라 불법이나 책임의 정도에 비례하는 것입니다.

찬성 측은 차등 벌금제를 폐지했거나 축소하여 운영하는 나라에 대해서는 모르고 있으신데요, 영국은 1992년 잉글랜드와 웨일스에서 6개월간 시범 실시 후 폐지했습니다. 프랑스에서는 일부 경범죄에 대해서만 차등 벌금제를 시행하고 있습니다. 오히려 차등 벌금제를 도입하지 않은 나라가 훨씬 많습니다. 미국 역시 일부 지역에서만 시범 실시하고 있을 뿐, 전면 실시하고 있지 않습니다.

왜 그렇겠습니까? 소득과 재산을 파악하는 일이 쉬운 일이 아니기 때문입니다. 찬성 측에서는 국세청에 등록된 과세 자료를 활용하고 소득은 적지만 재산이 많은 사람은 재산을 소득의 수준으로 변환하면 된다고 하지만, 이를 위해서는 우선 이와 관련된 법률을 개정하고 국민적 반발을 설득하여 합의를 도출해야 하는 등 예상되는 사회적 비용이 계산하기 어려울 정도로 클 것입니다. 이에 저희는 차등 벌금제 도입에 반대하는 바입니다. 이상 입론을 마칩니다.

사회자: 다음으로 찬성 측의 반대 신문이 있겠습니다.

01 위 토론의 반대 측은 찬성 측의 일부 의견을 인정하고 있다. 반대 측이 인정하는 찬성 측의 의견은 무엇인지 한 문장으로 서술하시오. (띄어쓰기 제외, 40자 내외)

[02～03] 다음 글을 읽고 물음에 답하시오.

02 다음의 〈보기〉에서 밑줄 친 ⓐ와 ⓑ가 의미하는 푸코의 공간 개념을 위의 제시문에서 찾아 각각 쓰시오.

인간은 특정 시간과 공간 속에서 살아간다. 이런 점에서 시간과 공간은 인간의 삶이나 사회 현상을 규정하는 중요한 요소라 할 수 있다. 근대 이후 서구에서는 인간 존재와 사회 현상을 시간에 초점을 두고 이해하려는 경향이 지배적이었다. 서구의 많은 사상가는 시간적 연속성을 바탕으로 한 인과 관계와 역사의 선형적 흐름에 주목한 반면, 공간적인 요소는 부차적이거나 우연적인 것으로 보았다. 하지만 이와 같은 시간 중심주의적 인식은 사회 현실을 일률적인 체계로 파악하여 현실에서 발생하는 복잡하고 다양한 문제 상황들을 제대로 설명할 수 없다는 한계에 봉착하게 되었다. 이러한 한계를 극복하기 위해 푸코는 사회 현실의 다양성과 차별성, 불확실성, 모순성에 대한 인식을 강조하

며 공간의 개념에 주목할 것을 주장하였다.

푸코는 사회 현실이 복합성, 병렬성, 분산성에 의해 구성되어 있다고 보았으며, 시간을 가로질러 전개되는 거대한 삶보다는 공간들이 연결되고 그물망처럼 엮어 나타나는 관계의 집합에 주목하였다. 그는 공간을 사회적 산물이자 사회생활을 구성하는 원동력으로 인식하며 공간을 관계에 따른 '배치'로 파악하고자 하였다. 즉 배치를 개별 공간의 특별성이 아닌, 주변 공간과 맺는 관계로서의 공간으로 간주하였다. 이를테면 카페, 극장이 모여 휴양지라는 배치가 되고 거리, 도로, 기차역이 모여 정류장이라는 배치가 되는 것이다. 이처럼 푸코는 각 공간들이 형성하는 관계망이 배치를 규정하게 된다고 생각하였다. 이들 배치 가운데 푸코가 관심을 가진 것은 유토피아와 헤테로토피아였는데, 이들은 다른 모든 배치들과 연결되어 있으면서 동시에 다른 모든 배치들과는 어긋나 있는 것이었다.

푸코는 유토피아를 실제 공간이 없는 배치로서, 근본적이고 비현실적인 공간으로 보았다. 바면 헤테로토피아는 모든 문화에 존재하는 공간이며 실제적 배치라고 설명하였다. 어디에도 없음을 뜻하는 유토피아와 달리 헤테로토피아가 공간과의 관계가 없고 있음의 반대 개념이 아니라 서로에게 투사되고 영향을 미치는 관계라는 점에 주목할 것을 강조하였다.

[A] 푸코는 이들의 관계를 거울을 통해 설명하고 있다. 내가 거울을 바라볼 때 거울은 내가 없는 곳에서 나를 보게 한다. 거울 속에 내가 있지만 그것은 내가 아니라 일종의 그림자에 불과하다. 즉 거울은 나 자신에게 가시성을 제공하고 나를 주시하게끔 해 주지만, 그 공간에 나는 부재한다. 이것이 거울을 유토피아가 되게 하는 이유이다. 그렇지만 거울은 또한 헤테로토피아가 된다. 나는 거울에서 나를 보며 거울에는 실재하는 '나'가 없다는 것을 발견한다. 내가 존재하는 공간에서 나의 부재를 발견한 나는 다시 나 자신에게로 회귀하여 내가 실재하는 곳에서 나를 지각한다. 이때 실재로서의 거울과 내가 없는 거울 속의 나를 바라보며 사라진 실재를 되찾고자 하는 나는 실재하게 된다. 즉 거울 속의 비실재적인 공간과의 관계 속에서 나의 실재가 배치된다는 점에서 거울은 헤테로토피아가 되는 것이다. 이처럼 푸코는 거울을 바라보고 있는 실재적 존재인 나와 거울에 비친 나를 통해 헤테로토피아와 유토피아를 설명하고자 하였다. 결국 헤테로토피아가 (㉠)이/가 유토피아이고 유토피아가 (㉡)이/가 헤테로토피아가 된다.

또한 푸코는 유토피아를 완전히 질서 잡힌 사회 자체이거나 현실 사회에 완전히 대립하는 공간이라고 생각하며 유토피아가 이상적 사회에 대한 동경과 현실에 대한 비판을 함께 담고 있다고 봤다. 하지만 헤테로토피아는 지금의 구성된 현실에 어울리지 않는, 정상성을 벗어난 이질적 공간으로 규정하였다. 이런 의미에서 헤테로토피아는 일종의 반(反)-배치라고 할 수 있다. 반-배치로서의 헤테로토피아는 공간과 관련된 한 사회의 정상적 기능에 균열을 내는 이의 제기의 공간으로 규율과 질서에 대한 저항성을 내포하고 있다. 이러한 헤테로토피아의 이의 제기는 두 가지 양상으로 실현된다. 첫째, 현실의 환상성을 고발하는 새로운 환상을 보여 주는 공간을 만들어 냄으로써 지금의 현실이 환상에 불과함을 폭로하는 것이다. 둘째, 현실의 무질서함을 보여 주는 완벽하고 주도면밀하게 정돈된 공간을 만들어 일상의 공간에 이의를 제기하고 우리가 살아가는 현실에 대해 성찰하도록 하는 것이다. 푸코는 이러한 헤테로토피아의 두 가지 양상이 모두 실현된 대표적인 예로 정원(庭園)을 제시하였다. 정원의 경우에는 자연성이라는 환상을 창출하고, 다른 공간과는 반대되는 자연의 완전한 세계의 상징으로서, 이의 제기의 두 가지 양상이 다 이루어지고 있기 때문이다.

푸코는 공간에 대한 새로운 인식 전환을 제안하며 사회 현상에 대한 분석을 촉구하였다. 특히 그가 주목하며 강조한 헤테로토피아는 비현실적 공간의 유토피아를 실천의 공간 안으로 확장하였을 때 드러나는 이의 제기의 공간이다. 헤테로토피아가 만들어 내는 비일상적 균열은 우리가 살아가는 사회 현실을 다시 바라보게 하고 그에 대한 통찰을 제시한다. 이런 점에서 푸코의 헤테로토피아는 문학, 예술, 건축, 도시 공학 등 다양한 분야에서 개념의 경계를 확장해 가고 있다.

〈보기〉

인터넷 공간으로 대변되는 ⓐ사이버 스페이스는 현실 세계의 사람들이 모여 소통하고 활동하며 사건을 경험하지만 정작 그 공간은 현실 세계에 존재하지 않는다. 사이버 스페이스는 기계적 접속을 통해서만 접근이 가능하며, 여럿이 한 지점을 동시에 점유하는 것이 가능하다. 이러한 특성에 따라 ⓑ사이버 스페이스는 지금의 현실 또는 일상과는 다른 공간의 경험을 제공하는데, 실제 세계에서의 시간적 질서의 연속성, 통일성을 깨뜨리며 사건의 동시적 경험과 병렬적 경험을 가능하게 한다. 이를 통해서 사이버 스페이스는 공간에 접속한 이용자들에게 새로운 환상성을 제공함으로써 사회 현실의 불완전성을 보완할 수 있는 가능성을 보여 준다.

ⓐ ______________________________

ⓑ ______________________________

03 제시문의 [A]에서 푸코는 유토피아와 헤테로토피아의 관계를 거울을 통해 설명하고 있다. ㉠과 ㉡에 각각 2어절을 사용하여 해당 문장을 완성하시오.

㉠ ______________________________

㉡ ______________________________

[04～05] 다음 글을 읽고 물음에 답하시오.

맹자가 부동심을 강조한 것은 마음이 한 개인의 몸 전체를 이끄는 역할을 한다고 보았기 때문이다. 맹자는 마음이 어떤 방식으로 몸의 다른 부분들을 이끈다고 주장하는 것일까? 이와 관련하여 맹자는 마음과 감각 기관의 관계를 설명한다. 마음과 감각 기관의 관계에 대한 맹자의 설명은 '큰 사람'과 '작은 사람', 즉 대인(大人)과 소인(小人)의 관계에서 출발한다. 맹자는 대인과 소인은 타고나는 것이 아니라 각 개인의 수양 과정에 따른 결과라고 주장한다. 말하자면 사람의 '큼[大]'과 '작음[小]'은 애초에 사람 안에 있으며 그중 어느 쪽을 기르느냐에 따라 그 사람이 어떤 사람인가가 결정된다는 것이다. 맹자는 어째서 어떤 사람은 '큰 사람'이 되고 어떤 사람은 '작은 사람'이 되느냐는 물음에, '큰 몸[大體]'을 따르면 '큰 사람'이 되고 '작은 몸[小體]'을 따르면 '작은 사람'이 된다고 말한다. 여기서 맹자가 말한 '큰 몸'과 '작은 몸'은 각각 마음과 감각 기관에 대응한다.

맹자에 따르면, 마음과 감각 기관의 활동 방식은 정반대이다. 귀나 눈과 같은 '작은 몸'은 수동적이다. '작은 몸'은 외부의 자극이 주어지면 그대로 끌려간다. 게다가 '작은 몸'이 외부 대상을 향해 움직이는 활동, 즉 감각적 욕망의 충족 여부는 행위자가 전적으로 결정할 수 없다. 외부 대상을 얻는 일은 법적 제약이나 사회적 규범과 같은 정해진 절차를 따라야 할 뿐 아니라 개인의 의지로는 어떻게 할 수 없는 상황들에 영향을 받을 수 있기 때문이다. 그러나 마음은 이와는 반대로 움직인다. 마음은 외부에 의해 추동되는 것이 아니라 하늘이 부여한 인간의 본성에 근거를 두고 활동한다. 따라서 마음의 활동은 감각 기관의 활동과 달리 행위자 자신의 의지에 따라 결과를 얻게 되어 있다.

맹자는 '큰 몸'이 먼저 서게 되면 '작은 몸'이 '큰 몸'을 해치지 못한다고 말한다. 더 나아가 맹자는 감각적인 욕구를 충족하는 일이 때로는 단지 '작은 몸'을 위한 일에 그치지 않는다고 말한다. 먹고 마시는 일과 같은 감각적 욕구와 관련된 활동은 '작은 몸'을 기르는 일이다. 그러나 '큰 몸'이 먼저 서 있는 상황에서라면, 즉 선한 본성에서 유래한 도덕적인 마음을 발휘하고 있는 상황에서 하는 감각적 욕구와 관련된 활동은 단지 '작은 몸'만을 위한 일이 아니다. 먹고 마시는 일을 즐긴다 하더라도 의롭고 예에 맞게 하려고 노력한다면 그 일은 '작은 몸'뿐 아니라 '큰 몸'을 위하는 일이기도 하다. 따라서 이런 경우에 감각적 욕구와 관련된 '작은 몸'의 활동은 의(義)나 예(禮)와 관련된 '큰 몸'의 활동에 종속되어 있다고 말할 수 있다.

'작은 몸'은 수동적이기 때문에 외부에 의해 끌려갈 수 있으며, '큰 몸', 즉 마음에 이끌려 갈 수도 있다. 예컨대 어떤 상황에서 남을 불쌍하게 여기는 타고난 착한 마음이 들어 이를 저버리지 않고 집중하면 '작은 몸'은 따라오게 된다. 즉 어떤 동기가 실천으로 자연스럽게 옮겨 가게 된다. 이와 반대의 경우도 생각해 볼 수 있다. 누구나 먹고 마셔야만 살 수 있다. 그런데 어떤 사람이 먹고 마시는 일로 타인의 비난을 산다면 이는 그가 먹고 마시는 일 자체 때문이 아니다. 자기 안에 있는 귀중한 인의(仁義)를 저버리고, 먹고 마시는 일과 같이 외부 대상을 추구하는 일에만 몰두하기 때문이다.

[A] '작은 몸'인 감각 기관이 외부 대상에 끌려가 무절제하게 욕망에 탐닉하게 되는 경우 그 책임은 마음에 있다. 이는 각 개인이 저지르는 악의 기원과 그 책임의 소재를 말해 준다. 언뜻 보기에 각 개인이 저지르는 악은 감각 기관의 활동으로 발생하는 것처럼 보이지만, 실제로는 마음이 제 역할을 하지 않았기 때문에 생겨난다. 우리 몸에 무언가 있기 때문에 악을 저지르는 것이 아니라 마음이 무언가를 하지 않기 때문에 악을 저지르게 되는 것이다. 마음이 제 역할을 해 나갈 때, 마음은 눈, 귀, 코, 혀, 피부 등의 오관(五官)과 같은 몸의 다른 부분들을 이끌어 각 개인을 책임감 있는 존재로 형성해 나가게 한다. 마음의 활동에 감각 기관의 활동도 따라가게 되어 있는 것이다. 따라서 마음의 뜻(지향)을 붙잡는 일은 수양에서 중요한 과제가 된다.

04 맹자의 관점에서 인간이 악을 저지르게 되는 실제적인 이유를 제시문의 [A]에서 찾아 한 문장으로 서술하시오. (띄어쓰기 제외, 15자 내외)

05 다음의 〈보기〉는 제시문의 내용을 바탕으로 '큰 사람(대인)'과 '작은 사람(소인)'에 대한 의미를 정리한 것이다. 빈칸에 들어갈 말을 각각 2어절로 쓰시오

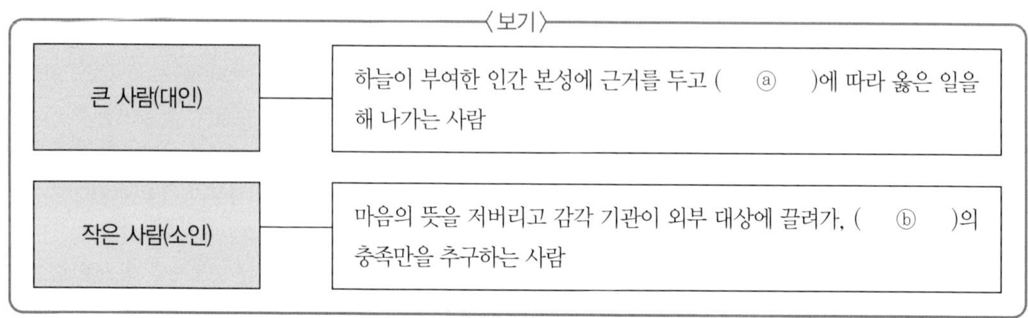

〈보기〉

큰 사람(대인)	하늘이 부여한 인간 본성에 근거를 두고 (ⓐ)에 따라 옳은 일을 해 나가는 사람
작은 사람(소인)	마음의 뜻을 저버리고 감각 기관이 외부 대상에 끌려가, (ⓑ)의 충족만을 추구하는 사람

[06～07] 다음 글을 읽고 물음에 답하시오.

그러나 이튿날 그는 오지 않았다. 밤이 늦도록 신문도 그도 오지 않았다. 그 다음 날도 신문도 그도 오지 않다가 사흘째 되는 날에야, 이날은 해도 지기 전인데 방울 소리가 요란스럽게 우리 집으로 뛰어들었다.

'어디 보자!'

하고 나는 방에서 뛰어나갔다.

그러나 웬일일까, 정말 배달복에 방울을 차고 신문을 들고 들어서는 사람은 황수건이가 아니라 처음 보는 사람이다.

"왜 전엣사람은 어디 가고 당신이오?"

물으니 그는,

"제가 성북동을 맡았습니다."

한다.

"그럼, 전엣사람은 어디를 맡았소?"

하니 그는 픽 웃으며,

"그까짓 반편을 어딜 맡깁니까? 배달부로 쓸랴다가 똑똑지가 못하니까 안 쓰고 말었나 봅니다."

한다.

"그럼 보조 배달도 떨어졌소?"

하니,

"그럼요, 여기가 따루 한 구역이 된걸이오."

하면서 방울을 울리며 나갔다.

이렇게 되었으니 황수건이가 우리 집에 올 길은 없어지고 말았다. 나도 가끔 문안엔 다니지만 그의 집은 내가 다니는 길옆은 아닌 듯 길가에서도 잘 보이지 않았다.

나는 가까운 친구를 먼 곳에 보낸 것처럼, 아니 친구가 큰 사업에나 실패하는 것을 보는 것처럼, 못 만나는 섭섭뿐이 아니라 마음이 아프기도 하였다. 그 당자와 함께 세상의 야박함이 원망스럽기도 하였다.

하루는 나는 거의 그를 잊어버리고 있을 때,

"이 선생님 곕쇼?"

하고 수건이가 찾아왔다. 반가웠다.

"선생님, 요즘 신문이 걸르지 않고 잘 옵쇼?"

하고 그는 배달 감독이나 되어 온 듯이 묻는다.

"잘 오, 왜 그류?"

한즉 또,

"늦지도 않굽쇼, 일쯔이 제때마다 꼭꼭 옵쇼?"

한다.

"당신이 돌을 때보다 세 시간은 일쯔이 오고 날마다 꼭꼭 잘 오."

하니 그는 머리를 벅적벅적 긁으면서,

"하루라도 걸르기만 해라. 신문사에 가서 대뜸 일러바치지……."

하고 그 빈약한 주먹을 부르댄다.

"그런뎁쇼, 선생님?"

"왜 그류?"

"삼산 학교에 말씀예요, 그 제 대신 들어온 급사가 저보다 근력이 세게 생겼습죠?"

"나는 그 사람을 보지 못해서 모르겠소."

하는 그는 은근한 말소리로 히죽거리며,

"제가 거길 또 들어가 볼라굽쇼, 운동을 합죠."

한다.

"어떻게 운동을 하오?"

"그까짓 거 날마당 사무실로 갑죠. 다시 써 달라고 졸라댑죠. 아, 그랬더니 새 급사란 녀석이 저보다 크기도 무척 큰뎁쇼, 이 녀석이 막 불근댑니다그려. 그래 한번 쌈을 해야 할 텐뎁쇼, 그 녀석이 근력이 얼마나 센지 알아야 뎀벼들 텐뎁쇼…… 허."

"그렇지, 멋모르고 대들었다 매만 맞지."

[A]
나는 그날 그에게 돈 삼 원을 주었다. 그의 말대로 삼산 학교 앞에 가서 뻐젓이 참외 장사라도 해 보라고. 그리고 돈은 남지 못하면 돌려 오지 않아도 좋다 하였다.

그는 삼 원 돈에 덩실덩실 춤을 추다시피 뛰어나갔다. 그리고 그 이튿날,

"선생님 잡수리라굽쇼."

하고 나 없는 때 참외 세 개를 갖다 두고 갔다.

PART 1 기출문제
PART 2 실전모의고사
PART 3 정답 및 해설

그리고는 온 여름 동안 그는 우리 집에 얼른하지 않았다.

들으니 참외 장사를 해 보긴 했는데 이내 장마가 들어 밑천만 까먹었고, 또 그까짓 것보다 한 가지 놀라운 소식은 그의 아내가 달아났단 것이다. 저희끼리 금실은 괜찮았건만 동서가 못 견디게 굴어 달아난 것이라 한다. 남편만 남 같으면 따로 살림 나는 날이나 기다리고 살 것이나 평생 동서 밑에 살아야 할 신세를 생각하고 달아난 것이라 한다.

[A] 그런데 요 며칠 전이었다. 밤인데 달포 만에 수건이가 우리 집을 찾아왔다. 웬 포도를 큰 것으로 대여섯 송이를 종이에 싸지도 않고 맨손에 들고 들어왔다. 그는 벙긋거리며,

"선생님 잡수라고 사 왔습죠."

하는 때였다. 웬 사람 하나가 날쌔게 그의 뒤를 따라 들어오더니 다짜고짜로 수건이의 멱살을 움켜쥐고 끌고 나갔다. 수건이는 그 우둔한 얼굴이 새하얗게 질리며 꼼짝 못하고 끌려 나갔다.

나는 수건이가 포도원에서 포도를 훔쳐 온 것을 직각하였다. 쫓아 나가 매를 말리고 포돗값을 물어 주었다. 포돗값을 물어 주고 보니 수건이는 어느 틈에 사라지고 보이지 않았다.

나는 그 다섯 송이의 포도를 탁자 위에 얹어 놓고 오래 바라보며 아껴 먹었다. 그의 은근한 순정의 열매를 먹듯 한 알을 가지고도 오래 입안에 굴려 보며 먹었다.

어제다. 문안에 들어갔다 늦어서 나오는데 불빛 없는 성북동 길 위에는 밝은 달빛이 깁을 깐 듯하였다.

그런데 포도원께를 올라오노라니까 누가 맑지도 못한 목청으로,

"사…… 케…… 와 나…… 미다카 다메이…… 키…… 카……."

를 부르며 큰길이 좁다는 듯이 휘적거리며 내려왔다. 보니까 수건이 같았다. 나는,

"수건인가?"

하고 알은체하려다 그가 나를 보면 무안해할 일이 있는 것을 생각하고 휙 길 아래로 내려서 나무 그늘에 몸을 감추었다.

그는 길은 보지도 않고 달만 쳐다보며, 노래는 그 이상은 외우지도 못하는 듯 첫 줄 한 줄만 되풀이하면서 전에는 본 적이 없었는데 담배를 다 퍽퍽 빨면서 지나갔다.

ⓐ달밤은 그에게도 유감한 듯하였다.

– 이태준, 『달밤』

06 윗글의 [A]를 통해 알 수 있는 황수건의 성격을 한 문장으로 서술하시오. (띄어쓰기 제외, 20자 이내)

07 다음 〈보기〉의 설명을 바탕으로 윗글의 제목이자 배경인 ⓐ의 '달밤'이 나타내는 구체적인 효과를 서술하시오. (띄어쓰기 제외, 30자 이내)

〈보기〉

소설 속 배경은 행위와 사건들이 일어나는 시 · 공간적인 구체적 정황을 말한다. 배경은 소설의 분위기를 형성해 주고, 또한 소설의 주제를 구체화시키는 역할을 한다. '달밤'은 이 소설의 제목이자 마지막 장면의 배경이기도 하다. 황수건은 거듭 실패를 하며 결국 현실 체념적인 태도를 보인다. 그로 인한 비애는 황수건이 밝게 빛나는 달을 보고 슬프게 노래를 부르면서 포도원을 지나가는 장면으로 집약된다.

[08~09] 다음 글을 읽고 물음에 답하시오.

(저녁 무렵. 조당전과 고서적 연구 동우회 회원들이 서재 가운데의 원탁에 둘러앉아 있다. 그들은 여러 종류의 고서적들을 원탁 위에 쌓아 놓고 뒤적이면서 『영월행 일기』의 내용을 객관적으로 입증할 수 있는 자료들을 찾는 중이다.)

이동기: 신숙주 문집에는 없어. 아무리 찾아봐도 자기 집 하인을 영월로 보냈다는 기록이 없다구.
부천필: 자넨 아직도 『영월행 일기』가 가짜라고 의심하는군?
이동기: 한명회의 자료들도 뒤져 봤는데, 여종을 보낸 기록이 없어.
부천필: 비밀로 했던 일, 기록을 안 했을지도 몰라.
염문지: 글쎄…… 어쨌든 객관적인 입증이 필요해.
조당전: 신숙주의 하인과 한명회의 여종이 영월을 처음 다녀왔던 때는 세조 3년 봄. 그러니까 4월 초순이었어. (원탁에 놓인 고서적들 중에서 두터운 책 한 권을 펼친다.) 이건 『세조실록(世祖實錄)』 중에서 그때에 해당되는 기록이야. 세조 3년 4월 열여드렛날, 눈에 띄는 대목이 있어. 모두들 이리 와서 이걸 좀 보게.

(조당전의 주위로 친구들이 모여든다.)

조당전: 어전 회의 기록이야. "신하들이 임금 앞에서 무표정한 얼굴에 대해 논쟁하였다……."
이동기: 이런 짧은 구절로는 논쟁 내용이 뭔지 알 수 없잖나?
조당전: 구체적인 내용은 다른 자료에 있어. (원탁 위의 고서적들 중에서 필사체본 한 권을 펼쳐 놓는다.) 이건 그 당시 대사헌이었던 양성지의 『해안지록(解顔之錄)』이야. 얼굴을 해석한 기록이다 그건데, 어전 회의 내용이 대화체로 자세히 적혀 있지. (부천필에게) 자넨 신숙주의 발언을 읽어 주게.
부천필: (신숙주의 발언 대목을 읽는다.) "전하, 영월에 다녀온 자들이 말하기를, 노산군의 얼굴에는 아무 표정이 없었다 하나이다."
조당전: 노산군이 누군지는 다들 알겠지?

부천필: 단종 아닌가!
조당전: 단종을 평민으로 낮춘 다음 붙인 이름이 노산군이지.
부천필: (계속해서 읽는다.) "무릇 인간의 얼굴이란 감정이 있어야만 표정이 있는 법, 노산군의 무표정은 아무 감정도 없음이니, 전하께선 괘념하지 마옵소서."
조당전: (이동기에게) 한명회는 자네가 읽게.
이동기: "아니 되옵니다, 전하. 인간이란 요사스러운 것, 마음속 가득히 원한을 품고서도 능히 얼굴로는 무표정하게 감출 수가 있사옵니다. 전하께선 노산군의 무표정에 속지 마옵시고, 반드시 그를 죽여 화근이 되지 않게 방비하소서."
부천필: "전하, 노산군의 무표정이 두려워 그를 죽이시면 만백성의 비웃음거리만 될 뿐이옵니다. 오히려, 그를 살려 둠으로써 전하의 인자하심을 칭송받으시옵소서."
염문지: 세조는 내가 읽어야겠군. "경들의 주장이 이토록 다르니 짐 또한 무표정을 판단하기 곤혹스럽구나."
이동기: "노산군의 무표정은 위험하나이다. 지체 마시고 그를 죽이소서!"
이동기: 난 한명회의 의견에 동감이야. (원탁 의자에서 일어나며) 도대체 무슨 생각을 하고 있는지 알 수 없는 얼굴은 위험해.
부천필: 난 신숙주가 옳다고 봐. 얼굴에 아무 표정이 없다고 해서 죽여 버리면 이 세상에 살아남을 사람이 몇 명이나 되겠어?
이동기: 이 세상이라니? 지금 우린 오백 년 전 세상을 다루고 있는 거야.
부천필: 이건 요즘 세상 문제이기도 해! 요즘 사람들을 보라구! 세상이 뭐가 잘못돼서 그런지 사람들 얼굴에 아무 표정이 없잖아!
염문지: 어어, 점점 언성이 높아지는데!
이동기: 어째서 자넨 요즘 사람들까지 들먹거리나?
부천필: (의자에서 일어나 이동기와 마주서서) 우리가 고서적을 연구하는 이유가 뭐겠어? 과거의 문제를 참조해서 현재의 문제를 풀자는 것 아냐?
이동기: 과거와 현재를 혼동하지 마! 과거는 과거의 시각으로 봐야지, 현재의 시각으로 보면 오류만 생겨!
염문지: (『해안지록』에서 세조의 마지막 발언을 찾아 읽는다.) "경들은 들으라! 영월로 다시 사람을 보내 노산군의 표정을 살펴 오도록 하라!"
(염문지, 의결권을 가진 회장으로서 손바닥으로 원탁을 세 번 두드린다. 이동기와 부천필은 다시 원탁 의자에 앉는다.)

조당전: 어쨌든 자네들도 인정할 거야. 『영월행 일기』는 『세조실록』과 일치하고 그건 또 『해안지록』과도 연관돼 있어.
염문지: 그래, 그건 인정하지. (부천필과 이동기를 번갈아 바라보며) 그런데 이 사람들 얼굴 좀 봐. 둘 다 잔뜩 화가 난 표정이잖아. 진짜 성낼 사람은 나야! 골치 아픈 세조, 바로 나라구!

(무대 조명, 암전한다.)

– 이강백, 「영월행 일기」

08 다음의 〈보기〉는 윗글에 등장하는 인물들에 대해 이해한 내용이다. 빈칸에 알맞은 인물들을 쓰시오.

〈보기〉

- 『해안지록』의 등장인물인 세조의 역할과 원탁회의 회장 역할을 함께 하는 사람은 (ⓐ)이다.
- 현재의 시각에서 과거의 역사를 바라보는 것에 반대하는 사람은 (ⓑ)이다.
- 내부 극에서 한명회 역할을 맡은 이동기와 고서적 연구에 대해 논쟁을 하고 있는 사람은 (ⓒ)이다.
- 『영월행 일기』에 관한 구체적인 기록을 『해안지록』에서 찾은 사람은 (ⓓ)이다.

09 다음의 〈보기〉는 위 작품의 구성상 특징을 설명한 것이다. 〈보기〉의 설명을 바탕으로 빈칸에 들어갈 내용을 차례대로 쓰시오.

〈보기〉

『영월행 일기』는 외부 극 속에 또 다른 내부 극이 삽입되어 있는 '극중극' 형식의 작품이다. 작품에서는 외부 극과 내부 극이 이분법적으로 나누어지는 것이 아니라 두 극이 여러 차례 교차하는데, 이를 통해 현재는 과거에 빠져들고 과거는 현재에 의해 추적되고 해석됨으로써 자연스레 하나의 층위로 어우러진다.

	장소	시점
ⓐ	배우들의 공연을 관객이 관람하는 무대 공간	ⓑ

	장소	시점
ⓒ	배우들의 공연을 통해 관객들의 머릿속에 형성되는 가상의 공간	ⓓ

PART 1 기출문제

PART 2 실전모의고사

PART 3 정답 및 해설

제4회 실전모의고사

[수학 영역]

▶ 해답 p.247

10 함수 $f(x)=a^x$의 역함수를 $g(x)$라 할 때, $f(x)$와 $g(x)$가 x좌표가 1보다 큰 점에서 만나고 $\{f(1)-g(a^2)\}^2=4$일 때, $4a$의 값을 구하는 과정을 아래 과정을 참고하여 서술하시오.(단, a는 $a>0$, $a\neq1$인 상수)

> $g(x)$는 $f(x)=a^x$의 역함수이므로
> $g(x)=$ ①
> 또한 $f(x)$와 $g(x)$는 x좌표가 1보다 큰 점에서 만나므로 $a>1$이다.
> 한편 $\{f(1)-g(a^2)\}^2=4$에서
> ② $=4$
> 따라서 $a=$ ③ 이므로
> $4a=$ ④

11 다항식 x^6+x^3+1을 $(x-2)^2$으로 나누었을 때의 나머지를 $h(x)$라고 할 때, $h(3)$의 값을 구하는 과정을 서술하시오.

12 수열 $\{a_n\}$의 첫째항이 $a_1=1$이고 모든 자연수 n에 대해
$a_{n+1}=a_n+2$를 만족시킬 때, $\sum_{k=1}^{15}\frac{1}{a_n a_{n+1}}$의 값을 구하는 과정을 서술하시오.

13 $\int_0^a(3x^2-6x-1)dx=-3$을 만족하는 모든 상수 a의 합을 구하는 과정을 서술하시오.

14 x에 관한 이차방정식

$3x^2+2\sqrt{3}x\sin\theta-\frac{1}{2}\sin\theta=0$의 실근이 존재하지 않을 때, θ값의 범위를 구하는 과정을 서술하시오.

15 다항함수 $f(x)$가 다음 조건을 만족시킨다.

(가) 모든 양의 실수 x에 대하여

$$3x-1\le f(x)-x^2\le 3x+\frac{1}{x}$$

(나) $f(1)=4$

이때, $f(2)$의 값을 구하는 과정을 서술하시오.

제5회 실전모의고사

[국어 영역]

▶ 해답 p.250

※ 다음은 학생이 작성한 건의문 초고의 일부이다. 물음에 답하시오.

안녕하십니까? 3학년 김○○이라고 합니다. 우선 학생들의 성장을 위해 애쓰시는 교장 선생님과 선생님들에게 깊은 감사의 말씀을 드립니다. 선택 인원이 적어 개설되지 못한 과목을 주변 학교와 공동 교육 과정으로 개설한다는 공고문을 보았습니다. 선생님들의 수업 부담과 공간 확보의 어려움으로 요구가 있는 모든 과목을 개설할 수 없음을 잘 알고 있습니다. 그래서 저는 다른 과목보다는 실험 위주의 과학 과목 개설을 제안합니다.

우리 학교는 이공계 학과를 희망하는 학생들이 많아 과학에 대한 흥미도 높고 과학 교과와 관련된 활동이 매우 활발합니다. 그런데 학년이 올라가면서 이론 위주의 과학 수업이 많아져 실험을 할 수 있는 기회가 줄어들게 되었습니다. 이에 따라 학생들이 수업에 지루함을 느껴 수업 만족도가 떨어지는 경우가 많아지고 있습니다.

일부 우려의 목소리도 있지만, 실험 위주의 과학 과목을 개설하여 실험을 통해 수업에서 배운 내용을 이해할 수 있는 의미 있는 경험을 제공해 주셨으면 좋겠습니다. 물론 동아리 활동이나 행사를 통해 실험을 하긴 했어도 대부분 일회적이거나 흥미 위주의 실험만 진행될 뿐이었습니다. 실험 위주의 과학 과목 개설은 학생들에게 지속적이면서도 수준 높은 실험을 할 수 있는 기회를 제공한다는 점에서 의의가 있습니다.

현재는 심화된 이론 위주의 과학 과목을 개설하자는 논의가 가장 활발하게 진행되는 것으로 알고 있습니다. 물론 일반 수업보다 더 깊이 있는 학습을 원하는 친구들을 위해 심화된 이론 위주의 과목을 편성하는 것도 의미가 있다고 생각합니다. 하지만 심화된 이론 위주의 과목 개설은 실험 위주의 과목 개설을 요구하는 많은 학생들의 기대와는 맞지 않아 개설될 과학 과목에 대한 만족도를 높이기 어려울 것 같습니다.

이론 중심의 심화 과목이 아닌 실험을 위한 과목을 개설한다면 수업이 소수 학생들의 아지트가 아닌 다수 학생들의 배움터가 될 것입니다. 저의 건의가 수용되어 학생들이 좋아하는 실험을 하며 즐겁게 배우고 성장했으면 합니다.

01 다음 〈보기〉의 자료를 활용해 위의 초고에서 보완할 단락의 첫 어절과 마지막 어절을 순서대로 쓰시오.

〈보기〉

최근 고등학교에서는 다양한 수요를 반영해 학교마다 개성 있는 교육 과정을 운영하고 있다. 그런데 교과 심화 과목을 다수 개설한 일부 학교의 경우 심화 과목을 이수할 수 있는 학생이 소수이다 보니 많은 학생들이 진로와 상관없는 과목을 신청하는 경우가 발생하고 있다.

첫 어절: ______________, 마지막 어절: ______________

[02～03] 다음 글을 읽고 물음에 답하시오.

손해 보험은 보험자와 보험 계약자가 우연한 사고(보험 사고)로 인해 목적물에 발생할 피보험자의 재산상 손해에 대해 보험자가 보상할 것을 약정함으로써 효력이 발생하는 보험이다. 손해 보험은 보험 사고로 인한 손해를 보상하기 위한 것이지 이익을 얻는 수단은 아니다. 따라서 피보험자가 보상을 받을 때에는 실제 손해 이상을 받을 수 없다는 '이득 금지의 원칙'이 적용된다. 그런데 보험자가 보험 금액을 지급하였음에도 불구하고 피보험자가 별개의 권리를 가지게 되는 경우에는 피보험자가 이득을 취할 수도 있다. 이를 방지하기 위해 상법에서는 일정 요건이 갖추어지면 보험자가 피보험자를 대신하여 권리를 취득할 수 있도록 하고 있는데 이를 '보험자 대위*'라고 한다.

보험자 대위는 법적으로 당사자 간의 의사가 합치되어야 성립되는 양도 행위가 아니며, 대위의 요건이 충족되면 피보험자의 의사 표시와 상관없이 자동적으로 성립되는 것이다. 보험자 대위가 성립되면 피보험자가 가진 권리의 일부 또는 전부가 보험자에게 이전된다. 보험자 대위가 성립되는 요건에 대해서는 상법 제681조와 제682조에 규정되어 있는데, '잔존물 대위'와 '청구권 대위'로 나누어 볼 수 있다.

잔존물 대위에 대해 상법 제681조에서는 '보험의 목적의 전부가 멸실한 경우에 보험 금액의 전부를 지급한 보험자는 그 목적에 대한 피보험자의 권리를 취득한다.'라고 규정하고 있다. 목적의 전부가 멸실되었다는 것은 계약 체결 당시의 목적물이 지닌 형태나 기능이 없어져 회복이 불가능한 경우를 말한다. 보험 금액을 전부 지급했다는 것은 계약한 금액을 전부 지급했다는 것이다. 예를 들어 보험 가액* 2천만 원인 자동차가 화재로 전소되어 보험자가 2천만 원의 보험 금액을 지급했다면, ㉠잔존물 전체에 대한 권리는 보험자에게 이전된다. 계약 시 보험 가액의 일부만 보험에 붙인 경우라면 보험자는 보험 가액에 대한 보험에 붙인 금액의 비율, 즉 부보 비율만큼의 권리를 얻게 된다. 만약 보험 가액 2천만 원에 1천만 원만 보험에 붙였다면 보험자는 잔존물의 1/2에 대해 권리를 가지게 된다. 이러한 규정을 둔 이유는 잔존물에 고철과 같은 경제적 가치가 있다면 피보험자는 이를 처분하여서도 이익을 볼 수 있기 때문이다. 보험자가 잔존물에 대한 권리를 얻게 되면 폐기물 처리와 같은 부수적 의무도 부담하게 된다. 그런데 잔존물의 경제적 가치가 폐기물 처리 비용보다 작다면 대위권의 행사가 보험자에게 불이익이 될 수 있다. 이런 경우를 대비하여 보험자는 약관에 '보험자가 잔존물을 취득할 의사를 표시하는 경우 잔존물은 보험자의 소유가 된다.'와 같은 대위권 포기와 관련된 조항을 넣기도 한다.

청구권 대위에 대해 상법 제682조에서는 '손해가 제3자의 행위로 인하여 발생한 경우에 보험금을 지급한 보험자는 그 지급한 금액의 한도에서 제3자에 대한 보험 계약자 또는 피보험자의 권리를 취득한다.'라고 규정하고 있다. 제3자로 인해 보험 사고가 발생한 경우 피보험자는 제3자에게 손해 배상 청구권을 행사할 수 있을 뿐만 아니라 보험 계약을 근거로 보험 금액을 청구할 수도 있다. 제3자에 대한 손해 배상 청구권과 보험 금액 청구권은 별개의 것이므로 두 가지 청구권을 모두 행사할 경우 피보험자는 이득을 취할 수 있다. 이를 방지하기 위해 보험자가 피보험자에게 지급한 금액의 한도에서 ㉡제3자에 대한 권리를 가지도록 한 것이 청구권 대위이다. 청구권 대위는 보험자가 지급한 금액의 한도 내에서 청구권을 가지는 것이므로 목적물의 전부가 멸실되는 경우뿐만 아니라 부분적으로 손해를 입는 경우에도 적용이 된다. 청구권 대위의 요건이 되는 '제3자'의 범위는 일반적으로 보험자, 보험 계약자, 피보험자를 제외한 사람이 될 수 있으나, 피보험자와 생계를 같이하는 가족도 고의로 사고를 낸 경우가 아니라면 제3자의 범위에서 제외한다.

보험자가 청구권 대위를 통해 제3자에 대한 손해 배상 청구권을 얻었으나 제3자가 손해를 완전히 배상할 능력이 없는 경우가 발생할 수 있다. 예를 들어 보험 가액 1억 원의 건물에 5천만 원만 보험에 붙였는데, 제3자의 과실로 건물이 전소되었다고 하자. 보험자는 5천만 원을 피보험자에게 지급하고 제3자에 대한 손해 배상 청구권을 얻게 된다. 만약 제3자의 배상 능력이 6천만 원밖에 되지 않는다면, 4천만 원의 손해는 메워지지 않는다. 이 경우 보험자가 제3자에게 청구할 수 있는 금액 및 피보험자와의 분배에 대해서는 세 가지 학설이 대립된다.

[A] '절대설'은 보험자가 상법의 조항을 문자 그대로 해석한 것으로, 보험자는 지급 금액의 한도 내에서 우선적으로 배정을 받고 나머지가 있을 때에만 피보험자에게 주어야 한다는 견해이다. 위의 예에 적용해 보면 보험자는 제3자로부터 우선적으로 5천만 원을 받고, 나머지 천만 원은 피보험자가 받게 된다. '상대설'은 제3자의 배상액을 부보 비율에 따라 분배해야 한다는 견해이다. 위의 예에서 부보 비율이 1/2이이므로, 보험자가 1/2인 3천만 원을, 피보험자가 나머지 3천만 원을 나누어 가지게 된다. '차액설'은 피보험자가 제3자로부터 우선적으로 손해를 배상받고 나머지가 있으면 보험자가 이를 대위할 수 있다는 견해이다. 위의 예에서 피보험자는 보험 금액과 손해 배상 청구를 통해 손해액의 전부인 1억 원을 받을 수 있다. 보험자는 제3자에게 남은 천만 원에 대해 대위를 통해 청구를 할 수 있다. 세 학설 중 차액설이 통설로 인정받고 있는데, 보험의 목적상 이득 금지의 원칙에 위반되지 않는다면 피보험자의 손해 보전이 우선적으로 이루어져야 한다고 보기 때문이다.

*대위: 다른 사람의 법률적 지위를 대신하여 그가 가진 권리를 얻거나 행사하는 일

*보험 가액: 손해 보험에서 보험에 붙일 수 있는 재산의 평가액

02 글의 내용상 제시문의 ㉠과 ㉡을 대체하여 쓸 수 있는 말을 각각 서술하시오.

㉠ 잔존물 전체에 대한 권리 ⇒ ______________________

㉡ 제3자에 대한 권리 ⇒ ______________________

03 제시문에서 [A]의 각 학설을 〈보기〉의 사건에 적용하였을 때, 보험사 A가 대위를 통해 을로부터 받을 수 있는 금액은 각각 얼마인지 쓰시오.

〈보기〉

〈사건 개요〉

- 갑은 보험 가액 5억 원인 창고 건물에 대해 A 보험 회사와 2억 원의 손해 보험 계약을 체결함.
- 을의 방화로 인해 창고 건물이 전소되어 5억 원의 손해를 입음.
- A 보험 회사는 갑에게 2억 원을 지급함.
- 을이 배상할 수 있는 경제적 능력은 1억 원임.

ⓐ 절대설 ______________ 원

ⓑ 상대설 ______________ 원

ⓒ 차액설 ______________ 원

※ 다음은 음운 변동에 대한 수업의 한 장면이다. 물음에 답하시오.

선생님: 지난 시간에 국어의 음운 변동을 배웠죠? 다시 정리해 볼까요? 국어에서 교체로는 음절의 끝소리 규칙, 된소리되기, 비음화, 유음화, 구개음화 등이 있고, 탈락으로는 자음군 단순화, 자음 탈락, 모음 탈락 등이 있어요. 또 첨가로는 'ㄴ' 첨가 등이 있고, 축약으로는 거센소리되기가 있어요. 그럼 다음 말들에서 일어나는 음운 변동을 말해 볼까요?

① 물약[물략]
② 밝다[박따]
③ 닫히다[다치다]
④ 색연필[생년필]
⑤ 않고[안고]

학생: 네, 선생님.

04 윗글에서 선생님이 말씀하신 음운 변동 현상을 이해하고, 제시된 단어에 대한 학생들의 답변을 차례대로 쓰시오.

① 물약[물략] ⇒ (　　　　) (　　　　)
② 밝다[박따] ⇒ (　　　　) (　　　　)
③ 닫히다[다치다] ⇒ (　　　　) (　　　　)
④ 색연필[생년필] ⇒ (　　　　) (　　　　)
⑤ 않고[안코] ⇒ (　　　　)

[05～06] 다음 글을 읽고 물음에 답하시오.

공유 자원은 여러 사람이 공동으로 소유하고 소비하는 자원이다. 공유 재산 또는 공용 재산이라고도 한다. 예를 들어 공기는 우리 모두 공동으로 소유하고 소비하는 자원이다. 산이나 들, 바다에 있는 야생 동물들, 들에 피는 이름 모를 꽃, 서울 시민들의 식수를 담당하는 한강도 공유 자원이다. 또한 경상북도의 성류굴과 같은 관광 자원이나 휴대 전화 소유자에게 필요한 전파도 우리나라 사람들이 갖고 있는 공유 자원이다.

공유 자원은 과도하게 소비된다는 특성이 있다. 이는 '공유 자원의 비극'이라고 표현된다. 같은 음식을 여러 사람이 함께 먹을 때와 혼자서 먹을 때, 어느 쪽이 더 맛있게 느껴질까? 당연히 다른 사람들과 같이 먹을 때 훨씬 맛있다

고 느껴진다. 이러한 이유로 사람들은 여러 사람과 같이 음식을 먹을 때 더 많이 먹게 된다. 밥을 즐겁고 맛있게 먹는다는 점에서 '공유 자원의 희극'이라고 해야 할지도 모르지만, 음식 입장에서는 빨리 사라지게 되므로 이 경우 역시 공유 자원의 비극에 해당한다.

[A] 북유럽의 어느 도시에서 시민들의 편의를 위해 자전거 몇 만 대를 사서 시내 곳곳에 두었다. 시민들이 자유롭게 사용할 수 있게 하자는 의도였다. 필요한 시민은 자전거를 타고 목적지까지 가고, 목적지에 도착하면 자전거를 길거리에 그냥 두도록 했다. 자전거가 필요한 또 다른 사람은 길거리에 있는 자전거를 타고 자기 목적지로 갈 수 있었다. 아주 편리할 뿐만 아니라 모든 사람에게 도움이 되는 구상이었다. 그런데 그 결과 상당수의 자전거를 도난당하거나 그나마 남아 있는 자전거들은 대부분 고장이 나서 더 이상 쓸 수 없게 되었다. 좋은 구상이었지만 의도대로 실행되지는 못했다. 공유 자원의 비극 때문이다.

수산 자원, 야생 동물, 지하자원은 모두 공유 자원이기 때문에 공유 자원의 비극이 발생한다. 수십 년 전만 해도 조기는 우리나라 서민들의 먹을거리였다. 하지만 요즘은 달라졌다. 조기는 우리나라 서해에서 부화해서 동중국해를 거쳐 대만 인근까지 갔다가 다시 서해로 돌아와서 알을 낳는다. 알을 낳은 조기를 잡으면 좋을 텐데 어부들은 조기가 알을 낳을 때까지 기다리지 않았다. 기다리면 다른 어부들이 먼저 조기를 잡기 때문에 조기가 다니는 길목을 지켰다가 모조리 잡았던 것이다. 우리나라 어부들뿐만 아니라 중국, 대만의 어부들까지 모두 조기를 잡았다. 조기가 알을 낳기도 전에 잡아버린 탓에 이제는 거의 씨가 말랐고 당연히 조깃값이 급등하였다. 조기는 주인이 따로 없기 때문에 누구나 잡기만 하면 자기 것이 되다 보니 너도나도 조기를 더 많이 잡으려고 한 것이다. 물론 어부들도 조기가 알을 낳기 전에 잡으면 안 된다는 사실을 알고 있었다. 하지만 자신만 고기잡이를 멈춘다고 해서 문제가 해결되지 않는다는 것도 알고 있었다. 그래서 결국 아무도 조기 잡는 손을 멈추지 않게 되었고, 이에 정부는 조기에 대한 금어기를 설정하게 되었다.

05 제시문의 [A]와 같은 상황에 어울리는 한자 성어를 쓰시오.

06 제시문에서 '공유 자원의 비극'을 유발하는 '공유 자원'의 특성을 찾아 4어절의 한 문장으로 서술하시오.

[07～08] 다음 글을 읽고 물음에 답하시오.

주인과 나그네가 한가지로 술이 거나하니 취하였다. 주인은 미스터 방(方), 나그네는 주인의 고향 사람 백(白) 주사.

주인 미스터 방은 술이 거나하여 감을 따라, 그러지 않아도 이즈음 의기 자못 양양한 참인데 거기다 술까지 들어간 판이고 보니, 가뜩이나 기운이 불끈불끈 솟고 하늘이 바로 돈짝만 한 것 같은 모양이었다.

"내 참, 뭐, 흰말이 아니라 참, 거칠 것 없어, 거칠 것. 흥, 어느 눔이 아, 어느 눔이 날 뭐라구 허며, 날 괄시헐 눔이 어딨어, 지끔 이 천지에. 흥 참, 어림없지, 어림없어."

누가 옆에서 저를 무어라고를 하며, 괄시를 한단 말인지, 공연히 연방 그 툭 나온 눈방울을 부리부리 왼편으로 삼십 도는 넉넉 삐뚤어진 코를 벌씸벌씸해 가면서 그래쌓는 것이었다.

"내 참, 이래 봬두, 응, 동양 삼국 물 다 먹어 본 방삼(方三)복이우. 청얼 뭇허나, 일얼 뭇허나, 영어야 뭐 말할 것두 없구…."

하다가, 생각난 듯이 맥주 컵을 들어 벌컥벌컥 단숨에 다 마신다. 그리고는 시꺼먼 손등으로 입술을 쓱, 손가락으로 김치 쪽을 늘름 한 점, 그러던 버릇이, 미스터 방이요, 신사요, 방 선생으로 불리어지는 시방도 무심중 절로 나와, 손등으로 입술의 맥주 거품을 쓱 씻고 손가락으로 라조기 한 점을 집어다 으득으득 씹는다.

"술은 참, 맥주가 술입넨다……."

어느 놈이 만일 무어라고 시비를 하거나 괄시를 한다면 당장 그 라조기를 씹듯이 으득으득 잡아 씹기라도 할 듯이 괄괄하던 결기가, 그러다 별안간 어디로 가고서 이번엔 맥주 추앙이 나오던 것이다.

"술두 미국 사람네가 문명했죠. 죄선 사람은 안직두 멀었어."

"멀구말구, 아직두 멀었지."

쥐 상호의 대추씨만 한 얼굴에 앙상한 노랑 수염 백 주사가, 병을 들어 주인의 빈 컵에다 따르면서, 그렇게 맞장구를 쳐 보비위를 한다.

"아, 백상두 좀 드슈."

"난 과해."

"괜히 그러셔. 백상 주량을 다아 아는데. 만난 진 오랐어두."

"다아 젊었을 적 말이지, 지금은……."

"올에 참 몇이시지?"

"갑술생 마흔여덟 아닌가!"

"그럼 나보담 열한 살 위시군. 그래두 백상은 안 늙으신 심야. 허허허허."

"안 늙은 게 다 무언가. 머리 선 걸 보게!"

"건 조백이시지."

백 주사는 흔연히 수작을 하면서 내색은 아니 하나, 어심엔 미스터 방이 괘씸하기 짝이 없었다.

향리의 예법으로, 십 년 장이면 절하고 뵈어야 한다. 무릎 꿇고 앉아야 하고, 말은 깍듯이 공대를 해야 한다. 그 앞에서 주초(酒草)가 당치 않고, 막부득이한 경우면 모로 앉아 잔을 마셔야 한다. 그런 것을, 마치 제 연갑 친구나 타관 나그네게나 하는 것처럼, 백상이니, 술 드슈, 조백이시지 하고 말버릇이 고약해, 발 개키고 앉아서 정면하고 술을 먹어, 담배 뻐끔뻐끔 피워, 이런 괘씸할 도리가 없었다.

또 나이도 나이려니와, 문벌이나 지체를 가지고 논한다면, 이건 도저히 용서할 수 없는 일이었다.

이래 보여도 나는 삼 대조가 진사를 하였고(그 첩지가 시방도 버젓이 있다) 오 대조가 호조 판서를 지냈고(족보에 그렇게 분명히 올라 있다) 칠 대조가 영의정을 지냈고(역시 족보에 그렇게 분명히 올라 있다) 이런 명문거족의 집안이었다. 또 내 십이 촌이 ××군수요, 그 십이 촌의 아들이 만주국 ××현 ××촌 촌장이요 하였다. 또 그리고, 시방은 원수의 독립인지 막덕인지 때문에 다 그렇게 되었다지만, 아무튼 두 달 전까지도 어느 놈 그 앞에서 기침 한번 크게 못 하던 백 부장 - 훈팔(八)등에 ××경찰서 경제계 주임이던 백 부장의 어르신네 이 백 주사가 아닌가. 두 달 전 그때만 같았어도

'이놈!'

하고 호통을 하여 당장 물고를 내련만, 그 ⓐ좋은 세상이 어디로 가고 이 지경이란 말인지 몰랐다.

하여튼 그만치나 혼란스런 백 주사에다 대면 미스터 방의 근지야 아주 보잘것이 없었다.

〈중략〉

[중략 부분 줄거리] 백 주사는 미스터 방 즉, 방삼복의 과거를 떠올린다. 방삼복은 짚신 장수의 아들로, 삼십을 바라보도록 남의 집 머슴살이를 전전했다. 그러던 방삼복이 처자식을 부모에게 떠맡기고 돈벌이를 한다며 일본, 중국 등지를 떠돌다가 한 십 년 만에 더 초라해져서 돌아온다. 그 후 방삼복은 처자식과 함께 서울로 올라와 남의 집 행랑방에 얹혀살며 일 년 동안 용산에 있는 연합군 포로수용소에 다니며 입에 풀칠을 하고, 그 이후 일 년은 구두 직공으로 일한다. 방삼복은 구둣방이 문을 닫자 길거리에서 신기료 장수를 한다. 광복이 되어 많은 사람들이 기뻐할 때도 "우랄질! 독립이 배부른가?"라며 투덜대던 방삼복은 미군들이 말이 통하지 않아 답답해하는 모습을 보고 무릎을 친다. 그리고 급히 돈을 빌려 말쑥하게 차려입고 마음씨 좋아 보이는 미군 장교(S 소위)에게 접근하여 통역을 해 준다. 그 일을 계기로 방삼복은 S 소위의 통역이 되어 권세를 누리고, 사람들로부터 뇌물을 받으며 호사스러운 삶을 살게 된 것이다.

– 채만식, 「미스터 방」

07 위 작품에서 비유적인 표현을 활용하여 인물의 외양을 묘사하고 있는 부분을 찾아 서술하시오.

08 백 주사의 입장에서 윗글 ⓐ의 '좋은 세상'이란 어떤 시절을 의미하는지 30어절로 쓰시오.

※ 다음 글을 읽고 물음에 답하시오.

(가)
조금 전까지는 거기 있었는데
어디로 갔나,
밥상은 차려 놓고 어디로 갔나,
넙치지지미 맵싸한 냄새가
코를 맵싸하게 하는데
어디로 갔나,
이 사람이 갑자기 왜 말이 없나,
내 목소리는 메아리가 되어
되돌아온다.
내 목소리만 내 귀에 들린다.
이 사람이 어디 가서 잠시 누웠나,
옆구리 담괴가 다시 도졌나, 아니 아니
이번에는 그게 아닌가 보다.
한 뼘 두 뼘 어둠을 적시며 비가 온다.
혹시나 하고 나는 밖을 기웃거린다.
나는 풀이 죽는다.
빗발은 한 치 앞을 못 보게 한다.
왠지 느닷없이 그렇게 퍼붓는다.
지금은 어쩔 수가 없다고,

– 김춘수, 「강우」

(나)
사시사철 엉겅퀴처럼 푸르죽죽하던 옥례 엄마는
곡(哭)을 팔고 다니던 곡비(哭婢)였다

이 세상 가장 슬픈 사람들의 울음
천지가 진동하게 대신 울어 주고
그네 울음에 꺼져 버린 땅 밑으로
떨어지는 무수한 별똥 주워 먹고살았다
그네의 허기 위로 쏟아지는 별똥 주워 먹으며
까무러칠 듯 울어 대는 곡(哭)소리에
이승에는 눈 못 감고 떠도는 죽음 하나도 없었다
저승으로 갈 사람 편히 떠나고
남은 이들만 잠시 서성일 뿐이었다
가장 아프고 가장 요염하게 울음 우는
옥례 엄마 머리 위에

하늘은 구멍마다 별똥 메달아 놓았다

그네의 울음은 언제 그칠 것인가
엉겅퀴 같은 옥례야, 우리 시인의 딸아
너도 어서 전문적으로 우는 법 깨쳐야 하리

이 세상 사람들의 울음
까무러치게 대신 우는 법
알아야 하리

– 문정희, 「곡비」

09 시의 심상에 대한 다음 〈보기 1〉의 설명을 바탕으로 〈보기 2〉의 빈칸에 알맞은 심상을 쓰시오.

〈보기 1〉

시어는 색이나 모양, 냄새, 소리, 촉감 등의 오감을 생생하게 보여줌으로써 독자들의 마음속에 구체적인 이미지가 떠오를 수 있도록 추상적인 관념을 생생하게 전달하고 함축적인 의미를 표현하는 효과를 준다.

〈보기 2〉

(가)는 (　　ⓐ　　) 심상을 활용하여 화자에게 익숙한 상황을 환기하고 있고, (나)는 (　　ⓑ　　) 심상을 활용하여 시적 대상을 구체화 하고 있다.

제5회 실전모의고사

[수학 영역]

▶ 해답 p.252

10 이차방정식 $3x^2-5x+7=0$의 두 근을 a, b라고 할 때 $3\sum_{k=1}^{5}(k-a)(k-b)$의 값을 구하는 과정을 아래 과정을 참고하여 서술하시오.

> 이차방정식 $3x^2-5x+7=0$에서 두 근이 a, b이므로 근과 계수의 관계를 이용하면
>
> $a+b=$ ① , $ab=$ ②
>
> 한편, $3\sum_{k=1}^{n}(k-a)(k-b)=3\sum_{k=1}^{5}\{k^2-(a+b)k+ab\}$이므로
>
> $3\sum_{k=1}^{5}\{k^2-(a+b)k+ab\}=3\sum_{k=1}^{5}$ ③
>
> 따라서 구하고자하는 값은 ∴ ④

11 두 함수 $f(x)=5\sin\left(x+\frac{\pi}{2}\right)+2$, $g(x)=x^2-6x+15$에서 x값의 범위가 $0\leq x\leq\frac{\pi}{2}$이다.

합성함수 $(g\circ f)(x)$의 최댓값을 M, 최솟값을 N이라 할 때, $M+N$을 구하는 과정을 서술하시오.

12 다항함수 $f(x)$와 미분가능한 함수 $g(x)$가 모든 실수 x에 대해 $h(x)=f(x)g(x)$를 만족한다. 함수 $(x^2-9)g(x)=f(x)-9$이고 $f'(3)=6$, $g'(3)=2$일 때, $h'(3)$를 구하는 과정을 서술하시오.

13 정의역이 실수 전체의 집합인 함수 $f(x)$가 $x=2$에서 연속일 때, 함수 $g(x)$가 다음 조건을 만족시킨다.

(가) $g(x)=\begin{cases}(x^3+2)-f(x) & (x<2)\\ (2x^2+1)f(x) & (x\geq 2)\end{cases}$

(나) $\lim_{x\to 2-}g(x)-\lim_{x\to 2+}g(x)=-10$

이때, $f(2)$의 값을 구하는 과정을 서술하시오.

14 두 함수

$f(x)=a^{-x+1}$, $g(x)=\log_a(2x-b)$의 그래프가 직선 $y=2$와 만나는 두 점을 각각 A, B라고 할 때, $\overline{AB}=3$이고, 함수 $g(x)$의 그래프가 $(1, 2)$를 지난다. 이때 a^3의 값을 구하는 과정을 서술하시오. (단, $a\neq1$, $a>0$)

15 삼차함수 $f(x)=x^3+2ax^2+8ax$가 역함수를 갖도록 하는 실수 a의 최댓값을 k라고 할 때, 함수 $g(x)=x^3+kx^2+kx$의 그래프와 $g(x)$의 역함수의 그래프로 둘러싸인 부분의 넓이를 구하는 과정을 서술하시오.

PART 3

해답

1. 3개년 기출문제
2. 실전모의고사 [인문계열]

3개년 기출문제

2024학년도 기출문제

국어[인문A]

01 [모범답안]

답안	배점	예상 소요 시간
① 개선, 있었다	5점	3분 / 전체 80분
② 각종, 있다	5점	

[바른해설]

① 둘째 문단의 문장 '개선 방안이나 계획은 없는지 시청에 문의해 보니, 문화 · 체육 담당 부서에서는 ㅇㅇ동에 새로운 공공 체육 시설이 필요하다는 것을 수년 전부터 인지하고 있었다는 답변을 들을 수 있었다.'에서 시청의 관련 부서에서도 생활 체육 시설의 필요성을 인지하고 있다는 사실을 확인할 수 있으며, 이는 서명 운동의 생활 체육관 건립의 가능성을 강조하는 내용으로 쓰일 수 있다.

② 다섯째 문단의 문장 '각종 스포츠 활동의 장을 제공함으로써 주민들은 사회적 교류를 할 수 있고, 실내 놀이터를 설치함으로써 아동과 양육자는 외부 환경의 제약 없이 체육 활동을 할 수 있다.'에서 생활 체육관이 지역 사회에 주는 효용을 구체적으로 언급하고 있음을 확인할 수 있으며, 이는 생활 체육관 건립의 필요성을 강조하는 내용으로 쓰일 수 있다.

[채점기준]

①, ② 각각 첫 어절과 마지막 어절을 순서대로 정확하게 쓴 경우만 정답으로 인정함.

02 [모범답안]

답안	배점	예상 소요 시간
①: 거울	5점	4분 / 전체 80분
②: 상징계	5점	

[바른해설]

상상계의 아이는 거울 이미지를 통해 자아를 형성하며, 인간이 언어를 통해 욕망하고 언어에 종속되는 것은 상징계에서다.

[채점기준]

①, ②를 정확하게 쓴 경우만 정답으로 인정함.

03 [모범답안]

답안	배점	예상 소요 시간
①: 주이상스	5점	4분 / 전체 80분
②: 생톰	5점	

[바른해설]

제시문의 하단에 라캉의 이론을 예술가의 예술 작업에 적용하는 원리가 있다. 이에 따른다면 제임스 조이스의 예술 작업은 주이상스의 추구로, 그의 애매폭력적 언어는 생톰으로 해석될 수 있다.

[채점기준]

①, ②를 정확하게 쓴 경우만 정답으로 인정함.

04 [모범답안]

답안	배점	예상 소요 시간
① 공모 발행	4점	4분 / 전체 80분
② 총액 인수 (방식)	4점	
③ (중개) 수수료	2점	

[바른해설]

① 제시문의 둘째 문단에 의하면, 매수인의 특성 및 자금의 규모에 따른 채권 발행 시장의 거래 방식은 사모 발행과 공모 발행으로 나뉜다. 공모 발행은 불특정 다수의 투자자를 대상으로 거액의 자금을 조달하기 위해 채권을 발행하는 것으로, 발행자가 당초 의도한 발행 규모에 비해 시장에서 소화되어 매출되는 규모가 적어 자금 조달이 원활히 이루어지지 않을 위험이 존재한다.

② 제시문의 셋째 문단에 의하면, 간접 발행은 중개 회사가 발행 위험을 부담하는 정도에 따라 총액 인수와 잔액 인수 방식으로 구분된다. 이중 총액 인수의 경우, 중개회사는 채권 발행 전액을 자기 명의로 구입해야 하므로 많은 자금이 필요할 뿐만 아니라 투자자들에게 판매하기까지 채권을

보유하여야 하므로, 총액 인수 방식이 잔액 인수 방식보다 더 높은 시장 위험을 부담한다.

③ ②에서 확인한 바와 같이 총액 인수 방식에서 중개 회사는 더 높은 시장 위험을 부담하므로 중개 회사는 총액 인수 방식으로 채권을 인수할 때, 더 높은 수수료를 받는다.

[채점기준]

①~③을 정확하게 쓴 경우만 정답으로 인정함.

05 [모범답안]

답안	배점	예상 소요 시간
ⓐ 된소리되기	3점	2분 / 전체 80분
ⓑ 비음화	3점	
ⓒ 거센소리되기	4점	

[바른해설]

ⓐ '특정'은 [특쩡]으로 발음되는데, 이때 'ㅈ'이 선행 음절의 말음 'ㄱ' 뒤에서 'ㅉ'으로 바뀌는 된소리되기가 일어난다.

ⓑ '받는다'는 [반는다]로 발음되는데, 이때 'ㄷ'이 'ㄴ' 앞에서 'ㄴ'으로 바뀌는 비음화가 일어난다.

ⓒ '지급하더라도'는 [지그파더라도]로 발음되는데, 이때 'ㅂ'과 'ㅎ'이 만나 'ㅍ'으로 바뀌는 거센소리되기가 일어난다.

[채점기준]

ⓐ~ⓒ를 정확하게 쓴 경우에만 정답으로 인정함.

06 [모범답안]

답안	배점	예상 소요 시간
① 경마식 보도	3점	5분 / 전체 80분
② 개인화 보도	4점	
③ 부정식 보도	3점	

[바른해설]

① **경마식 보도**: 후보들의 지지율 양상, 선거 토론회 방송에서 표출된 후보자 간의 갈등 등과 같이 흥미적인 요소를 집중적으로 보도하는데 초점을 둔다.

② **개인화 보도**: 정치인의 공적 영역뿐 아니라 사적 영역에 대해서도 보도하는 것을 말하는데, 이 보도에서는 정치인 개인에 대한 것은 강조하는 반면에 정당, 조직, 제도에 대한 초점은 감소한다. 개인화 보도에서는 지도적인 위치에 있는 정치인이나 정당 지도자들에 대해 초점을 둔다.

③ **부정식 보도**: 특정 후보의 비리에 대한 경쟁 후보자 또는 상대측 정당의 입장을 보도하면서 비리 내용을 분석하는 내용을 추가하여 보도한다.

[채점기준]

①~③을 정확하게 쓴 경우만 정답으로 인정함.

07 [모범답안]

답안	배점	예상 소요 시간
① 역설	4점	4분 / 전체 80분
② 상호배타적 (관계)	6점	

[바른해설]

①: '희망'은 어떤 일을 이루거나 하기를 바라는 상태이므로 '절망이 없'고 희망만 있는 상태는 있을 수 있다. 하지만 '희망이 없는' 상태와 '희망'을 가진 상태는 동시에 성립할 수 없다는 점에서 '희망이 없는 희망'은 역설에 해당하며, 이를 통해 '절망'과 연계되어 생겨난 '희망'이 진정한 희망이 될 수 있다는 깨달음을 전달하고 있다.

②: "'하다'를 선택하는 것"과 "'그만두다'를 선택하는 것"은 동시에 일어날 수 없기 때문에 상호배타적인 관계이다.

[채점기준]

①, ②를 정확하게 쓴 경우에만 정답으로 인정함.

08 [모범답안]

답안	배점	예상 소요 시간
① 관직에, 훔치겠는가	4점	4분 / 전체 80분
② 초천에, 보인다	6점	

[바른해설]

①: '관직에 있으면서 공금을 농간하여 그 남은 것을 훔치겠는가.'에서 글쓴이는 관직자로서 공금을 농간하면 안 된다는 관직자가 마땅히 가져야 할 삶의 자세를 의문형 문장으로 전달하고 있다.

②: '초천(苕川)에 돌아와서야 문미(門楣)*에 써서 붙이고, 아울러 이름 붙인 까닭을 적어서 어린아이들에게 보인다.'에는 초천에 돌아와 살게 된 정약용이 자신의 깨달음을 전하기 위해 집의 이름을 짓고 글을 썼음이 분명히 드러난다.

[채점기준]

①, ② 각각 첫 어절과 마지막 어절을 순서대로 정확하게 쓴 경우만 정답으로 인정함.

② ('초천(苕川)에'도 정답으로 인정함)

'한글(한자)'의 형식으로 답안을 작성했을 때, 한글은 맞고 한자 표기가 틀린 경우 정답으로 인정함. 단, '한자'만으로 답안을 작성했을 때, 한자가 틀렸을 경우 오답으로 처리함.

09 [모범답안]

답안	배점	예상 소요 시간
① 눈	4점	5분 / 전체 80분
② 개나리	6점	

[바른해설]
(가)와 (나)는 공통적으로 6 · 25 전쟁을 배경으로 한 문학 작품이다. (가)와 (나)에는 전쟁이라는 극한 상황에 대한 서로 다른 인식이 작품의 주요 소재를 통해 드러난다. 가령 작품 안에서 '눈'은 시각적 이미지나 촉각적 이미지를 나타내는 표현과 결합하여 겨울이라는 계절적 배경을 나타낼 뿐만 아니라, 비극적이고 냉혹한 전쟁의 속성을 강조하는 데에 사용된다. 한편 (나)에서는 '게니리' 폐허가 된 삶의 터전과 대비를 이루면서 전쟁으로 인한 부정적 상황에서 화자의 의식이 긍정적인 방향으로 전환되게 하는 소재로서 기능을 하고 있다.

[채점기준]
①, ②를 정확하게 쓴 경우만 정답으로 인정함.

수학[인문A]

10 [모범답안]

답안	배점	예상 소요 시간
$\left(x-\frac{2}{3}\right)\left(x-\log_3 n\right)<0$ (또는 $x=1$)	5점	3분 / 전체 80분
$n=4, 5, 6, 7, 8, 9$ (또는 $3<n\le 9$)	4점	
6개	1점	

[바른해설]
$x^2-x\log_3(\sqrt[3]{9}n)+\log_3\sqrt[3]{n^2}<0$
$x^2-x\left(\frac{2}{3}+\log_3 n\right)+\frac{2}{3}\log_3 n<0$
$\left(x-\frac{2}{3}\right)\left(x-\log_3 n\right)<0$
$i)$ $\frac{2}{3}<x<\log_3 n$인 경우 x가 1개이려면, $x=1$이므로
$n=4, 5, 6, 7, 8, 9$
$ii)$ $\log_3 n<x<\frac{2}{3}$인 경우 정수 x가 존재하지 않음
따라서, 이를 만족시키는 $n=4, 5, 6, 7, 8, 9$이므로 6개

11 [모범답안]

답안	배점	예상 소요 시간
$a_1=7$ (또는 $a_3=1$)	4점	3분 / 전체 80분
$d=-3$	4점	
$a_7=-11$	2점	

[바른해설]
첫째항이 a_1이고 공차가 d라고 할 때,
$a_2+a_4=2a_1+4d=2$, $a_1+2d=1$이다.
$|a_4+5|=|-5-a_6|$에서 부호가 같으면 $a_1+4d=-5$이다. 하지만 부호가 다르면 $a_4=a_6$이므로 공차 $d=0$되어야 한다.
상기 두 식을 연립하면 $d=-3$이고 $a_1=7$이다. 따라서 $a_7=7-6\times3=-11$

12 [모범답안]

답안	배점	예상 소요 시간
$f(x)=2x^3+ax^2+bx$ (계수 a, b는 다른 문자 가능)	2점	3분 / 전체 80분
(계수 a, b에 대해) $3a=2b+1$ (또는 $2b=3a-1$) $\left(\text{또는 } a=f\left(\frac{1}{2}\right)\right)$	3점	
$a^2-9a+3\le0$	3점	
최댓값 8	2점	

[바른해설]
다항함수는 연속이므로 $\lim_{x\to\frac{1}{2}} f(x)=f\left(\frac{1}{2}\right)$
이때 $f\left(\frac{1}{2}\right)=a$라 하면, (가)와 (나)로부터
$f(x)=2x^3+ax^2+bx$ (단, a, b는 상수)
$a=f\left(\frac{1}{2}\right)=\frac{1}{4}+\frac{a}{4}+\frac{b}{2}$이므로 $3a=2b+1$
(다)로부터 $f'(x)=6x^2+2ax+b\ge0$이므로 판별식을 구하면 $D/4=a^2-6b=a^2-9a+3\le0$
따라서 $9-\sqrt{69}\le2a\le9+\sqrt{69}$이고 a는 x^2항의 계수이므로 정수이다.
따라서 $0\le a\le8$이므로 $a=f\left(\frac{1}{2}\right)$의 최댓값은 8이다.

13 [모범답안]

답안	배점	예상 소요 시간
① $x=2$	2점	4분 / 전체 80분
② 4	2점	
③ -1	3점	
④ $\frac{1}{\sqrt{3}}$ 또는 $\frac{\sqrt{3}}{3}$	3점	

[바른해설]
직선 $x=2$가 f의 점근선이므로 $\left(\frac{2n-1}{2}\right)a=2$
$a=\frac{4}{2n-1}$가 자연수가 되는 경우는 $n=1$일 때인 $a=4$

이다.

또한, $f\left(\frac{17}{8}\right)=\frac{1}{3}\log_2\left(\frac{17}{8}-2\right)=-1$,

$f(6)=\frac{1}{3}\log_2(6-2)=\frac{2}{3}$

$(g\circ f)(x)$가 증가함수이므로 최솟값 m과 최댓값 M은 각각

$m=(g\circ f)\left(\frac{17}{8}\right)=g(-1)=\tan\left(-\frac{\pi}{4}\right)=-1$

$M=(g\circ f)(6)=g\left(\frac{2}{3}\right)=\tan\left(\frac{\pi}{6}\right)=\frac{1}{\sqrt{3}}=\frac{\sqrt{3}}{3}$

14 [모범답안]

답안	배점	예상 소요 시간
$f(x)=(x-a)(x+1)(x-1)$ (또는 $f(x)=(x+a)(x+1)(x-1)$)	2점	3분 / 전체 80분
$-1<\frac{2}{3}a-\frac{1}{4}\le 1$ 또는 $-\frac{9}{8}\le a\le\frac{15}{8}$ (또는 $-\frac{15}{8}\le a\le\frac{9}{8}$)	3점	
$\int_{-1}^{3}f(x)dx=16-\frac{16}{3}a$ (또는 $\int_{-1}^{3}f(x)dx=16+\frac{16}{3}a$)	3점	
28	2점	

[바른해설]

최고차항의 계수가 1인 모든 삼차함수 $f(x)$가 (가) $|f(1)|+|f(-1)|=0$를 만족하므로,

$f(x)=(x-a)(x+1)(x-1)$라 할 수 있다.

따라서 $-1\le\int_0^1 f(x)dx\le 1$를 만족하려면,

$\int_0^1(x-a)(x+1)(x-1)dx=\frac{2}{3}a-\frac{1}{4}$이므로,

$-1\le\frac{2}{3}a-\frac{1}{4}\le 1 \quad \therefore -\frac{9}{8}\le a\le\frac{15}{8}$

$\int_{-1}^{3}f(x)dx=16-\frac{16}{3}a$

$-\frac{9}{8}\le a\le\frac{15}{8}$이기 때문에, $6\le 16-\frac{16}{3}a\le 22$이다.

최댓값과 최솟값의 합은 28

15 [모범답안]

답안	배점	예상 소요 시간
$y-(t^3-3t^2-9t+2)$ $=(3t^2-6t-9)(x-t)$	3점	4분 / 전체 80분
$2t^3+3t^2-12t-20+a=0$	2점	
$0<a<27$	4점	
a의 개수는 26	1점	

[바른해설]

$y=x^3-3x^2-9x+2$에서 $y'=3x^2-6x-9$

곡선 위의 점 $(t,\ t^3-3t^2-9t+2)$에서의 접선의 방정식은

$y-(t^3-3t^2-9t+2)=(3t^2-6t-9)(x-t)$

이 직선이 점 $(-2,\ a)$를 지나므로

$a-(t^3-3t^2-9t+2)=(3t^2-6t-9)(-2-t)$

$2t^3+3t^2-12t-20+a=0$이 서로 다른 세 실근을 가지면 그을 수 있는 접선의 개수가 3이 된다.

$f(t)=2t^3+3t^2-12t-20+a$라 하면

$f'(t)=6t^2+6t-12=6(t-1)(t+2)$

$f'(t)=0$에서 $t=-2$ 또는 $t=1$

서로 다른 세 실근을 가지려면

$f(-2)=-16+12+24-20+a>0$,

$f(1)=2+3-12-20+a<0$,

즉 $0<a<27$

접선의 개수가 3이 되도록 하는 정수 a의 개수는 26

국어[인문B]

01 [모범답안]

답안	배점	예상 소요 시간
① 수요, 제도입니다.	5점	3분 / 전체 80분
② 더구나, 있습니다.	5점	

[바른해설]

① 첫째 문단의 문장 '수요 응답형 대중교통은 대중교통의 노선을 미리 정하지 않고 승객의 요청에 따라 운행 구간을 설정하고, 승객은 자신이 지정한 정류장에서 선택한 시간에 대중 교통을 이용하는 제도입니다.'에서 정의의 방법을 사용하여, 제안하는 교통 체제가 어떤 체제인지 명확히 설명하고 있음을 확인할 수 있다.

② 둘째 문단의 문장 '더구나 출퇴근 시간이 아니면 버스 이용 고객이 많지 않아 운임료만으로는 버스 운행 비용을 충당하기 어려워 버스 회사에 ○○시가 매년 상당한 지원금을 제공하고 있습니다.'에서 현재 제도의 문제점으로 ○○시가 현재의 교통 체제를 유지하는 데 드는 경제적 부담을 제시하고 있음을 확인할 수 있다.

[채점기준]

①, ② 각각 첫 어절과 마지막 어절을 순서대로 정확하게 쓴 경우만 정답으로 인정함.

02 [모범답안]

답안	배점	예상 소요 시간
① 운영 체제(Operating System)	5점	4분 / 전체 80분
② 하이퍼바이저(Hypervisor)	5점	

[바른해설]

①: 각각의 가상 머신은 자체 운영 체제를 실행하며 독립적인 컴퓨터인 것처럼 작동한다고 하였다.

②: 하이퍼바이저는 물리적 하드웨어의 일부를 활용함에도 불구하고 독립적인 컴퓨터인 것처럼 가상 머신을 작동하여 컴퓨터 시스템의 물리적 자원인 하드웨어의 효율적인 활용을 가능하게 한다고 하였다.

[채점기준]

①, ②를 정확하게 쓴 경우만 정답으로 인정함.

① 운영 체제
('운영 체제(Operating System)'도 정답으로 인정함)
'한글(영문)'의 형식으로 답안을 작성했을 때, 한글은 맞고 영문 표기가 틀린 경우 정답으로 인정함. 단, '영문'만으로 답안을 작성했을 때, 영문이 틀렸을 경우 오답으로 처리함.

② 하이퍼바이저
('하이퍼바이저(Hypervisor)'도 정답으로 인정함)
'한글(영문)'의 형식으로 답안을 작성했을 때, 한글은 맞고 영문 표기가 틀린 경우 정답으로 인정함. 단, '영문'만으로 답안을 작성했을 때, 영문이 틀렸을 경우 오답으로 처리함.

03 [모범답안]

답안	배점	예상 소요 시간
① IaaS (모델)	4점	4분 / 전체 80분
② SaaS (모델)	3점	
③ PaaS (모델)	3점	

[바른해설]

①: 제시문에 따르면 IaaS (모델)은 사용자가 소프트웨어 개발을 위해 컴퓨터 시스템 자원을 직접 구성하고 관리해야 하는 번거로움은 있지만 사용자에 따라 다른 방법과 목적으로 컴퓨터 시스템 자원을 활용할 수 있다고 하였다.

②: 제시문에 따르면 SaaS (모델)은 클로우드 서비스 사업자가 네트워크를 통해 별도의 설치 없이 곧바로 소프트웨어를 제공해 주거나, 사용자가 원격으로 소프트웨어를 활용할 수 있는 모델로 사용자가 자신이 필요한 소프트웨어를 별도의 설치 없이 바로 사용할 수 있다고 하였다.

③: 제시문에 따르면 PaaS (모델)은 사용자가 소프트웨어를 개발하는 데 기반이 되는 컴퓨터 시스템의 물리적 자원을 제공해준다고 하였다.

[채점기준]

①~③을 정확하게 쓴 경우만 정답으로 인정함.

04 [모범답안]

답안	배점	예상 소요 시간
①:자기 지시성	3점	4분 / 전체 80분
②: 대상언어	3점	
③: 배중률	4점	

[바른해설]

㉠의 문장이 역설로 나타나는 이유는 자기 지시성 때문이며, 메타언어는 대상 언어를 언급하는 언어이며, 크립키는 참도 거짓도 아닌 진리치를 갖는 문장을 허용함으로써 배중률을 포기한 것과 같다.

[채점기준]

①~③을 정확하게 쓴 경우만 정답으로 인정함.
(참고: '배중율'은 오답으로 처리)

05 [모범답안]

답안	배점	예상 소요 시간
① 15 (kg)	4점	4분 / 전체 80분
② 13 (cm)	6점	

[바른해설]

① 제시문에서 '물체의 무게'×'받침점과 물체 사이의 거리' = '추의 무게'×'받침점과 추 사이의 거리'라고 했다. 〈보기1〉의 첫 번째 실험결과에서 왼쪽으로 30cm 떨어진 위치에 10kg의 추를 걸어 두고, 받침점에서 오른쪽으로 20cm 떨어진 위치에 물체 ㉮를 걸었을 때, 대저울의 지렛대가 평형을 이루었다고 했다. 제시문에서 '물체의 무게'×'받침점과 물체 사이의 거리' = '추의 무게'×'받침점과 추 사이의 거리'라고 했으므로, 물체 ㉮의 무게는 15kg이 된다.

② 제시문에 의하면 전자저울의 금속탄성체에는 가해지는 압력, 즉 무게에 비례하여 인장 변형이 일어난다. 〈보기2〉의 두 번째 실험 결과에서 아무런 물체도 올려놓지 않은 전자저울 A의 금속 탄성체의 길이는 10cm이고, 전자저울 A에 10kg의 상자를 올렸을 때, 금속 탄성체의 길이는 2cm가 늘어났다고 했으므로, 전자저울 A의 금속탄성체는 5kg의 무게가 가해질 때마다 1cm씩 길이가 늘어남을 알 수 있다. 따라서 무게가 15kg인 물체 ㉮를 전자저울 A 위에 올려 놓으면 전자저울 A의 금속탄성체의 길이는 3cm가 늘어날 것이다. 아무것도 올려놓지 않은 금속탄성체의 길이가 10cm이므로, 전자저울 A에 물체 ㉮를 올려 놓았을 때, 전자저울 A의 금속탄성체의 전체 길이는 13cm가 된다.

[채점기준]

①, ②를 정확하게 쓴 경우만 정답으로 인정함.

06 [모범답안]

답안	배점	예상 소요 시간
① 칼날	3점	2분 / 전체 80분
② 국물	3점	
③ 닫히다	4점	

[바른해설]

① '칼날'은 [칼랄]로 발음되는데, 이때 'ㄴ'이 선행 음절의 말음 'ㄹ' 뒤에서 'ㄹ'로 바뀌는 유음화가 일어난다.

② '국물'은 [궁물]로 발음되는데, 이때 'ㄱ'이 'ㅁ' 앞에서 'ㅇ'으로 바뀌는 비음화가 일어난다.

③ '닫히다'는 [다치다]로 발음되는데, 이때에는 먼저 'ㄷ'과 'ㅎ'이 만나 'ㅌ'으로 바뀌는 거센소리되기가 일어난 후, 'ㅌ'이 'ㅣ' 앞에서 'ㅊ'으로 바뀌는 구개음화가 일어난다.

[채점기준]

①~③를 정확하게 쓴 경우에만 정답으로 인정함.

07 [모범답안]

답안	배점	예상 소요 시간
① 고기	5점	5분 / 전체 80분
② 새하얀 새(여)	5점	

[바른해설]

시적 대상이란 시인이 주제를 형상화하기 위해 제시하는 모든 소재를 지칭한다. 이러한 시적 대상에는 특정한 인물이나 자연물, 사물과 같이 구체적 형태를 지닌 것도 있지만, 특정한 관념이나 상황, 정서와 같은 무형의 것도 있다.

(가)에서 대상을 의인화한 시어는 '고기'다. '고기'는 자연을 즐기는 시적 화자의 감정이 이입된 시적 대상이다. 그리고 (나)에서 색채 이미지가 활용된 시어 '새하얀 새'는 캄캄한 어둠과 대비되어 새로운 세상이 열리기를 바라는 시적 화자의 소망을 형상화한 시적 대상이다.

[채점기준]

①, ②를 정확하게 쓴 경우에만 정답으로 인정함.

08 [모범답안]

답안	배점	예상 소요 시간
① (제)6(수)	5점	5분 / 전체 80분
② 저 남산 꽃산에	5점	

[바른해설]

(가)에는 학문을 깨우치는 즐거움과 자연을 즐기는 자세가 형상화되어 있는데, (가)의 '제6수'에서는 세상 사람들에게 강학을 하고자 하는 태도 외에도 자연에서 유유자적하고자 하는 삶의 태도가 나타나고 있다. (나)에는 암울한 시대적 상황에도 불구하고 부정적인 현실을 극복하고자 하는 의지가 형상화되어 있다. (나)의 초반부에는 부정적인 현실이 묘사되고 있으나, 시행 '저 남산 꽃산에'서부터 동경하는 세계를 형상화하는 비유적인 시어가 처음으로 등장한다. 이 부분부터 부정적인 현실을 개선하고자 하는 화자의 바람이 나타나기 시작한다.

[채점기준]

①, ②를 정확하게 쓴 경우에만 정답으로 인정함.

('저 남산 꽃산에' 대신에 '9행'으로 쓴 답안도 정답으로 인정)

09 [모범답안]

답안	배점	예상 소요 시간
①: 왜송	5점	4분 / 전체 80분
②: 송백	5점	

[바른해설]

제시문에서 이식은 왜송을 교언영색하고 곡학아세하는 사람으로, 송죽은 호연지기를 지닌 군자의 모습으로 비유하고 있다.

[채점기준]
①, ②를 정확하게 쓴 경우만 정답으로 인정함.
① 왜송
('왜송(矮松)'도 정답으로 인정함)
'한글(한자)'의 형식으로 답안을 작성했을 때, 한글은 맞고 한자 표기가 틀린 경우 정답으로 인정함. 단, '한자'만으로 답안을 작성했을 때, 한자가 틀렸을 경우 오답으로 처리함.
② 송백
('송백(松柏)'도 정답으로 인정함)
'한글(한자)'의 형식으로 답안을 작성했을 때, 한글은 맞고 한자 표기가 틀린 경우 정답으로 인정함. 단, '한자'만으로 답안을 작성했을 때, 한자가 틀렸을 경우 오답으로 처리함.

수학[인문B]

07 [모범답안]

답안	배점	예상 소요 시간
$\log_b c=\frac{6}{7}$	2점	2분 / 전체 80분
$64^{\log_c b}=128$	4점	
$c^{\log_b 128}=64$	4점	

[바른해설]

$\frac{\log_a c}{\log_a b}=\frac{6}{7}$이므로 $\frac{\log_a b}{\log_a c}=\log_c b=\frac{7}{6}$이다.

따라서 $\log_b c=\frac{6}{7}$ 또한, $64^{\log_c b}=128$

$c^{\log_b 128}=k$라고 하면

$\log_c c^{\log 128}=\log_b 128=\frac{\log_c 2^7}{\log_c b}=\log_c k$이다.

$\log_c b=\frac{7}{6}$이므로 이를 대입하여 식을 정리하면

$\log_c 2^7=\frac{7}{6}\log_c k$

$\log_c k=6\log_c 2=\log_c 2^6=\log_c 64$

따라서 $c^{\log_b 128}=k=64$

11 [모범답안]

답안	배점	예상 소요 시간
$\cos\left(\frac{\pi}{2}+\theta\right)-\sin(\pi-\theta)$ $=-\sin\theta-\sin\theta=-2\sin\theta$	3점	2분 / 전체 80분
$\sin\theta=-\frac{2}{5}$	3점	
$-\frac{5}{2}$	4점	

[바른해설]

$\cos\left(\frac{\pi}{2}+\theta\right)-\sin(\pi-\theta)=-\sin\theta-\sin\theta=-2\sin\theta$

이므로 $-2\sin\theta=\frac{4}{5}$에서 $\sin\theta=-\frac{2}{5}$

따라서 $\frac{\cos(-\theta)}{\sin\theta}-\frac{\sin(-\theta)}{1+\cos\theta}=\frac{\cos\theta}{\sin\theta}+\frac{\sin\theta}{1+\cos\theta}$

$=\frac{\cos(1+\cos\theta)+\sin^2\theta}{\sin\theta(1+\cos\theta)}=\frac{\cos\theta+\cos^2\theta+\sin^2\theta}{\sin\theta(1+\cos\theta)}$

$=\frac{1+\cos\theta}{\sin\theta(1+\cos\theta)}=\frac{1}{\sin\theta}=-\frac{5}{2}$

12 [모범답안]

답안	배점	예상 소요 시간
$a_1=0$	2점	5분 / 전체 80분
$a_2=2$	2점	
$a_3=6$	2점	
$x=\frac{\pi}{3}$ 또는 $x=\frac{5\pi}{3}$	4점	

[바른해설]

$$g(t)=\begin{cases}0 & (t<0)\\ 2 & (t=0)\\ 4 & (0<t<2)\\ 3 & (t=2)\\ 2 & (2<t<6)\\ 1 & (t=6)\\ 0 & (t>6)\end{cases}$$

함수 $g(t)$는 0, 2, 6에서 불연속이므로 $a_1=0$, $a_2=2$, $a_3=6$이다.

따라서 $f(x)=|4\cos x-2|=0$인 x는

$x=\frac{\pi}{3}$ 또는 $x=\frac{5\pi}{3}$

13 [모범답안]

답안	배점	예상 소요 시간
$r_4=3$	3점	3분 / 전체 80분
$(S_3-S_2)^2=a_3^2=(a_1r^2)^2=a_1^2r^4$	3점	
225	4점	

[바른해설]

$\dfrac{S_{10}-S_8}{S_6-S_4}=\dfrac{a_1(r^{10}-1)/(r-1)-a_1(r^8-1)/(r-1)}{a_1(r^6-1)/(r-1)-a_1(r^4-1)/(r-1)}$

$=\dfrac{r^{10}-r^8}{r^6-r^4}=r^4=3$

$(S_3-S_2)^2=a_3^2=(a_1r^2)^2=a_1^2r^4=75$,

따라서 $a_1^2=25$, $a_1=5$이다.

$a_2\times a_8=a_1r\times a_1r^7=a_1^2r^8=5^23^2=225$이다.

14 [모범답안]

답안	배점	예상 소요 시간
① $6t^4-20t^3+12t^2+(6-m)$	2점	2분 / 전체 80분
② 12	2점	
③ 2	2점	
④ $-10<m\le 6$ (또는 $(-10, 6]$)	4점	

[바른해설]

점 P의 시각 $t(t>0)$에서의 속도를 $v(t)$라 하면

$v(t)=\ 6t^4-20t^3+12t^2+(6-m)$이다. 점 P가 출발한 후 운동 방향이 두 번 바뀌려면 $t>0$에서 $v(t)=0$이 중근이 아닌 서로 다른 두 실근을 가져야 한다.

$v'(t)=24t^3-60t^2+24t=12t(t-2)(2t-1)=0$에서

$t=0$ 또는 $t=\dfrac{1}{2}$ 또는 $t=2$

$v(0)=6-m$, $v\left(\dfrac{1}{2}\right)=\dfrac{55}{8}-m$, $v(2)=-10-m$

$v(0)>v(2)$이므로 $v(t)$는 $t=\dfrac{1}{2}$에서 극댓값을 가지고 $t=2$에서 최솟값을 가진다.

$v(t)=0$이 $t>0$에서 중근이 아닌 서로 다른 두 실근을 가지려면 $v(0)=6-m\ge 0$이고

$v(2)=-10-m<0$이어야 한다.

그러므로 $-10<m\le 6$, 즉 $(-10, 6]$

15 [모범답안]

답안	배점	예상 소요 시간
$\dfrac{14}{3}a+\dfrac{3}{2}b=-\dfrac{45}{4}$	3점	3분 / 전체 80분
$4a+b=-2$	3점	
$a=\dfrac{99}{16}$, $b=-\dfrac{107}{4}$	2점	
56	2점	

[바른해설]

$G(t)=\int tf'(t)dt=t(3t^2+2at+b)dt$

$=\dfrac{3}{4}t^4+\dfrac{2}{3}at^3+\dfrac{b}{2}t^2+C$ (단, C는 적분 상수)

$\lim\limits_{x\to 2}=\dfrac{1}{x-2}\int_1^x tf'(t)dt=\lim\limits_{x\to 2}\dfrac{G(x)-G(1)}{x-2}=20$

$G(x)$는 다항함수이므로, $\lim\limits_{x\to 2}G(x)=G(2)=G(1)$

따라서, $G(2)=\dfrac{3}{4}16+\dfrac{2}{3}a8+\dfrac{b}{2}4+C$

$=G(1)=\dfrac{3}{4}+\dfrac{2}{3}a+\dfrac{b}{2}+C$, $\dfrac{14}{3}a+\dfrac{3}{2}b=-\dfrac{45}{4}$

$\lim\limits_{x\to 2}\dfrac{G(x)-G(1)}{x-2}=\lim\limits_{x\to 2}\dfrac{G(x)-G(2)}{x-2}=G'(2)$

$=2(12+4a+b)=20$, $4a+b=-2$

$\dfrac{14}{3}a+\dfrac{3}{2}b=-\dfrac{45}{4}$과 $4a+b=-2$에서

$a=\dfrac{99}{16}$, $b=-\dfrac{107}{4}$

따라서 $f(4)=64+\dfrac{99}{16}16-\dfrac{107}{4}4=56$

2024학년도 모의고사

국어[A형]

01 [모범답안]

답안	배점	예상 소요 시간
① 나	5점	5분 / 전체 80분
② 그래야, 때문입니다.	5점	

[바른해설]

〈보기〉의 "민수야, 너는 왜 도서관에서 공부하지 않고 떠들기만 하니? 공부를 하지 못해 내일 시험을 망치면 나는 너를 원망하게 될 거야. 그러니 민수야, 친구와 할 얘기가 있으면 도서관에 오지 마."라는 표현은 '나-전달법'에 적절하지 못한 표현이다.

'나-전달법'에 따라 수정한 문장은 "㉡내가 공부하고 있는데 떠드는 소리에 공부에 집중이 되지 않아. 내가 공부를 하지 못해 내일 시험을 망칠까 봐 걱정이 돼. 그러니 민수야, 친구와 할 얘기가 있으면 휴게실에 가서 했으면 좋겠어."이다. 이 중, ㉡으로 바꾸어 표현한 효과는 [A]의 "그래야 상대방이 부정적인 문장의 주어가 되지 않아 상대방의 반발심을 줄일 수 있기 때문입니다."에 나타나 있다.

[채점기준]

①을 정확히 쓴 경우만 정답으로 인정함. ('나'도 정답으로 인정.)

②를 첫 어절과 마지막 어절을 순서대로 정확하게 쓴 경우만 정답으로 인정함.

02 [모범답안]

답안	배점	예상 소요 시간
① 경제성	5점	4분 / 전체 80분
② 정소 기한	5점	

[바른해설]

①: 소송 사건에 대해 소를 제기할 수 있는 제소 기간을 정해 두고 있는, '시효'는 민사 소송이 추구하는 이상 중, 소송 절차가 신속하고 효율적으로 진행되어야 한다는 경제성을 실현하기 위한 장치이다.

②: 현대 민사 소송법의 '시효'와 유사한 조선 시대의 제도는 '정소 기한'이다. '정소 기한'은 토지, 주택, 노비 등에 관한 소송을 분쟁 발생 시기부터 5년 내에 소를 제기해야 한다는 규정을 두고 있다.

[채점기준]

①, ②의 정답을 정확하게 쓴 경우에만 정답으로 인정함.

03 [모범답안]

답안	배점	예상 소요 시간
①: 결합 방식	5점	4분 / 전체 80분
②: 파이	5점	

[바른해설]

①: 결합 방식 ('결합 형식'도 정답으로 인정함.)

②: 파이

[채점기준]

①과 ②의 정답이 순서대로 정확하게 기술된 경우에만 정답으로 처리함.

정답 이외의 다른 답안을 추가로 기술한 경우는 오답으로 처리함.

04 [모범답안]

답안	배점	예상 소요 시간
㉠ 나는 불경(佛經)처럼 서러워졌다 혹은 나는 불경처럼 서러워졌다	5점	5분 / 전체 80분
㉡ 어린 딸은 도라지꽃이 좋아 돌무덤으로 갔다	5점	

[바른해설]

㉠ 백석의 「여승」에 등장하는 여인은 집을 나간 지아비를 기다려야 하는 운명과 일제 식민지 시기 일제의 수탈을 견디며 살아야 했던 1930년대 민중을 대변하는 인물이다. 「여승」에 등장하는 여인은 가난과 생활고에 어린 딸의 죽음까지 감당해야 했던 속세의 삶을 떠나 여승이 되어 절로 들어갔다. '불경'이라는 소재 자체가 여승이 된 여인의 처지를 보여주는 것이며, 이어지는 '서러워졌다'는 표현에 화자의 감정이 직접 드러나고 있다. 따라서 정답은 '나는 불경(佛經)처럼 서러워졌다'이다.

㉡ 사실상 이 시에서 가장 섬세한 상상력으로 시적 대상이 드러난 시구는 현실적인 죽음, 자식의 죽음을 물질적인 시적 대상을 통해 형상화하여 감정을 절제하고 비극적 상황을 심화하고 있는 '어린 딸은 도라지꽃이 좋아 돌무덤으로 갔다'이다. 자식의 죽음을 시적 대상인 도라지꽃과 돌무덤으로 형상화하여 오히려 비극적인 상황을 심화하고 있다. 따라서 정답은 '(어린 딸은) 도라지꽃이 좋아 돌무덤으로 갔

다'이다.

[채점기준]

①, ②의 각 항목이 정확하게 기술된 경우에만 정답으로 처리함.

①, ②의 순서가 바뀐 경우 오답으로 처리함.

정답 이외의 다른 답을 추가로 기술한 경우는 오답으로 처리함.

부정확한 글자나 문장으로 판독이 불가능한 경우 오답으로 처리함.

반드시 제시문의 시행 그대로 써야 하며 오탈자 혹은 시어 나열의 경우에도 오답으로 처리함.

채점자의 판단에 따라 부분 점수 부여 가능함.

수학[A형]

05 [모범답안]

답안	배점	예상 소요 시간
$f'(x)=3x^2+6ax+1$이 0 이상	2점	2분 / 전체 80분
이 함수는 $f''(x)=6x+6a=0$ 또는 $x=-a$일 때 최소	3점	
$f(-a)=-3a^2+1$이 최솟값이고 이 값이 0 이상이 되어야 한다.	3점	
a의 최댓값은 $\frac{1}{\sqrt{3}}$	2점	

[바른해설]

〈풀이1〉

도함수 $f'(x)=3x^2+6ax+1$의 값이 0 이상이 되는 실수 a의 최댓값을 구하면 충분하다. 이 함수는 $f''(x)=6x+6a=0$일 때, 즉 $x=-a$일 때 최솟값을 갖는다. $f'(-a)=-3a^2+1$이 최솟값이고, 0 이상이 되기 위해서는 $-3a^2+1\geq 0$이 되어야 한다. $a^2\leq\frac{1}{3}$, 따라서 a의 최댓값은 $\frac{1}{\sqrt{3}}$이다.

〈풀이2〉

$f'(x)=3x^2+6ax+1=3(x+a)^2+1-3a^2\geq 0$가 모든 x에 대하여 성립할 때 f는 순증가함수이고 일대일 함수이다. 따라서 $1-3a^2\geq 0$일 때(또는 $f'(x)=0$의 판별식 $9a^2-3\leq 0$), f는 일대일 함수이므로 a의 최댓값은 $\frac{1}{\sqrt{3}}$

06 [모범답안]

답안	배점	예상 소요 시간
$b=a-1$	3점	2분 / 전체 80분
$\lim_{x\to-1}=\frac{x^2+ax+b}{x^2-1}$ $=\lim_{x\to-1}\frac{x^2+ax+a-1}{x^2-1}$ $=\lim_{x\to-1}\frac{-2+a}{-2}$	3점	
$a=1$	2점	
$b=0$	2점	

[바른해설]

$\lim_{x\to-1}\frac{x^2+ax+b}{x^2-1}=\frac{1}{2}$에서 $x\to-1$일 때, 분모 $x^2-1\to 0$이고 극한값이 존재하므로 분자도 $x^2+ax+b\to 0$이어야 한다.

즉, $\lim_{x\to-1}x^2+ax+b=1-a+b=0$에서 $b=a-1$을 얻는다. 이것을 원래 극한 식에 대입하면,

$$\lim_{x\to-1}\frac{x^2+ax+b}{x^2-1}=\lim_{x\to-1}\frac{x^2+ax+a-1}{x^2-1}$$

$$=\lim_{x\to-1}\frac{(x+1)(x+a-1)}{(x+1)(x-1)}=\lim_{x\to-1}\frac{x+a-1}{x-1}$$

$=\frac{-2+a}{-2}=\frac{1}{2}$이고, 따라서 $a=1$이고

$b=a-1=1-1=0$

07 [모범답안]

답안	배점	예상 소요 시간
$\sin\theta=-\frac{3}{4}$	4점	2분 / 전체 80분
$\cos\theta=-\sqrt{\frac{7}{16}}=-\frac{\sqrt{7}}{4}$	4점	
$\tan\theta=\frac{3}{\sqrt{7}}=\frac{3\sqrt{7}}{7}$	2점	

[바른해설]

$$\sin(\pi+\theta)=-\sin\theta=\frac{3}{4}\ \therefore\ \sin\theta=-\frac{3}{4}$$

$$\sin\left(\frac{\pi}{2}+\theta\right)=\cos\theta<0$$

따라서 $\cos\theta=-\sqrt{1-\sin^2\theta}=-\sqrt{1-\frac{9}{16}}$

$$=-\sqrt{\frac{7}{16}}=-\frac{\sqrt{7}}{4}$$

$$\tan\theta=\frac{\sin\theta}{\cos\theta}=\frac{-\frac{3}{4}}{-\frac{\sqrt{7}}{4}}=\frac{3}{\sqrt{7}}=\frac{3\sqrt{7}}{7}$$

08 [모범답안]

답안	배점	예상 소요 시간
$S_7=S_6$ 또는 $S_7-S_6=0$	3점	3분 / 전체 80분
$b_7=a_1+6d=0$ 또는 $a_1=-6d$	2점	
$d=4$	3점	
$a_5=-8$	2점	

[바른해설]

조건 (가)에서 $n=6$이면 $S_6=S_7$이고,

$S_7-S_6=b_7=0$이다. 따라서 $b_7=a_7+a_7=0$인데, 등차수열 $\{a_n\}$의 첫째항을 a_1, 공차를 d라 할 때, a_7에 대해 $a_7=a_1+6d=0$가 성립한다.

그러므로 $b_n=a_n=a_1+(n-1)d=-6d-d+nd$
$=-7d+nd$이다.

제 15항까지의 합 $S_{15}=\dfrac{15\{-6d+(-7d+15d)\}}{2}$

$=\dfrac{15\times 2d}{2}=60$이므로, $d=4$이다.

따라서 $a_5=-24+4\times 4=-8$이다.

국어[B형]

01 [모범답안]

답안	배점	예상 소요 시간
하지만	5점	5분 / 전체 40분
수준이다	5점	

[바른해설]

〈보기〉는 제시문의 글을 쓰기 전에 수립한 계획의 일부로 모두 글 속에 반영된 계획들이다. 첫 문단에는 장애인 고용 의무 법안의 목적과 취지, 그리고 두 번째 문단의 첫 문장에는 장애인 고용 현황이 나타나 장애인 고용의무 제도가 아직 현실적인 한계에 직면해 있음을 알려주고 있다. 또한 이어지는 문장에서는 장애인에게 직업이 필요한 이유가 나타나 있다. 따라서 첫 문장 '하지만'부터 '수준이다'까지를 찾고, 문항이 요구하는 첫 어절 '하지만'과 마지막 어절 '수준이다'를 쓰면 된다.

[채점기준]

①, ②를 정확하게 쓴 경우만 정답으로 인정함.

02 [모범답안]

답안	배점	예상 소요 시간
① 부정식 (보도 (유형))	3점	4분 / 전체 80분
② 경마식 (보도 (유형))	3점	
③ 개인화 (보도 (유형))	4점	

[바른해설]

① 부정식 (보도 (유형))
② 경마식 (보도 (유형))
③ 개인화 (보도 (유형))

[채점기준]

①~③의 정답이 순서대로 정확하게 기술된 경우에만 정답으로 처리함.
정답 이외의 다른 답안을 추가로 기술한 경우는 오답으로 처리함.

03 [모범답안]

답안	배점	예상 소요 시간
① 1.5(kg)	5점	4분 / 전체 40분
② 5(kg)	5점	

[바른해설]

① 대저울에서 '물체의 무게×받침점과 물체 사이의 거리=추의 무게×받침점과 추 사이의 거리'이다. 따라서 대저울에서 '1kg×30cm=㉮×20cm'가 되므로, ㉮의 무게는 1.5kg이 된다.

② 아무런 물체도 올려놓지 않은 전자저울의 금속 탄성체의 길이는 10cm이다. 이 저울에 10kg의 상자 ㉯를 올려놓았을 때, 금속 탄성체의 길이는 12cm가 되었다. 여기에서 전자저울의 금속 탄성체는 5kg의 무게가 늘어날 때 1cm의 길이가 늘어난다. 상자 ㉯ 위에 물체 ㉰를 올려놓았을 때, 금속 탄성체의 길이는 1cm가 늘어난 13cm가 되었으므로 물체 ㉰의 무게는 5kg이 된다.

[채점기준]

①, ②의 정답을 정확하게 쓴 경우에만 정답으로 인정함.

04 [모범답안]

답안	배점	예상 소요 시간
①: (광부) 김창호	3점	5분 / 전체 80분
②: 홍 기자(홍성기, 홍성기 기자)	3점	
③: 인간 부재	4점	

[비른해설]

도식화된 표는 홍 기자가 기사의 소재가 될 때만 김창호에게 관심을 갖고 인터뷰를 하며, 기사의 소재가 되지 않을 때는 관심을 갖지 않음을 정리한 것이다. 이를 통해 알 수 있는 현대 사회 대중매체의 특성은 '인간 부재'이다.

[채점기준]

①~③의 각 항목이 정확하게 포함된 기술만 정답으로 처리함.

①에 대해서는 '광부 김창호', '김창호'에 대해서만 정답으로 처리함.

②에 대해서는 '홍 기자', '홍성기', '홍성기 기자'에 대해서만 정답으로 처리함.

③에 대해서는 '인간 부재'에 대해서만 정답으로 처리함.

수학[B형]

05 [모범답안]

답안	배점	예상 소요 시간
$\left(x-\frac{1}{2}\right)\left(x-\log_3 n\right)\le 0$	3점	5분 / 전체 80분
$0\le x\le\frac{1}{2}$ 또는 $\frac{1}{2}\le x<2$ (또는 $x=0$ 또는 $x=1$)	3점	
$n=1, 3, 4, 5, 6, 7, 8$	3점	
7개	1점	

[바른해설]

$x^2-x\log_3(\sqrt{3}n)+\log_3\sqrt{n}\le 0$

$x^2-x\left(\frac{1}{2}+\log_3 n\right)+\frac{1}{2}\log_3 n\le 0$

$\left(x-\frac{1}{2}\right)(x-\log_3 n)\le 0$

x가 1개이려면 $0\le x\le\frac{1}{2}$ 또는 $\frac{1}{2}\le x<2$

따라서 $n=1, 3, 4, 5, 6, 7, 8$이므로 7개

06 [모범답안]

답안	배점	예상 소요 시간
$f(x)=\frac{x^3+ax+b}{x-1}$	2점	2분 / 전체 80분
$2a+b=-7$	3점	
$a+b=-1$	2점	
$f(1)=-3$	3점	

[바른해설]

$x\ne 1$, $x\ne 2$일 때, $f(x)=\frac{(x-2)(x^3+ax+b)}{(x-1)(x-2)}$

$=\frac{x^3+ax+b}{x-1}$이다.

함수 $f(x)$는 $x=2$에서 연속이므로 $\lim_{x\to 2}f(x)=f(2)$이다.

즉, $\lim_{x\to 2}\frac{x^3+ax+b}{x-1}=1$이므로 $\frac{8+2a+b}{2-1}=1$이고 $2a+b=-7$이다. 또한, 함수 $f(x)$는 $x=1$에서도 연속이므로 $\lim_{x\to 1}f(x)=f(1)$이다. $\lim_{x\to 1}\frac{x^3+ax+b}{x-1}=f(1)$에서 $x\to 1$일 때, 분모 $x-1\to 0$이고 극한값이 존재하므로 분자도 $x^3+ax+b\to 0$이어야 한다.

즉, $\lim_{x\to 1}x^3+ax+b=1+a+b=0$에서 $a+b=-1$이다.

위의 $2a+b=-7$과 연립해서 풀면 $a=-6$, $b=5$를 얻는다. 따라서

$$f(1)=\lim_{x\to1}\frac{x^3-6x+5}{x-1}$$
$$=\lim_{x\to1}\frac{(x-1)(x^2+x-5)}{x-1}$$
$$=\lim_{x\to1}(x^2+x-5)=-3$$

07 [모범답안]

답안	배점	예상 소요 시간
① a_8	3점	2분 / 전체 80분
② a_{12}	3점	
③ $a_3a_{13}\times a_4a_{12}=25$ 또는 $a_3a_4a_{12}a_{13}=25$ 또는 25	2점	
④ 5	2점	

[바른해설]

등비수열 $\{a_n\}$에 대하여 세 수 a_3, [① a_8], a_{13}이 순서대로 등비수열을 이루므로 $a_8^2=a_3a_{13}$이다. 또한 세 수 a_4, a_8, [② a_{12}]이 순서대로 등비수열을 이루므로 $a_8^2=a_4a_{12}$이다. $a_8^4=$[③ $a_3a_{13}\times a_4a_{12}=26$]이다.

따라서 a_8^2의 값은 양수이므로 [④ 5]이다.

08 [모범답안]

답안	배점	예상 소요 시간
$f(x)=3x^2+a$	2점	3분 / 전체 80분
$a=-2$	2점	
$b=1$	3점	
$\int_a^b f(x)dx=3$	3점	

[바른해설]

$\int_1^x f(t)dt=x^3+ax+b$ ……㉠.

㉠의 양변을 x에 대하여 미분하면 정적분과 미분의 관계로부터 $f(x)=3x^2+a$이다. $1=f(-1)=3+a$이므로 $a=-2$, ㉠의 양변에 $x=1$을 대입하면,

$0=\int_1^1 f(t)dt=1-2+b$이므로 $b=1$이다.

따라서

$$\int_a^b f(x)dx=\int_{-2}^1(3x^2-2)dx=[x^3-2x]_{-2}^1=3$$

2023학년도 기출문제

국어[인문A]

01 [모범답안]

예시답안	배점
교지에, 느꼈습니다.	5점
특히, 계획입니다.	5점

[바른해설]
〈보기〉의 ①에서 언급한 사항은 제시문의 '교지에 실을 기사를 작성하기 위해 학교주변을 취재하고 주민들을 인터뷰하면서 남들에게 알려지지 않은 우리 마을만의 매력이 참 많다는 것을 느꼈습니다.'의 문장에서 잘 들어나고 있다. 이에 따라 이 문장의 첫 어절인 '교지에'와 마지막 어절인 '느꼈습니다.'가 ①의 정답에 해당한다.
〈보기〉의 ②에서 언급한 사항은 제시문의 '특히 저는 마을 어르신들과 좋은 관계를 유지하고 있어 어르신들의 시혜가 담긴 이야기와 마을과 관련된 재미있는 이야기들을 인터뷰하여 기사로 작성할 계획입니다.'의 문장에서 잘 드러나고 있다. 이에 따라 이 문장의 첫 어절인 '특히'와 마지막 어절인 '계획입니다.'가 ②의 정답에 해당한다.

02 [모범답안]

예시답안	배점
㉠ 국력의 전환적 성장(단계)	3점
㉡ 강대국	2점
㉢ 힘의 성숙(단계)	3점
㉣ 지배국	2점

[바른해설]
문제와 관련한 사항은 제시문의 마지막 문단에서 잘 드러나고 있다. '국력의 전환적 성장 단계'에 있는 '강대국'이 '힘의 성숙 단계'에 있는 '지배국'에 대해 불만을 가지게 되면 세력 전이가 발생할 수 있다.

03 [모범답안]

예시답안	배점
① A	5점
② B	5점

※ ①~②를 정확하게 쓴 경우만 정답으로 인정함

[바른해설]
이 문제와 관련한 사항은 제시문의 3번째 문단과 4번째 문단에서 잘 드러나고 있다. 피라미드 구조에서 지배국인 A의 주도로 국제 질서가 만들어지며, 그중 B인 강대국은 상대적으로 A인 지배국의 혜택을 받으며 현재 질서에 만족하게 된다. 이때 비교적 불만족 상태에 있는 D와 E는 강대국 중 일부가 A에 도전하게 되면 자국의 이익을 위해 B의 강대국을 지원하는 경향이 있다.

04 [모범답안]

예시답안	배점
㉠ 5천만(원) ('오천만, 5,000만, 50,000,000'도 정답으로 인정함.)	3점
㉡ 3천만(원) ('삼천만, 3,000만, 30,000,000'도 정답으로 인정함.)	3점
㉢ 일억(원) ('일억, 100,000,000'도 정답으로 인정함.)	4점

※ ㉠~㉢을 정확하게 쓴 경우에만 정답으로 인정함

[바른해설]
㉠: '절대설'을 적용하면 보험자는 제3자로부터 우선적으로 5천만 원을 우선적으로 받고, 나머지 천만 원은 피보험자가 받게 된다.
㉡: '상대설'을 적용하면 부보 비율이 1/2이므로 보험자가 1/2인 3천만 원을 피보험자가 나머지 3천만 원을 나누어 가지게 된다.
㉢: '차액설'을 적용하면 피보험자는 보험 금액 청구로 보험자로부터 5천만 원을 받고 손해 배상 청구를 제3자로부터 통해 5천만 원을 받아, 총 1억 원을 받을 수 있다.

05 [모범답안]

예시답안	배점
① 청구권 (대위)	5점
② 손해 배상 (청구권)	5점

[바른해설]
① 〈보기1〉의 보험 사고에서는 자동차의 전부가 멸실된 것이 아니므로 잔존율 대위는 성립하지 않고, 청구권 대위가 성립한다.
② 청구권 대위에 의해 'A 보험 회사'는 '갑'에게 보험금을 지급한 이후 '을'에게 손해 배상 청구권을 행사할 수 있다.

06 [모범답안]

예시답안	배점
밝은 달빛 ('달빛'도 정답으로 인정)	5점
길	5점

※ ①, ②를 정확하게 쓴 경우만 정답으로 인정함

[바른해설]

이태준의 「달밤」에서 배경묘사는 작품의 주제를 구현하는데 중요한 기여를 한다. 특히 "문안에 들어갔다 늦어서 나오는데 불빛 없는 성북동 길 위에는 밝은 달빛이 깁을 깐 듯하였다."는 문장에서 '밝은 달빛'은 '밤'이라는 시간적 배경을 나타내는 동시에 그것이 '깁'을 깐듯하다는 비유법을 통해 서정적인 분위기를 조성했다.

07 [모범답안]

예시답안	배점
① 나비의 밥그릇 같은 민들레를 만날 수 있고	5점
② 꽃문양 ('작은 꽃문양', '새겨진 꽃문양'은 오답으로 처리함)	5점

※ ①, ②를 정확하게 쓴 경우만 정답으로 인정함

[바른해설]

시행 "나비의 밥그릇 같은 민들레를 만날 수 있고"에서 '나비의 밥그릇 같은 민들레'는 '밥 먹으라고 부르는'과 연결되어 다른 누군가를 먹여 살리는 이미지를 전달한다. 그리고 '꽃문양'은 '존재의 테이블'에 새겨진 문양으로 그것의 구체적 외양을 설명해준다. 아울러 "새겨진 꽃문양 사이사이로 먼지가 끼어 가는 걸 보면서 내 마음이 그 모습 같거니 생각할 때도 많았다. 그토록 애착을 느꼈으면서도 어느 순간 잡동사니 속에 함부로 굴러다니며 삐걱거리게 된 그 테이블을 볼 때마다 나는 새삼 씁쓸해지고는 한다."에서는 '작은 꽃문양'에 먼지가 낀 모습을 통해 글쓴이가 겪은 바쁜 일상의 영향을 보여주고 있다.

08 [모범답안]

예시답안	배점
① 그러다가도	5점
② 있다.	5점

※ ①, ②를 정확하게 쓴 경우만 정답으로 인정함

[바른해설]

글쓴이는 학교 일, 집안일, 육아 등을 하느라 힘든 삶 속에서도 자신의 존재만을 위한 시간을 마련하는 과정에서 존재의 테이블을 잘 만져서 바로잡고 아주 공들여서 먼지를 닦는다. 이러한 행동에서 '존재의 자리'를 마련하려는 정성스러운 '나'의 마음가짐을 확인할 수 있다.

09 [모범답안]

예시답안	배점
① 권력, 국물 ('권력', '국물'의 순서는 상관없음)	5점
② 강릉	5점

※ ①, ②를 정확하게 쓴 경우만 정답으로 인정함

[바른해설]

- '권력[궐력], 국물[궁물]'의 경우는 음운 변동의 결과 앞 자음이 뒤 자음의 영향을 받아 조음방법이 같아지는 예시어이다.
- '강릉[강능]'의 경우는 음운 변동의 결과 뒤 자음이 앞 자음의 영향을 받아 조음 방법이 같아지는 예시어이다.
- '입학[이팍]'은 거센소리 현상으로 ①, ②의 어디에도 해당하지 않는 예시어이다.

수학[인문A]

10 [바른해설]

첫째항이 a이고 공비가 r인 등비수열 a_n의 제 n항까지의 합

$S_n=\dfrac{a(r^n-1)}{r-1}$이므로

$$\frac{S_6}{S_3}=\frac{a(r^6-1)}{r-1}-\frac{r-1}{a(r^3-1)}=\frac{(r^3+1)(r^3-1)}{r^3-1}=3$$

따라서 $r^3=2$이고, $S_3=\dfrac{a(r^3-1)}{r-1}=\dfrac{a}{r-1}=6$이다.

$S_{15}=\dfrac{a}{r-1}((r^3)^5-1)=6((r^3)^5-1)$이므로

$\log_2\left(1+\dfrac{S_{15}}{6}\right)$는 $\log_2(2^5)$이므로 답은 5이다.

11 [바른해설]

주어진 식에서 $\log_3=ab=\log_3 a+\log_3 b=6$이고,

$\log_3 a=4\log_b 3=\dfrac{4\log_3 3}{\log_3 b}$이므로

$\log_3 a\log_3 b=4$이다.

$$\log_a b+\log_b a=\frac{\log_3 b}{\log_3 a}+\frac{\log_3 a}{\log_3 b}$$
$$=\frac{(\log_3 a)^2+(\log_3 b)^2}{\log_3 a\,\log_3 b}$$
$$\therefore\ \frac{(\log_3 a+\log_3 b)^2-2\log_3 a\log_3 b}{\log_3 a\,\log_3 b}=\frac{6^2-2\times 4}{4}=7$$

12 [바른해설]

$f(x)=x^2-4x+4$에서 $f'(x)=2x-4$, 점 $(a, f(a))$에서의 접선의 방정식은

$y-(a^2-4a+4)=(2a-4)(x-a)$

$y=(2a-4)x-a^2+4$

이 때, $P\left(\dfrac{a+2}{2}, 0\right)$, $Q(0, -a^2+4)$이므로 삼각형 OPQ

의 넓이를 $S(a)$라 하면

$S'(a)=\frac{1}{4}(a+2)(4-a^2)=-\frac{1}{4}(a^3+2a^2-4a-8)$

$S'(a)=-\frac{1}{4}(a+2)(3a-2)$

$0<a<2$이므로 $S'(a)=0$에서 $a=\frac{2}{3}$

13 [바른해설]

$\angle$ACB는 지름에 대한 원주각이므로 삼각형 ABC는 직각 삼각형이다.

따라서 $\overline{AB}=\sqrt{4^2-1}=\sqrt{15}$, $\theta=\angle BAC$라 하면

$\sin\theta=\frac{1}{4}$, $\cos\theta=\frac{\sqrt{15}}{4}$이다.

$\overline{BC}=\overline{CD}$이므로, $\overset{\frown}{BC}=\overset{\frown}{CD}$이고 $\angle CAD=\angle BAC=\theta$ 이다.

$x=\overline{AD}$라 하면 삼각형 ACD에서 코사인법칙에 의하여

$1^2=15+x^2-2\times\sqrt{15}x\times\frac{\sqrt{15}}{4}$

혹은 $2x^2-15x+28=0$이다. 즉, $x<4$이어야 하므로

$x=\frac{7}{2}$이다.

삼각형 ABC의 넓이는 $\frac{\sqrt{15}}{2}$

삼각형 ACD의 넓이는 $\frac{1}{2}\times\sqrt{15}\times\frac{7}{2}\times\sin\theta=\frac{7\sqrt{15}}{15}$

이므로 사각형의 넓이는 $\frac{15\sqrt{15}}{16}$

14 [바른해설]

극한 $\lim_{x\to-1}\frac{f(x)}{(x+1)g(x)}$가 존재하므로 $f(-1)=0$

최고차항의 계수가 1인 삼차함수 $f(x)$를

$f(x)=(x+1)(x^2+ax+b)$로 놓을 수 있다.

따라서 $g(x)=(x-4)((x-5)^2+a(x-5)+b)$이므로

$\lim_{x\to-1}\frac{(x+1)(x^2+ax+b)}{(x+1)g(x)}=-\frac{1}{5}$이고

이로부터 $\frac{1-a+b}{g(-1)}=\frac{1-a+b}{-5(36-6a+b)}=-\frac{1}{5}$,

따라서 $a=7$

극한 $k=\lim_{x\to4}\frac{(x+1)(x^2+7x+b)}{(x+1)(x-4)((x-5)^2+7(x-5)+b)}$

가 존재하므로 $16+28+b=0$

즉, $b=-44$,

따라서 $k=\lim_{x\to4}\frac{x+11}{(x-5)^2+7(x-5)-44}=-\frac{3}{10}$

15 [바른해설]

$h'(x)=x^3-2x^2-x+2=0$을 만족하는 x의 값은 모두 $-1, 1, 2$이다.

$h(x)=\frac{1}{4}x^4-\frac{2}{3}x^3-\frac{1}{2}x^2+2x+C$

따라서, $x=-1$, $x=2$에서 극소값, $x=1$에서 극댓값을 갖는다.

$h(-1)=-\frac{19}{12}+C$, $h(1)=\frac{13}{12}+C$, $h(2)=\frac{2}{3}+C$,

즉 $h(-1)<h(2)$이므로

두 함수의 그래프가 오직 한 점에서 만나기 위해서는 $x=-1$에서 $h(x)$의 값이 0이다.

즉, $C=\frac{19}{12}$이다. 따라서, $h(x)$의 극댓값은 $\frac{8}{3}$이고, 극솟값 $\frac{9}{4}$은 이다.

국어[인문B]

01 [모범답안]

예시답안	배점
① 해바라기의, 있었다 (「해바라기」의, 있었다'도 정답으로 인정함.)	5점
② 그는, 나갔다	5점

[바른해설]

〈보기〉의 ①에서 언급한 사항은 제시문의 '「해바라기」의 노란색, 「별이 빛나는 밤」의 파란색과 밤의 빛깔들, 이번 미술관 관람을 통해 고흐만이 표현할 수 있는 아름다운 색체를 고스란히 느낄 수 있었다.'의 문장에서 잘 드러나고 있다. 이에 따라 이 문징의 첫 어절인 '해바라기의', 마지막 어절인 '있었다'가 ①의 정답에 해당한다.

〈보기〉의 ②에서 언급한 사항은 제시문의 '그는 불굴의 의지를 지닌 색채의 마술사처럼 열정적으로 자신의 색을 화폭에 그려 나갔다.'의 문장에서 잘 드러나고 있다. 이에 따라 이 문장의 첫 어절인 '그는'와 마지막 어절인 '나갔다'가 ②의 정답에 해당한다.

02 [모범답안]

예시답안	배점
① 개념	5점
② 차이 자체	5점

[바른해설]

① 사람들은 세상에 존재하는 대상에 대해 알고 있다고 이야기하지만, 들뢰즈의 관점에서 사람들은 관습적인 '개념'만을 알고 있을 뿐이다.
② 들뢰즈는 사람들이 개별 존재만의 독자성을 알아야 한다고 했는데, 들뢰즈는 이러한 개별 존재의 독자성을 '차이 자체'라고 불렀다.

03 [모범답안]

예시답안	배점
① 창조적 (상상력)	5점
② 유목민	5점

※ ①~②를 정확하게 쓴 경우만 정답으로 인정함

[바른해설]

① 〈보기1〉의 〈생트빅투아르산〉에서 세잔은 기존의 원근법을 무시하고 산과 마을의 풍경을 하나의 덩어리로 나타내고 있다. 이는 칸트와 들뢰즈가 이야기한 '창조적 상상력'을 통해 만들어진 도식으로 볼 수 있다.
② 들뢰즈는 개인이 획일화된 삶을 벗어나 주체로 살기 위해서는 틀에 박힌 삶을 과감히 떨치고 유목민과 같은 방식으로 살 필요가 있다고 보았다.

04 [모범답안]

예시답안	배점
① 코무니콜로기	5점
② 알파벳 이전 시대	5점

※ ①~②을 정확하게 쓴 경우에만 정답으로 인정함

[바른해설]

제시문은 이미지가 중요한 의미를 지니게 된 텔레마틱 사회에 대한 빌렘 플루서의 견해를 인용하고 있다. 플루서는 새로운 매체에 의해 변화하는 현대사회의 인간과 세계의 소통을 설명하기 위한 학문으로 '코무니콜로기'를 제안하고 있다. 〈보기〉에서는 위의 내용을 잘 이해했는지를 물었는데, a장치리터러시는 매체에 맞춰진 지식정보를 획득하고 이해하는 능력으로 플루서가 제안한 학문이 아니다. 플루서에 의해 제안된 학문은 코무니콜로기이다.

또한 자신의 코무니콜로기를 통해 지금의 문명이 시기적으로는 알파벳 이전 시대, 알파벳 시대, 알파벳 이후의 시대로 나뉠 수 있으며 각각의 시기에 대응하는 매체가 이미지, 문자, 기술적 이미지라고 이야기한다. 보기에서는 탈역사 시대의 이미지가 알파벳을 매개로 한다는 점에서 알파벳 이전시대의 이미지와 차이를 보인다고 말해야 옳다.

따라서 b알파벳 시대는 알파벳 이전 시대

05 [모범답안]

예시답안	배점
① 휴대 전화 메신저 ('메신저, 전화 메신저'도 정답으로 인정함)	5점
② 조 모임 블로그 ('블로그'도 정답으로 인정함)	5점

※ ①, ②를 정확하게 쓴 경우에만 정답으로 인정함

[바른해설]

5번 문항은 제시문의 빌렘 플루서의 가상 이미지 공간인 '디지털 가상'이라는 개념을 정확하게 이해하고 있는지를 묻는 문제이다. 학생들의 삶에서도 현재 진행형인 현상에 대해서 개념적인 이해를 적용할 수 있는지 물었다. 보기의 학생들은 이 디지털 가상이라는 공간을 이용하여 협업하고 과제를 수행하는 모습을 보인다. 따라서 제시문의 디지털 가상이 〈보기〉의 휴대 전화 메신저와 조 모임 블로그라는 것을 찾을 수 있어야 한다.

06 [모범답안]

예시답안	배점
① 잎 ('떨어질 잎, 이에 저에 떨어질 잎'도 정답으로 인정함)	5점
② 미타찰	5점

※ ①, ②를 정확하게 쓴 경우만 정답으로 인정함

[바른해설]

6번 문항은 월명사의 「제망매가」와 정지용의 「유리창1」을 묶어서 묻는 문제로, 각각 소재가 되고 있는 누이의 죽음과 아들의 죽음에 대한 시적 형상화와 그 극복방법을 묻는 문제이다. ①은 죽은 누이를 멀어지는 나뭇잎에 비유했고, ②에서는 그 누이를 미타찰이라는 종교적 내세적 공간에서 만나자고 희구하면서 죽음을 넘어서려고 하고 있다.

07 [모범답안]

예시답안	배점
① 외로운 황홀한 심사 ('외로운 황홀한 심사이어니'도 정답으로 인정함)	5점
② 유리창 ('유리'도 정답으로 인정함)	5점

※ ①, ②를 정확하게 쓴 경우만 정답으로 인정함

[바른해설]

7번 문항은 정지용의 「유리창1」의 역설적 이미지를 묻는 문제이다. 아이의 죽음으로 괴로워하고 죽은 아이를 그리워하는 아버지의 마음은 창에 어리는 입김에서 아이의 입김을 느낀다. 그래서 하얗게 서린 입김은 자신이 그리워하고 있는 아이이기에 이런 아이를 대하는 화자의 마음은 모순될 수밖에 없다. 외로운 황홀한 심사에서 외로운은 죽은 아이를 그리워하는 상황, 황홀한은 환영과 몽상으로나마 아이를 만나는 데서 오는 황홀한 느낌을 반영한다. 한편 유리창은 입김이 하얗게 서리게 할 수 있는 공간이므로 그리워하는 아이를 만날 수 있게 하는 사물이면서 동시에 아이와 자신의 세계를 가로 막는 공간이다.

08 [모범답안]

예시답안	배점
① 스위치	5점
② 스푼	5점

※ ①, ②를 정확하게 쓴 경우만 정답으로 인정함

[바른해설]

8번 문항은 〈보기〉에 나와 있는 내용 그대로 최인호의 「타인의 방」에서 구현되는 현실과 환상의 의미를 묻는 문제이다. 인용된 제시문 속에서 스위치가 내려지면 어둠 속에서 모든 사물들은 물활성을 얻는다. 반대로 주인공이 스위치를 올리고 방이 환해지면 모든 사물들은 언제 그랬냐는 듯이 제자리에 놓여 있다. 따라서 환상과 현실의 경계를 이루고 있는 사물이자 두 세계의 전환의 계기가 되는 사물은 스위치이고, 주인공에게 이 현실과 환상의 경계가 무너지는 사실을 확인시켜주는 사물은 스푼이다. 스푼은 환상 속에서는 물고기처럼 유영하다가, 현실의 빛 속에서는 주인공의 손아귀에 얌전히 붙잡혀 있다.

09 [모범답안]

예시답안	배점
① 유음화 (현상)	2점
② 거센소리되기 (현상)	3점
③ 구개음화 (현상)	3점
④ 된소리되기 (현상)	2점

※ ①~④를 정확하게 쓴 경우만 정답으로 인정함

[바른해설]

① '논리'는 [놀리]으로 발음되는데, 이때 일어난 음운 변동은 유음화이다.

② '맏형'은 [마텽]으로 발음되는데, 이때 일어난 음운 번동은 거센소리되기이다.

③ '붙임'은 [부침]으로 발음되는데, 이때 일어난 음운 변동은 구개음화이다.

④ '국밥'은 [국빱]으로 발음되는데, 이때 일어난 음운 변동은 된소리되기이다.

수학[인문B]

10 [바른해설]

$y=x^3$과 $y=\sqrt{2x}$의 교점의 x좌표는 다음을 만족한다.

$x^3=\sqrt{2x}$, 따라서 A점의 x좌표는 $2^{\frac{1}{5}}$이다.

따라서 A점의 좌표는 $2^{\frac{3}{5}}$이다.

삼각형 AOH의 넓이는

$\frac{1}{2}\times\overline{\mathrm{OH}}\times\overline{\mathrm{AH}}=\frac{1}{2}\times2^{\frac{1}{5}}\times2^{\frac{3}{5}}=2^{-\frac{1}{5}}$

따라서 $a^2+b^2=1+25=26$

11 [바른해설]

$6\cos\theta-\frac{1}{\cos\theta}=1$로부터 $6\cos^2\theta-\cos\theta=0$

따라서 $\cos\theta=\frac{1}{2}, -\frac{1}{3}$

주어진 범위를 만족하는 것은 $\cos\theta=\frac{1}{2}$이다.

따라서 $\sin\theta=-\frac{\sqrt{3}}{2}$이므로 $\sin\theta\cos\theta=-\frac{\sqrt{3}}{4}$

12 [바른해설]

$a_7=4$이므로 홀짝수에 따라 $a_6=1, 8$이다.

1. $a_6=1$의 경우, 짝수만 가능하므로 $a_5=2$이다.

$a_5=2$의 경우, $a_4=4$인 짝수 경우만 존재

$a_4=4$는 $a_3=1, 8$ 홀수, 짝수 2가지 경우 존재

1) $a_3=1$일 때, $a_2=2$ 짝수 경우만 존재 $a_1=4$

합 : $4+2+1+4+2+1=14$, $S_6=14$

2) $a_3=8$일 때, $a_2=16$ 짝수 경우만 존재, $a_1=6$, 32는 2가지 중 5가 최소

합: $5+16+8+4+2+1=36$, $S_6=36$

따라서 S_6의 최솟값은 ① 14 최소이다.

2. $a_6=8$의 경우, $a_5=16$만 존재하고, $a_4=5$, 32이다.

$a_6=8$일 때, a_5+a_6- ② 24 $>$ ① 14

이므로 $a_6=1$일 때의 S_6이 최솟값을 갖는다. 따라서 S_6이 최솟값을 갖는 수열 $\{a_n\}$은 4, 2, 1, 4, 2, 1$\cdots$이므로

① 4, 2, 1 이다. 따라서 S_{20}의 최솟값은

$(4+2+1)\times6+(4+2)=$ ④ 48 이다.

13 [바른해설]

$g(x)=-6x+\int_0^1 f(t)dt$에서 $\int_0^1 f(t)dt=a$라 하면,

$g(x)=-6x+a$이다.

$$f(x)=3x^2+2x\int_0^1 tg(t)dt$$
$$=3x^2+2x\int_0^1 t(-6t+a)dt$$
$$=3x^2+2x\left(-2+\frac{1}{2}a\right)$$

$\int_0^1 f(t)dt=\int_0^1\left(3t^2+2t\left(-2+\frac{1}{2}a\right)\right)dt=-1+\frac{1}{2}a$,

따라서 $-1+\frac{1}{2}a=a$, $\therefore a=-2$

$f(x)=3x^2-6x$, $g(x)=-6x-2$

따라서 $f(x)+g(x)=3x^2-12x-2=0$ 판별식 $D>0$이므로, 두 실근의 합은 4이다.

14 [바른해설]

함수 $f(x)g(x)$가 $x=1$에서 연속이 되려면

$\lim_{x\to1+}f(x)g(x)=\lim_{x\to-1}f(x)g(x)=f(1)g(1)$이어야 한다.

$$\lim_{x\to1-}f(x)g(x)=\lim_{x\to1-}(x^3+a^2x^2-2x)(x^2-ax)$$
$$=(1-a)(a^2-1)$$

$\lim_{x\to1+}f(x)g(x)=\lim_{x\to1+}(2x+1)(x^2-ax)=3(1-a)$

$f(1)g(1)=3(1-a)$이므로 $(1-a)(a^2-4)=0$

따라서 $a=-2$, $a=1$, $a=2$

15 [바른해설]

$f(t)=x_1-x_2=3t^4-8t^3-30t^2+72t+d$라 하면

$f'(t)=12t^3-24t^2-60t+72=12(t-1)(t-3)(t+2)$이므로 $t=-2$, 1, 3에서 극값을 가진다.

$f(0)=d$, $f(1)=37+d$, $f(3)=-27+d$, $f(4)=64+d$

$d\le0$이고 $|f(t)|$의 최솟값이 0이 아니므로 닫힌구간 $[0, 4]$에서 $f(t)<0$이다.

그러므로 $|f(t)|$는 $t=4$에서 최솟값을 갖고 $t=3$에서 최댓값을 갖는다.

$64+d=-3$에서 $d=-67$이므로 최댓값은

$|d-27|=|-67-27|=94$이다.

이 때 Q의 속도는 $24^2+12t\ \ 21$이므로

$24\times3^2+12\times3-21=231$

2023학년도 모의고사

국어[A형]

01 [모범답안]

답안	배점	예상 소요 시간
①: 영상물로, (~)거야	5점	5분 / 전체 80분
②: 이것을, (~)생각해	5점	

[바른해설]

제시문에서 학생들이 만들고자 하는 영상물은 저작권에 관련한 것이다. 영상물 제작에 앞서 학생들은 '영상물의 목적', '영상물 예상 수용자', '영상물 수용자의 관심 분야', '영상물 제작의 기대 효과' 등에 대해 대화를 나누고 있음을 확인할 수 있다.

①의 영상물의 제작 목적은 "영상물로 홍보하면 많은 사람이 저작권에 대해 좀 더 확실히 인식할 수 있을 거야."에서 확인할 수 있다.

②의 영상물 제작의 기대 효과는 "이것을 시발점으로 저작권에 대한 관심을 불러일으키다보면 저작권 문제를 해결할 수 있는 실마리를 마련할 수도 있을 거라고 생각해."에서 확인할 수 있다.

[채점기준]

① '영상물로'와 '거야'가 순서대로 정확하게 기술된 경우에만 정답으로 인정함.
예) 영상물로, (~)거야

② '이것을'과 '생각해'가 순서대로 정확하게 기술된 경우에만 정답으로 인정함.
예) 이것을, (~)생각해
정답 이외에 다른 내용을 추가로 기술한 경우는 오답으로 처리함.

02 [모범답안]

답안	배점	예상 소요 시간
①: 낙론(낙학)	5점	3분 / 전체 80분
②: 호론(호학)	5점	

[바른해설]

문제는 제시문의 내용을 정확하게 파악하고 있는지를 묻는 문항으로 독서의 기본적인 의미를 묻는다. 호락논쟁은 18세기 노론이 주도한 논쟁이었고, 그 주역은 호서지방을 중심으로 한 호학(호론)과 한양을 기반으로 하는 낙론간의 논쟁이었다. 이들의 논쟁은 사물의 물성이 인간의 인성과 같은가 다른가에 대한 논의로 모아졌는데, 낙론은 물성과 인성은 같다는 입장, 호론은 다르거나 인간만큼 같지는 않다는 입장이었다. (제시문 1문단) 이들의 동론과 이론은 각각 18세기 국제정세나 국내적인 질서의 변화에 대해서도 비슷한 입장의 차이를 보였다. 낙론의 학자들이 변화를 수용하려는 의지를 가졌던 것에 반해 호론의 학자들은 새로이 등장한 타자가 자신들과 동일한 존재로 인정할 수 없다는 관점을 가졌다. 따라서 이상의 내용을 정리하면 ①에는 낙론 혹은 낙학이, ②에는 호론 혹은 호학이 들어갈 수 있다.

[채점기준]

①에 대해서는 정답이 정확하게 기술된 경우에만 정답으로 처리함. 낙론과 낙학 모두 인정됨.

②에 대해서는 정답이 정확하게 기술된 경우에만 정답으로 처리함. 호론과 호학 모두 인정됨.

03 [모범답안]

답안	배점	예상 소요 시간
① ㉡	3점	5분 / 전체 80분
② ㉢	3점	
③ ㉥	4점	

[바른해설]

제시문은 개념 미술의 특징과 의의를 설명하고 이를 기반으로 예술을 바라보는 시각과 관점이 시대에 따라서 어떻게 달라지는가를 잘 보여주고 있다. 특히 기존 전통적인 예술과의 차이점을 완성된 결과물, 즉 작품에 대한 관점, 전시 방법, 관객과의 소통 방법 등 다양한 방식으로 설명하고 있다.

먼저 ㉠의 경우, 개념 미술의 경우에는 전시회에 가지 않고서도 예술 작품을 감상할 수 있다는 부분은 제시문의 "미술가는 작품을 전시회에 출품하지 않고 잡지에 기고하기도 한다"라는 부분을 정확하게 요약한 문장이라고 할 수 있다.

㉡의 경우, 헤겔은 정신성이 물질성을 압도하는 순간 예술은 정점에 이른다고 보았다는 것은 "정신과 물질 어느 쪽에 치우치지 않고 적절히 조화를 이루었기 때문에 예술의 정점에 이르렀다"를 완전히 이해하지 못하고 앞부분에서 헤겔이 강조한 정신성에 초점을 둔 오독이다.

㉢의 경우, 멜 보크너는 관객들에게 작품을 읽게 함으로써 문학을 미술화 한 것이 아니라 오히려 미술을 문학화 한 것이다. 그러므로 내용을 정확하게 파악하지 못해 요약 문장으로 부적합하다.

㉣의 경우, 솔 르윗은 예술의 개념적 형식을 구현하는 방법으로 작품의 실행을 고용한 인부들에게 위탁하였다는 정확한 내용 요약이다.

ⓜ의 경우, 알렉산더 알베로는 미술사적 계보학을 통해 개념 미술이 몇 가지의 예술적 경향을 수렴한 것이라고 보았다는 정확한 내용 요약이다. 개념 미술이 특정한 사조를 계승한 것이 아니라 다양한 예술 경향을 결합, 수렴했다는 것이다. (몇 가지에 해당하는 것은 본문에 "모더니즘 회화의 자기반성적 경향, 반(反)미학 혹은 비(非)미학의 경향, 예술 작품의 전시와 소통을 문제 삼는 경향 등"으로 구체적으로 명시하고 있다.)

ⓑ의 경우, 개념 미술은 비물질성을 실재하는 작품으로 실행하는 것이 중요한 예술적 가치임을 새롭게 인식하게 한 것이 아니라, "언어를 비롯한 비물질성을 지닌 생각이나 관념도 예술이 될 수 있다는 예술에 대한 새로운 인식을 가능하게 하였"으며, 오히려 구체적인 작품으로는 실행은 요식 행위에 불과할 수 있음을 앞 문단에서 설명하고 있다.

따라서 정답은 ⓛ, ⓒ, ⓑ이다.

[채점기준]

①, ②, ③ 각 항목이 정확하게 기술된 경우에만 정답으로 처리함.

①, ②, ③ 각 항목을 기호가 아닌 문장으로 서술한 경우도 정답으로 처리함.

①, ②, ③의 순서가 바뀌어도 정답으로 처리함.

정답 이외의 다른 답을 추가로 기술한 경우는 오답으로 처리함.

부정확한 글자나 문장으로 판독이 불가능한 경우는 오답으로 처리함.

04 [모범답안]

답안	배점	예상 소요 시간
①: 산새	5점	4분 / 전체 80분
②: 미타찰	5점	

[바른해설]

두 작품 모두 가족의 죽음에서 오는 상실감을 표현한다는 점에서 공통점이 있다. 제시문 (가)에서 화자는 누이의 죽음을 식물적 이미지인 '가을바람에 떨어지는 잎'에 비유함(직유)으로써 삶에 대한 무상함과 비애감을 드러낸다. 한편, 제시문 (나)에서 화자는 자식을 잃은 아버지로서 느끼는 애절한 슬픔을 '언 날개', '산새', '별' 등의 시어를 통해 형상화하고 있다. 하지만 (가)에서는 가족의 죽음 때문에 발생한 슬픔에 잠겨 있는 것이 아니라 그 슬픔을 종교적으로 승화하려는 자세가 드러난다는 점에서 (나)와는 차이점이 있다.

문제는 ①과 ②에 해당하는 적절한 시어를 찾아 쓰는 것이다. (나)에서 상실한 대상을 '동물적 이미지'로 비유한 시어는 ① '산새'이다. 그리고 (가)에서 내세에 대한 종교적 믿음으로 가족의 죽음에서 오는 슬픔을 승화하려는 화자의 태도가 드러난 공간은 ② '미타찰'이다.

[채점기준]

①, ②의 각 항목이 순서대로 정확하게 기술된 경우에만 정답으로 처리함.

정답 외에 다른 내용을 추가로 기술한 경우는 오답으로 처리함.

수학[A형]

05 [모범답안]

답안	배점	예상 소요 시간
$6\cos\theta-\dfrac{1}{\cos\theta}=-1$ 따라서 $\cos\theta=-\dfrac{1}{2}$ 또는 $\cos\theta=13$ $\Rightarrow 6\cos^2\theta+\cos\theta-1=0$	3점	2분 / 전체 80분
주어진 범위에서는 $\cos\theta=\dfrac{1}{3}$	3점	
$\sin\theta=-\dfrac{2\sqrt{2}}{3}$	2점	
$\sin\theta\cos\theta=-\dfrac{2\sqrt{2}}{9}$	2점	

[바른해설]

$6\cos\theta-\dfrac{1}{\cos\theta}=-1$ 따라서 $\cos\theta=-\dfrac{1}{2}$

또는 $\cos\theta=\dfrac{1}{3}\Rightarrow 6\cos^2\theta+\cos\theta-1=0$

주어진 범위를 만족하는 것은 $\cos\theta=\dfrac{1}{3}$이다.

따라서 $\sin\theta=-\dfrac{2\sqrt{2}}{3}$이므로, $\sin\theta\cos\theta=-\dfrac{2\sqrt{2}}{9}$

06 [모범답안]

답안	배점	예상 소요 시간
$f'(x)=-6x^2+6x+12$ $=-6(x-2)(x+1)$	2점	3분 / 전체 80분
$\therefore a=10$	4점	
k의 합은 33	4점	

[바른해설]

$f(x)=-2x^3+3x2+12x+a$에서,

$f'(x)=-6x^2+6x+12=-6(x-2)(x+1)$이며,

닫힌 구간 $[-1, 5]$에서

최솟값은 $f(-1)=2+3-12+a=-7+a$와

$f(5)=-2\times125+3\times25+60+a=-115+a$ 중에

$f(5)=-115+a=-105$이므로, $a=10$이다.

곡선 $y=f(x)$와 직선 $y=k$가 만나는 점의 개수가 2가 되는

지점은 $f(-1)=-7+a=3$와
$f(2)=-2\times8+3\times4+24+a=30$이므로,
상수 k의 합은 33이다.

07 [모범답안]

답안	배점	예상 소요 시간
$\int_a^x f(t)dt=x^3+x^2-6x$ …… ①에 $x=a$를 대입하면, $0=a^3+a^2-6a$ $=a(a+3)(a-2)$이다.	3점	2분 / 전체 80분
이때 a가 양수이므로, $a=2$이다.	2점	
$f(x)=3x^2+2x-6$	2점	
$f(a)=f(2)$ $=3\times2^2+2\times2-6=10$	3점	

[바른해설]
$\int_a^x f(t)dt=x^3+x^2-6x$ …… ①
①에 $x=a$를 내입하먼,
$0=a^3+a^2-6a=a(a+3)(a-2)$이다.
이때 a가 양수이므로, $a=2$이다.
①의 양변을 미분하면, $f(x)=3x^2+2x-6$이므로,
$f(a)=f(2)=3\times2^2+2\times2-6=10$이다.

08 [모범답안]

답안	배점	예상 소요 시간
$n=1$	1점	4분 / 전체 80분
$a_2=-6$	3점	
$a_{n+2}-a_{n+1}=-3$	3점	
$a_n=-3n$	3점	

[바른해설]
$S_1=a_1=-3$이므로 ㉠에 $n=1$
$3(S_2+S_1)=-(S_2-S_1)^2$을 정리하면
$S_2(S_2+9)=0$, $S_2=-9$, $S_2=a_1+a_2=-3+a_2$이므로
$a_2=-6$, ㉡ - ㉠에서
$3(a_{n+2}+a_{n+1})=-a_{n+2}^2+a_{n+1}^2 \Rightarrow -3=a_{n+2}-a_{n+1}$
따라서 a_n은 첫째항이 -3이고 공차가 -3인 등차수열, 따라서 $a_n=-3n$

국어[B형]

01 [모범답안]

답안	배점	예상 소요 시간
동아리	5점	3분 / 전체 40분
감상합니다.	5점	

[바른해설]
〈보기〉에서 동아리 활동의 '전체 과정'을 '처음부터 끝까지' 소개하는 전략을 제시하였다. 제시문에서 "동아리 활동 시간이 있을 때마다 ~ 다른 부원들과 돌려 가며 감상합니다."의 세 문장이 이에 해당한다.

[채점기준]
'동아리'와 '감상합니다'가 순서대로 정확하게 기술된 경우에만 정답으로 인정함.
예) 동아리, 감상합니다
동아리~감상합니다
정답 이외에 다른 내용을 추가로 기술한 경우는 오답으로 처리함.

02 [모범답안]

답안	배점	예상 소요 시간
①: 숨은 전제	5점	4분 / 전체 80분
②: 숨은 결론	5점	

[바른해설]
'드래곤스 팀이 우승하면 내가 네 아들이다.'에는 전제의 일부와 결론이 생략되어 있다. 이 논증에서 표면에 드러난 '드래곤스 팀이 우승하면 내가 네 아들이다.'는 전제의 일부에 해당한다. 여기에 숨어 있는 전제 '나는 네 아들이 아니다.'가 더해져 '드래곤스 팀이 우승하지 못한다.'라는 숨은 결론이 도출된다. 따라서 이 논증에서 '나는 네 아들이 아니다'는 숨은 전제에 해당하고, '드래곤스 팀이 우승하지 못한다.'는 숨은 결론이 해당한다.

[채점기준]
①과 ②의 정답이 순서대로 정확하게 기술된 경우에만 정답으로 처리함.
정답 이외의 다른 답안을 추가로 기술한 경우에는 오답으로 처리함.

03 [모범답안]

답안	배점	예상 소요 시간
①: 특이성	5점	4분 / 전체 80분
②: 항체	5점	

PART 1 기출문제
PART 2 실전모의고사
PART 3 정답 및 해설

[바른해설]

①: 특이성

②: 항체

[채점기준]

①에 대해서는 '에피토프', '돌출 부위'도 정답으로 처리함.

04 [모범답안]

답안	배점	예상 소요 시간
문안에	5점	5분 / 전체 80분
듯하였다	5점	

[바른해설]

㉠에 해당하는 문장은 '문안에 들어갔다 늦어서 나오는데 불빛 없는 성북동 길 위에는 달빛이 깁을 깐 듯하였다.'이나. '불빛 없는 성북동 길'에서 전깃불 등 근대적 문물이 아직 도입되지 않은 성북동의 환경을 알 수 있으며, '밝은 달빛'에서 밤이라는 시간적 배경을 알 수 있다. 또한, 그 달빛이 길 위에 '깁(비단)을 깐 듯'하다는 것에서 비유법을 통해 서정적인 분위기를 조성하고 있음을 확인할 수 있다.

[채점기준]

'문안에'와 '듯하였다'가 순서대로 정확하게 기술된 경우에만 정답으로 인정함.

예 문안에, 듯하였다

문안에~듯하였다

정답 이외에 다른 내용을 추가로 기술한 경우는 오답으로 처리함.

수학[B형]

05 [모범답안]

답안	배점	예상 소요 시간
$\lim_{x\to1-}f(x)g(x)$ $=\lim_{x\to1-}(x^3+2x^2+3x)$ $(2x^2+ax)=6(2+a)$	3점	2분 / 전체 80분
$\lim_{x\to1+}f(x)g(x)$ $=\lim_{x\to1+}(2x-1)(2x^2+ax)$ $=2+a$	3점	
$f(1)g(1)=6(2+a)$ $=(2+a)$	2점	
$a=-2$	2점	

[바른해설]

함수 $f(x)g(x)$가 $x=1$에서 연속이 되려면

$\lim_{x\to1-}f(x)g(x)=\lim_{x\to1-}f(x)g(x)=f(1)g(1)$이어야 한다.

$\lim_{x\to1-}f(x)g(x)=\lim_{x\to1-}(x^3+2x^2+3x)(2x^2+ax)$

$=6(2+a)$,

$\lim_{x\to1+}f(x)g(x)=\lim_{x\to1+}(2x-1)(2x^2+ax)=2+a$,

$f(1)g(1)=6(2+a)=(2+a)$이므로

$6(2+a)=(2+a)$, $5(2+a)=0$

따라서 $a=-2$

06 [모범답안]

답안	배점	예상 소요 시간
$F(x)=f(x)+x^3-2x^2$ 의 양변을 미분하면 $f(x)=f'(x)+3x^2-4x$이다.	2점	3분 / 전체 80분
구하고자 하는 함수 $f(x)=3x^2+2x+2$이다.	3점	
$f(x)=5x^2$는 $x^2-x-1=0$으로 치환되며, 이를 만족하는 실근의 합을 구한다.	2점	
모든 실근의 합은 1이다.	3점	

[바른해설]

$F'(x)=f(x)$이고, $F(x)=f(x)+x^3-2x^2$의 양변을 미분하면 $f(x)=f'(x)+3x^2-4x$ …… ①

$f(x)=3x^2+ax+b$로 정의하면, $f'(x)=6x+a$이므로

①에 이를 대입하면 $3x^2+ax+b=3x^2+2x+a$,

즉 $a=2$, $b=2$이다.

방정식 $f(x)=5x^2$에 계산한 $f(x)$를 대입하면,

$3x^2+2x+2=5x^2$이고, 즉 $x^2-x-1=0$ …… ②를 만족하는 실근의 합을 구하면 문제가 해결된다.

이차방정식 ②의 판별식은 $\frac{D}{4}=\left(-\frac{1}{2}\right)^2+1>0$을 만족하므로, 방정식 ②는 서로 다른 두 실근을 갖는다. 따라서 구하는 모든 실근의 합은 1이다.

07 [모범답안]

답안	배점	예상 소요 시간
$a_8=a+7d$, $a_9=a+8d$, $a_{10}=a+9d$, $a_{21}=a+20d$, $a_{23}=a+21d$	2점	2분 / 전체 80분
$a_8+a_9+a_{10}=3a+24d=30$, $a_{21}+a_{23}=2a+42d=72$	2점	
$3a+24d=30$와 $2a+42d=72$를 풀면 $a=-6$, $d=2$	3점	
$a_{30}=a+29d=-6+29\times2$ $=-6+58=52$	3점	

[바른해설]

수열 $\{a_n\}$의 일반항이 $a+nd$일 때 $a_8=a+7d$,
$a_9=a+8d$, $a_{10}=a+9d$, $a_{21}=a+20d$, $a_{23}=a+21d$
$a_8+a_9+a_{10}=3a+24d=30$,
$a_{21}+a_{23}=2a+42d=72$이므로
$3a+24d=30$와 $2a+42d=72$를 풀면 $a=-6$, $d=2$
따라서 $a_{30}=a+29d=-6+29\times2=-6+58=52$

08 [모범답안]

답안	배점	예상 소요 시간
함수 $y=-3^{-x+2}+1$은 $(0, -8)$과 $(2, 0)$을 지난다.	4점	2분 / 전체 80분
$-1<a$	2점	
$a<2^8=256$	2점	
$-1<a<256$	2점	

[바른해설]

함수 $y=-3^{-x+2}+1$은 $(0, -8)$과 $(2, 0)$을 지난다. 따라서 $-8=\log_{\frac{1}{2}}(a)$와 $0=\log_{\frac{1}{2}}(2+a)$을 만족하는 a 값의 사이에 있어야 4사분면에서 두 함수는 만난다.
즉, $-1<a$이고 $a<2^8=256$이다.
따라서 $-1<a<256$

2022학년도 기출문제

국어[인문]

01 [모범답안]

답안	배점	예상 소요 시간
실명이	5점	2분 / 전체 80분
하겠습니다.	5점	

[바른해설]
후보자는 공약의 이행 과정에서 발생할 수 있는 문제점을 언급하고, 이에 대한 보완책도 함께 제시하여 자신의 공약에 대한 설득력을 높이고자 하였다. 공약에 대한 설명 중에서 발생할 수 있는 문제점으로는 실명이 공개되는 것을 들었고, 이에 대한 보완책으로는 별도의 인증 절차 없이 청원 글을 작성할 수 있게 하겠다는 것을 제시하였다. 그러므로 이러한 내용이 들어간 문장은 "실명이 공개되는 것이 부담스러워 망설여질 수도 있다고 생각하기 때문에 학생회에서는 별도의 인증 절차 없이 청원 글을 바로 작성할 수 있게 하겠습니다."이다.

[채점기준]
- '실명이'와 '하겠습니다'가 순서대로 정확하게 기술된 경우에만 정답으로 인정함.
  예 실명이, 하겠습니다 / 실명이~하겠습니다
- 정답 이외에 다른 내용을 추가로 기술한 경우는 오답으로 처리함.

02 [모범답안]

답안	배점	예상 소요 시간
※ ①과 ②에 아래 4가지 중 2가지가 순서 상관없이 기술 가능함. - 시민이 직접 또는 주도적으로 해결하였다. - 공공 문제나 사회적 문제를 해결하였다. - 정보 통신 기술을 활용하였다. - 공공 데이터를 활용하였다.		5분 / 전체 80분
①	5점	
②	5점	

[바른해설]
제시문의 [A]에 나타난 '시빅 테크'의 정의는 '시민들이 정부가 제공하는 정보 통신 기술과 공공 데이터를 활용하여 직접 또는 주도적으로 공공 문제를 해결하려는 행위'이다. 이로부터 아래의 핵심 사항을 도출할 수 있다.
- 시민이 직접 또는 주도적으로 해결하였다.
- 공공 문제나 사회적 문제를 해결하였다.
- 정보 통신 기술을 활용하였다.
- 공공 데이터를 활용하였다.

〈보기〉의 사례는 위 4가지 사항이 모두 포함되어 있다.

[채점기준]
- 각 항목의 핵심 내용이 표현된 경우에 정답으로 인정함.
- 정답과 다른 표현이 사용되더라도 의미가 동일하면 정답으로 처리함.
- 정답 이외에 관련이 없는 다른 내용을 추가로 기술한 경우에는 오답으로 처리함.

03 [모범답안]

답안	배점	예상 소요 시간
ⓐ: 된소리되기, 거센소리되기	4점	5분 / 전체 80분
ⓑ: 비음화	3점	
ⓒ: 거센소리되기	3점	

[바른해설]
'복잡하고'는 [복짜파고]로 발음되므로, '된소리되기, 거센소리되기'를 모두 확인할 수 있다. '직면한'은 [징면한]으로 발음되므로, '비음화'를 확인할 수 있다. '않고'는 [안코]로 발음되므로 '거센소리되기'를 확인할 수 있다.

[채점기준]
- ⓐ, ⓑ, ⓒ의 각 항목이 정확하게 기술된 경우에만 정답으로 처리함.
- ⓐ는 순서에 상관없이 2개 모두 기술된 경우에만 정답으로 처리함.
- 정답 외에 다른 답안을 추가로 기술한 경우는 오답으로 처리함.

04 [모범답안]

답안	배점	예상 소요 시간
①: 순환 사관	2점	5분 / 전체 80분
②: 진보 사관	3점	
③: 감계 사관	2점	
④: 진보 사관	3점	

[바른해설]
①은 '다시 야만으로 돌아가는 변화'를 기술하였으므로 '순환 사관'에 해당한다. ②는 '점점, 발전'의 핵심어가 확인된다는

점에서 '진보 사관'에 해당한다. ③은 '모방할 것(배울 것)과 피할 것'을 언급한 점에서 '감계 사관'에 해당한다. ④는 '역사가 완성될 것'이라고 한 점에서 '진보 사관'에 해당한다.

[채점기준]
- ①, ②, ③, ④의 각 항목이 정확하게 포함된 기술만 정답으로 처리함.
- 정답 외에 다른 답안을 추가로 기술한 경우는 오답으로 처리함.

05 [모범답안]

답안	배점	예상 소요 시간
①: 분석 명제, 단순 명제, 긍정 명제	5점	4분 / 전체 80분
②: 단순 명제, 부정 명제	5점	

[바른해설]
①은 명제가 맺어 주는 두 개념의 관계에 의해 그 진위를 파악할 수 있는 분석 명제에 해당한다. 그리고 ①은 하나의 주어와 서술어로 구성된 단순 명제이며, 긍정문의 형식으로 나타난 긍정 명제이다.
②는 하나의 주어와 서술어로 구성된 단순 명제이며, 부정문의 형식으로 나타난 부정 명제이다.

[채점기준]
- ①, ②의 각 항목이 정확하게 기술된 경우에만 정답으로 처리함.
- ①은 순서에 상관없이 3개 모두 기술된 경우에만 정답으로 처리함.
- ②는 순서에 상관없이 2개 모두 기술된 경우에만 정답으로 처리함.
- 정답 외에 다른 답안을 추가로 기술한 경우는 오답으로 처리함.

06 [모범답안]

답안	배점	예상 소요 시간
㉠은 ①모순 관계에 있는 두 명제가 결합한 합성 명제이다.	5점	4분 / 전체 80분
㉠은 모순 관계에 있는 두 명제가 결합한 ②합성 명제이다.	5점	

[바른해설]
㉠ '지금 이곳은 비가 오거나 비가 오지 않는다'는 두 명제 '지금 이곳은 비가 온다'와 '지금 이곳은 비가 오지 않는다'가 결합한 합성 명제이다. 그런데 이 두 명제는 〈보기〉의 모순 관계에 해당하므로 항상 참이 된다.

[채점기준]
- 답안에 ①, ②의 핵심 내용이 드러난 경우에 각각 정답으로 처리함.
- ①에 대해서는 '(㉠을 구성하는) 두 명제의 관계가 모순관계이다'라는 내용이 반드시 포함되어야 정답으로 처리함.
- ②에 대해서는 '㉠이 (두 명제가 결합한) 합성명제이다'라는 내용이 반드시 포함되어야 정답으로 처리함.
  예 ㉠은 두 명제가 결합해 있다.
  ㉠은 두 명제로 이루어져 있다.
  ㉠은 두 명제로 구성된다. 등

07 [모범답안]

답안	배점	예상 소요 시간
①: 유(諛)	4점	4분 / 전체 80분
②: 팔대부	2점	
③: 문상시대	2점	
④: 팔서육경	2점	

[바른해설]
풍자의 주체로서 풍자하는 대상을 직설적으로 지적하거나 설명하지 않고 자기 스스로 어리석음을 폭로하거나 우회적으로 비판하는 방법에 해당하는 것이 박지원의 「양반전」, 「하회 별신굿 탈놀이」에 공통적으로 드러나는데, 그것이 바로 언어유희이다. 박지원의 「양반전」의 유(諛), 「하회 별신굿 탈놀이」의 팔대부, 문상시대, 팔서육경은 부조리한 조선사회의 한 층면을 언어유희를 통해 드러내는 것으로 조선시대 양반의 모순과 이중성, 부조리함 등 두 작품의 핵심적인 의미를 관통하는 것이라 할 수 있다.

[채점기준]
- ①, ②, ③, ④의 각 항목이 정확하게 포함된 기술만 정답으로 처리함.
- ①~④의 배열 순서는 상관 없음.
- ①은 한자를 병기하지 않아도 정답으로 처리함. 한자를 병기했는데, '유(儒)'를 병기한 경우 오답으로 처리함.
- 정답 외에 다른 답안을 추가로 기술한 경우는 오답으로 처리함.

08 [모범답안]

답안	배점	예상 소요 시간
(그래서) 다리를 들어 목에 걸치고는 귀신처럼 춤추고 귀신처럼 웃더니, 대문을 나서자 줄달음치다가 그만 들판의 구덩이에 빠져 버렸다.	8점	4분 / 전체 80분
(그래서) 다리를 들어 목에 걸치고는 귀신처럼 춤추고 귀신처럼 웃더니, 대문을 나서자 줄달음치다가 그만 들판의 구덩이에 빠져 버렸다.	2점	

[바른해설]

「호질」의 북곽선생이 자신의 부도덕함을 들킬 위기에 처하자 당황하는 모습이 (그래서) "다리를 들어 목에 걸치고는 귀신처럼 춤추고 귀신처럼 웃더니, 대문을 나서자 줄달음치다가 그만 들판의 구덩이에 빠져 버렸다." 이 부분에서 적나라하게 드러난다. 비굴하고 떳떳하지 못한 태도의 희화화가 범을 만나 아첨하는 행동만큼이나 중요한 의미를 갖는 것이다.

[채점기준]

- 정답의 전체 내용이 답안에 기술된 경우에만 정답으로 인정함(단 첫 부분의 '그래서'는 포함되지 않아도 정답으로 인정함).
- 답안의 표기가 완전히 정답과 정확하게 일치한 경우(단, 띄어쓰기, 문장부호는 제외함).

09 [모범답안]

답안	배점	예상 소요 시간
① (서술자의 유형): 이야기 안의 서술자	5점	4분 / 전체 80분
② (서술 전략): 신빙성 없는 태도를 통해 자신의 무지함과 부도덕함을 스스로 폭로하기도 한다.	5점	

[바른해설]

채만식의 대표적인 풍자 소설 중에 하나인 「치숙」을 통해 소설의 중요한 서사 장치로서 서술자의 전략을 서사적 의미는 중요한 관련성을 갖고 있다. 서술자의 유형에 따른 서사 전략을 통해 작가의 창작 의도를 짐작할 수 있는 것이다. 이 작품은 채만식의 작가적 특성을 그대로 드러내는 작품으로 어리석고 신빙성 없는 화자를 통해 식민지 현실을 비판적으로 드러내고 있다. 다시 말해 서사를 이끌어가는 '나'는 아저씨와의 대화를 통해 스스로 얼마나 어리석고 한심한 인간인가를 드러내며 이를 통해 독자로 하여금 몰입보다는 비판적인 인식을 갖게 하는 중요한 의미가 있다. 자신의 무지함과 부도덕함을 스스로 폭로하는 '나'는 이야기 안의 서술자이자 신빙성 없는 화자의 전형적인 특성을 보여주고 있는 것이다.

[채점기준]

- ①, ②의 각 항목이 정확하게 포함된 기술만 정답으로 처리함.
- ①에 대해서는 '서술자가 이야기 안에 존재한다'라는 의미가 드러나면 정답으로 처리함.

  예 이야기 안 서술자,
  이야기 안에 있는 서술자
  이야기 안에 위치하는 서술자
  이야기 속 서술자 등
- ①에서 정답과 관련이 없는 내용이 언급되면 오답으로 처리함.
- ②에 대해서는 '신빙성 없는 태도', '무지함과 부도덕함을 스스로 폭로'라는 핵심 내용이 포함된 기술만 정답으로 처리함.
- ②에서 정답과 다른 표현이 사용되더라도 의미가 동일하면 정답으로 처리함.
- ②에서 정답 외에 정답과 관련이 없는 내용이 추가로 언급되면 오답으로 처리함.

수학[인문]

10 [모범답안]

답안	배점	예상 소요 시간
① $x=\frac{1}{a}$ 또는 $\frac{3}{2}$	2점	2분 / 전체 80분
② $S=2\int_0^{\frac{1}{a}} x-ax^2dx$ 또는 $S=\int_0^{\frac{1}{a}} \sqrt{\frac{x}{a}}-ax^2dx$ 또는 $S=\frac{1}{a^2}-2\int_0^{\frac{1}{a}} ax^2dx$	4점	
③ $S=\frac{1}{3a^2}$	2점	
④ $a=\frac{2}{3}$	2점	

[바른해설]

두 곡선 $y=f(x)$, $y=g(x)$은 역함수 관계이므로 직선 $y=x$에 대하여 대칭이고, 두 곡선의 교점은 $ax^2=x$를 만족하므로 x좌표는 $x=0$과 $x=\frac{1}{a}$이다.

따라서 적분을 활용한 넓이를 구하는 식은

$S=2\int_0^{\frac{1}{a}} x-ax^2dx$이고, 계산하면

$S=2\int_0^{\frac{1}{a}} x-ax^2dx=2\left[\frac{1}{2}x^2-\frac{a}{3}x^3\right]_0^{\frac{1}{a}}=\frac{1}{3a^2}$이다.

따라서 $S=\frac{3}{4}$이므로 $a=\frac{2}{3}$이다.

11 [모범답안]

답안	배점	예상 소요 시간
$\log_2\frac{a^3}{b^2}=1$ 또는 $a^3=2b^2$	2점	2분 / 전체 80분
$\log_a b=\frac{3}{2}$일 경우는 $a=0$이 되어 조건을 만족하지 않음	3점	
$\log_a b=2$이면 $a=\frac{1}{2}$ 또는 $b=\frac{1}{4}$	3점	
$ab^2=\frac{1}{32}$	2점	

[바른해설]

$A\subset B$이므로, $3\log_2 a-2\log_2 b=1$이다.

따라서 $\log_2\frac{a^2}{b^2}=1$, $a^3=2b^2$, $\log_a b=\frac{3}{2}$ 또는 $\log_a b=2$

$\log_a b=\frac{3}{2}$일 때, $b=a^{\frac{3}{2}}$ 따라서, $a^3=2b^2$과 연립하면

$a^3=2\left(a^{\frac{3}{2}}\right)^2=2a^3$, 즉 $a=0$이 되어 조건을 만족하지 않음

$\log_a b=2$일 때, $b=a^2$, $a^3=2b^2$과 연립하면

$a^3=2(a^2)^2=2a^4$, a가 0이 아니므로, $a=\frac{1}{2}$

$ab^2=aa^4=a^5=\frac{1}{32}$

[다른풀이]

$\log_a 2+2\log_a b=3$를 계산하고, $\log_a b=\frac{3}{2}$ 또는

$\log_a b=2$의 경우를 고려해도 됨.

12 [모범답안]

답안	배점	예상 소요 시간
$\sin\theta+\cos\theta=\frac{k+2}{k}$, $\sin\theta\cos\theta=\frac{k+1}{k}$ 또는 $\left(\frac{k+2}{k}\right)^2=1+2\frac{k+1}{k}$	4점	2분 / 전체 80분
$k=2,\ -1$	2점	
$k=2$는 부적합	2점	
$k=-1$이면 θ는 π	2점	

[바른해설]

$(\sin\theta+\cos\theta)^2=1+2\sin\theta\cos\theta$이고 근과 계수와의 관계로부터 $\sin\theta+\cos\theta=\frac{k+2}{k}$, $\sin\theta\cos\theta=\frac{k+1}{k}$이므로

$\left(\frac{k+2}{k}\right)^2=1+2\frac{k+1}{k}$

정리하여 풀면 $k=2$ 또는 $k=-1$

이때 $k=2$이면 $\sin\theta\cos\theta=\frac{3}{2}>1$이므로 부적합하다.

따라서 $\sin\theta+\cos\theta=-1$이고 $\sin\theta\cos\theta=0$

$0\le\theta\le\pi$에서 이를 만족하는 θ는 π

13 [모범답안]

답안	배점	예상 소요 시간
$a_n=a_{n+6}$ 또는 $\{-\alpha,\ \alpha,\ 2\alpha,\ \alpha,\ -\alpha,\ -2\alpha\}$ 규칙적으로 반복된다.	3점	5분 / 전체 80분
$S_6=0$ 또는 $a_1+a_2+a_3+a_4+a_5+a_6=0$ 또는 $-\alpha+\alpha+2\alpha+\alpha-\alpha-2\alpha=0$	2점	
$S_1>0,\ S_2=0,\ S_3<0,\ S_4<0,\ S_5<0,\ S_6=0$ 또는 $S_3,\ S_4,\ S_6$ 3개가 음수이다.	3점	
150	2점	

[바른해설]

수열 $\{a_n\}$의 $a_4=\alpha$, $a_5=-\alpha$라 할 경우

$a_3=a_4-a_5=\alpha-(-\alpha)=2\alpha$,

$a_7=a_6-a_5=-2\alpha-(-\alpha)=-\alpha$,

결국 $a_n=a_{n+6}$

$\sum_{k=1}^{6}a_k=a_1+a_2+a_3+a_4+a_5+a_6$

$=-\alpha+\alpha+2\alpha+\alpha-\alpha-2\alpha=0$

$S_1>0,\ S_2=0,\ S_3<0,\ S_4<0,\ S_5<0,\ S_6=0$이므로

$S_n<0$을 만족시키는 300 이하의 n은 $50\times3=150$

14 [모범답안]

답안	배점	예상 소요 시간
$a=\sqrt{2}$	2점	2분 / 전체 80분
$\lim_{x\to1+}=\frac{\sqrt{x+1}-a}{x-1}=\frac{1}{2\sqrt{2}}$	3점	
$\lim_{x\to1-}=\frac{x+b}{\sqrt{1+x}-\sqrt{1-x}}=\frac{1+b}{\sqrt{2}}$ 또는 $f(1)=\frac{1+b}{\sqrt{2}}$	3점	
$b=-\frac{1}{2}$	2점	

[바른해설]

$x=1$에서 함수 f가 연속이 되기 위해서는

$\lim_{x\to1+}\frac{\sqrt{x+1}-a}{x-1}=f(1)=\frac{1+b}{\sqrt{2}}$가 성립해야 하고,

극한 $\lim_{x\to1+}\frac{\sqrt{x+1}-a}{x-1}$가 존재하므로 $a=\sqrt{2}$이다.

따라서 $\lim_{x\to1+}\frac{\sqrt{x+1}-a}{x-1}=\lim_{x\to1+}\frac{\sqrt{x+1}-\sqrt{2}}{x-1}$

$=\lim_{x\to1+}\frac{1}{\sqrt{x+1}+\sqrt{2}}=\frac{1}{2\sqrt{2}}$

이므로

$\frac{1+b}{\sqrt{2}}=\frac{1}{2\sqrt{2}}$ 결국, $b=-\frac{1}{2}$

15 [모범답안]

답안	배점	예상 소요 시간
$v_1=x'_1=9t^2-6t+7$	2점	4분 / 전체 80분
$v_2=x'_2=6t^2+6t-2$	2점	
$t_a=1$	3점	
$t_b=3$	3점	

[바른해설]

$x_1-x_2=t^3-6t^2+9t=t(t-3)^2$이므로 $t_b=3$이다.

한편, 두 점의 속도는 각각 $v_1=\frac{dx_1}{dt}=9t^2-6t+7$,

$v_2=\frac{dx_2}{dt}=6t^2+6t-2$이다.

$v_1-v_2=3t^2-12t+9=3(t-1)(t-3)$이므로 $t_a=1$이다.

2022학년도 모의고사

국어

01 [모범답안]

답안	배점	예상 소요 시간
폭력이나 절도	10점	○분 / 전체 80분

[바른해설]
찬성1은 게임에 대한 지나친 몰입이 비정상적인 행동의 원인이라는 논지에서 게임에 대한 지나친 몰입을 일종의 질병으로 간주해야 한다는 주장을 하고 있다. 이를 신문하는 과정에서 반대2는 찬성이 제시하고 있는 게임에 대한 지나친 몰입과 비정상적인 행동 사이의 확고한 인과 관계를 부정하고자 한다. 비정상적인 행동이 (A)에서는 '폭력이나 절도'로 제시되고 있다.

[채점 기준]
– 폭력, 절도 2개 모두 쓰면 10점
– 폭력, 절도 가운데 1개만 쓰면 5점
– 답안의 순서와 무관

02 [모범답안]

답안	배점	예상 소요 시간
'형광등 빛'은 '유체성', '시멘트 가루'는 '정형성'을 갖추지 않았기에 물품으로 인정받을 수 없다.	10점	5분 / 전체 80분

[바른해설]
물품은 원칙적으로 유형적 존재를 갖는 유체물에 한정되고, 빛과 같이 형태가 고정되어 있지 않은 것은 물품에 해당하지 않는다는 내용을 참고할 수 있다. '형광등 빛'은 '유체성'이 부족한 대상이다. 또한 육안으로 식별이 가능하고 일정한 형태를 가져 디자인이 특정될 수 있는 정형성을 갖추어야만 물품으로 인정되기 때문에 가루나 알갱이 형태의 시멘트와 같이 정형화되지 않은 동산은 물품으로 인정받을 수 없다는 내용을 참고할 수 있다. '시멘트 가루'는 '정형성'이 부족한 대상이다.

[채점 기준]
– 총: 20점
– 부분점수: 각 5점

03 [모범답안]

답안	배점	예상 소요 시간
①: 양산성	5점	○분 / 전체 80분
②: 신규성	5점	

[바른해설]
디자인의 성립 요건을 갖추었다고 하더라도 디자인 등록을 위해서는 몇 가지 요건이 필요하다. 양산성은 동일한 제품을 반복적으로 계속 생산해야 하는 것으로, 수석이나 꽃꽂이와 같이 자연물을 사용한 물품으로 다량 생산할 수 없는 것과 미술 작품의 원본은 양산성이 없기 때문에 디자인으로 등록될 수 없다. 신규성은 디자인을 출원하기 전에 그 디자인이 국내외 웹사이트, 전시, 간행물, 카탈로그 등을 통해 일반 대중에게 공개되지 않아야 함을 의미한다.

[채점 기준]
– 총: 10점
– 부분점수: 각 5점

04 [모범답안]

답안	배점	예상 소요 시간
'지치운 불빛'과 '어두운 그림자' (불빛, 그림자)	10점	○분 / 전체 80분

[바른해설]
시적 대상은 '흰 바람벽'과 같이 화자 자신이나 심리를 투영하는 것으로 시의 의미를 이어가는 중심 역할을 한다. '흰 바람벽'은 화자의 과거와 기억과 그의 내면을 비추는 의미의 시적 대상이다. [가]의 경우에 '지치운 불빛'과 '어두운 그림자'는 힘든 삶에 시달린 화자의 모습과 피로감을 반영하고 있는 시적 대상이다.

[채점 기준]
– 지치운 불빛과 어두운 그림자 모두 쓴 경우 10점(단, 불빛, 그림자라고 쓴 경우도 정답으로 인정)
– 지치운 불빛 혹은 어두운 그림자 중 한 가지만 쓴 경우 5점

수학

05

배점(총점)	예상 소요 시간
10점	3분 / 전체 80분

[정답]

$f(x)$의 역함수는 $g(x)=\log_2(x-k)+1$

$g(5)=2$이므로, $k=3$

$g(35)=\log_2(35-3)+1=6$

[채점 기준]

답안	배점	예상 소요 시간
$f(x)$의 역함수는 $g(x)=\log_2(x-k)+1$	4점	3분 / 전체 80분
$g(5)=2$이므로, $k=3$	3점	
$g(35)=\log_2(35-3)+1=6$	3점	

06

배점(총점)	예상 소요 시간
10점	5분 / 전체 80분

[정답]

실근을 갖기 위한 이차방정식의 판별식 $D\geq 0$,

따라서 $3\sin^2\theta-4(\cos\theta-\frac{1}{4})\geq 0$

이는 $(3\cos\theta-2)(\cos\theta+2)\leq 0$이고,

이를 풀면 $-2\leq\cos\theta\leq\frac{2}{3}$이다.

항상 $\cos\theta\geq -1$이므로, $\cos\theta\leq\frac{2}{3}$

$\cos\alpha=\cos\beta=\frac{2}{3}$, α는 1사분면, β는 4사분면

$\tan\alpha=\frac{\sqrt{5}}{2}$, $\tan\beta=-\frac{\sqrt{5}}{2}$ $\therefore\sqrt{5}$

[채점 기준]

답안	배점	예상 소요 시간
실근을 갖기 위한 이차방정식의 판별식 $D\geq 0$, 따라서 $3\sin^2\theta-4\left(\cos\theta-\frac{1}{4}\right)\geq 0$	3점	5분 / 전체 80분
이는 $(3\cos\theta-2)(\cos\theta+2)\leq 0$이고, 이를 풀면 $-2\leq\cos\theta\leq\frac{2}{3}$이다.	2점	
항상 $\cos\theta\geq -1$이므로, $\cos\theta\leq\frac{2}{3}$ $\cos\alpha=\cos\beta=\frac{2}{3}$, α는 1사분면, β는 4사분면	2점	
$\tan\alpha=\frac{\sqrt{5}}{2}$, $\tan\beta=-\frac{\sqrt{5}}{2}$ $\therefore\sqrt{5}$	3점	

07

배점(총점)	예상 소요 시간
10점	5분 / 전체 80분

[정답]

근과 계수와의 관계에 의해 $\alpha_n+\beta_n=-25$,

$\alpha_n\beta_n=-(2n-1)(2n+1)$이고,

식에 대입하면 $\sum_{n=1}^{m}\left(\frac{1}{\alpha_n}+\frac{1}{\beta_n}\right)=\sum_{n=1}^{m}\frac{\alpha_n+\beta_n}{\alpha_n\beta_n}$

$=\sum_{n=1}^{m}\frac{25}{(2n-1)(2n+1)}$이다.

따라서 $\sum_{n=1}^{m}\frac{25}{(2n-1)(2n+1)}$

$=\frac{25}{2}\sum_{n=1}^{m}\left(\frac{1}{2n-1}-\frac{1}{2n+1}\right)$이고

$=\frac{25}{2}\left(1-\frac{1}{3}+\frac{1}{3}-\frac{1}{5}+\cdots-\frac{1}{2m+1}\right)=\frac{25m}{2m+1}$

$25m=12(2m+1)$이므로 $m=12$이다.

[채점 기준]

답안	배점	예상 소요 시간
근과 계수와의 관계에 의해 $\alpha_n+\beta_n=-25$, $\alpha_n\beta_n=-(2n-1)(2n+1)$	2점	5분 / 전체 80분
$\sum_{n=1}^{m}\left(\frac{1}{\alpha_n}+\frac{1}{\beta_n}\right)=\sum_{n=1}^{m}\frac{\alpha_n+\beta_n}{\alpha_n\beta_n}$ $=\sum_{n=1}^{m}\frac{25}{(2n-1)(2n+1)}$	2점	
$\sum_{n=1}^{m}\frac{25}{(2n-1)(2n+1)}$ $=\frac{25}{2}\sum_{n=1}^{m}\left(\frac{1}{2n-1}-\frac{1}{2n+1}\right)$ $=\frac{25}{2}\left(1-\frac{1}{3}+\frac{1}{3}-\frac{1}{5}+\cdots-\frac{1}{2n+1}\right)=\frac{25m}{2m+1}$	4점	
따라서 $25m=12(2m+1)$이므로 $m=12$이다.	2점	

08

배점(총점)	예상 소요 시간
10점	5분 / 전체 80분

[정답]

(가)로부터 $f(x)=\int f'(x)dx=\int(3x^2-2x+1)dx$

$=x^3-x^2+x+c$

$f'(1)=2$이므로 곡선 $y=f(x)$ 위의 점 $(1, f(1))$에서의 접선의 방정식은 $y=2(x-1)+f(1)$이다.

접선의 x절편이 -1이므로

$0=2(-1-1)+(1-1+1+c)$, 따라서 $c=3$

결국, $f(x)=x^3-x^2+x+3$

[채점 기준]

답안	배점	예상 소요 시간
(가)로부터 $f(x)=\int f'(x)dx$ $=\int(3x^2-2x+1)dx$ $=x^3-x^2+x+c$	3점	5분 / 전체 80분
$f'(1)=2$이므로 곡선 $y=f(x)$ 위의 점 $(1, f(1))$에서의 접선의 방정식은 $y=2(x-1)+f(1)$이다.	3점	
접선의 x절편이 -1이므로 $0=2(-1-1)+(1-1+1+c)$, 따라서 $c=3$	2점	
결국, $f(x)=x^3-x^2+x+3$	2점	

실전모의고사 [인문계열]

제1회 실전모의고사

국어[인문]

01 [모범답안]

① 새로운, 아니하는

② 물론, 있다

[바른해설]

① 〈보기2〉에서 [A]의 '고루한'이 '새로운 것을 잘 받아들이지 아니하는'이라는 의미임을 밝혀 독자의 이해를 돕고 있다.

② 〈보기2〉에서 '고전 소설은 단어도 어렵고 내용이 생소'한 점을 고전 소설 읽기의 어려운 이유로 추가하여 [A]의 앞 문단의 내용과 자연스럽게 연결하였다.

[채점기준]

답안	배점	예상 소요 시간
① 새로운, 아니하는	5점	4분 / 전체 80분
② 물론, 있다	5점	

02 [모범답안]

① 일반화된

② 옅은

③ 수평적

[바른해설]

① (가)의 2문단에서 '퍼트넘은 일반화된 호혜성이 통용되어야 무임승차 심리를 억제할 수 있다고 보았다.'라는 서술을 통해 ①에 들어갈 관형사는 '일반화된'임을 알 수 있다.

② (가)의 3문단에서 '퍼트넘은 두터운 신뢰에서 나타나는 강한 결속이 배타적인 태도로 변질될 수 있다고 보았기에, 옅은 신뢰의 수준이 높은 것이 낯선 사람들 사이에서도 협력이 촉진되어 사회 통합에 더 유용하다고 보았다.'라는 서술을 통해 ②에 들어갈 관형사는 '옅은'임을 알 수 있다.

③ (가)의 4문단에서 '퍼트넘은 일반화된 호혜성과 옅은 신뢰가 증진되기 위해서는 그 집단이 수평적 네트워크 형태, 즉 구성원이 동등한 권력으로 연결되어 있어야 한다고 보았다.'라는 서술을 통해 ③에 들어갈 관형사는 '수평적'임을 알 수 있다.

[채점기준]

답안	배점	예상 소요 시간
① 일반화된	3점	5분 / 전체 80분
② 옅은	4점	
③ 수평적	3점	

03 [모범답안]

ⓐ 기인

ⓑ 비약

[바른해설]

ⓐ 20세기 이탈리아에서 자치 제도를 실시했을 때 나타난 남북 간의 차이는 12세기부터 형성된 두 지역 간의 시민적 전통 차이에 원인을 두고 있다는 뜻이므로, ⓐ에는 '어떠한 것에 원인을 둠.'을 뜻하는 '기인'이 들어갈 말로 알맞다.

ⓑ 12세기 당시는 공화제라기보다는 군주적 귀족제에 가까워 현대적 의미의 수평적 네트워크는 거의 존재하지 않았기 때문에, 20세기 이탈리아에서 자치 제도를 실시했을 때 나타난 남북 간의 차이는 12세기부터 형성된 두 지역 간의 시민적 전통 차이에 기인한다는 퍼트넘의 주장은 비논리적이다. 그러므로 ⓑ에는 '논리나 사고방식 따위가 그 차례나 단계를 따르지 아니하고 뛰어넘음.'을 뜻하는 '비약'이 들어갈 말로 적절하다.

[채점기준]

답안	배점	예상 소요 시간
ⓐ 기인	5점	2분 / 전체 80분
ⓑ 비약	5점	

04 [모범답안]

학습을 위한 독서

[바른해설]

제시문에서 서술자는 학습을 위한 독서를 잘하기 위해서는 다양한 독서 전략의 활용이 필요하다며 '예측하기', '시연하기',

'회상하기' 전략을 제시하고 각 전략에 관해 구체적으로 설명하고 있다. 그러므로 제시문의 내용을 대표하는 주제는 '학습을 위한 독서'가 적절하다.

[채점기준]

답안	배점	예상 소요 시간
학습을 위한 독서	10점	3분 / 전체 80분

05 [모범답안]

① 시연하기
② 회상하기

[바른해설]

① 〈보기1〉의 2단계에서 핵심어와 중심 내용을 왼쪽에 위계적으로 정리하는 것은 윗글에 제시된 독서 전략 중 '시연하기'에서 학습자가 정보 간의 관계를 생각해 보는 것과 관련이 있다.
② 〈보기1〉의 3단계에서 메모를 점검하고 통합하여 중심 내용을 정리하는 것은 윗글에 제시된 독서 전략 중 글을 읽으면서 표시한 메모나 밑줄 등을 다시 보면서 중심 내용을 떠올리는 '회상하기'와 관련이 있다.

[채점기준]

답안	배점	예상 소요 시간
① 시연하기	5점	4분 / 전체 80분
② 회상하기	5점	

06 [모범답안]

① 공자
② 혜강
③ 노자

[바른해설]

① '공자'는 즐거움이 외부적 사건에서 올 수도 있지만 진정한 즐거움은 도를 알고 실천하는 데서 오는 즐거움이라고 하였으므로, 행복이 외부에서 오는 것이라는 말에 전적으로 동의하지는 않을 것이다.
② '혜강'은 자연법칙을 거스르지 않고 조용한 가운데 마음을 비우고 태평함을 얻어야 한다고 하였으므로, 세속적 일에 흔들리지 않는 정신적 경지에 이르렀을 때 진정으로 행복해질 수 있다는 말에 동의할 것이다.
③ '노자'는 행복을 위해서 사사로움을 줄이고 욕심을 적게 가져야 한다고 하였으므로, 인간이 불행해지는 이유는 만족함을 모르고 더 많은 쾌락을 얻으려고 하기 때문이라는 말에 동의할 것이다.

[채점기준]

답안	배점	예상 소요 시간
① 공자	3점	5분 / 전체 80분
② 혜강	4점	
③ 노자	3점	

07 [모범답안]

시간이, 있다

[바른해설]

(가)의 5연에서 '시간이 똘똘 배암의 또아리를 틀고 있다'는 시구는 '시간'이라는 눈으로 볼 수 없는 추상적인 관념을 '배암의 또아리'를 튼 모습으로 형상화함으로써 위험한 상태에 놓인 상황에 대한 긴장감을 조성하고 있다.

[채점기준]

답안	배점	예상 소요 시간
시간이	5점	4분 / 전체 80분
있다	5점	

08 [모범답안]

① 거울때문에나는거울속의나를만져보지못하는구료마는
② 나는거울속의나를근심하고진찰(診察)할수없으니퍽섭섭하오

[바른해설]

① (나)의 '거울때문에나는거울속의나를만져보지못하는구료마는'에서 '거울'로 인해 직접 만날 수 없는 본질적 자아와 현실적 자아의 상황은 본질 탐색의 어려움을 드러낸 것이라 볼 수 있다.
② (나)의 '나는거울속의나를근심하고진찰(診察)할수없으니퍽섭섭하오'에서 '거울속의나'를 '근심하고진찰할수없으니퍽섭섭하'다고 한 것은 성찰을 통해 분열을 극복하기가 쉽지 않음을 드러낸 것으로 볼 수 있다.

[채점기준]

답안	배점	예상 소요 시간
① 거울때문에나는거울속의나를만져보지못하는구료마는	5점	4분 / 전체 80분
② 나는거울속의나를근심하고진찰(診察)할수없으니퍽섭섭하오	5점	

09 [모범답안]

ⓐ 감사
ⓑ 오유란
ⓒ 이생

[바른해설]

감사가 별당에서 책만 읽으며 지내는 이생을 위해 벌인 잔치에서 이생이 화를 내며 돌아가 버리자 ⓐ감사는 기녀인 오유란을 불러 이생의 훼절을 지시하였다. 이에 ⓑ오유란은 이생을 유혹하고 계략을 꾸며 훼절을 수행하였다. 그제야 자신이 속은 것을 깨달은 ⓒ이생은 공부에 매진하고 장원 급제하여 암행어사가 되었고, 이후 오유란에게 죄를 물었지만 사건의 전말이 밝혀진 후 그녀를 용서하게 된다.

[채점기준]

답안	배점	예상 소요 시간
ⓐ 감사	3점	5분 / 전체 80분
ⓑ 오유란	4점	
ⓒ 이생	3점	

수학[인문]

10 [모범답안]

로그의 진수 조건에 의하여

$x^2-x-6>0$, $(x+2)(x-3)>0$

$x<-2$ 또는 $x>3$ …… ㉠

부등식 $\log_2(x^2-x-6)\le\log_{\sqrt{2}}6$에서

$\log_2(x^2-x-6)\le 2\log_2 6=\log_2 36$

이때 밑 2가 1보다 크므로

$x^2-x-6\le 36$, $x^2-x-42\le 0$, $(x+6)(x-7)\le 0$

$-6\le x\le 7$ …… ㉡

㉠, ㉡에 의하여 주어진 부등식의 해는

$-6\le x<-2$ 또는 $3<x\le 7$

따라서 모든 정수 x의 개수는

$-6, -5, -4, -3, 4, 5, 6, 7$로 총 8개이다.

[채점기준]

답안	배점	예상 소요 시간
$x^2-x-6>0$에서 $x<-2$ 또는 $x>3$	3점	3분 / 전체 80분
$\log_2(x^2-x-6)\le\log_{\sqrt{2}}6$에서 $-6\le x\le 7$	4점	
$-6\le x<-2$ 또는 $3<x\le 7$	2점	
8개	1점	

11 [모범답안]

$\tan^2\theta-\tan^2\theta\sin^2\theta=\tan^2\theta(1-\sin^2\theta)$

$=\tan^2\theta\times\cos^2\theta=\dfrac{\sin^2\theta}{\cos^2\theta}\times\cos^2\theta=\sin^2\theta$

$\tan^2\theta-\tan^2\theta\sin^2\theta=\dfrac{4}{5}$에서 $\sin^2\theta=\dfrac{4}{5}$

$\pi<\theta<\dfrac{3}{2}\pi$에서 $\sin\theta<0$, $\cos\theta<0$이므로

$\sin\theta=-\dfrac{2\sqrt{5}}{5}$, $\cos\theta=-\sqrt{1-\dfrac{4}{5}}=-\dfrac{\sqrt{5}}{5}$

$\tan\theta=\dfrac{\sin\theta}{\cos\theta}=\dfrac{-\dfrac{2\sqrt{5}}{5}}{-\dfrac{\sqrt{5}}{5}}=2$

따라서 $\cos^2\theta+\tan\theta=\left(-\dfrac{\sqrt{5}}{5}\right)^2+2=\dfrac{1}{5}+2=\dfrac{11}{5}$

[채점기준]

답안	배점	예상 소요 시간
$\tan^2\theta-\tan^2\theta\sin^2\theta=\sin^2\theta$	3점	3분 / 전체 80분
$\sin^2\theta=\dfrac{4}{5}$	2점	
$\sin\theta=-\dfrac{2\sqrt{5}}{5}$, $\cos\theta=-\dfrac{\sqrt{5}}{5}$, $\tan\theta=2$	3점	
$\dfrac{11}{5}$	2점	

12 [모범답안]

등차수열 $\{a_n\}$의 공차를 d라하면 $a_4=a_2+2d$

$a_2=5$, $a_4=11$이므로 $11+5+2d$에서 $d=3$

$a_1=a_2-d=5-3=2$

그러므로 등차수열 $\{an\}$의 일반항은

$a_n=2+(n-1)d\times 3=3n-1$

이때

$\displaystyle\sum_{k=1}^{m}\frac{1}{a_ka_{k+1}}=\sum_{k=1}^{m}\frac{1}{(3k-1)(3k+2)}$

$\displaystyle=\frac{1}{3}\sum_{k=1}^{m}\left(\frac{1}{3k-1}-\frac{1}{3k+2}\right)$

$\displaystyle=\frac{1}{3}\left\{\left(\frac{1}{2}-\frac{1}{5}\right)+\left(\frac{1}{5}-\frac{1}{8}\right)+\left(\frac{1}{8}-\frac{1}{11}\right)+\cdots\right.$

$\displaystyle\left.+\left(\frac{1}{3m-1}\right)-\left(\frac{1}{3m+2}\right)\right\}$

$\dfrac{1}{3}\left(\dfrac{1}{2}-\dfrac{1}{3m+2}\right)$이므로

$\dfrac{1}{3}\left(\dfrac{1}{2}-\dfrac{1}{3m+2}\right)>\dfrac{4}{25}$에서

$\dfrac{1}{2}-\dfrac{1}{3m+2}>\dfrac{12}{25}$, $\dfrac{1}{3m+2}<\dfrac{1}{50}$

$3m+2>50$, $m>16$

따라서 자연수 m의 최솟값은 17이다.

[채점기준]

답안	배점	예상 소요 시간
$a_n=3n-1$	3점	4분 / 전체 80분
$\sum_{k=1}^{m}\frac{1}{a_ka_{k+1}}$ $=\frac{1}{3}\left(\frac{1}{2}-\frac{1}{3m+2}\right)$	4점	
$m>16$	2점	
17	1점	

13 [모범답안]

$g(x)=(3x-4)f(x)$에서

$g'(x)=3f(x)+(3x-4)f'(x)$ …… ㉠

$\lim_{h\to0}\frac{f(2+2h)-2}{h}=5$에서

$h\to0$일 때, (분모) $\to$ 0이고

극한값이 존재하므로 $\lim_{h\to0}\{f(2+2h)-2\}=0$

$f(2)-2=0$에서 $f(2)=2$ …… ㉡

또한 $\lim_{h\to0}\frac{f(2+2h)-2}{h}=2\times\lim_{h\to0}\frac{f(2+2h)-f(2)}{2h}$

$=2f'(2)$

$2f'(2)=5$에서 $f'(2)=\frac{5}{2}$ …… ㉢

㉠, ㉡, ㉢에서

$g'(2)=3f(2)+2f'(2)=3\times2+2\times\frac{5}{2}=11$

[채점기준]

답안	배점	예상 소요 시간
$g'(x)$ $=3f(x)+(3x-4)f'(x)$	2점	4분 / 전체 80분
$f(2)=2$	3점	
$f'(2)=\frac{5}{2}$	3점	
$g'(2)=3f(2)+2f'(2)=11$	2점	

13 [모범답안]

$f(x)=\frac{1}{3}x^3+x^2-3x+a$에서

$f'(x)=x^2+2x-3=(x+3)(x-1)$

$f'(x)=0$에서 $x=-3$ 또는 $x=1$

함수 $f(x)$의 증가와 감소를 표로 나타내면 다음과 같다.

x	…	-3	…	1	…
$f'(x)$	+	0	−	0	+
$f(x)$	↗	극대	↘	극소	↗

함수 $f(x)$는 $x=1$에서 극솟값 $\frac{10}{3}$을 가지므로 $b=1$이고

$f(1)=\frac{1}{3}+1-3+a=\frac{10}{3}$에서 $a=5$

따라서 $a-2b=5-2=3$

[채점기준]

답안	배점	예상 소요 시간
① x^2+2x-3	2점	4분 / 전체 80분
② $x=1$	4점	
③ $b=1$	3점	
④ 3	1점	

15 [모범답안]

$xf(x)=\frac{2}{3}x^3+ax^2+b+\int_1^x f(t)dt$ …… ㉠

㉠의 양변을 x에 대하여 미분하면

$f(x)+xf'(x)=2x^2+2ax+f(x)$

$xf'(x)=2x^2+2ax$

함수 $f(x)$가 다항함수이므로 $f'(x)=2x+2a$

$f(x)=\int(2x+2a)dx=x^2+2ax+C$ (단, C는 적분상수)

$f(0)=1$에서 $C=1$

$f(1)=1$에서 $1+2a+C+1=1+2a+1=1$이므로

$a=-\frac{1}{2}$

그러므로 $f(x)=x^2-x+1$

㉠의 양변에 $x=1$을 대입하면

$f(1)=\frac{2}{3}+a+b=\frac{2}{3}-\frac{1}{2}+b=b+\frac{1}{6}$

$f(1)=1$에서 $b+\frac{1}{6}=1$, $b=\frac{5}{6}$

따라서 $3b-a=3\times\frac{5}{6}-\left(-\frac{1}{2}\right)=3$이므로

$f(3b-a)=f(3)=9-3+1=7$

[채점기준]

답안	배점	예상 소요 시간
$f'(x)=2x+2a$	3점	4분 / 전체 80분
$f(x)=x^2+2ax+C$	2점	
$C=1$, $a=-\frac{1}{2}$, $b=\frac{5}{6}$	3점	
$f(3b-a)=7$	2점	

PART 1 기출문제
PART 2 실전모의고사
PART 3 정답 및 해설

제2회 실전모의고사

국어[인문]

01 [모범답안]

ⓐ 현상 유지 성향 / ⓑ 손실 회피 성향

[바른해설]

ⓐ 사촌 형이 더 이상 읽지 않는 잡지의 정기 구독을 귀찮아서 취소하지 않은 것은 소비자의 심리 성향 중 합리적 이유 없이 현 상태를 변화 없이 유지하려는 '현상 유지 성향'과 관련된 사례이다.

ⓑ 한 자산가가 수익성이 높은 은행 A(연이율 5%, 안전도 50%)가 아닌 안전성이 높은 은행 B(연이율 2.5%, 안전도 100%)에 자신의 예금을 맡긴 것은 소비자의 심리 성향 중 이익보다 손실에 더 민감하게 반응하는 손실 회피 성향과 관련된 사례이다.

[채점기준]

답안	배점	예상 소요 시간
ⓐ 현상 유지 성향	5점	2분 / 전체 80분
② 손실 회피 성향	5점	

02 [모범답안]

① 가시성 / ② 비가시성

[바른해설]

① 일망 감시 감옥은 중앙의 탑에 감시자를 배치함으로써 '가시성'의 특성을 확보한다. 이러한 가시성의 특성으로 인해 수감자는 지속적이고 의식적으로 감시에 노출되고, 감시의 시선을 수감자 스스로 내면화함으로써 권력 구조가 유지되는 효과가 발생한다.

② 원형 건물의 분할된 부분들과 완전히 분리된 독방은 일망 감시 감옥의 '비가시성'의 특성을 보여준다. 이러한 비가시성의 특성은 군중과 집단을 해체함으로써 질서를 보장하고 감시자가 개인을 쉽게 통제할 수 있으며 수감자는 타인과 격리되어 주시의 대상으로 고립되는 효과가 발생한다.

[채점기준]

답안	배점	예상 소요 시간
① 가시성	5점	4분 / 전체 80분
② 비가시성	5점	

03 [모범답안]

ⓐ 수감자의 감금

ⓑ 충분한 빛 제공, 수감자의 노출

[바른해설]

제시문의 두 번째 단락에서 일망 감시 감옥은 지하 감옥의 세 가지 기능, 즉 감금하고, 빛을 차단하고, 숨겨 두는 기능 중에서 첫 번째만 남겨 놓고 뒤의 두 가지를 없애 버린 형태라고 서술하고 있다. 그러므로 일망 감시 감옥과 지하 감옥의 공통적인 기능은 '수감자의 감금'이고, 차이점은 '충분한 빛 제공'과 '수감자의 노출'이다.

[채점기준]

답안	배점	예상 소요 시간
ⓐ 수감자의 감금	2점	5분 / 전체 80분
ⓑ 충분한 빛 제공, 수감자의 노출 [각 4점]	8점	

04 [모범답안]

① ⓐ여러

② ⓓ어업

③ ⓔ식문화의

④ ⓑ심각한 / ⓒ모인

[바른해설]

ⓐ의 '여러'는 관형사로 뒤에 오는 '바닷물고기'를 수식하고 있으므로 관형사가 관형어 역할을 한 예이다.

ⓑ의 '심각한'은 형용사 어간 '심각하-'에 관형사형 어미 '-ㄴ'이 결합된 형태로 형용사의 활용형이 관형어 역할을 한 예이다.

ⓒ의 '모인'은 동사 어간 '모이-'에 관형사형 어미 '-ㄴ'이 결합된 형태로 동사의 활용형이 관형어 역할을 한 예이다.

ⓓ의 '어업'은 체언이 그대로 관형어로 쓰인 예이다.

ⓔ의 '식문화의'는 체언에 관형격 조사 '의'가 결합하여 관형어로 쓰인 예이다.

[채점기준]

답안	배점	예상 소요 시간
① ⓐ여러	2점	2분 / 전체 80분
② ⓓ어업	2점	
③ ⓔ식문화의	2점	
④ ⓑ심각한 / ⓒ모인 [각 2점]	4점	

05 [모범답안]

ⓐ 정보의 변형과 가공

ⓑ 정보의 분석과 판단

ⓒ 창조

[바른해설]

- 1단계(외부 자극 입력): 외부에서 들어오는 자극을 받아 그 뜻을 알아차리는 입력 단계이다. 즉, 외부의 물리적 자극을 받아 생리학적인 신호로 변환하고 뇌에 전달하는 과정과 대뇌가 그것을 인지하는 과정이다.
- 2단계(정보의 변형과 가공): 정보가 입력되면 인지된 데이터나 정보를 적절한 위치에 저장하고 필요에 따라 꺼내오도록 하며 사용 목적에 따라 정보를 적절히 변형하고 가공한다.
- 3단계(정보의 분석과 판단): 일정한 순서와 기준에 따라 정보를 평가하고 다음 단계에서 어떻게 할지 결정한다.
- 4단계(창조): 처리 · 분석 · 판단의 과정을 통해 전혀 새로운 지식이나 개념을 만들어 내는 단계이다.
- 5단계(출력): 마지막으로 이를 정리해 출력하는 단계이다.

[채점기준]

답안	배점	예상 소요 시간
ⓐ 정보의 변형과 가공	4점	3분 / 전체 80분
ⓑ 정보의 분석과 판단	4점	
ⓒ 창조	2점	

06 [모범답안]

퍼셉트론은 인공 신경망을 실제로 구현한 최초의 모델이다.

[바른해설]

신경망 이론을 발판으로 삼아 미국의 프랭크 로젠블랫이 개발한 '퍼셉트론'은 사람처럼 시각적으로 사물을 인지하도록 훈련시킬 수 있는 프로그램인데, 제시문 (나)의 맨 마지막 문장에 '퍼셉트론은 인공 신경망을 실제로 구현한 최초의 모델이다.'라고 '퍼셉트론'의 의의에 대해 서술하고 있다.

[채점기준]

답안	배점	예상 소요 시간
퍼셉트론은 인공 신경망을 실제로 구현한 최초의 모델이다.	10점	5분 / 전체 80분

[07~08]

갈래	단편 소설, 심리 소설	특징	• 현대인의 진실하지 못한 관계를 초현실주의적 기법으로 그림 • 인간적 유대가 없는 현대 사회의 모습을 아파트라는 상징적 공간을 통해 나타내고 있음
성격	상징적, 비판적, 환상적		
배경	• 시간: 1970년대 • 공간: 도시의 어느 한 아파트		
주제	현대인의 소외감과 불안 의식		

07 [모범답안]

스위치

[바른해설]

작품 속 '그'가 스위치를 켜는 행위는 사물들이 살아 움직이는 환상에서 벗어나려는 '그'의 반발 의식이 내재된 행위이며, '그'가 스위치를 끄는 행위는 '그'를 다시 환상의 세계로 인도하여 '그'가 주체성을 잃고 점차 사물화되어 가는 행위이다. 이러한 스위치를 켜고 끄는 행위의 반복은 현대인의 불안 의식을 반영하고 있다. 즉, 작품 속 '스위치'가 현대인의 불안 의식을 표현하는 도구로 사용되고 있다.

[채점기준]

답안	배점	예상 소요 시간
스위치	10점	2분 / 전체 80분

08 [모범답안]

그는 마치 부활하는 것처럼 보였다.

[바른해설]

『타인의 방』은 상상력의 확장을 통해 점차 사물화되어 가는 신체를 '부활'로 받아들임으로써, 정체성을 상실하고 있는 현대인의 실존 문제를 상징적으로 비판하고 있다. 위 작품의 마지막 문장인 '그는 마치 부활하는 것처럼 보였다.'에서 '그'가 사물로 변하여 마침내 주체성을 상실하게 된다.

[채점기준]

답안	배점	예상 소요 시간
그는 마치 부활하는 것처럼 보였다.	10점	5분 / 전체 80분

09

갈래	희곡	특징	• 알레고리를 통해 현실의 이면에 존재하는 권력자의 위선을 폭로, 비판함 • 상징성이 강한 인물과 소재를 사용하여 1970년대 현실을 풍자함 • 권력자의 잘못된 논리에 굴복하는 나약한 지식인에 대한 비판적 시각을 드러냄
성격	상징적, 우화적, 풍자적, 교훈적		
주제	진실을 향한 열망과 진실이 통하지 않는 사회의 비극		

[모범답안]

알레고리

[바른해설]

자신이 드러내고자 하는 문제의식을 직접적으로 드러내지 않고 우회적으로 표현하여 효과를 높이고자 할 때 사용하는 표현 기법은 '알레고리'이다. 알레고리는 어떤 한 주제 A를 말하기 위하여 다른 주제 B를 사용하여 그 유사성을 적절히 암시하면서 주제를 나타내는 수사법으로, 은유법과 유사한 표현 기교라고 할 수 있다. 다만, 은유법이 하나의 단어나 하나의 문장과 같은 작은 단위에서 구사되는 표현 기교인 반면, 알레고리는 이야기 전체가 하나의 총체적인 은유법으로 관철되어 있다는 차이점이 있다. 이강백의 『파수꾼』은 알레고리 기법을 사용하여 1970년대 한국 사회의 모습을 이솝 우화 「늑대와 양치기 소년」을 차용한 촌장과 파수꾼 이야기로 드러내고 있다.

[채점기준]

답안	배점	예상 소요 시간
알레고리	10점	2분 / 전체 80분

수학[인문]

10 [모범답안]

$y'=3x^2$이므로 점 $P(t, t^3)$에서 접선의 기울기는 $3t^2$

따라서 점 $P(t, t^3)$에서 접선의 방정식은

$y=3t^2(x-t)+t^3=3t^2x-2t^3$

한편, 위의 접선은 $(2, 0)$을 지나므로

$0=6t^2-2t^3=2t^2(3-t)$

점 $P(t, t^3)$는 원점이 아니므로, $t=3$

$\therefore$ 접선의 기울기는 $3t^2=27$

[채점기준]

답안	배점	예상 소요 시간
① $y=3t^2(x-t)+t^3$ $=3t^2x-2t^3$	5점	4분 / 전체 80분
② $t=3$	3점	
③ $3t^2=27$	2점	

11 [모범답안]

이차방정식 $x^2-3ax-8a^2=0$에서 두 근이 $\sin\theta$, $\cos\theta$이므로 근과 계수의 관계를 이용하면

$\sin\theta+\cos\theta=3a$, $\sin\theta\times\cos\theta=-8a^2$

이때, $\sin\theta+\cos\theta=3a$의 양변을 제곱하면

$\sin^2\theta+\cos^2\theta+2\sin\theta\cos\theta=9a^2$이므로

$\sin^2\theta+\cos^2\theta=1$을 이용하여 식을 변형하면

$1-16a^2=9a^2$, $1=25a^2$

$\therefore a^2=\frac{1}{25}$

따라서 a가 될 수 있는 모든 값은 $\frac{1}{5}$, $-\frac{1}{5}$

[채점기준]

답안	배점	예상 소요 시간
$\sin\theta+\cos\theta=3a$, $\sin\theta\times\cos\theta=-8a^2$	4점	3분 / 전체 80분
$\sin^2\theta+\cos^2\theta+2\sin\theta\cos\theta$ $=9a^2$에서 $\sin^2\theta+\cos^2\theta=1$를 이용하여 $a^2=\frac{1}{25}$로 나타낸다.	4점	
$\therefore a=\frac{1}{5}, -\frac{1}{5}$	2점	

12 [모범답안]

주어진 식 $\sum_{k=1}^{9}f(k+1)-\sum_{k=2}^{10}f(k-1)$을 전개하면

$\sum_{k=1}^{9}f(k+1)-\sum_{k=2}^{10}f(k-1)$

$=\{f(2)+f(3)+\cdots+f(9)+f(10)\}-\{f(1)+f(2)+\cdots+f(8)+f(9)\}$

$=f(10)-f(1)$

$=32-2=30$

따라서 구하고자 하는 값은 30

[채점기준]

답안	배점	예상 소요 시간
$\sum_{k=1}^{9}f(k+1)+\sum_{k=2}^{10}f(k-1)$ $=\{f(2)+f(3)+\cdots+f(9)+f(10)\}-\{f(1)+f(2)+\cdots+f(8)+f(9)\}$	4점	3분 / 전체 80분
$\{f(2)+f(3)+\cdots+f(9)+f(10)\}-\{f(1)+f(2)+\cdots+f(8)+f(9)\}$ $=f(10)-f(1)$	3점	
$f(10)-f(1)=32-2=30$	3점	

13 [모범답안]

$x-a=t$라고 하면 $\lim_{x\to a}\frac{f(x-a)}{x-a}=2$에서 $\lim_{t\to 0}\frac{f(t)}{t}=2$

$\lim_{x\to 0}\left\{\frac{6f(x)}{2x+f(x)}\right\}$의 분모와 분자를 x로 나누면

$$\lim_{x\to 0}\frac{6\times\frac{f(x)}{x}}{2+\frac{f(x)}{x}}=\frac{6\times 2}{2+2}=3$$

[채점기준]

답안	배점	예상 소요 시간
$\lim_{t\to0}\frac{f(t)}{t}=2$ (단, $x-a$를 다른 미지수로 치환한 경우에도 인정함)	5점	4분 / 전체 80분
$\lim_{x\to0}\frac{6\times\frac{f(x)}{x}}{2+\frac{f(x)}{x}}=3$	5점	

14 [모범답안]

$f(x)=\int f'(x)dx=x^3-2x^2+x+C$ (단, C는 적분상수)

점 $(2, f(2))$에서의 접선의 방정식은

$y=f'(2)(x-2)+f(2)$

$f'(2)=5$이므로 $y=5x-10+f(2)$

이때, 접선의 x절편은 $\frac{10-f(2)}{5}$

조건 (나)에 의하여 $\frac{10-f(2)}{5}=-1$, $f(2)=15$

$f(2)=15=8-8+2+C=2+C$, $C=13$

$\therefore f(x)=x^3-2x^2+x+13$

[채점기준]

답안	배점	예상 소요 시간
$f(x)=\int f'(x)dx$ $=x^3-2x^2+x+C$ (단, C는 적분상수)	2점	4분 / 전체 80분
접선의 방정식은 $y=f'(2)(x-2)+f(2)$ x절편은 $\frac{10-f(2)}{5}$	3점	
$f(2)=15=8-8+2+C$ $=2+C,\ C=13$	3점	
$f(x)=x^3-2x^2+x+13$	2점	

15 [모범답안]

주어진 조건에서 a는 1이 아닌 양수이므로 함수 $f(x)=a^x-3a^2+2$는 x의 값이 증가할 때, y의 값이 증가하는 증가함수이다.

따라서 정의역 $\{x\mid2\le x\le3\}$의 범위에서 x값이 3일 때 함수 $f(x)$는 최댓값 2를 가지므로

$f(3)=a^3-3a^2+2=2$,

$a^3-3a^2=0$,

$a^2(a-3)=0$

$\therefore a=3$

한편, 함수 $f(x)$는 x값이 2일 때 최솟값을 가지므로

$f(2)=3^2-3\times3^2+2=-16$

따라서 $f(x)$의 최솟값은 -16

[채점기준]

답안	배점	예상 소요 시간
$f(x)=a^x-3a^2+2$는 증가함수이다.	2점	4분 / 전체 80분
$x=3$일 때 함수 $f(x)$가 최댓값 2를 갖는다.	3점	
$a=3$	2점	
$\therefore f(x)$의 최솟값은 -16	3점	

제3회 실전모의고사

국어[인문]

01 [모범답안]

ⓐ 긍정적 / ⓑ 긍정적 / ⓒ 부정적 / ⓓ 긍정적 / ⓔ 부정적

[바른해설]

ⓐ [A]에서 학생 2가 '우리가 문학 시간에 한국 소설사에서 큰 의미가 있는 작품이라고 배웠던 작품이어서 소개할 만한 가치가 있을 것 같은데.'라고 말한 부분을 통해 자신의 제안을 '긍정적'으로 평가하고 있음을 알 수 있다.

ⓑ [A]에서 학생 3이 '다른 모둠이 다루지 않는 분야의 책이라 참신하고'라고 말한 부분을 통해 자신의 제안을 '긍정적'으로 평가하고 있음을 알 수 있다.

ⓒ [A]에서 학생 3이 '다른 모둠들이 ~ 차별성이 부족할 것 같아.'라고 말한 부분을 통해 학생 2의 제안을 부정적으로 평가하고 있음을 알 수 있다.

ⓓ [B]에서 학생 3이 '우리 동영상에 면담 장면을 넣으면 ~ 생생한 느낌도 줄 수 있어서 좋을 것 같아.'라고 말한 부분을 통해 자신의 제안을 긍정적으로 평가하고 있음을 알 수 있다.

ⓔ [B]에서 학생 2가 '현실적으로 어렵지 않을까? ~ 실례일 텐데.'라고 말한 부분을 통해 학생 3의 제안을 부정적으로 평가하고 있음을 알 수 있다.

[채점기준]

답안	배점	예상 소요 시간
ⓐ 긍정적	2점	3분 / 전체 80분
ⓑ 긍정적	2점	
ⓒ 부정적	2점	
ⓓ 긍정적	2점	
ⓔ 부정적	2점	

02 [모범답안]

행정청이 부여받은 의무의 범위 내에서 행위를 하였는지

[바른해설]

기속 행위와 재량 행위는 법원에 의한 사법 심상의 대상이 된다는 점에서 공통적이지만, 사법 심사의 대상이 특정한 의무의 이행 여부인지, 부여된 의무 내에서 행위를 하였는지에 따라 다르다는 점에서 법원의 통제 범위가 다르다. 즉, 기속 행위는 행정청이 부여받은 구체적 의무를 이행하였는지가, 재량 행위는 '행정청이 부여받은 의무의 범위 내에서 행위를 하였는지'가 위법성 판단의 기준이 되기 때문이다.

[채점기준]

답안	배점	예상 소요 시간
행정청이 부여받은 의무의 범위 내에서 행위를 하였는지	10점	5분 / 전체 80분

03 [모범답안]

확인된 사실 관계의 법률 요건으로서의 포섭

[바른해설]

판단 여지설은 법 적용 과정을 사실 관계의 확인, 법률 요건에 사용된 법 개념의 해석, 확인된 사실 관계의 법률 요건으로서의 포섭으로 구분하며, 사실 관계의 확인과 법 개념의 해석은 사법 심사의 대상이 되지만, 확인된 사실 관계가 불확정 법 개념에 포섭될 수 있는지 판단하는 것은 행정청의 전문성과 주관적인 가치 판단을 동시에 요구하므로 행정청의 판단 여지가 인정된다고 본다.

[채점기준]

답안	배점	예상 소요 시간
확인된 사실 관계의 법률 요건으로서의 포섭	10점	5분 / 전체 80분

04 [모범답안]

ⓐ 아녜요

ⓑ 볼펜이어요

ⓒ 수도여요

ⓓ 코끼리예요

ⓔ 아녀요

[바른해설]

① '아니-+-에요'는 '아니에요'가 되고, 이것의 준말은 '아녜요'이다.

② '볼펜+이-+-어요'는 '볼펜이어요'가 되지만, '볼펜'은 자음으로 끝나는 말이기 때문에 '볼펜여요'로 발음되지 않으므로 그것의 준말을 적을 수 없다.

③ '수도+이-+-어요'는 '수도이어요'가 되고, 이것의 준말은 '수도여요'이다.

④ '코끼리+이-+-에요'는 '코끼리이에요'가 되고, 이것의 준말은 '코끼리예요'이다.

⑤ '아니-+-어요'는 '아니어요'가 되고, 이것의 준말은 '아녀요'이다.

[채점기준]

답안	배점	예상 소요 시간
ⓐ 아녜요	2점	3분 / 전체 80분
ⓑ 볼펜이어요	2점	
ⓒ 수도여요	2점	
ⓓ 코끼리예요	2점	
ⓔ 아녀요	2점	

05 [모범답안]

르누아르는 골목길에서 마주칠 것 같은 일상생활과 사람들의 모습을 화폭에 담아냈다.

[바른해설]

제시문의 첫 번째 단락에 르누아르는 카페, 공원, 거실, 무도회장 등 마치 골목길에서 마주칠 것 같은 일상생활과 사람들의 모습을 화폭에 담아냈다고 그의 작품 세계의 특징이 되는 소재들이 서술되어 있다.

[채점기준]

답안	배점	예상 소요 시간
르누아르는 골목길에서 마주칠 것 같은 일상생활과 사람들의 모습을 화폭에 담아냈다.	10점	5분 / 전체 80분

[06~07]

(가) 황진이, 『어져 내 일이야』

갈래	평시조	특징	• 감탄사와 영탄적 어조를 활용해 화자의 정서를 표현함 • 도치법 혹은 행간 걸침을 통해 다양한 의미로 해석이 가능함
성격	애상적, 감상적		
제재	임과의 이별		
주제	이별의 안타까움과 임에 대한 그리움		

(나) 윤선도, 『만흥』

갈래	연시조, 강호 한정가	특징	• 강호가의 성격과 충신연주지사의 성격을 동시에 가짐 • 중국의 고사를 활용하여 자연과 함께하는 삶에 대한 만족감을 드러냄
성격	자연 친화적, 풍류적		
제재	자연과 함께 지내는 삶		
주제	자연 속의 삶에 대한 만족과 임금의 은혜에 대한 감사		

(다) 작자 미상, 『일신(一身)이 ᄉᆞ쟈 ᄒᆞ엿더니』

갈래	사설시조	특징	• 열거법, 비유법을 활용하여 주제 의식을 부각함 • 백성을 착취하는 무리들을 물것에 빗대어 비판 · 풍자함
성격	풍자적, 비판적, 해학적		
제재	물 것(인간에게 해로운 존재들)		
주제	세상살이의 고단함과 탐관오리에 대한 비판		

06 [모범답안]

ⓐ 영탄법 / ⓑ 설의법 / ⓒ 비유법 / ⓓ 열거법

[바른해설]

ⓐ 작품 (가)에서는 "어져 내 일이야 그릴 줄을 모로ᄃᆞ냐"에서 영탄적 표현을 통해 그리움의 심리를 드러내고 있다.

ⓑ 작품 (나)에서는 "누고셔 삼공(三公)도곤 낫다 ᄒᆞ더니 만승(萬乘)이 이만ᄒᆞ랴"에서 설의법을 통해 삶에 대한 화자의 만족감을 드러내고 있다.

ⓒ 작품 (다)에서는 비유법을 통해 화자를 괴롭히는 대상을 '물ㄱ것'에 비유하고 있다.

ⓓ 작품 (다)에서는 열거법을 통해 '물ㄱ것'들을 나열함으로써 백성을 수탈하는 탐관오리에 대한 비판 의식을 강조하고 있다.

[채점기준]

답안	배점	예상 소요 시간
ⓐ 영탄법	3점	4분 / 전체 80분
ⓑ 설의법	3점	
ⓒ 비유법 또는 ⓓ 열거법	2점	
ⓓ 열거법 또는 ⓒ 비유법	2점	

07 [모범답안]

ⓐ 이심전심

ⓑ 안분지족

ⓒ 천석고황

ⓓ 백골난망

[바른해설]

• 〈제3수〉의 '말솜도 우움도 아녀도 몯내 됴하ᄒᆞ노라'는 산이 말하거나 웃지 않아도 마음으로 알 수 있다는 것이므로, 마음에서 마음으로 전한다는 뜻의 한자성어 '이심전심(以心傳心)'과 관련이 있다.

• 〈제4수〉의 '만승(萬乘)이 이만ᄒᆞ랴'는 자연 속에서 살아가는 즐거움에 만족하고 있다는 의미이므로, 자기 분수에 만족하여 다른 데 마음을 두지 않는다는 뜻의 한자성어 '안분지족

PART 1 기출문제

PART 2 실전모의고사

PART 3 정답 및 해설

(安分知足)'과 관련이 있다.

- 〈제4수〉의 '임천한흥(林泉閑興)을 비길 곳이 업세라'는 자연에 묻혀 산수를 사랑하는 태도가 드러나므로, 산수나 풍경을 좋아함을 일컫는 사자성어 '천석고황(泉石膏肓)'과 관련이 있다.
- 〈제6수〉의 '님군 은혜(恩惠)'는 자신이 누리는 즐거움이 임금의 은덕에서 비롯되었음을 나타내는 것이므로, 죽어도 잊지 못할 큰 은혜라는 의미의 사자성어 '백골난망(白骨難忘)'과 관련이 있다.

[채점기준]

답안	배점	예상 소요 시간
ⓐ 이심전심	2점	5분 / 전체 80분
ⓑ 안분지족	2점	
ⓒ 천석고황	3점	
ⓓ 백골난망	3점	

[08~09]

갈래	현대 소설, 단편 소설	특징	• 공간의 이동을 통해 사건이 전개됨 • 서술자의 개입이 절제되고 등장인물의 행동과 묘사에 치중함 • '합장'이라는 상징적 소재를 활용하여 전쟁으로 파괴된 개인의 삶의 내력을 후대에 전함
성격	사실적, 비판적, 상징적		
제재	합장		
주제	전쟁으로 인해 훼손된 개별적 삶의 한(恨)		

08 [모범답안]

합장

[바른해설]

윗글에서 청년은 돌아가신 어머니의 유언에 따라 유골함을 들고 아버지와의 '합장'을 위해 노인을 방문하였고, 이때 노인으로부터 아버지의 죽음과 관련된 얘기를 전해 듣는다. 즉, '합장'은 전쟁으로 파괴된 개인(아버지)의 삶의 내력을 후대(아들)에 전하는 상징적 소재로 사용되었다.

[채점기준]

답안	배점	예상 소요 시간
합장	10점	3분 / 전체 80분

09 [모범답안]

ⓐ 개인의 삶

ⓑ 역사

[바른해설]

윗글 [A]의 청년의 꿈에서 수많은 먼지를 일으키며 끝없이 달려가는 동적인 말들의 모습은 '개인의 삶'을 의미하고, 반면에 사방 어디에나 똑같은 산천과 인기척 없는 들판의 정적인 모습은 끝없이 이어지는 '역사'를 의미한다. 결국 다시 말이 달려가고, 들판이 보이고 하는 장면을 거듭 꿈꾸는 것은 개인의 삶과 역사적 사건이 연관되어 반복됨을 형상화한 것이라고 볼 수 있다.

[채점기준]

답안	배점	예상 소요 시간
개인의 삶	5점	4분 / 전체 80분
역사	5점	

수학[인문]

10 [모범답안]

$\lim_{x\to\infty} f(x)=\infty$에서 $\lim_{x\to\infty}\left\{\frac{1}{f(x)}\right\}=0$

$\lim_{x\to\infty}\{2f(x)-g(x)\}\times\lim_{x\to\infty}\left\{\frac{1}{f(x)}\right\}$

$=\lim_{x\to\infty}\left\{2-\frac{g(x)}{f(x)}\right\}=5\times0=0$

$\therefore \lim_{x\to\infty}\left\{\frac{g(x)}{f(x)}\right\}=2$

$\lim_{x\to\infty}\left\{\frac{f(x)^2+3g(x)^2}{f(x)^2}\right\}$

$=\lim_{x\to\infty} 1+3\left\{\frac{g(x)}{f(x)}\right\}^2=1+3\times2^2=13$

[채점기준]

답안	배점	예상 소요 시간
① $\lim_{x\to\infty}\left\{\frac{1}{f(x)}\right\}=0$	3점	4분 / 전체 80분
② $\lim_{x\to\infty}\left\{\frac{g(x)}{f(x)}\right\}=2$	4점	
③ $\lim_{x\to\infty}\left\{\frac{f(x)^2+3g(x)^2}{f(x)^2}\right\}$ $=\lim_{x\to\infty} 1+3\left\{\frac{g(x)}{f(x)}\right\}^2$ $=1+3\times2^2=13$	3점	

11 [모범답안]

$\cos x=t$라고 하면 t값의 범위는 $-1\le t\le 1$이고,

$2\cos^2 x+4\cos x-(k+3)=2t^2+4t-(k+3)\ge 0$,

$2t^2+4t-3\geq k$

$\therefore 2(t+1)^2-5\geq k$

$f(t)=2(t+1)^2-5$라고 하면 함수 $f(t)$는 $-1\leq t\leq 1$의 범위에서 $t=-1$일 때 최솟값 -5를 갖는다.

따라서 부등식 $2(t+1)^2-5\geq k$가 모든 실수 x에 대해 항상 성립하기 위해서는 함수 $f(t)$가 직선 $y=-5$에 접하면서 그 위쪽의 범위에서 존재해야 하므로 $k\leq -5$

$\therefore k$의 최댓값은 -5

[채점기준]

답안	배점	예상 소요 시간
$\cos x$의 범위는 $-1\leq \cos x\leq 1$	2점	5분 / 전체 80분
$\therefore 2(\cos x+1)^2-5\geq k$ 또는 $2(\cos x+1)^2-5-k\geq 0$	2점	
$2(\cos x+1)^2-5=0$에서 $\cos x=-1$일 때 최솟값 -5	3점	
$\therefore k\leq -5$이므로 k의 최댓값은 -5	3점	

12 [모범답안]

$f'(x)=3x^2-6x$에서

$f(x)=\int(3x^2-6x)dx=x^3-3x^2+C$ (단, C는 적분상수)

한편 $f'(x)=3x(x-2)=0$

$x=0$ 또는 $x=2$

함수 $f(x)$의 증가와 감소를 표로 나타내면 다음과 같다.

x	$\cdots$	0	$\cdots$	2	$\cdots$
$f'(x)$	+	0	−	0	+
$f(x)$	↗	C	↘	$C-4$	↗

함수 $f(x)$는 $x=0$에서 극댓값, $x=2$에서 극솟값을 갖는다.

함수 $f(x)$의 극댓값이 5이므로 $f(0)=C=5$

$f(x)=x^3-3x^2+5$

따라서 $f(x)$의 극솟값은 1

[채점기준]

답안	배점	예상 소요 시간
$f(x)=\int(3x^2-6x)dx$ $=x^3-3x^2+C$ (단, C는 적분상수)	2점	4분 / 전체 80분
$f'(x)=3x(x-2)=0$ 함수 $f(x)$는 $x=0$에서 극댓값, $x=2$에서 극솟값을 갖는다.	3점	
함수 $f(x)$의 극댓값이 5이므로 $f(0)=C=5$, $f(x)=x^3-3x^2+5$	2점	
$f(x)$의 극솟값은 1	3점	

13 [모범답안]

$y=5+\log_3(x-2)$의 그래프를 x축의 방향으로 -3만큼, y축의 방향으로 2만큼 평행이동하면

$y-2=5+\log_3(x-2+3)$

$\therefore y=7+\log_3(x+1)$

이를 $y=x$에 대해 대칭이동하면

$x=7+\log_3(y+1)$, $x-7=\log_3(y+1)$, $3^{x-7}=y+1$

$\therefore y=3^{x-7}-1$

따라서 $f(x)=3^{x-7}-1$이므로

$f(7)=3^{7-7}-1=0$

[채점기준]

답안	배점	예상 소요 시간
x는 -3만큼, y는 2만큼 평행이동한 그래프는 $\therefore y=7+\log_3(x+1)$	3점	3분 / 전체 80분
$y=x$에 대해 대칭이동시킨 그래프는 $\therefore f(x)=3^{x-7}-1$	4점	
$f(7)=0$	3점	

14 [모범답안]

두 점 P, Q의 시각 t에서의 속도를 각각 v_1, v_2라 하면,

$v_1=2t-4=2(t-2)$, $v_2=3t^2-18t+24$

$=3(t-2)(t-4)$

이때, 두 점 P, Q가 서로 다른 방향으로 움직이기 위해서는 속도의 부호가 달라야하므로

$\therefore v_1v_2=6(t-2)^2(t-4)<0$

$t\geq 2$이므로 $2<t<4$

따라서 p의 최솟값 $m=2$, q의 최댓값 $M=4$이므로

$m+M=6$

[채점기준]

답안	배점	예상 소요 시간
두 점 P, Q의 시각 t에서의 속도를 v_1, v_2라 하면, $v_1=2(t-2)$, $v_2=3(t-2)(t-4)$ (단, t에서의 속도를 다른 미지수로 치환한 경우에도 인정함.)	2점	3분 / 전체 80분
$\therefore v_1v_2$ $=6(t-2)^2(t-4)<0$	3점	
$2<t<4$	3점	
$m=2$, $M=4$ $\therefore m+M=6$	2점	

15 [모범답안]

$a_{k-1}+a_{k+1}=36$에서

$a_k=\dfrac{a_{k-1}+a_{k+1}}{2}=\dfrac{36}{2}$

$\therefore a_k=18$

한편, $S_{k+1}-S_{k-1}=a_{k+1}+a_k$이므로 $S_{k+1}=60$, $S_{k-1}=18$에서

$60-18=a_{k+1}+18$

$\therefore a_{k+1}=24$

등차수열 $\{a_n\}$은 첫째항이 a_1이고 공차가 d이므로

$a_{k+1}=24$, $a_k=18$에서

$a_{k+1}-a_k=24-18=d$

$\therefore d=6$

따라서 등차수열 $\{a_n\}$의 일반항은 $a_k=a_1+(k-1)\times 6$이다.

한편, $S_{k+1}=\dfrac{(k+1)(a_1+a_{k+1})}{2}$이므로

$a_k=a_1+(k-1)\times 6$에서 k의 값에 $k+1$을 대입하면

$a_{k+1}=a_1+6k=24$, $a_1=24-6k$

$S_{k+1}=\dfrac{(k+1)(a_1+a_{k+1})}{2}=\dfrac{(k+1)(24-6k+24)}{2}$

$=60$

이를 정리하면

$k^2-7k+12=0$, $(k-3)(k-4)=0$

k값은 4보다 작은 자연수이므로 $\therefore k=3$

따라서 $a_1=6$

[채점기준]

답안	배점	예상 소요 시간
$a_k=\dfrac{a_{k-1}+a_{k+1}}{2}=\dfrac{36}{2}=18$	2점	5분 / 전체 80분
$S_{k+1}-S_{k-1}=a_{k+1}+a_k$이므로 $a_{k+1}=24$	2점	
$a_{k+1}-a_k=24-18=d$이므로 $d=6$	2점	
$S_{k+1}=\dfrac{(k+1)(a_1+a_{k+1})}{2}$ $=\dfrac{(k+1)(24-6k+24)}{2}$ $=60$	2점	
$k=3$이므로 $a_1=6$	2점	

제4회 실전모의고사

국어[인문]

01 [모범답안]

같은 벌금액을 두고 소득이 상대적으로 많은 사람과 적은 사람이 느끼게 될 부담감은 서로 다를 것이다.

[바른해설]

찬성 측은 입론에서 불법이나 책임의 정도가 동일하다고 여겨 동일한 벌금을 부과하더라도 범죄자마다 경제적 사정이 다르기 때문에 현행 제도에서는 경제적 능력이 부족하거나 소득이 적은 사람이 더 큰 고통을 받게 되며, 이는 형벌의 공평성의 척도인 희생 평등의 원칙에 어긋나므로 소득에 따라 벌금을 차등적으로 부과하는 차등 벌금제의 도입이 필요하다고 주장하였다. 이에 대해 반대 측은 입론에서 '같은 벌금액을 두고 소득이 상대적으로 많은 사람과 적은 사람이 느끼게 될 부담감이 서로 다를 것이라는 찬성 측 의견은 인정합니다."라고 찬성 측의 일부 의견을 인정하고 있다.

[채점기준]

답안	배점	예상 소요 시간
같은 벌금액을 두고 소득이 상대적으로 많은 사람과 적은 사람이 느끼게 될 부담감은 서로 다를 것이다.	10점	3분 / 전체 80분

02 [모범답안]

ⓐ 유토피아

ⓑ 헤테로토피아

[바른해설]

ⓐ 위 제시문의 3문단에서 푸코는 유토피아를 실제 공간이 없는 배치로서 비현실적인 공간으로 보았다고 했다. 그러므로 사이버 스페이스의 공간이 현실 세계에 존재하지 않는다는 점은 그러한 '유토피아'의 특성으로 설명할 수 있다.

ⓑ 위 제시문의 5문단에서 푸코는 헤테로토피아를 지금의 구성된 현실에 어울리지 않는, 정상성을 벗어난 이질적 공간이라고 하였다. 그러므로 사이버 스페이스가 지금의 현실 또는 일상과는 다른 공간의 경험을 제공한다는 점에서 '헤테로토피아'의 특성을 지녔다고 볼 수 있다.

[채점기준]

답안	배점	예상 소요 시간
ⓐ 유토피아	5점	4분 / 전체 80분
ⓑ 헤테로토피아	5점	

03 [모범답안]

㉠ 반영된 곳

㉡ 실제화한 곳

[바른해설]

제시문에서 푸코는 거울을 바라보고 있는 실재적인 존재인 나와 거울에 비친 나를 통해 유토피아와 헤테로토피아를 설명하고 있다. 거울은 나 자신에게 가시성을 제공하고 나를 주시하게끔 하지만 그 공간에 나는 부재하므로 그 거울은 헤테로토피아가 반영된 곳, 즉 유토피아가 된다. 또한 거울 속의 비실재적인 공간과의 관계 속에서 나의 실재가 배치된다는 점에서 그 거울은 유토피아가 실제화한 곳, 즉 헤테로토피아가 된다. 그러므로 헤테로토피아가 '반영된 곳'이 유토피아이고 유토피아가 '실제화한 곳'이 헤테로토피아가 된다.

[채점기준]

답안	배점	예상 소요 시간
㉠ 반영된 곳	3점	4분 / 전체 80분
㉡ 실제화한 곳	5점	

04 [모범답안]

마음이 제 역할을 하지 않았기 때문이다.

[바른해설]

제시문의 [A]에 따르면 언뜻 보기에 각 개인이 저지르는 악은 감각 기관의 활동으로 발생하는 것처럼 보이지만, 실제로는 마음이 제 역할을 하지 않았기 때문에 생겨난다고 설명하고 있다. 그러므로 맹자의 관점에서 인간이 악을 저지르게 되는 실제적인 이유는 마음이 제 역할을 하지 않았기 때문이다.

[채점기준]

답안	배점	예상 소요 시간
마음이 제 역할을 하지 않았기 때문이다.	10점	5분 / 전체 80분

05 [모범답안]

ⓐ 마음의 뜻

ⓑ 감각적 욕망

[바른해설]

ⓐ 제시문에 따르면 '큰 사람'은 '큰 몸[大體]'을 따르는 사람이며, '큰 몸'은 마음에 대응된다고 하였다. 또한 마음은 외부에 추동되는 것이 아니라 하늘이 부여한 인간의 본성에 근거를 두고 활동하며, '마음의 뜻(지향)'을 붙잡는 일이 수양에서 중요한 과제가 된다고 하였다. 그러므로 '큰 사람'은 하늘이 부여한 인간 본성에 근거를 두고 '마음의 뜻(지향)'에 따라 옳은 일을 해 나가는 사람을 의미한다.

ⓑ 제시문에 따르면 '작은 사람'은 '작은 몸[小體]'을 따르는 사람이며, '작은 몸'은 감각 기관에 대응된다고 하였다. 또한 '작은 몸'인 감각 기관이 외부 대상에 끌려가 무절제하게 욕망에 탐닉하게 되는 경우 그 책임은 마음에 있다고 하였다. 그러므로 '작은 사람'은 마음의 뜻을 저버리고 감각 기관이 외부 대상에 끌려가, '감각적 욕망'의 충족만을 추구하는 사람을 의미한다.

[채점기준]

답안	배점	예상 소요 시간
ⓐ 마음의 뜻	5점	4분 / 전체 80분
ⓑ 감각적 욕망	5점	

[06~07]

갈래	단편 소설	특징	• 등장인물과 관련된 일화를 나열하여 주제를 부각하고 있다. • 배경을 통해 애상적이며 서정적인 분위기를 연출하고 있다.
성격	서정적, 애상적		
제재	세상에 부딪혀 아픔을 겪는 인물의 모습		
주제	야박한 세상사에 적응하지 못하고 살아가는 황수건의 삶에 대한 연민		

06 [모범답안]

조금 어리숙하지만 따뜻한 인간미가 넘친다.

[바른해설]

황수건은 '나'에게 받은 돈을 밑천 삼아 장사를 하지만 어수룩하여 실패하고, 설상가상으로 그의 아내는 도망가고 만다. 또한 '나'에게 고마움을 표하기 위해 포도를 훔쳐서라도 선물하는 모습에서 따뜻한 인간미가 넘친다. 그러므로 황수건의 성격은 '조금 어리숙하지만 따뜻한 인간미가 넘친다'고 볼 수 있다.

[채점기준]

답안	배점	예상 소요 시간
조금 어리숙하지만 따뜻한 인간미가 넘친다.	10점	5분 / 전체 80분

07 [모범답안]

각박한 세상에 적응하지 못하는 황수건의 슬픈 처지를 부각시킨다.

[바른해설]

소설에서 배경은 소설의 분위기를 형성하고 소설의 주제를 구체화시키는 역할을 하는데, 환하게 비추는 달빛은 황수건의 슬픔을 더욱 부각시키며 애상적이고 서정적인 분위기를 형성한다. 이는 이 소설의 주제인 황수건과 같이 소외된 이웃에 대한 연민의 정서를 강조한다고 할 수 있다.

[채점기준]

답안	배점	예상 소요 시간
각박한 세상에 적응하지 못하는 황수건의 슬픈 처지를 부각시킨다.	10점	5분 / 전체 80분

[08~09]

갈래	희곡, 역사극, 장막극	특징	• 영월에 유배된 단종(노산군)의 상황을 제재로 한 일종의 역할 놀이극 • 과거와 현재를 넘나드는 이중적 시간 구조 • 무대의 인물이 또 다른 극을 보여주는 극중극 형식
성격	• 장소: 현대-조당전의 집 / 과거-영월 • 시간: 현대 / 오백년 전		
제재	영월에 유배된 단종의 상황		
주제	진정한 자유에 대한 갈망과 좌절		

08 [모범답안]

ⓐ 염문지 / ⓑ 이동기 / ⓒ 부천필 / ⓓ 조당전

[바른해설]

ⓐ "경들은 들으라! 영월로 다시 사람을 보내 노산군의 표정을 살펴 오도록 하라!"고 말하며 『해안지록』에서 세조의 마지막 발언을 찾아 읽은 사람은 염문지이다. 또한 의결권을 가진 회장으로서 손바닥으로 원탁을 세 번 두드린 인물도 염문지이다.

ⓑ "과거와 현재를 혼동하지 마! 과거는 과거의 시각으로 봐야지, 현재의 시각으로 보면 오류만 생겨!"라고 말하며 현재의 시각에서 과거의 역사를 바라보는 것에 반대하는 사람은 이동기이다.

ⓒ 내부 극에서 한명회 역할을 맡은 이동기와 고서적 연구에 대해 논쟁을 하고 있는 사람은 신숙주 역할을 맡은 부천필이다.

ⓓ 『영월행 일기』에 관하여 『세조실록』의 기록만으로는 부족

하다는 이동기의 지적에, 당시 대사헌이었던 양성지의 『해안지록』에서 그 구체적인 기록을 찾은 사람은 조당전이다.

[채점기준]

답안	배점	예상 소요 시간
ⓐ 염문지	2점	5분 / 전체 80분
ⓑ 이동기	3점	
ⓒ 부천필	2점	
ⓓ 조당전	3점	

09 [모범답안]

ⓐ 외부 극 / ⓑ 현재

ⓒ 내부 극 / ⓓ 과거

[바른해설]

『영월행 일기』는 외부 극 속에 또 다른 내부 극이 삽입되어 있는 '극중극' 형식의 작품이다. 외부 극의 공간은 배우들의 공연을 관객이 관람하는 무대 공간으로 시간상으로 현재에 해당한다. 반면 내부 극은 배우들의 공연을 통해 관객들의 머릿속에 형성되는 500년 전 과거 시점에 해당하는 가상의 공간이다.

[채점기준]

답안	배점	예상 소요 시간
ⓐ 외부 극	3점	4분 / 전체 80분
ⓑ 현재	2점	
ⓒ 내부 극	3점	
ⓓ 과거	2점	

수학[인문]

10 [모범답안]

$g(x)$는 $f(x)=a^x$의 역함수이므로 $g(x)=\log_a x$

또한 $f(x)$와 $g(x)$는 x좌표가 1보다 큰 점에서 만나므로 $a>1$이다.

한편 $\{f(1)-g(a^2)\}^2=4$에서

$(a^1-\log_a a^2)^2=4$, $(a-2)^2=4$, $a^2-4a+4-4=0$

$\therefore a(a-4)=0$

따라서 $a=4$이므로

$4a=4\times4=16$

[채점기준]

답안	배점	예상 소요 시간
① $g(x)=\log_a x$	2점	2분 / 전체 80분
② $(a^1-\log_a a^2)^2=4$	2점	
③ $a=4$	3점	
④ $4a=16$	3점	

11 [모범답안]

다항식 x^6+x^3+1을 $(x-2)^2$으로 나누었을 때, 몫을 $Q(x)$ 나머지를 $h(x)=ax+b$(a, b은 상수)라고 하면

$\therefore x^6+x^3+1=(x-2)^2Q(x)+ax+b$

위 식의 양변에 $x=2$를 대입하면 $2^6+2^3+1=73=2a+b$

$\therefore 2a+b=73$ ······㉠

한편,

$x^6+x^3+1=(x-2)^2Q(x)+ax+b$ 양변을 x에 대하여 미분하면

$6x^5+3x^2=2(x-2)Q(x)+(x-2)^2Q'(x)+a$

위 식의 양변에 $x=2$를 대입하면

$6\times2^5+3\times2^2=192+12=204=a$

$\therefore a=204$ ······㉡

㉠과㉡을 연립하면 $a=204$, $b=-335$

$h(x)=204x-335$

$\therefore h(3)=612-335=277$

[채점기준]

답안	배점	예상 소요 시간
x^6+x^3+1 $=(x-2)^2Q(x)+ax+b$ (단, 몫 $Q(x)$, 나머지 $h(x)=ax+b$를 별도의 미지수로 설정한 경우에도 인정함)	2점	4분 / 전체 80분
$\therefore 2a+b=73$	3점	
$6x^5+3x^2=2(x-2)Q(x)$ $+(x-2)^2Q'(x)+a$ 양변에 $x=2$를 대입 $\therefore a=204$	3점	
$\therefore h(3)=277$	2점	

12 [모범답안]

$a_{n+1}=a_n+2$에서 수열 $\{a_n\}$은 공차가 2인 등차수열임을 알 수 있다.

$\therefore a_n=1+(n-1)\times2=2n-1$

PART 1 기출문제

PART 2 실전모의고사

PART 3 정답 및 해설

한편 $\sum_{k=1}^{15}\frac{1}{a_n a_{n+1}}$에서

$$\sum_{k=1}^{15}\frac{1}{a_n a_{n+1}}=\sum_{k=1}^{15}\frac{1}{(2n-1)(2n+1)}$$
$$=\sum_{k=1}^{15}\frac{1}{2}\left(\frac{1}{2n-1}-\frac{1}{2n+1}\right)$$
$$=\frac{1}{2}\left\{\left(\frac{1}{1}-\frac{1}{3}\right)+\left(\frac{1}{3}-\frac{1}{5}\right)+\cdots+\left(\frac{1}{29}-\frac{1}{31}\right)\right\}$$
$$=\frac{1}{2}\left(\frac{1}{1}-\frac{1}{31}\right)=\frac{1}{2}\times\frac{30}{31}=\frac{15}{31}$$

$\therefore \frac{15}{31}$

[채점기준]

답안	배점	예상 소요 시간
$a_n=2n-1$	2점	5분 / 전체 80분
$\sum_{k=1}^{15}\frac{1}{a_n a_{n+1}}=\sum_{k=1}^{15}\frac{1}{2}\left(\frac{1}{2n-1}-\frac{1}{2n+1}\right)$	3점	
$\frac{1}{2}\left\{\left(\frac{1}{1}-\frac{1}{3}\right)+\left(\frac{1}{3}-\frac{1}{5}\right)+\cdots+\left(\frac{1}{29}-\frac{1}{31}\right)\right\}=\frac{1}{2}\left(\frac{1}{1}-\frac{1}{31}\right)$	3점	
$\therefore \frac{15}{31}$	2점	

13 [모범답안]

$$\int_0^a(3x^2-6x-1)dx=\left[x^3-3x^2-x\right]_0^a$$
$$=a^3-3a^2-a=-3$$

이때, $a^3-3a^2-a+3=(a-1)(a+1)(a-3)=0$이므로

$a=1$ 또는 $a=-1$ 또는 $a=3$

$\therefore (-1)+1+3=3$

[채점기준]

답안	배점	예상 소요 시간
$\int_0^a(3x^2-6x-1)dx=a^3-3a^2-a=-3$	2점	3분 / 전체 80분
$a^3-3a^2-a+3=(a-1)(a+1)(a-3)=0$	3점	
$a=1$ 또는 $a=-1$ 또는 $a=3$	3점	
$(-1)+1+3=3$	2점	

14 [모범답안]

이차방정식 $3x^2+2\sqrt{3}x\sin\theta-\frac{1}{2}\sin\theta=0$의 실근이 존재하지 않으므로 판별식 D가 $D<0$의 조건을 만족해야 한다.

$\frac{D}{4}=3\sin^2\theta+\frac{3}{2}\sin\theta<0$, $3\sin\theta\left(\sin\theta+\frac{1}{2}\right)<0$

$\therefore -\frac{1}{2}<\sin\theta<0$

따라서 $-\frac{1}{2}<\sin\theta<0$의 영역은 $y=\sin\theta$의 그래프에서 x축보다 아래쪽에 있고, 직선 $y=-\frac{1}{2}$보다 위쪽에 있는 부분이므로 이를 만족시키는 θ값의 범위는

$\therefore \pi<\theta<\frac{7}{6}\pi$ 또는 $\frac{11}{6}\pi<\theta<2\pi$

[채점기준]

답안	배점	예상 소요 시간
$D<0$의 조건에서 $3\sin\theta\left(\sin\theta+\frac{1}{2}\right)<0$	3점	3분 / 전체 80분
$-\frac{1}{2}<\sin\theta<0$	3점	
$\pi<\theta<\frac{7}{6}\pi$, $\frac{11}{6}\pi<\theta<2\pi$	4점	

15 [모범답안]

조건 (가)에서 부등식의 각 변을 x로 나누면

$$3-\frac{1}{x}\le\frac{f(x)-x^2}{x}\le 3+\frac{1}{x^2}$$

이때, $\lim_{x\to\infty}\left(3-\frac{1}{x}\right)=3$, $\lim_{x\to\infty}\left(3+\frac{1}{x^2}\right)=3$이므로 극한값의 대소 관계에 의하여

$$\lim_{x\to\infty}\frac{f(x)-x^2}{x}=3$$

따라서 $f(x)=x^2+3x+a$ (a는 상수)

조건 (나)에서 $f(1)=4+a=4$, $a=0$

$\therefore f(x)=x^2+3x$

$f(2)=4+6=10$

[채점기준]

답안	배점	예상 소요 시간
$3-\frac{1}{x}\leq\frac{f(x)-x^2}{x}$ $\leq 3+\frac{1}{x^2}$	2점	4분 / 전체 80분
$\lim_{x\to\infty}\left(3-\frac{1}{x}\right)=3$, $\lim_{x\to\infty}\left(3+\frac{1}{x^2}\right)=3$ $\lim_{x\to\infty}\frac{f(x)-x^2}{x}=3$	3점	
$f(x)=x^2+3x+a$ (a는 상수)에서 $f(1)=4+a=4$, $a=0$	3점	
$f(2)=4+6=10$	2점	

제5회 실전모의고사

국어[인문]

01 [모범답안]

현재는

같습니다

[바른해설]

초고의 4문단에 심화 과목 개설 시 학생들의 불만족이 더 높아질 것이라는 단점이 제시되어 있으므로 〈보기〉를 활용해 실제 수업을 수강할 수 있는 사람이 소수라는 추가적인 단점을 제시할 수 있다. 그러므로 〈보기〉의 자료를 활용해 위의 초고에서 보완할 수 있는 단락은 4문단으로, 첫 어절은 '현재는'이고 마지막 어절은 '같습니다'이다.

[채점기준]

답안	배점	예상 소요 시간
현재는	5점	3분 / 전체 80분
같습니다	5점	

02 [모범답안]

㉠ 화재로 전소된 자동차를 처분할 수 있는 권리

㉡ 보험 사고를 일으킨 사람에 대한 손해 배상 청구권

[바른해설]

㉠의 '잔존물 전체에 대한 권리'는 목적물의 가치가 멸실된 잔존물에 대한 소유권이므로, '화재로 전소된 자동차를 처분할 수 있는 권리'로 바꾸어 쓸 수 있다.

㉡의 '제3자에 대한 권리'는 제3자에 대해 손해 배상을 청구할 권리이므로 '보험 사고를 일으킨 사람에 대한 손해 배상 청구권'으로 바꾸어 쓸 수 있다.

[채점기준]

답안	배점	예상 소요 시간
㉠ 화재로 전소된 자동차를 처분할 수 있는 권리	5점	5분 / 전체 80분
㉡ 보험 사고를 일으킨 사람에 대한 손해 배상 청구권	5점	

03 [모범답안]

ⓐ 1억 / ⓑ 4천만 / ⓒ 0(없다)

[바른해설]

ⓐ 제시문에 따르면 '절대설'은 보험자가 상법의 조항을 문자 그대로 해석한 것으로, 보험자는 지급 금액의 한도 내에서 우선적으로 배정을 받고 나머지가 있을 때에만 피보험자에게 주어야 한다는 견해이다. 그러므로 〈보기〉의 사건에서 보험사 A는 2억 원의 범위 내에서 청구권을 행사할 수 있고, 을이 배상할 수 있는 경제적 능력이 1억 원이므로 을로부터 1억 원을 배상받을 수 있다.

ⓑ 제시문에 따르면 '상대설'은 제3자의 배상액을 부보 비율에 따라 분배해야 한다는 견해이다. 〈보기〉의 사건에서 부보 비율이 2/5이므로 을이 배상할 수 있는 1억 중 보험사 A는 4천만 원을 가지게 되고, 피보험자 갑은 6천만 원을 가지게 된다.

ⓒ '차액설'은 피보험자가 제3자로부터 우선적으로 손해를 배상받고 나머지가 있으면 보험자가 이를 대위할 수 있다는 견해이다. 그러므로 〈보기〉의 사건에서 을이 배상할 수 있는 1억 원으로 피보험자인 갑의 손해를 모두 메울 수 없기 때문에 1억 원을 갑이 모두 가져가게 된다. 따라서 보험사 A가 대위를 통해 을로부터 받을 수 있는 금액은 없다.

[채점기준]

답안	배점	예상 소요 시간
ⓐ 1억	3점	5분 / 전체 80분
ⓑ 4천만	4점	
ⓒ 0(없다)	4점	

04 [모범답안]

① 'ㄴ' 첨가 / 유음화

② 된소리되기 / 자음군 단순화

③ 거센소리되기 / 구개음화

④ 'ㄴ' 첨가 / 비음화

⑤ 거센소리되기

[바른해설]

① '물약[물략]'에서는 'ㄴ'이 첨가된 후, 그 'ㄴ'이 앞의 'ㄹ'의 영향을 받아 'ㄹ'로 바뀌는 유음화가 일어났다.

② '밝다[박따]'에서는 음절 말 자음군 'ㄺ'의 'ㄱ'으로 인한 된소리되기와 음절 말 자음군 'ㄺ'에서 'ㄹ'이 탈락하는 자음군 단순화가 일어났다.

③ '닫히다[다치다]'에서는 'ㄷ'과 'ㅎ'이 합쳐져 'ㅌ'으로 거센소리되기가 일어난 후, 'ㅌ'이 모음 'ㅣ' 앞에서 'ㅊ'으로 바뀌는 구개음화가 일어났다.

④ '색연필[생년필]'에서는 'ㄴ'이 첨가된 후, 그 'ㄴ'의 영향을 받아 앞의 'ㄱ'이 'ㅇ'으로 바뀌는 비음화가 일어났다.

⑤ '않고[안코]'에서는 'ㅎ'과 'ㄱ'이 합쳐져 'ㅋ'으로 되는 거센소리되기가 일어났다.

[채점기준]

답안	배점	예상 소요 시간
① 'ㄴ' 첨가 / 유음화 [각 1점]	2점	5분 / 전체 80분
② 된소리되기 / 자음군 단순화 [각 1점]	2점	
③ 거센소리되기 / 구개음화 [각 1점]	2점	
④ 'ㄴ' 첨가 / 비음화 [각 1점]	2점	
⑤ 거센소리되기	2점	

05 [모범답안]

용두사미

[바른해설]

제시문의 [A]에서 사례로 든 공용 자전거 제도는 시작할 때의 예상과 다르게 상당수의 자전거가 도난당하거나 고장이 나서 의도대로 실행되지 못했다. 이런 상황에 어울리는 한자 성어로는 '용 머리에 뱀의 꼬리'라는 뜻의 '용두사미(龍頭蛇尾)'가 있다. 즉, '시작은 그럴 듯하나 끝이 흐지부지함'을 의미한다.

[채점기준]

답안	배점	예상 소요 시간
용두사미	10점	3분 / 전체 80분

06 [모범답안]

공유 자원은 과도하게 소비된다.

[바른해설]

북유럽의 어느 도시에서 시행한 자전거 공용 제도의 실패와 조기의 무분별한 남획으로 인한 조깃값 폭등은 모두 '공유 자원의 비극'에 해당한다. 이러한 '공유 자원의 비극'은 공유 자원이 과도하게 소비되는 특성 때문에 발생한다.

[채점기준]

답안	배점	예상 소요 시간
공유 자원은 과도하게 소비된다.	10점	5분 / 전체 80분

[07~08]

갈래	단편 소설, 풍자 소설, 세태 소설	특징	• 판소리 사설체를 사용함 • 당대 현실에 대한 비판적 의식을 드러냄 • 풍자와 비판의 대상이 되는 인물의 행적을 사실적으로 드러냄
배경	• 시간: 8 · 15 광복 직후 • 공간: 서울		
제재	전지적 작가 시점		
주제	권력을 좇아 자신의 이익을 추구하는 당시의 세태와 인간상 비판		

07 [모범답안]

쥐 상호의 대추씨만 한 얼굴

[바른해설]

'쥐 상호의 대추씨만 한 얼굴'과 같은 비유적인 표현을 통해 작은 얼굴에 쥐를 닮은 백 주사의 외양을 묘사하고 있다.

[채점기준]

답안	배점	예상 소요 시간
쥐 상호의 대추씨만 한 얼굴	10점	4분 / 전체 80분

08 [모범답안]

일제 치하의 조선

[바른해설]

윗글 ⓐ의 '좋은 세상'은 백 주사가 그리워하는 좋은 세상으로, 자신이 권세를 누렸던 '일제 치하의 조선'을 의미한다. 특히 '원수의 독립'이라는 구절을 통해 이것이 곧 독립 이전의 일제 치하 조선이었음을 알 수 있다.

[채점기준]

답안	배점	예상 소요 시간
일제 치하의 조선	10점	4분 / 전체 80분

09 (가) 김춘수, 『강우』

갈래	자유시, 서정시	특징	• 동일한 시구를 반복하여 아내에 대한 그리움을 강조함 • 감각적 이미지를 활용하여 아내를 잃은 화자의 상황을 형상화함 • 자연 현상을 이용하여 아내와의 이별에 대한 애상적 정서를 심화함 • 아내의 부재를 받아들이지 못하는 화자의 모습이 일상의 풍경속에 드러남
성격	애상적, 감각적		
제재	아내의 죽음		
주제	아내의 죽음으로 인한 슬픔과 아내에 대한 그리움		

(나) 문정희, 『곡비』

갈래	자유시, 서정시	특징	• 특정 인물에 초점을 맞춘 시상 전개 • 말을 건네는 방식으로 시상 전개 • 시적 대상의 전환 • 사람들의 마음에 공감할 수 있는 시를 쓰기를 당부함
성격	성찰적, 비유적, 예찬적, 소망적		
제재	곡비		
주제	다른 이들의 아픔과 한을 위로하는 곡비와 시인		

[모범답안]

ⓐ 후각적

ⓑ 청각적

[바른해설]

ⓐ 작품 (가)에서는 '넙치지지미 맵싸한 냄새가 / 코를 맵싸하게 하는데'에서 '후각적' 심상을 활용하여 화자가 아내와 함께 식사를 했던 익숙한 상황을 환기하고 있다.

ⓑ 작품 (나)에서는 '울음', '곡(哭)'과 같은 '청각적' 심상을 활용하여 작품 속 옥례 엄마가 천지가 진동하게 대신 울어주고 까무러칠 듯 울어 대는 곡소리를 내는 '곡비'로서의 모습을 구체화하고 있다.

[채점기준]

답안	배점	예상 소요 시간
ⓐ 후각적	5점	2분 / 전체 80분
ⓑ 청각적	5점	

수학[인문]

10 [모범답안]

이차방정식 $3x^2-5x+7=0$에서 두 근이 a, b이므로 근과 계수의 관계를 이용하면

$a+b=\frac{5}{3}$, $ab=\frac{7}{3}$

한편, $3\sum_{k=1}^{5}(k-a)(k-b)$

$=3\sum_{k=1}^{5}\{k^2-(a+b)k+ab\}$이므로

$3\sum_{k=1}^{5}\{k^2-(a+b)k+ab\}=3\sum_{k=1}^{5}\left(k^2-\frac{5}{3}k+\frac{7}{3}\right)$

$=\sum_{k=1}^{5}3k^2-\sum_{k=1}^{5}5k+\sum_{k=1}^{5}7$

$=3\times\frac{5\times6\times11}{6}-5\times\frac{5\times6}{2}+35=125$

[채점기준]

답안	배점	예상 소요 시간
① $a+b=\frac{5}{3}$	2점	3분 / 전체 80분
② $ab=\frac{7}{3}$	2점	
③ $3\sum_{k=1}^{5}\left(k^2-\frac{5}{3}k+\frac{7}{3}\right)$	3점	
④ $\therefore$ 125	3점	

11 [모범답안]

x값의 범위 $0\le x\le\frac{\pi}{2}$에서 $\frac{\pi}{2}\le x+\frac{\pi}{2}\le\pi$이므로

$2\le5\sin\left(x+\frac{\pi}{2}\right)+2\le7$

따라서 $2\le f(x)\le7$이다.

한편, $f(x)=t$라고 하면 t값의 범위는 $2\le t\le7$이고,

합성함수 $(g\circ f)(x)$는 $g(t)$이므로

$g(t)=t^2-6t+15=(t-3)^2+6$

따라서 $g(t)$는 $t=3$일 때 최솟값 $N=6$, $t=7$일 때 최댓값 $M=22$를 갖는다.

$\therefore M+N=28$

[채점기준]

답안	배점	예상 소요 시간
$2\le 5\sin\left(x+\frac{\pi}{2}\right)+2\le 7$	3점	3분 / 전체 80분
$g(f(x))=\{f(x)-3\}^2+6$ 또는 $g(t)=(t-3)^2+6$ (단, $f(x)$를 t 이외의 다른 미지수로 치환한 경우에도 인정함.)	3점	
$\therefore M+N=28$	4점	

12 [모범답안]

$(x^2-9)g(x)=f(x)-9$의 양변에 $x=3$을 대입하면

$(3^2-9)g(3)=f(3)-9$이므로 $f(3)-9=0$

$\therefore f(3)=9$ ……㉠

$$g(3)=\lim_{x\to 3}g(x)=\lim_{x\to 3}\frac{f(x)-9}{x^2-9}$$

$$=\lim_{x\to 3}\frac{f(x)-f(3)}{(x-3)(x+3)}=\frac{1}{6}\lim_{x\to 3}\frac{f(x)-f(3)}{x-3}$$

$$=\frac{1}{6}f'(3)=1$$

$\therefore g(3)=1$ ……㉡

함수 $h(x)$의 도함수는 $h'(x)=f'(x)g(x)+f(x)g'(x)$이므로 ㉠과㉡을 이용하면

$h'(3)=f'(3)g(3)+f(3)g'(3)=6\times 1+9\times 2=24$

[채점기준]

답안	배점	예상 소요 시간
$\therefore f(3)=9$	2점	4분 / 전체 80분
$\therefore g(3)=1$	2점	
$h'(x)=f'(x)g(x)+f(x)g'(x)$	3점	
$h'(3)=24$	3점	

13 [모범답안]

함수 $f(x)$가 $x=2$에서 연속이므로

$\lim_{x\to 2-}f(x)=\lim_{x\to 2+}f(x)=f(2)$

한편, 조건 (가)에서

$\lim_{x\to 2-}g(x)=\lim_{x\to 2-}\{(x^3+2)-f(x)\}=10-f(2)$

$\lim_{x\to 2+}g(x)=\lim_{x\to 2+}\{(2x^2+1)f(x)\}=9f(2)$

따라서 조건 (나)에 의해

$\lim_{x\to 2-}g(x)-\lim_{x\to 2+}g(x)$

$=(10-f(2))-9f(2)=10-10f(2)$

$\lim_{x\to 2-}g(x)-\lim_{x\to 2+}g(x)=-10$이므로

$\therefore f(2)=2$

[채점기준]

답안	배점	예상 소요 시간
$\lim_{x\to 2-}g(x)$ $=\lim_{x\to 2-}\{(x^3+2)-f(x)\}$ $=10-f(2)$	3점	4분 / 전체 80분
$\lim_{x\to 2+}g(x)$ $=\lim_{x\to 2+}\{(2x^2+1)f(x)\}$ $=9f(2)$	3점	
$\lim_{x\to 2-}g(x)-\lim_{x\to 2+}g(x)$ $-(10-f(2))-9f(2)$ $=-10$	2점	
$\therefore f(2)=2$	2점	

14 [모범답안]

함수 $g(x)=\log_a(2x-b)$의 그래프가 $(1, 2)$을 지나므로,

$2=\log_a(2-b)$,

$\therefore a^2=2-b,\ b=2-a^2$ …… ㉠

함수 $f(x)$의 그래프가 $y=2$에서 만나므로 이때 x의 좌표는

$2=a^{-x+1}$, $\log_a 2=-x+1$

$\therefore x=1-\log_a 2$

따라서 점 A의 좌표는 $(1-\log_a 2, 2)$

또한 함수 $g(x)$의 그래프가 $y=2$에서 만나므로 이때 x의 좌표는

$2=\log_a(2x-b)$, $a^2=2x-b$, $a^2+b=2x$

$\therefore x=\frac{a^2+b}{2}$

따라서 점 B의 좌표는 $\left(\frac{a^2+b}{2}, 2\right)$

한편 $\overline{AB}=3$이므로

$\left|(1-\log_a 2)-\left(\frac{a^2+b}{2}\right)\right|=3$, $2\log_a 2+a^2+b=-4$

이때 ㉠을 이용하여 위의 식을 정리하면

$2\log_a 2+a^2+b=2\log_a 2+a^2+2-a^2=-4$

$2\log_a 2=-6$, $\log_a 2=-3$

$\therefore a^3=\frac{1}{2}$

[채점기준]

답안	배점	예상 소요 시간
$\therefore b=2-a^2$	2점	5분 / 전체 80분
$A(1-\log_a 2,\ 2)$, $B\left(\frac{a^2+b}{2},\ 2\right)$	2점	
$\overline{AB}=3$이므로 $2\log_a 2+a^2+b=-4$	3점	
$a^3=\frac{1}{2}$	3점	

15 [모범답안]

함수 $f(x)$가 역함수를 갖기 위해서는 모든 실수 x에 대하여 함수 $f(x)$가 일대일 대응이어야 하므로 $f'(x)\geq 0$.

$\therefore f'(x)=3x^2+4ax+8a\geq 0$

이때, 이차방정식 $3x^2+4ax+8a=0$의 판별식을 D라고 하면 $D\leq 0$이 성립해야 하므로

$\frac{D}{4}=(2a)^2-24a\leq 0$

$\therefore 0\leq a\leq 6$

따라서 실수 a의 최댓값은 6이므로

$k=6$, $g(x)=x^3+6x^2+6x$

한편, 함수 $g(x)$의 그래프와 $y=g^{-1}(x)$의 그래프는 $y=x$에서 교점을 가지므로

함수 $y=g(x)$의 그래프와 직선 $y=x$가 만나는 점의 x좌표는

$x^3+6x^2+6x=x$에서 $x(x+1)(x+5)=0$

$\therefore x=0,\ x=-1,\ x=-5$

따라서 함수 $y=g(x)$의 그래프와 $y=x$의 그래프는 다음과 같다.

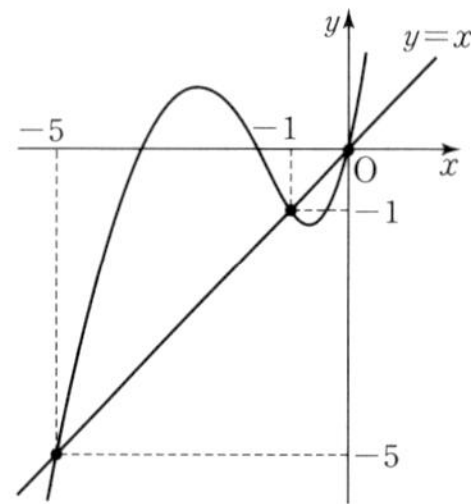

함수 $y=g(x)$와 $y=x$로 둘러싸인 부분의 넓이를 S라고 하면

$$S=\int_{-5}^{-1}|(x^3+6x^2+6x)-x|\,dx+\int_{-1}^{0}|(x^3+6x^2+6x)-x|\,dx$$

$$=\int_{-5}^{-1}(x^3+6x^2+5x)dx-\int_{-1}^{0}(x^3+6x^2+5x)dx$$

$$=\left[\frac{1}{4}x^4+2x^3+\frac{5}{2}x^2\right]_{-5}^{-1}-\left[\frac{1}{4}x^4+2x^3+\frac{5}{2}x^2\right]_{-1}^{0}$$

$$=\frac{131}{4}$$

따라서 $g(x)$와 $g(x)$의 역함수의 그래프로 둘러싸인 부분의 넓이는

$2S=2\times\frac{131}{4}=\frac{131}{2}$

[채점기준]

답안	배점	예상 소요 시간
$f'(x)=3x^2+4ax+8a\geq 0$	3점	4분 / 전체 80분
$\therefore k=6$	2점	
함수 $y=g(x)$의 그래프와 직선 $y=x$가 만나는 점의 x좌표 $x=0,\ x=-1,\ x=-5$	2점	
$y=g(x)$와 $y=g(x)^{-1}$로 둘러싸인 부분의 넓이는 $\therefore \frac{131}{2}$	3점